Hose mit der stark duftenden Flüssigkeit beträufelte, um den unterschwelligen Uringeruch zu übertünchen.

»Wir kommen nach Hannover, Herr Schneider. Sie haben wegen des Fundortes der Leiche auch die Soko eingerichtet und bei Ihnen liegt Frau Kohlstedt in der Rechtsmedizin. Das ergibt doch dann Sinn, oder?«

»Ja, da haben Sie absolut recht. Meine Mitarbeiterin Birgit Höfgens wird einen Termin mit Ihnen vereinbaren.«

»Ihre Mitarbeiterin? Können Sie uns keine Outlook-Einladung schicken?«

»Uns? Eine was?«

»Herrn Wiegand und mir! Wir werden gemeinsam ermitteln und er freut sich bestimmt auf ein Wiedersehen mit Ihnen. Und richten Sie Frau Höfgens einen schönen Gruß aus. Wir hätten gerne eine elektronische Einladung.«

»Ja, so machen wir das, Frau Helmer, ganz wunderbar!«

»Gut, dann hätten wir das auch geklärt. Ach, und Herr Schneider, hat Ihre Soko schon einen Namen?«

Wim überlegte kurz. »Soko Wasserleiche!«

Eine Ersatzhose, die er immer im Schrank hatte – man wusste ja nie, wie dreckig man von einem Tatort im Wald oder aus der Kantine zurückkam –, hing sauber gefaltet auf einem Bügel vor ihm. Wim stand vor seinem geöffneten Garderobenschrank und betrachtete das Malheur zwischen seinen Beinen. So ging das nicht weiter. Der Termin im Krankenhaus war erst übermorgen und die Schmerzen wurden nicht weniger. Im Gegenteil, mittlerweile war er inkontinent! Er wusste nicht, ob er lachen oder weinen sollte, entschied sich aber, seine Gefühle erst mal zu ignorieren.

»Meine Güte, wonach riecht das denn hier?«, fragte Birgit, als sie das Büro wieder betrat, und rümpfte die Nase. »Irgendwie muss ich gerade an Altenheim denken. Als ich meinen Onkel kürzlich dort besucht habe, ja, da hat es ähnlich gerochen. Das ist so eine Mischung aus Altherrenparfum und Pipi. Igitt!«

»Nun ist's aber gut, Biggi!«, sagte Wim peinlich berührt.

»Biggi? Also, Wim, zum wiederholten Mal: Hatten wir auf der Weihnachtsfeier nicht vereinbart, dass meine Biggi-Zeiten seit dem 50. Geburtstag vorbei sind?«, reagierte Birgit entrüstet.

»Also gut, Birgit, wie dem auch sei. Das ist mir dann gerade wohl so rausgerutscht. Und ja, ich bin der alte Mann, der hier nach einer Kombination aus Altherrenparfum und Pisse riecht! Ich habe einen Brennnessel-Tee getrunken, weil ich es derzeit mit der Blase habe, dann diesen verschüttet und Parfum draufgeträufelt, weil das so komisch roch. Bist du jetzt zufrieden?« Wim würdigte Birgit keines Blickes, nahm den Bügel mit der Ersatzhose aus dem Schrank und hoffte, mit seiner Notlüge durchzukommen.

»Brennnessel-Tee? Probleme mit der Blase? Du? Bist du krank?«, erkundigte sich Birgit besorgt.

»Ich sagte ja gerade, dass ich ein kleines Problem habe. Unterkühlt oder so was. Meine Schwester meinte, ich soll diesen Tee mal trinken, der würde garantiert helfen.«

»Da hat sie nicht so unrecht, die Sigrid. Aber dieser Geruch. Sei mir nicht böse, das geht gar nicht. Liegt das vielleicht an der Kombination mit dem ollen Duftwasser?« Birgit rümpfte erneut angewidert die Nase.

»Was weiß denn ich! Ich muss gleich eh noch mal in die Rechtsmedizin. Jetzt, wo ich den Wasserleichenfall leite, sollte ich mir eben jene Leiche vielleicht mal persönlich anschauen. Und vorher nehme ich den Weg über die Toilette und ziehe mich um.«

»Na, dann mach das mal so. Ich halte hier so lange die Stellung!«

»Wie immer, Birgit!«
»Wie immer!«

Das Rechtsmedizinische Institut lag am Stadtrand, Wim kannte den Weg dorthin in- und auswendig. Der Leiter der Rechtsmedizin, Professor Klein, war etwa in seinem Alter und erwartete ihn bereits freudestrahlend.

»Herr Schneider, schön, dass Sie mal wieder vorbeischauen! Herr Cassensmeier hatte mir berichtet, dass er Sie ausleihen musste. Das habe ich schon bedauert, muss ich sagen.«

»Hallo, Herr Professor! Fragen Sie mich mal! Aber manchmal kommt es anders. Na, Sie kennen ja den Spruch. Dass ich noch mal in Hannover davon profitieren würde, ein Braunschweiger zu sein, hätte ich auch nicht gedacht.«

Der erfahrene Professor war ihm sympathisch und er war voll und ganz auf seiner Wellenlänge. Er war fast einen Kopf größer als Wim und wurde seinem Nachnamen daher nicht gerecht. »Wem sagen Sie das! Immer diese Rivalitäten, ich habe das nie verstanden. Vieles dreht sich offenbar um die beiden Fußballclubs? Wenn die gegeneinander spielen, mache ich jedenfalls immer einen großen Bogen um unser Stadion und den Bahnhof. Aber vielleicht fehlt mir auch das Verständnis, weil ich aus einer anderen Ecke Niedersachsens komme. Man muss wahrscheinlich gebürtiger Hannoveraner oder Braunschweiger sein, um das Theater nachvollziehen zu können.«

»Sie sagen es! Theater ist der richtige Ausdruck. Seitdem ich es als Braunschweiger gewagt habe, nach Hannover zu ziehen, setze ich mich unermüdlich für die Völkerverständigung ein. Da kommt mir eine städteübergreifende Ermittlung gerade recht«, scherzte Wim. »Womit wir beim Thema wären. Wo haben wir denn Frau Kohlstedt?«

»Folgen Sie mir bitte. Ich habe die Leiche bereits aus der Kühlung genommen und aufbereitet.«

Sie gingen durch mehrere Glastüren hindurch, bis sie schließlich in den Präparationssaal kamen. Der Leichnam von Steffi Kohlstedt lag mit einem grünen Tuch bedeckt auf einer Metallpritsche, nur ihre Füße schauten heraus. An ihrem Zeh baumelte ein Zettel mit Namen, Größe, Gewicht und anderen Erkennungsmerkmalen.

»Wollen wir anfangen?«, fragte der Professor.

»Was muss, das muss«, erwiderte Wim, der sich zeit seiner beruflichen Laufbahn nie für Leichenschauen begeistern konnte. Professor Klein nahm das Tuch von der Leiche und der Anblick des leicht aufgeschwemmten Körpers setzte Wim trotz der jahrelangen Erfahrung zu.

»Na, eine Schönheit ist sie nicht mehr, oder?«, versuchte der Professor den blassen Wim aufzuheitern. »Aber wie Sie ja wissen, geht das alles noch viel, viel schlimmer!«

»In der Tat, bitte fangen Sie trotzdem an, damit das hier möglichst schnell ein Ende hat.«

»Sicher, mein Lieber, ich werde mich beeilen.« Professor Klein legte Wim behutsam eine Hand auf die Schulter und lenkte ihn so für kurze Zeit von dem grausigen Anblick ab. »Frau Kohlstedt wurde gewürgt, was aber nicht todesursächlich war. Gleichwohl sind die Würgemale am Hals beachtlich. Wir haben Faserreste gefunden. Die genaue Bestimmung läuft noch.«

»Dann war der Schlag auf den Kopf tödlich?« Wim schaute an der Leiche vorbei auf den grau gefliesten Fußboden.

»Wenn es denn nur einer gewesen wäre«, fuhr der Rechtsmediziner fort. »Es waren mindestens drei, sehen Sie, hier und hier und hier.« Professor Klein zeigte mit seinem Kugelschreiber auf drei Stellen am deformierten Schädel und Wim kämpfte mit einem Anflug von Übelkeit.

»Weiß man, womit die Schläge verübt wurden?«

»Mit dem berühmten stumpfen Gegenstand. Ich tippe auf eine Eisenstange oder Ähnliches. Außerdem bin ich mir sicher, dass der Täter hinter dem Opfer stand, da sich die Schläge auf den Hinterkopf konzentrieren.«

»Klingt logisch«, stellte Wim fest.

»Der Schädel ist regelrecht zertrümmert worden. Spricht für massive Krafteinwirkung, also wahrscheinlich für einen Mann als Täter.«

»Das kann aber auch für viel Wut, ein hohes Maß an Aggressivität oder eine Bodybuilderin sprechen.« Wim zwinkerte dem Professor zu.

»Ausschließen kann ich das nicht«, sagte Professor Klein nachdenklich.

»Sonst irgendwelche Auffälligkeiten?«

»Ja, allerdings! Da ist zum einen das berühmte Tattoo …«

»Das habe ich schon auf Fotos gesehen.«

»… zum anderen weist die Leiche Schleifspuren auf.«

Wim horchte auf. »Das heißt konkret?«

»Den Spuren nach zu urteilen, dürfte der Leichnam über eine gewisse Strecke über Rasen, aber auch über einen Schotterweg gezogen worden sein. Sehen Sie hier unten.«

Der Professor ging zum Fußende und deutete auf die Fersen.

»Grasabrieb am Hacken und kleine Steinpartikel. Beides hat sich trotz des Wassers nicht vollständig gelöst.«

Wim überlegte. »Dann hat man der toten Frau Kohlstedt vermutlich von hinten unter die Arme gegriffen und irgendwer hat sie dann irgendwie irgendwohin gezogen. Wahrscheinlich musste der Täter dabei rückwärtsgehen.«

»So könnte es gewesen sein«, erwiderte der Professor.

»Und das bedeutet auch, dass die Leiche ohne Schuhe transportiert wurde.«

Professor Klein nickte. »Ich halte es für unwahrscheinlich, dass die Schuhe dabei verloren gegangen sind. Die Leiche war vollständig entkleidet, als man sie aus dem Kanal gezogen hat. Es spricht alles dafür, dass jemand im Vorfeld Kleidung und Schuhe entsorgt hat, um Spuren zu verwischen und die Identifizierung zu erschweren.«

»Und die Rechnung hätte aufgehen können, wäre da nicht das Tattoo!«

»Sie sagen es!«

8. KAPITEL

Rosalie Helmer und Manfred Wiegand saßen im kleinen italienischen Restaurant »Malcesine« auf dem Ruhfäutchenplatz und aßen Spaghetti mit Pesto Rosso.

»Komischer Vogel, der Schneider aus Hannover«, sagte Rosalie mit vollem Mund.

»Ach, eigentlich ist der schwer in Ordnung. Ein Eigenbrötler, schon immer gewesen.« Manfred stopfte seine Serviette noch tiefer in den Hemdkragen. Bloß keine Flecken auf dem Hemd. Das gab zu Hause nur Ärger.

»Seid ihr auch außerhalb des Büros mal zusammen um die Häuser gezogen?«

»Das war die absolute Ausnahme. Wim hat sich in all den

Jahren aufopferungsvoll um seine Eltern gekümmert. Die Mutter war seit einem Schlaganfall pflegebedürftig und ist erst nach vielen Jahren Bettlägerigkeit verstorben. Sein Vater kurze Zeit später. Danach ist er nach Hannover gegangen. Ist eine halbe Ewigkeit her.«

»Und das als Braunschweiger!«, sagte Rosalie kopfschüttelnd und nippte an ihrem Mineralwasser. Sie hatte ihre zwei Liter am Tag noch lange nicht geschafft, da war sie sehr konsequent.

»Kommst du nicht aus Düsseldorf?«, konterte Manfred und nestelte wieder an der Serviette herum, dieses Mal, um sich den Mund abzutupfen.

»So ist es. Aber ich mag den Kölner an sich trotzdem!«

Manfred fuhr sich mit der Hand über den vollen Bauch. »Meine Güte, bin ich satt. Also, Wim hat damals keiner so richtig verstanden. Er hatte doch alles in Braunschweig. Eine schöne Altbauwohnung, wenige, aber dafür gute Freunde und seine Schwester in Helmstedt. Und dann war ja die Belastung mit den Eltern auch weg und er hätte endlich mal leben können. Es wird wohl das Jobangebot gewesen sein, das ihn zum Umzug nach Hannover bewogen hat.«

»Keine Frau, keine Kinder?«, hakte Rosalie nach.

»Das war immer ein großes Mysterium. Es gab alle möglichen Gerüchte, weil er so gar nicht mit Frauen unterwegs war oder mal von einer erzählt hat, aber am Ende hatte er so was wie eine Affäre mit einer Sekretärin von uns.«

»Ui! Mit wem?«

»Dienstgeheimnis! Du kannst zwar alles essen, aber nicht alles wissen!«

»Toller Spruch, Herr Wiegand. Bei dem Thema: Möchtest du vielleicht doch noch ein Dessert? Panna cotta mit Beerensauce wie beim letzten Mal?«

Manfred überlegte kurz und kratzte sich beinahe verlegen hinter dem rechten Ohr. »Na schön. Da kann ich leider nicht Nein sagen.«

Rosalie lächelte zufrieden und winkte die Kellnerin herbei. »Also, ich fasse mal zusammen: Wim Schneider ist ein Eigenbrötler, der durch seinen Umzug nach Hannover Fahnenflucht begangen hat. Er hat keine Frau und keine Kinder, hatte aber offenbar ein enges Verhältnis zu seinen Eltern. Er verschüttet Tee auf seine Hosen und kennt Outlook nicht!«

»Er kennt was nicht? Ja, das trifft es aber ungefähr!« Manfred überlegte einen Augenblick, was Rosalie meinte. Manchmal konnte er mit dem Tempo seiner jungen Kollegin nicht mithalten. »Warum verschüttet Wim denn Tee?«

Der Weg zurück in das provisorische Büro im Polizeikommissariat Mitte in der Münzstraße war ein kurzer gewesen. Dabei hätte Rosalie wegen des Völlegefühls im Magen nichts gegen einen längeren Spaziergang gehabt. Aber lieber kurze Wege in der Braunschweiger Innenstadt als wie bisher ein Büro abseits vom Schuss in der Polizeidirektion Friedrich-Voigtländer-Straße. Nach einem Wasserrohrbruch hatte die komplette Mordkommission ausgelagert werden und bis auf Weiteres in die alten Räumlichkeiten in der Münzstraße umziehen müssen. Rosalie war das nur recht. Sie mochte das altehrwürdige Gebäude hier viel lieber als die neue Liegenschaft in Gliesmarode und hoffte, dass sie noch eine ganze Weile in der City bleiben würden.

Im Büro überprüfte Rosalie als Erstes ihre E-Mails, noch bevor sie ihre Jacke ausgezogen und an die Garderobe gehängt hatte.

»Ich wusste, dass Frau Höfgens fit ist. Hier ist unsere Einladung nach Hannover. Morgen Nachmittag, 14.00 Uhr, Polizeiinspektion Hannover, Standort Waterloostraße. Wir sollen alle relevanten Informationen zu Steffi Kohlstedt vorab rüberschicken und uns möglichst auch schon Sebastian Schmidt vornehmen.«

Manfred setzte gemächlich die Kaffeemaschine in Gang. »Morgen? Nach Hannover? Dann wird es bestimmt spät und ich kann mir von Roswitha ein paar Takte anhören.«

Rosalie schaute von ihrem Monitor auf. »Die Besprechung ist am frühen Nachmittag. Ich wollte auch nicht so spät zurück sein!«

Manfred warf einen Blick auf seinen Tischkalender. »Ach, was soll's, du hast recht. Wollen wir uns dann den Schmidt gleich heute Nachmittag vorknöpfen?«

»Auf jeden Fall!«, bestätigte Rosalie. »Wir fahren da einfach mal vorbei. Angehörige sind immer zuerst unter die Lupe zu nehmen, habe ich beim Tatort im Fernsehen gelernt.« Rosalie zwinkerte ihrem Kollegen zu.

»Beim Til Schweiger oder beim Harald Krassnitzer?«

»Manfred! Ich bin doch eher ein Fall für Lena Odenthal!«

»Ach so, ja, also …«, Manfred Wiegand schaute verlegen auf seine Schreibtischunterlage und pulte an der Nagelhaut seines Daumens.

»Alles gut, entspann dich!«

»Du, ich habe kein Problem damit, dass du Frauen magst. Das weißt du doch hoffentlich, oder?«

»Das weiß ich! Und ich weiß das auch sehr zu schätzen.«

Sebastian Schmidt wohnte in einem Reihenmittelhaus ganz in der Nähe des Waldstücks Ölper Holz. Die Lebacher Straße lag beschaulich am Ortsrand von Braunschweig im Stadtteil Lehndorf. Rosalie und Manfred stellten ihren Dienstwagen am Anfang der Straße ab und gingen den Rest zu Fuß.

»Ganz schön bieder hier«, stellte Rosalie fest.

»Linke Seite Mietwohnungen aus den Sechzigerjahren, würde ich sagen, rechte Seite Reihenhauszeile aus den Achtzigern. Wer's mag«, erwiderte Manfred.

»Ich jedenfalls nicht. Da lobe ich mir meine kleine Stadtwohnung.« Rosalie öffnete die Gartenpforte und nahm die drei Stufen hoch zur Eingangstür auf einmal. Am Klingelschild standen zwei Namen: Schmidt und Kohlstedt.

Sie klingelten mehrmals, aber es tat sich nichts. Während Manfred geduldig wartete, machte Rosalie einen Rückzieher und ging die Straße weiter runter.

»Wo willst du denn hin?«, rief ihr Manfred hinterher.

»Ich gehe mal um die Häuserreihe herum. Vielleicht gibt es einen Zugang zum Garten. Das kommt in solchen Siedlungen häufiger vor.«

Nach wenigen Metern fand Rosalie tatsächlich einen schmalen Trampelpfad, der zwischen zwei Carports hindurch auf einen Schotterweg führte. Sie bog rechts ab und näherte sich der Häuserreihe von der Rückseite. Die Reihenhäuser sahen von hinten alle gleich aus. Rosalie ärgerte sich. Sie war so voreilig losmarschiert, dass sie sich die Position des Hauses nicht eingeprägt hatte. Welches war bloß das Haus von Sebastian Schmidt? Im ersten Garten mähte ein älterer Herr gerade den Rasen und trug rote Kopfhörer als Lärmschutz. Wild gestikulierend versuchte Rosalie, sich Gehör zu verschaffen. Keine Chance. Im zweiten Garten war niemand zu sehen. Der Garten wirkte sehr gepflegt, aber die heruntergelassenen Außenjalousien verrieten Rosalie, dass offensichtlich niemand zu Hause war. Beim dritten Garten angekommen, konnte Rosalie kaum etwas erkennen. Die Besitzer hatten einen hohen Sichtschutz aus Holz angebracht. Sie zog ihr Handy aus der Hosentasche und wählte Manfreds Nummer.

»Manfred, hey, ich habe mich hier hinten irgendwie verlaufen. Das wievielte Haus ist es denn?«

»Warte mal eben, ich muss auf die Straße zurück und schauen«, antwortete Manfred.

Rosalie blickte sich um. Links neben ihr lehnte ein grünes Kinderfahrrad am Gartenzaun.

»Rosalie, hörst du? Es müsste das dritte Haus sein. Siehst du was?«

»Noch nicht, aber ich glaube, ich bin richtig. Ich geh mal in den Garten«, erwiderte Rosalie.

»Okay, aber sei vorsichtig! Du weißt, wie Menschen auf unerwarteten Besuch reagieren können.«

»Geht klar!« Rosalie stopfte das Handy in ihre Jackeninnentasche, kletterte über den Gartenzaun und betrat das hintere Ende des Grundstücks. Zielstrebig ging sie auf die Sichtschutzwand zu, die eine dahinterliegende Terrasse vor den neugierigen Blicken der Nachbarn schützen sollte.

»Herr Schmidt? Hallo? Ist jemand zu Hause?«, rief sie und ging um die Sichtschutzwand herum. Vor ihr tat sich eine kleine Terrasse auf mit einem Metalltisch und vier Stühlen ohne Auflagen. Auf dem Tisch standen ein Windlicht, das schon bessere Tage gesehen hatte, und ein geflochtener Korb mit verwelkten Frühlingsblumen. Rosalie schaute sich um. Die Terrassentür war verschlossen. Sie presste ihre Nase gegen die Fensterscheibe und hielt sich eine Hand als Lichtschutz vor die Stirn, um besser in das dahinterliegende Wohnzimmer schauen zu können. Der Raum wirkte unaufgeräumt. Kleidung lag auf dem großen Sofa, der Esstisch war übersät mit Papier. Zwischen den Papieren entdeckte sie eine Milchtüte, ebenso eine große Packung Cornflakes und einen halb vollen Aschenbecher. Immerhin hatte man sich einen großen Flachbildfernseher gegönnt, der an der Wohnzimmerwand montiert war. Rosalie fragte sich, ob hier wirklich eine Frau gewohnt hatte.

»Kann ich Ihnen helfen?«

Rosalie zuckte zusammen, griff instinktiv nach ihrer Dienstwaffe und schnellte herum. Vor ihr stand ein hochgewachsener Mann mit angegrauten, fettigen Haaren und Dreitagebart und schaute sie fragend an. Er hatte zwei Einkaufstüten auf dem Boden abgestellt und kramte in seiner Hosentasche. Seine Augen sahen verquollen aus und er wirkte fast ein bisschen benommen.

»Sebastian Schmidt?«, fragte Rosalie.

»Ja, der bin ich, und wer sind Sie, wenn ich fragen darf? Und was machen Sie bitte auf meiner Terrasse?«

»Rosalie Helmer, Kripo Braunschweig. Wir haben telefoniert!«

Sebastian Schmidt überlegte einen Augenblick. »Richtig, ja, ich erinnere mich. Ist ja noch gar nicht so lange her.«

»Wohl nicht. Können wir uns unterhalten? Mein Kollege Wiegand wartet vor Ihrem Hauseingang.«

»Ja, sicher, kommen Sie mit. Wir können Ihren Kollegen vorne reinlassen.«

»Gehen Sie immer durch die Hintertür in Ihr Haus?«, erkundigte sich Rosalie.

»Nur, wenn ich vom Carport aus komme, denn dann ist der Weg ein bisschen kürzer.«

Rosalie nickte verständnisvoll, behielt Sebastian Schmidt aber konzentriert im Blick, der nach wie vor in seiner Hosentasche nestelte. »Suchen Sie etwas?«

»Ja, Moment, ich hab's gleich!«

»Was haben Sie gleich, Herr Schmidt?«

Sebastian Schmidt bückte sich leicht nach vorne und Rosalie spannte alle Muskeln an. Schließlich zog er einen kleinen Schlüssel aus seiner Hosentasche und hielt ihn stolz und sichtlich erleichtert in die Höhe. »Das verdammte Ding hatte sich ganz unten versteckt, irgendwo im Futter.«

Rosalie versuchte zu lächeln und ließ ihm den Vortritt, nachdem er die Terrassentür mit dem kleinen Schlüssel geöffnet hatte. Die Luft im Wohnzimmer war abgestanden und es roch säuerlich nach Milch. Sebastian Schmidt stellte seine Einkäufe auf den Fußboden neben dem Couchtisch und ließ sich aufs Sofa fallen. »Puh, ich bin echt fertig gerade. Setzen Sie sich doch.«

»Danke, Herr Schmidt, ich stehe lieber. Waren Sie länger nicht zu Hause?«

»Seit gestern nicht. Dieses Warten auf Steffi hat mich verrückt gemacht, da bin ich mal eine Nacht bei meinen Eltern untergekommen. Als Sie mich vorhin auf dem Handy angerufen haben und meinten, dass Sie im Laufe des Nachmittags vorbeikommen würden, da dachte ich, dass das nun wirklich ein Grund wäre, nach Hause zu fahren.«

»Ich verstehe«, sagte Rosalie und war sich sicher, dass auch schon vorher nicht regelmäßig gelüftet und aufgeräumt worden war.

»Ja, und wissen Sie, jetzt, wo Steffi tot ist, ist das hier alles andere als einfach für mich!«

»Herr Schmidt, das kann ich sehr gut verstehen, aber vielleicht können wir uns mit meinem Kollegen zusammen weiter unterhalten?«

»Selbstverständlich. Warten Sie hier, ich lasse ihn rein.«

Rosalie beobachtete jeden der Schritte von Sebastian Schmidt, als er durch den schmalen Flur an der Kellertür vorbei zur Haustür ging. Durch das Milchglas sah Rosalie Manfred vor dem Haus stehen. Er drehte sich blitzschnell um, als Sebastian Schmidt hinter ihm die Tür öffnete. Gute Reflexe für sein Alter, dachte Rosalie.

Manfred setzte sich zu Sebastian Schmidt auf das Sofa, welches dieser schnell von den darauf liegenden Kleidungsstücken befreit hatte. Rosalie blieb in der Wohnzimmertür stehen und lehnte sich am Türrahmen an.

»Entschuldigen Sie bitte das Chaos. Ich hatte in den letzten Tagen keinen klaren Kopf, für gar nichts. Und erst recht nicht für den Haushalt.«

»Das ist in Ordnung, Herr Schmidt«, erwiderte Manfred. »Wir Männer allein zu Hause, ich kenne das!«

Rosalie warf ihrem Kollegen einen genervten Blick zu. Sprüche dieser Art waren ihr eigentlich zuwider, aber hatte sie kurz zuvor nicht selbst in Schubladen gedacht? Konnte nicht auch eine Frau im Chaos leben? »Herr Schmidt, wie Sie sich sicher denken können, müssen wir Ihnen ein paar Fragen stellen. Außerdem möchten wir Sie bitten, die Leiche, die in Hannover am Mittellandkanal gefunden wurde, zu identifizieren.«

Sebastian Schmidt schaute abwesend aus dem Fenster auf die Sichtschutzwand. »Ich soll Steffi identifizieren? Sie sieht doch sicher furchtbar aus. Muss das denn sein? Reichen da nicht Fotos? Zum Beispiel vom Tattoo?«

»Es wäre gut, wenn Sie persönlich in der Rechtsmedizin erscheinen würden. Zumindest das Tattoo und die Schmuckstücke, die sie trug, sollten Sie sich direkt anschauen. Notfalls können wir das mit einem DNA-Abgleich regeln. Gibt es denn Verwandte ersten Grades?«

»Jaja, wir haben eine Tochter. Und Steffis Eltern leben auch beide noch.«

»Sie haben eine Tochter?«

Rosalie und Manfred schauten sich überrascht an.

»Ja, Marta.«

Am frühen Abend knipste Rosalie ihre Schreibtischlampe an. Allmählich wurde es ihr zu dunkel im Büro. Die große Eiche vor ihrem Fenster spendete immer angenehmen Schatten, aber sie nahm leider auch viel Tageslicht.

»Na, tippst du immer noch das Protokoll?« Manfred erschien mit seiner Jacke über dem Arm in ihrer Bürotür.

»Ja, ich will das heute unbedingt noch fertig bekommen, damit wir beide uns morgen früh ganz in Ruhe auf Hannover vorbereiten können.«

»Was willst du da denn vorbereiten? Wir sind doch im Bilde!«

»Das reicht mir nicht. Ich will glänzen«, hielt Rosalie ihrem Kollegen entgegen und zwinkerte ihm zu.

»Na, wie du meinst, du willst auch noch was werden. Ich hingegen bin ja Edeka«, grinste Manfred.

»Edeka?«

»Ja, Ende der Karriereleiter! Kennst du den Spruch nicht? Alte Beamtenweisheit.«

»Nie gehört, aber gut zu wissen, wie ich dich rufen kann, wenn du demnächst mal wieder nicht artig bist.« Rosalie wandte sich wieder ihrem Monitor zu. »Sei mir nicht böse, aber ich mache jetzt mal weiter, ich will nicht ewig hier sitzen.«

»Mach mal, aber übertreibe es nicht, morgen ist auch noch ein Tag! Ich bin dann mal weg, das Abendessen wartet.«

»Tschöö, bis morgen, und grüß Roswitha von mir!«

»Wird erledigt«, sagte Manfred und verschwand auf den Flur.

Eine halbe Stunde später hatte Rosalie es geschafft und schmiss die Rechtschreibprüfung ihres Textverarbeitungsprogramms an. Während ihr ein paar Korrekturvorschläge unterbreitet wurden, ließ sie den Nachmittag noch einmal Revue passieren. Sebastian Schmidt hatte sich durch und durch auffällig verhalten. Manfred und sie waren sich schon auf der Rückfahrt aus Lehndorf zurück in die Innenstadt einig gewesen, dass er ihnen entweder nicht die ganze Wahrheit gesagt oder aber gelogen hatte. Nachdem Rosalie erst kürzlich auf der Polizeiakademie in Nienburg einen Auffrischungskurs in der neuesten Verhörtechnik belegt hatte, wusste sie seine Körpersprache sehr genau zu deuten. Seine Blicke und vor allem sein nervöses Fingerspiel hatten ihn aus ihrer Sicht verraten. Irgendwas war da faul. Obwohl seine Geschichte auf den ersten Blick schlüssig erschien.

Laut seiner Aussage hatte er sich vergangenen Freitag auf den Weg nach Gießen begeben, um dort über das Wochenende an einem Kongress für freie Journalisten teilzunehmen. Nachdem seine befristete Beschäftigung als stellvertretender Pressesprecher einer Brauerei in Braunschweig nicht verlängert worden war, war er seit geraumer Zeit ausschließlich freischaffend tätig. Mehr schlecht als recht, wie er im Gespräch mit Manfred und Rosalie zugegeben hatte. Samstagmorgen hatte er dann noch mit seiner Lebensgefährtin Steffi Kohlstedt telefoniert, die gerade ihre sechsjährige Tochter bei den Pfadfindern der Lehndorfer Kirchengemeinde zum Spieletreff abgegeben hatte. Am nächsten Morgen hatte er Steffi telefonisch nicht mehr erreicht. Weder zu Hause noch auf dem Festnetz. Zwei WhatsApp-Nachrichten blieben ebenfalls unbeantwortet. Zu diesem Zeitpunkt hatte er sich noch keine Gedanken gemacht, weil Steffi manchmal lange Spaziergänge in dem nahe gelegenen Waldstück unternahm. Erst als er sie auch am Abend nicht erreicht hatte, war er langsam unruhig geworden. In Gießen stand allerdings ein gemeinsames Abschlussessen mit Kongressteilnehmern auf dem Programm, dem er sich nicht entziehen wollte. Trotzdem verließ er das Restaurant zwischenzeitlich immer wieder, um zu Hause anzurufen.

Auch bei Steffis Eltern ging niemand ans Telefon. Erst nach mehreren vergeblichen Versuchen fiel ihm ein, dass sie Urlaub auf Sizilien machten und gar nicht zu Hause waren. Da habe die unerträgliche Sorge um Steffi seinem Erinnerungsvermögen wohl einen Strich durch die Rechnung gemacht, hatte Sebastian als Erklärung zu Protokoll gegeben. In der Nacht war er zurück nach Braunschweig gefahren. Dort angekommen hatte er sofort registriert, dass Steffis Anorak an der Garderobe fehlte und ihr Fahrrad nicht vor der Haustür stand. Später stellte er fest, dass auch ihre markanten blau-gelben Sneaker aus dem Schuhschrank fehlten. Es waren Steffis Lieblingsschuhe in den Farben von Eintracht Braunschweig. Sebastian war zudem in großer Sorge um seine Tochter Marta. Das Mädchen war ebenfalls nicht zu Hause, sie war es aber gewohnt, sich ab und zu morgens allein fertig zu machen und zur Schule zu gehen. Trotzdem hatte ihn der Gedanke gequält, wie er ihr nach Schulschluss erklären sollte, dass die Mutter verschwunden war. Bevor er die Polizei schließlich benachrichtigt hatte, hatte er das besagte Waldstück auf eigene Faust abgesucht. Fast zwei Stunden hatte er in dem Forst verbracht und Spaziergänger nach Steffi befragt. Niemand hatte sie gesehen. Gegen Mittag musste er dann zur Schule und Marta abholen. Das kleine Mädchen war ihm freudestrahlend entgegengelaufen und hatte sofort zu erzählen begonnen, was sie am Wochenende alles erlebt hatte. Erst zu Hause hatte Marta zum ersten Mal gefragt, warum die Mama sie nicht abgeholt hätte. Sebastian hatte ihr geantwortet, dass die Mama kurzfristig auf der Arbeit einspringen musste und erst morgen Abend nach Hause käme. Auf Nachfrage von Manfred berichtete Sebastian Schmidt, dass Steffi Kohlstedt als Notfallsanitäterin beim Deutschen Roten Kreuz im Schichtdienst arbeiten würde. Es sei in der Vergangenheit durchaus vorgekommen, dass sie kurzfristig für einen erkrankten Kollegen eine 24-Stunden-Schicht übernehmen musste. Nachdem er Marta mit ihren Hausaufgaben an den Schreibtisch gesetzt hatte,

hatte er die Polizei angerufen. Diese Angabe stimmte mit dem Protokoll der Leitstelle überein, wo der Notruf um 14.12 Uhr registriert worden war. Rosalie hatte sich gewundert, dass Sebastian Schmidt nicht zuerst mit Freunden und Verwandten gesprochen hatte, aber auch hierfür hatte der Journalist eine Erklärung gehabt. Seine Eltern habe er natürlich informiert, aber die hätten ihn noch beschimpft, warum er nicht längst die Polizei angerufen hätte. Viele Freunde hätten sie nie gehabt. Wegen Steffis Schichtdienst und seiner freiberuflichen Tätigkeit sei die Pflege von Freundschaften schwierig und Steffis beste Freundin wohne in Berlin. Da habe er angerufen, aber auch hier hätte es keinen Hinweis gegeben.

Rosalie speicherte die Datei und sendete einen Druckauftrag an den großen Zentraldrucker, der zwei Büros weiter stand. Wenn Sebastian Schmidt noch mal persönlich vorbeikommen würde, um das Protokoll zu unterschreiben, musste sie ihn unbedingt um ein Gespräch mit der kleinen Marta bitten. Vielleicht war ihr etwas am Verhalten der Mutter aufgefallen. Rosalie überlegte, dass sie nicht in Sebastians Haut stecken wollte, der nicht nur seine Lebensgefährtin verloren hatte, sondern wohl auch das Kind ohne Mutter großziehen würde. Derzeit hatte er Marta bei einer Schulfreundin untergebracht und der Kleinen erzählt, dass die Mama sich bei ihrer Arbeit mit einem Virus angesteckt habe, der sie sehr krank gemacht hatte. Das Mädchen war in dem Glauben, dass die Mutter auf einer Isolierstation des Städtischen Klinikums liegen würde und bis auf Weiteres keinen Besuch empfangen könne. Deshalb malte Marta jeden Tag ein Bild für die Mama. Sebastian hatte ihnen das letzte Bild gezeigt, welches Marta und ihre Mama auf einem Spielplatz zeigte. Irgendwann würde Sebastian Schmidt

Marta sagen müssen, dass die Mama den Kampf gegen die heimtückische Krankheit verloren habe und nun im Himmel sei. So weit sein Plan.

Die Uhr über Rosalies Bürotür zeigte fast 22.00 Uhr, als sie sich endlich auf den Weg zum Fahrradschuppen begab, der auf dem Innenhof des Polizeigebäudes lag. Sie war fix und fertig und wollte nur noch auf das heimische Sofa. Morgen wartete nicht nur ein anstrengender Tag auf sie, sondern auch der sagenumwobene Wim Schneider.

9. KAPITEL

»Manfred, nein, nicht hier abbiegen, eine weiter!« Aufgeregt rutschte Rosalie auf dem Beifahrersitz des A6-Dienstwagens hin und her und hätte ihrem Kollegen am liebsten ins Lenkrad gegriffen. Manfred hatte sich seit einer Viertelstunde trotz Navigationssystem und einer fluchenden Rosalie komplett in Hannovers Calenberger Neustadt verfahren.

»Wenn du weiterhin sowohl das Navi als auch mich ignorierst, kommen wir entweder am Flughafen in Langenhagen raus oder aber deutlich zu spät! Nimm jetzt die Nächste links, bitte!«

»Ich hasse diese vielen unübersichtlichen Straßen hier, aber dahinten, das müsste es sein«, freute sich Manfred und war sichtlich erleichtert, als er das Gebäude der Polizeiinspektion erkannte.

»Ich bin auf den Wim Schneider gespannt. Und auf das große Wiedersehen!« Rosalie war in ihrer Neugier und Euphorie kaum zu bremsen.

»Kann es sein, dass du dich mehr auf dieses Wiedersehen freust als ich? Man fühlt sich ja richtig vorgeführt«, grummelte Manfred, als er den Wagen auf dem Besucherparkplatz abstellte.

»Nun sei doch nicht so, ihr habt euch wie lange nicht gesehen?«

»Keine Ahnung. Jahrzehnte werden es wohl sein.«

»Das ist doch spannend«, erwiderte Rosalie. »Beide haben weniger Haare, mehr Bauch, vielleicht eine Brille, wo vorher keine war. Also nun freu dich doch mal!«

»Ich kann mich kaum bremsen«, sagte Manfred gelangweilt und zeigte in Richtung des Haupteingangs. »Zück mal lieber deinen Dienstausweis und hör auf, mich mit Wim Schneider zu nerven, da vorne müssen wir am Pförtner vorbei.«

Rosalie verzog ihren Mund zu einer Grimasse, äffte Manfred nach und überholte ihn auf dem Weg zum Eingang. Manchmal konnte ihr Kollege ein richtiger Stinkstiefel sein, aber trotzdem mochte sie ihn und seine an sich gemütliche und besonnene Art. Sie passierten den Pförtner und folgten der Beschilderung im Treppenhaus bis in den Besprechungsraum in der ersten Etage. Kurz vor der offen stehenden Tür machte Manfred plötzlich kehrt.

»Ich gehe noch mal schnell wohin, die lange Autofahrt und so«, sagte er zu Rosalie.

»Das kann doch wohl nicht wahr sein, du alter Schisser«, warf ihm Rosalie an den Kopf.

Manfred ignorierte Rosalies spitze Bemerkung und verschwand hinter einer Säule in Richtung Treppenhaus.

»Ich geh aber schon mal rein!«, rief ihm Rosalie empört hinterher.

»Tu, was du nicht lassen kannst!«, hallte es zurück.

Wim Schneider hatte es sich auf seiner Lieblingstoilette ganz hinten rechts am Fenster bequem gemacht. Das Schlimmste war längst vorbei, aber er wollte das stille Örtchen nicht zu früh verlassen. Nichts wäre unangebrachter gewesen, als der Erste im Besprechungsraum zu sein. Als Gastgeber und Leiter der Soko wollte er seinen Auftritt bis zum Schluss hinauszögern, am besten bis fünf Minuten über der Zeit. Mit wichtiger Miene, weil er aufgehalten worden war, würde er dann erst auftauchen. Die Hose nach wie vor in den Kniekehlen hängend, las er das Vernehmungsprotokoll, das die Braunschweiger Kollegen ihm am Vormittag hatten zukommen lassen. Sehr gründlich hatte diese junge Kommissarin das Gespräch mit Sebastian Schmidt protokolliert, und soweit er das beurteilen konnte, schien dieser Schmidt allumfassend ausgesagt zu haben.

Ein Blick auf seine Armbanduhr verriet Wim, dass es nun langsam an der Zeit war, sich von seinem Thron zu erheben. Gemütlich packte er seine Unterlagen wieder in seine Aktentasche, zog seine Hosen hoch, betätigte die Klospülung und warf sein Sakko über, welches er an dem dafür vorgesehenen Haken an der Kabineninnentür aufgehängt hatte. Er entriegelte die Tür und ging zielstrebig auf das Waschbecken zu, als ihm vor lauter Schreck fast die Tasche aus der Hand fiel. Dort stand nicht irgendwer, sondern Manfred Wiegand und tupfte sich mit einem grauen Einwegpapiertuch die Stirn. Er schwitzte. Wim überlegte für den Bruchteil einer Sekunde, ob er die Herrentoilette überstürzt verlassen sollte, entschied sich aber intuitiv dafür, lieber in die Offensive zu gehen.

»Hallo, Manfred! Dass wir uns nun gerade hier wiedertreffen!« Wim war bemüht, sich seine Unsicherheit nicht anmerken zu lassen, obwohl er genau wusste, dass sein Gesicht in solchen Situationen ein offenes Buch sein konnte.

Manfred schaute erst in den Spiegel über dem Waschbecken, sah Wim schräg hinter sich stehen und drehte sich dann zögernd zu ihm um. »Die Hand gebe ich dir erst nach dem Händewaschen«, versuchte er zu scherzen und trat beiseite. »Hallo, Wim, so sieht man sich also wieder! Ausgerechnet auf dem Klo.«

Wim erkannte auch bei seinem alten Kollegen ein gewisses Maß an Unsicherheit und fühlte sich gleich wohler. »Ja, wer hätte das gedacht. Du und ich noch mal im selben Boot.« Er stellte seine Aktentasche auf den Boden und wusch sich die Hände. »Seid ihr gut durchgekommen?«

»Es war eine angenehme Fahrt, dank des Navis gar kein Thema«, sagte Manfred, der offenbar froh war, dass auch Wim zunächst den oberflächlichen Small Talk bevorzugte.

»Na, dann lass uns mal rübergehen. Hast du deine charmante Kollegin dabei?«, fragte Wim auf dem Weg zum Besprechungsraum, um die Situation ein wenig aufzulockern.

»Ja, sicher, die ist schon vorgegangen, glaube ich.«

Zügig folgte Manfred Wim, der nun im Eiltempo über den Flur schritt. Als die beiden den Raum betraten, verstummten schlagartig die Gespräche der Anwesenden. Manfred setzte sich auf den freien Platz neben einer jungen Frau, bei der es sich vermutlich um Rosalie Helmer handelte. Wim übernahm souverän das Kommando.

»Setzen, bitte, wir schreiben eine Klassenarbeit!«, witzelte er und nahm am Kopf des Besprechungstisches Platz, während Birgit mit der Kaffeekanne in der Hand die Runde machte.

»Liebe Kolleginnen und Kollegen, die meisten unter uns

kennen sich. Ganz herzlich begrüßen möchte ich die beiden Kollegen aus Braunschweig, Frau Kriminalkommissarin Rosalie Helmer und Herrn Kriminalhauptkommissar Manfred Wiegand«, eröffnete Wim die Besprechung. Er hatte sich leicht nach vorne gebeugt und schaute Rosalie und Manfred direkt an. »Frau Helmer und Herr Wiegand sind zu uns gekommen, weil wir gemeinsam an der Aufklärung des Mordfalls der gefundenen Wasserleiche vom Mittellandkanal arbeiten wollen. Wir gehen davon aus, dass die Tote mit sehr hoher Wahrscheinlichkeit aus Braunschweig kommt. Der endgültige DNA-Abgleich beziehungsweise eine Identifizierung der Toten steht noch aus, der Obduktionsbericht liegt aber bereits vor.« Wim hielt einen braunen Umschlag hoch. »Ich verteile ihn im Anschluss. Bevor wir das weitere Vorgehen besprechen, möchte ich Ihnen noch einmal die Fotos der Obduktion zeigen und mit Ihnen die wesentlichen Auffälligkeiten besprechen.«

In den folgenden eineinhalb Stunden führte Wim diszipliniert durch die erste Lagebesprechung der Soko Wasserleiche. Seine Unterleibsschmerzen ignorierte er, so gut es eben ging, und vermied konsequent, etwas zu trinken. Und obwohl Birgit Höfgens ihn mit Blicken tötete, nannte er sie nun auch vor allen anderen immer wieder Biggi. Gegen 15.30 Uhr waren alle wichtigen Punkte der Tagesordnung abgearbeitet und alle Aufgaben zwischen den Hannoveranern und den Braunschweigern fürs Erste verteilt. Der Grundstein für eine städteübergreifende Soko war gelegt. Im Mittelpunkt der Ermittlungen standen zunächst das nähere Umfeld von Steffi Kohlstedt und der Versuch, die letzten Tage im Leben der toten Frau zu rekonstruieren. Diese Aufgabe wurde vor allem Rosalie und Manfred zuteil.

»Dass der Schneider nicht mal nach Braunschweig kommen will, um sich den Schmidt persönlich vorzuknöpfen, finde ich schon komisch«, sagte Rosalie, als sie mit Manfred auf dem Weg zum Parkplatz war.

»Warum? Er vertraut uns eben und er hat ja deutlich gemacht, dass er zunächst keine Anhaltspunkte erkennt, die Sebastian Schmidt akut zu einem Verdächtigen machen würden«, hielt Manfred ihr entgegen.

»Da ist was faul. Mein Gefühl sagt mir, dass der uns etwas verschweigt. Ich habe ihn genau beobachtet, er war unsicher und seine Körpersprache war eindeutig.«

»Ich glaube, du überinterpretierst da was, Rosalie. Lass uns erst mal keine voreiligen Schlüsse ziehen, sondern alles Schritt für Schritt abarbeiten. Das heißt konkret, dass du dich bitte als Erstes um die Überprüfung seines Alibis kümmerst. Wir müssen außerdem dringend mit dem Kind sprechen. Vielleicht ist der Kleinen noch etwas aufgefallen, bevor die Mutter sie zur Gemeinde gebracht hat. Und wir müssen die Eltern von Steffi Kohlstedt und Sebastian Schmidt befragen.«

»Ich nehme an, die Aufgaben sind nicht verhandelbar?«, fragte Rosalie nach.

»Genau so ist das!«, erwiderte Manfred und öffnete die Autotüren mit der Fernbedienung.

»Kann ich dann wenigstens jetzt nach Hause fahren und du nimmst neben mir auf dem Beifahrersitz Platz?«

»Das sollte gehen«, antwortete Manfred erleichtert.

»Aber eines muss ich noch loswerden«, entgegnete Rosalie und setzte ihr charmantestes Lächeln auf.

»Und das wäre?«

»Ich finde, du hast dich optisch besser gehalten als Wim Schneider.«

10. KAPITEL

David Simonis hatte seiner Freundin Irina versprochen, endlich mal seinen freien Tag mit ihr zu verbringen. Seit ein paar Monaten gönnte er sich eine Vier-Tage-Woche, weil die Geschäfte hervorragend liefen. Außerdem hatte er in einem Gesundheitsmagazin gelesen, dass der Mensch nicht für mehr als eine 30-Stunden-Woche gemacht sei. Heute verzichtete er allerdings zum ersten Mal auf den Sporttag mit seinen Freunden. Wehmütig saß er mit Irina auf der Außenterrasse des Courtyard Hotels am Maschsee und wartete auf sein Rumpsteak mit Bratkartoffeln. Irina hatte ihre neue Sonnenbrille aufgesetzt, ihre schwarzen Haare zu einem aalglatten Zopf gebunden und beobachtete die verschiedenen Segelboote, die an ihnen vorbeizogen.

»Boah, was sind das bitte für Amateure?«, sagte sie in Richtung des Sees schauend. Das »R« rollte sie wegen ihres russischen Akzentes sehr deutlich.

David rümpfte die Nase. »Ich finde das jetzt nicht so schlimm, vielleicht lernen die das gerade erst. Da vorne ist doch die Segelschule!«

»Ich weiß, mein Schatz. Lesen kann ich noch. Im Übrigen wäre ich dir sehr dankbar, wenn du dein dämliches Smartphone endlich mal weglegen könntest!«

David schaute überrascht auf. »Moment mal, ich denke, du beobachtest die Segelamateure da vorne? Dann kann es dir doch egal sein, dass ich nebenbei mein Smartphone in der Hand halte.«

Irina drehte ihren Kopf in Richtung David, schob ihre Sonnenbrille auf die Nasenspitze und schaute ihn über den Brillenrand hinweg an. »Ist es mir aber nicht!«

David verdrehte die Augen. »Nur noch einen Moment. Das Essen kommt eh gleich, ich will das hier nur schnell zu Ende lesen.«

»Kein Handy beim Essen! So ist unser Deal!«, giftete Irina zurück und warf David einen weiteren ermahnenden Blick zu.

»Genau! Beim Essen. Und das kann ich hier gerade nicht vor mir stehen sehen«, erwiderte David genervt und nahm sich vor, Irina nicht noch einmal einem Treffen mit seinen Jungs vorzuziehen.

»Worum geht es denn überhaupt bei dem, was du gerade so liest? Wieder die Arbeit?«, erkundigte sich Irina mit gemäßigter Stimme und sichtlich bemüht, die Wogen wieder ein wenig zu glätten.

»Ich lese was über Braunschweig nach«, antwortete David, ohne seinen Blick vom Display zu lösen.

»Über Braunschweig? Diese Villa, von der du mir erzählt hast?«

»Ja, genau die. Ich habe gestern Abend endlich mal diesen Anwalt erreicht. Nächste Woche treffen wir uns in seinem Büro in Braunschweig.«

»Und jetzt suchst du nach einer Wegbeschreibung, oder was?«

Während David zu einer Erklärung ansetzte, wurde das Essen serviert. Für Irina ein Clubsalat, für David das heiß geliebte Steak.

»Erst mal guten Appetit! Ich suche nach keiner Wegbeschreibung. Ich habe versucht, etwas mehr über diese Immobilie am Gaußberg herauszubekommen. Eigentlich habe ich sogar schon gestern damit angefangen«, sagte David und legte absprachegemäß das Handy beiseite – nicht um Irina zu besänftigen, sondern um sich den Salzstreuer zu nehmen. Bratkartoffeln konnten David nie salzig genug sein. Irina kaute inzwischen auf einem Stück Putenbrust. »Aber hattest du nicht gesagt, dass der Besitzer dir so ein umfangreiches Schriftstück zu seiner Villa überlassen hat?«

»Ja, hat er auch. Und ich war anfangs sogar genervt von diesem alten Vogel. Aber mittlerweile hat mich diese Villa irgendwie eingenommen und ich möchte noch mehr erfahren. Über den Gaußberg an sich zum Beispiel gibt es einiges im Netz. Außerdem hat Dr. Münte mir noch ein paar interessante Details erläutert.«

»Der Anwalt?«, fragte Irina nach.

»Ja, genau der.«

Irina platzierte ihr Besteck am Tellerrand und legte ihre Hand auf Davids Unterarm.

»Schatz, weißt du eigentlich, dass ich noch nie in Braunschweig war?«

»Nein, das wusste ich nicht«, entgegnete David und lächelte seine Freundin an, neugierig darauf, was als Nächstes kam.

»Das sollten wir ändern. Was hältst du von einem spontanen Ausflug heute Nachmittag? Über die A 2 sind wir doch schnell da.«

Davids Gesicht hellte sich noch mehr auf. »Davon halte ich sehr viel! Danke für dein Verständnis!«

Sosehr David seine Freundin manchmal auf den Mond oder wenigstens zurück nach Wladiwostok schießen wollte, dies waren die Momente, in denen er sie heiß und innig liebte.

»Ich sehe doch, dass du hier sitzt und leidest, weil du im Geiste auf dem Golfplatz bist. Da tut dir ein bisschen Ablenkung sicher gut.«

»Aber nachher wollten wir doch noch mit den Rädern an der Ihme langfahren.«

»Meinst du, da wäre es anders?«, konterte Irina.
»Ach Irina, ich liebe dich!« David atmete auf.
»Ich weiß, mein Schatz, ich weiß!«

Wim Schneider hatte seinen Bürostuhl zum Fenster gedreht und ließ sich die Nachmittagssonne ins Gesicht scheinen. Entgegen jeder Wettervorhersage war es ein herrlicher Frühlingstag. Ein letztes Mal entspannen, bevor es morgen ernst wurde! Das hatte er sich für heute vorgenommen. Morgen früh um 08.00 Uhr musste er im Krankenhaus vorstellig werden, und obwohl er genau wusste, dass schon ganz andere Leute vor ihm eine Blasenspiegelung überstanden hatten, war ihm mulmig zumute. Da wollte man doch tatsächlich an sein Allerheiligstes, und dann noch so. Schnell verdrängte er wieder die Vorstellung von sterilen Behandlungszimmern und urologischen Horrorgerätschaften. Ob Sigrid wohl zu Hause war? Er stand auf, griff zum Telefonhörer und wählte die Nummer seiner Schwester.

»Beneke!«

»Hallo, Sigrid, hier ist dein Bruder, wie geht es dir?«

»Wim! Schön, von dir zu hören, aber um diese Uhrzeit? Heute nicht im Dienst?«

»Doch, doch, ich bin im Büro!«

»Alles andere hätte mich auch sehr überrascht. Ich kann mir alles vorstellen, aber nicht, wie mein Bruder Überstunden abbaut.«

»An einen Mehrzeitausgleich ist auch gerade nicht zu denken. Wir haben einen Mordfall aufzuklären!«

»Ach was, sag bloß, du darfst wieder auf deinen alten Arbeitsplatz zurück?«, fragte Sigrid.

»Ja, tatsächlich!«

»Und wie kommt dieser Sinneswandel zustande? Ist die Krankenrate bei euch drastisch gesunken?«

»Davon kann keine Rede sein. Aber es gibt einen Leichenfund hier in Hannover, der sehr wahrscheinlich eine Verbindung nach Braunschweig aufweist, und da dachte mein Chef wohl, dass kein Weg an mir vorbeiführt«, erläuterte Wim zufrieden.

»Braunschweig?! Dann können wir uns da ja mal treffen und einen Kaffee trinken!«, freute sich Sigrid.

»Im Moment weiß ich noch gar nicht, wann ich wo und wie unterwegs sein werde. Wir stehen ganz am Anfang der Ermittlungen und arbeiten mit den Braunschweigern zusammen, die vieles direkt vor Ort abarbeiten können. Aber weil in Hannover der Fundort der Leiche ist, laufen hier alle Fäden zusammen. Wir haben sogar eine Soko eingerichtet! Und rate mal, wer sie leitet!«

»Dann muss der Fall ja ziemlich spektakulär sein. Bleibt dann nicht alles andere liegen? Aber Glückwunsch zur Leitung!«

»Spektakulär. Na ja, man hat in der Tat nicht jeden Tag eine Wasserleiche.«

»Ach, etwa die Wasserleiche aus dem Mittellandkanal? Das kam sogar im Fernsehen!«

Wim stöhnte auf. Diese verdammten Journalisten! »Ach, das habe ich noch gar nicht mitbekommen.«

»Ja, gestern Abend um 19.30 Uhr auf dem Dritten«, erwiderte Sigrid. »Mein Bruder wird noch berühmt, wenn du dich erst mal vor laufender Kamera zum Stand der Ermittlungen äußern sollst. Ach, ist das aufregend!«

»Auf diese Form des Ruhmes kann ich verzichten!«, grummelte Wim und wechselte das Thema. »Geht es dir denn ansonsten gut, Schwesterherz?«

»Ja, ich kann nicht klagen. Unkraut vergeht nicht! Und bei dir? Ist die Arbeit in so einer Mordermittlung nicht furchtbar anstrengend?«

»Mir geht's gut, keine Sorge«, log Wim.

»Verstehe. Na, pass schön auf dich auf! Du, sei mir nicht böse, aber ich muss jetzt tatsächlich aufhören. Ich habe was auf dem Herd stehen. Wir können ja die Tage noch mal quatschen«, sagte Sigrid.

Wim zögerte einen Augenblick. »Du, ich …«, Wim stockte.

»Ja, was ist denn?«

»Ach nichts, ich muss jetzt auch ganz schnell aufhören, mein Teewasser kocht gleich.«

»Dann zieht es uns ja beide in die Küche, mein Lieber, tschüss dann!«

»Tschüss und bis bald!«

Wim legte den Hörer auf und atmete tief durch. Er hatte es sich die ganze Zeit vorgenommen und dann konnte er ihr doch nicht von Dr. Plog und brennenden Toilettengängen und vor allem nicht von seiner Angst vor dem morgigen Termin erzählen. Sie würde es schon noch früh genug erfahren. Vielleicht bestünde gar kein Grund zur Panik. Und vielleicht wäre ein Beruhigungstee jetzt tatsächlich genau das Richtige!

Irinas Zopf flog im Wind und sie hielt einen Arm in die Luft gestreckt. Mit Tempo 150 raste David mit offenem Verdeck an der Autobahnraststätte Zweidorfer Holz vorbei. Bis Braunschweig waren es noch etwa 15 Minuten. David hatte Irina vorgeschlagen, das Auto irgendwo im Univiertel zu parken und einen Spaziergang in Richtung Gaußberg zu machen. Irina bestand aber darauf, zum Abschluss des Tages noch durch die Innenstadt zu bummeln.

»Und diese alte Frau, die mit faulen Äpfeln durch die Gegend wirft, die habt ihr beim ersten Besuch nicht gesehen?«, fragte sie und legte ihre Hand auf Davids Oberschenkel.

»Nimm die Hand da weg, Irina. Ich kann mich so erstens nicht konzentrieren und zweitens ist die eiskalt vom Fahrtwind.«

David schob die Hand seiner Freundin langsam weg. Irina hatte aber offensichtlich Spaß an diesem Spiel und legte ihre Hand dieses Mal auf seinen Schoß. David spürte die Erektion kommen, war er doch für ihre Zärtlichkeiten sehr empfänglich.

»Bitte, Schatz, nimm deine Hand da weg, sonst muss ich leider einen Unfall bauen!«, sagte er zu seiner Freundin und rutschte auf dem Fahrersitz hin und her.

Irina ließ sich nicht beirren und nestelte an seinem Gürtel.

»Irina! Das Verdeck ist offen! Jeder beliebige Lkw-Fahrer kann gleich meinen Schwanz sehen! Ist es das, was du möchtest?«

David spürte die Beule in seiner Hose, die mächtig gegen den Hosenbund drückte.

»Normalerweise zahlen die für solche Showeinlagen Geld, jedenfalls bei uns in Russland«, erwiderte Irina und lachte. »Aber wenn du dich so anstellst, mein Gott, dann lass ich es eben!«, sagte sie mit einem beleidigten Unterton und nahm ihre Hand von Davids Hose.

»Entschuldige mal, du hast mich nach einer alten Frau gefragt und dann fängst du mit dem Fummeln an«, konterte David. »Schau mal, da vorne kommt gleich die Abfahrt Braunschweig-Watenbüttel. Lass uns den Rest der Strecke über Land fahren.«

David setzte den Blinker und steuerte auf die Ausfahrt zu.

»Ja, okay, und was ist nun mit der alten Frau gewesen?«, erkundigte sich Irina trotzig. Ihr schien die Lust erst mal vergangen zu sein.

»Ich habe sie damals nur kurz gesehen, als ich mit Gänsicker vor Ort war. Da stand sie dann auch gleich mit der

Harke in der Hand und hat wilde Drohgebärden gemacht. Als wollte sie das Gartenhaus, in dem sie lebt, in einem Krieg verteidigen. Das war schon ein sehr resolutes Auftreten. Und dann noch die Sache mit den faulen Äpfeln. Ein normaler Umgang ist das nicht. Und das ist auch der Punkt, der mich so beschäftigt. Was mag in der Frau vorgehen, dass sie sich so benimmt? Wie würdest du es finden, wenn dich nach über 50 Jahren jemand aus deinem Zuhause werfen wollen würde?«

»Beschissen würde ich es finden!«, antwortete Irina, ohne zu zögern. »Auf der anderen Seite kann ich deinen Kunden auch verstehen. Dass die Alte der Grund ist, warum er solche Schwierigkeiten hat zu verkaufen, würde mich auch auf die Palme bringen.«

David nickte. »Du wirst es ja nachher sehen. Die Villa und das Grundstück an der Oker sind ein Traum. Aber was nützt dir dieser Traum, wenn er dir von einer alten Frau mit Harke in der Hand streitig gemacht wird? Ich kann es drehen und wenden, wie ich will, aber in meiner Brust schlagen zwei Herzen.«

»Stell dir bloß vor, wir treffen die Frau nachher! Wie alt ist sie denn genau?«

David bog auf die Bundesstraße Richtung Watenbüttel ab. »Ich glaube Anfang, Mitte 80, aber so wie mein Kunde sie beschrieben hat, soll sie sehr rüstig sein und locker zehn bis 15 Jahre jünger aussehen. Ob ich ihr unbedingt begegnen möchte, weiß ich gar nicht. Aber ich würde mir vor dem Termin mit Dr. Münte nächste Woche gerne alles noch mal ansehen. Und ich finde es toll, dass du das verstehst!«, sagte David und begann grinsend seine rechte Hand unter Irinas Rock zu schieben.

Wims Arbeitstag neigte sich dem Feierabend entgegen. Er war nervös und konnte sich einfach nicht konzentrieren.

Für morgen früh wurde das Ergebnis des DNA-Abgleichs erwartet. Rosalie Helmer hatte am Vortag ein paar Haare aus der Haarbürste der Toten mitgebracht, die seit gestern Nachmittag im Labor untersucht wurden. Mit Glück gab es sogar heute Abend noch ein Ergebnis, dann würde man Wim natürlich informieren. Im Grunde ging es nur noch darum, den Tod der Steffi Kohlstedt offiziell zu bestätigen.

Ausgerechnet alles morgen! Wim würde sich zu Hause erst mal mindestens einen Ouzo gönnen. Er ärgerte sich und überlegte, ob er den Termin im Krankenhaus irgendwie schieben konnte. Aber andererseits wollte er auch endlich Gewissheit haben. Außerdem hatte Dr. Plog ihm zugesichert, die Untersuchung persönlich vorzunehmen, und ihm bestätigt, dass er im Anschluss an die Spiegelung durchaus arbeiten gehen könne, wenn er sich entsprechend fühlen würde. Es half nichts, morgen würde die Stunde der Wahrheit für ihn schlagen.

11. KAPITEL

Rosalie hatte ihre Turnschuhe ausgezogen, die Füße auf den Schreibtisch gelegt und las zum wiederholten Mal das Vernehmungsprotokoll. Den zeitlichen Ablauf, den Sebastian Schmidt ihr geschildert hatte, skizzierte sie nebenbei auf einem Schmierzettel. Das Hotel in Gießen hatte seine Teilnahme am Kongress bestätigt, ebenso die verfrühte Abreise. Gleich nach ihrer Rückkehr aus Hannover hatte Rosalie die Kollegen der Fachabteilung gebeten, sich um alle Telefonate von Sebastian Schmidt zu kümmern. Von der Lehndorfer Kirchengemeinde hatte sie noch niemanden erreicht, aber über die Gemeindehomepage hatte sie herausgefunden, dass bereits Fotos des Spieletreffs online gestellt worden waren. Die Aktion hatte also stattgefunden. Mist! Sie hatte sich kein Foto von Marta Kohlstedt geben lassen und konnte somit keinen Abgleich mit den Online-Fotos vornehmen. Das musste sie dringend nachholen.

Die Eltern von Steffi Kohlstedt hatte man auf einem Campingplatz in der Nähe von Palermo erreicht. Sie hatten ihren Urlaub sofort abgebrochen und waren auf dem Weg zurück nach Deutschland. Eine erste Überprüfung der Finanzen von Steffi Kohlstedt und Sebastian Schmidt hatte ebenfalls keine Auffälligkeiten zutage gebracht. Rosalie stützte ihr Kinn auf der linken Hand ab und grübelte weiter. Es gab bisher kaum richtige Ansätze und keinerlei Hinweise auf Täter oder Motiv. Völlig unklar war, warum Steffi Kohlstedt an jenem Samstag das Haus in der Lebacher Straße verlassen hatte und nicht zurückgekehrt war. Rosalie hoffte inständig, zügig voranzukommen, und musste an die berühmte Faustregel denken, dass die Ermittlungen sich deutlich erschwerten, wenn man 48 Stunden nach einem Mord keinen Täter hatte. Andererseits lagen hier auch Wohn- und Fundort der Leiche rund 65 Kilometer auseinander, was die Angelegenheit komplizierter machte. Als ihr eine Haarsträhne ins Gesicht fiel, klemmte Rosalie sie sich hinter das rechte Ohr, ging zum Bürofenster und schaute zum Himmel hoch. Die ersten Wolken zogen über die Münzstraße hinweg. Rosalie ignorierte den kleinen Wetterumschwung, denn die Lust, noch etwas zu unternehmen, war größer. Heute konnte sie im Büro nichts mehr ausrichten und zu Hause wartete niemand auf sie. Warum nicht eine Fahrradtour nach Lehndorf? Sie stellte sich vor den großen Stadtplan, der hinter ihrem Schreibtisch an der Wand hing, und setzte einen Pin auf die Lebacher Straße. Einen weiteren Pin setzte sie auf den Inselwallpark. Hier war Steffi Kohlstedt laut einer aktuellen Zeugenaussage am Samstag zum letzten Mal gesehen worden. Vielleicht könnte Rosalie den Weg nachverfolgen, den Steffi Kohlstedt womöglich mit dem Rad genommen hatte – vorausgesetzt, sie war die Strecke ohne große Umwege gefahren. Rosalie studierte die Straßenverläufe und runzelte die Stirn. Nur um aus Lehndorf herauszukommen, boten sich mindestens zwei Wegalternativen an. Der Inselwallpark hatte fünf verschiedene Zugangsmöglichkeiten. So kam sie nicht weiter. Rosalie kehrte zu ihrem Computer zurück und rief die Datei mit der Zeugenaussage von Erna Lewandowsky auf. Frau Lewandowsky hatte heute Morgen bei der Polizei angerufen, nachdem sie die Braunschweiger Zeitung gelesen hatte.

Zeugenaussage der Frau Erna Lewandowsky, geb. 04.05.1930, wohnhaft Reichenbergstraße 57, 38114 Braunschweig

Ich habe Samstagmittag gegen 12.30 Uhr meinen Hund Dolly im Inselwallpark Gassi geführt. Am Spielplatz habe ich auf einer Bank gesessen und eine Pause eingelegt, als ich beobachtet habe, wie eine Frau auf einem Damenfahrrad mit sehr hoher Geschwindigkeit den Weg am Spielplatz entlangradelte. Die Frau trug einen roten Anorak und hätte beinahe meine Dolly angefahren, die den Weg gerade überqueren und zu mir zurücklaufen wollte. Auf mein Rufen, sie solle gefälligst aufpassen, reagierte die Frau nicht und radelte stattdessen einfach weiter. Erna Lewandowsky

Rosalie schüttelte den Kopf. Was war das bitte für eine Aussage? Schon beim Lesen flogen ihr verschiedene Fragen entgegen. Aus welcher Richtung war Steffi Kohlstedt gekommen? Wohin war sie geradelt? Welche Farbe hatte das Damenfahrrad? War Frau Lewandowsky um 12.30 Uhr in der Reichenbergstraße losgegangen oder hatte sie da bereits auf der Bank gesessen? Was hatte Manfred denn da bloß zu Papier gebracht? Da war er wohl nicht ganz bei der Sache gewesen. Oder er hatte am Telefon seine Schwierigkeiten mit der älteren Dame gehabt. Gott sei Dank hatte er Frau Lewandowsky noch einmal vorgeladen. Vielleicht sollte sie ihm für morgen schon mal einen Zettel mit Fragen vorbereiten. Ihre Radtour konnte noch ein paar Minuten warten.

Notfallsanitäterin Jolanta Schipper hatte es sich gerade auf dem Sofa bequem gemacht. Vor sich hatte sie ihr dampfendes Mikrowellengericht auf den Tisch gestellt. Endlich Mittagessen. Und das am sehr späten Nachmittag. Seit Dienstbeginn um 07.00 Uhr war sie mit ihrem Kollegen Dennis Nolte pausenlos unterwegs gewesen und im Rettungsdienst gab es keine festen Pausenzeiten. Unglaublich, dass sie mittlerweile über zehn Stunden im Dauereinsatz waren. Genüsslich spießte sie die erste Nudel auf, als der nächste Gong ihre verspätete Mittagspause beendete. Jolanta schaufelte hastig drei weitere Gabeln der ersten warmen Mahlzeit des Tages in ihren Mund und verpasste Dennis, der neben ihr auf dem Sofa eingenickt war, einen Seitenhieb. »Dennis, weiter geht's! Der nächste Einsatz, bitte!«

»Das kann doch jetzt nicht wahr sein! Was, wer, wo?«, erwiderte Dennis Nolte schlaftrunken.

»Moment, ich schau mal auf den Pieper«, antwortete Jolanta im Laufschritt auf dem Weg in die Fahrzeughalle der Rettungswache. Plötzlich blieb sie stehen und musste sich vor Entsetzen an der Hallentür abstützen.

»Jolanta, was ist? Alles in Ordnung?«

»Es ist Sebastian! Dennis, es ist Sebastians Adresse!«

Als Jolanta und Dennis wenige Minuten später in der Lebacher Straße eintrafen, lag Sebastian Schmidt bewusstlos auf seinem zerwühlten Bett. Der diensthabende Notarzt, ein Herr Dr. Wode, war bereits vor Ort und hatte mit der Erstversorgung begonnen. »Suizidversuch mit Tabletten, tippe ich mal. Hier auf dem Nachttisch liegen noch diverse Pillendosen. Der Patient ist nicht ansprechbar, Atemstillstand, Puls schwach, aber tastbar. Sofort assistiert beatmen und EKG anlegen«, begrüßte er die erfahrenen Sanitäter.

Jolanta zitterten die Hände, als sie Sebastians Hemd aufknöpfte. Dr. Wode schaute besorgt auf ihr Namensschild. »Was ist denn mit Ihnen los, Frau Schipper? Ihr erster Suizidversuch?«

»Schon gut, Doktor!«, erwiderte Dennis für seine Kollegin. »Frau Schipper kennt den Patienten.«

»Oh, das wusste ich nicht. Soll ich übernehmen?«, fragte Dr. Wode, während er Sebastian Schmidt einen intravenösen Zugang am Handrücken legte.

»Nein, ich schaff das schon!«, bedankte sich Jolanta. »Entschuldigung, Doc. Das ist alles ein bisschen viel für mich. Erst ist Steffi tot und jetzt liegt hier ihr Mann.«

Dr. Wode schaute auf. »Das hier ist der Mann der toten Kollegin von Rettungswache 2? Mein Gott, ich habe davon gehört!«

»So ist es! Ich kenne Steffi schon seit der Fachschule. Sebastian Schmidt ist ihr Lebensgefährte«, erwiderte Jolanta.

»Herzrhythmus gestört, Puls schwach!«, unterbrach Dennis, der mit dem EKG beschäftigt war.

»Überrascht mich gar nicht bei der Dosis. Ein kleines Wunder, dass er noch lebt. Der muss sofort ins Krankenhaus zum Magenauspumpen«, sagte Dr. Wode, stand auf und drückte Jolanta die Pillendosen in die Hand. »Die hier nehmen Sie bitte mit in die Klinik, bei dem Medikamentenmix kann ich hier erst mal nichts machen.«

»Halt! Nichts anfassen! Dies ist womöglich ein Tatort!« Die drei Notfallretter drehten sich zur Schlafzimmertür. Völlig außer Atem stand dort eine etwa 30-jährige Frau mit rotblonden Haaren. Mehrere Strähnen klebten auf ihrer Stirn und sie fuchtelte wie wild mit einem Ausweis herum. »Rosalie Helmer, Mordkommission.«

»Mordkommission?«, fragte Dr. Wode perplex. »Wer hat Sie denn alarmiert? Der Patient lebt doch noch!«

»Ich war zufällig in der Gegend«, antwortete Rosalie zögernd und streifte sich ein paar Gummihandschuhe über. »Ich kenne das Haus und auch Sebastian Schmidt. Ich ermittle im Mordfall Steffi Kohlstedt.«

»Es war Mord?«, fragte Jolanta und sank kraftlos auf die Bettkante.

»Können wir bitte erst mal den Patienten hier versorgen? Der muss dringend in die Klinik, sonst haben wir es tatsächlich mit einem Toten zu tun. Der Rest ist jetzt nachrangig!«, erwiderte Dr. Wode nun sichtbar wütend.

»Ja, natürlich, ich möchte nur nicht, dass Sie mögliche Beweise zerstören!«

»Beweise zerstören? Frau Helmer, bei allem Verständnis. Das hier sieht nach einem klassischen Suizidversuch aus. Nicht mehr, aber auch nicht weniger. Es ist mir völlig egal, ob Sie gleich dieses Haus auseinandernehmen oder nicht. Aber jetzt machen Sie verdammt noch mal den Weg frei, damit wir den Mann hier die Treppe runtertragen können! Und Sie, Frau Schipper, Sie bleiben mal schön hier. Sie kippen mir sonst noch um. Gönnen Sie sich ein paar Minuten Pause und fahren Sie dann in die Wache zurück. Wir zwei Männer schaffen das hier auch allein.«

»Danke, Doc!«, erwiderte die aschfahle Jolanta mit starrem Blick.

»Frau Schipper, können wir beide uns gleich mal unterhalten?«, fragte Rosalie behutsam wenige Minuten später, während Dennis und Dr. Wode den immer noch bewusstlosen und verkabelten Sebastian Schmidt in den Krankenwagen schoben.

»Ja, von mir aus, aber ich bin im Dienst und muss in die Wache zurück. Sie haben den Arzt ja gehört. Können Sie mit auf die Wache kommen?«, entgegnete Jolanta Schipper.

»Ja, später gerne. Aber erst muss ich mich hier noch einen Augenblick umschauen. Wissen Sie, wer den Notruf getätigt hat?«

»Nein, tut mir leid. Da müssen Sie bei der Leitstelle nachfragen, die registrieren das. Uns werden immer nur die Art des Einsatzes und der Einsatzort mitgeteilt. In der Regel sind aber diejenigen, die anrufen, vor Ort. Jetzt, wo Sie es sagen, hier ist niemand gewesen«, wunderte sich Jolanta.

Rosalie machte sich ein paar Notizen. »Aber der Notarzt war schon da?«, fragte sie nach.

»Jaja, der ist bei solchen Einsätzen immer erforderlich. Normalerweise rücken wir zusammen aus, aber er war hier gerade zwei Straßen weiter bei einem Autounfall und ist direkt von dort aus hierhergekommen.«

»Gut, Frau Schipper, dann fahren Sie bitte zurück in die Wache und kommen ein bisschen zur Ruhe, und ich schau mich hier mal um«, verabschiedete sich Rosalie und tütete die Pillendosen in ein Plastiktütchen ein.

Während sie das Schlafzimmer durchsuchte, dachte sie darüber nach, ob Sebastian Schmidt tatsächlich aus freiem Willen gehandelt hatte. Würde er die kleine Marta im Stich lassen? Wenn ja, gab es vielleicht so was wie einen Abschiedsbrief. Der Nachttisch sah unauffällig aus, hier standen lediglich eine Nachttischlampe und ein Lippenpflegestift. Das Möbelstück besaß keine Schublade, sodass Rosalies Blick weiter auf den Fußboden wanderte. Am Rande des Bettes, in einem Spalt zwischen Bettrahmen und Nachttisch, stand eine halb volle Wodkaflasche. Damit hatte Sebastian Schmidt die Tabletten sicher runtergespült. Rosalie machte ein Foto mit ihrem Handy. Das Schlafzimmer war ansonsten karg eingerichtet. Es gab an einer Wand Einbauschränke, gegenüber an der anderen Wand hing ein großer Spiegel. Vor dem Schlafzimmerfenster stand ein karierter Ohrensessel, auf dem ein Haufen Klamotten lag. Socken, mehrere T-Shirts und eine Jogginghose bedeckten den grauen Teppichboden rund um den Sessel. Die Unordnung aus dem Wohnzimmer setzte sich hier oben fort. Rosalie würde zum gegenwärtigen Zeitpunkt jede Wette eingehen, dass sie in den anderen Räumen des Hauses ein ähnliches Chaos vorfinden würde. Als Nächstes machte sie sich an den Einbauschränken zu schaffen. Hier herrschte ein wenig mehr Ordnung. Die Kleidung von Steffi Kohlstedt nahm etwa zwei Drittel des Platzes ein, der Rest gehörte Sebastian Schmidt. Rosalie öffnete jede Schublade, griff in jede Jackentasche und hob jeden zusammengelegten Pullover an. Hier war nichts zu finden. Sie ging in den kleinen Flur im Obergeschoss und entschied sich für die nächste Tür auf der linken

Seite. Das Badezimmer. Eckbadewanne, begehbare Dusche, zwei Waschbecken, moderne Armaturen. Hier hatte das Paar nicht gespart. Ein zweiter Blick zeigte Rosalie aber, dass der Raum nicht geputzt war. Sie rümpfte die Nase. Sie zählte sich selbst nicht gerade zu den penibelsten Menschen, aber Reinlichkeit im Badezimmer, das musste sein. Auf der Ablage über dem rechten Waschbecken fiel ihr eine rosafarbene Zahnbürste ins Auge. Marta! Wo war eigentlich das Kind?

»Darf man fragen, was Sie hier suchen?«, sagte plötzlich eine tiefe Stimme hinter ihr. Als Rosalie sich umdrehte, schaute sie in das Gesicht eines älteren Mannes, der hinter ihr im Flur stand.

»Mein Name ist Rosalie Helmer, ich bin von der Polizei. Und Sie sind?«

»Röhm! Ich bin Alfred Röhm. Ich wohne nebenan. Können Sie sich ausweisen?«

Rosalie erkannte das Gesicht wieder. Das musste der Mann sein, der mit Lärmschutz den Rasen gemäht hatte, als sie zum ersten Mal hier gewesen war.

»Herr Röhm, angenehm. Und selbstverständlich kann ich, hier ist mein Dienstausweis.«

Rosalie hielt Alfred Röhm die Plastikkarte, die sie als Polizeibeamtin auswies, vor die Nase. »Wie kommen Sie hier rein?«

»Mit meinem Schlüssel! Ich habe einen Zweitschlüssel.«

»Haben Sie vorhin den Notruf getätigt?«

»Ja genau, das war ich. Und als ich den Krankenwagen habe wegfahren sehen, da habe ich mir dann doch irgendwie Sorgen gemacht.«

»Warum haben Sie 112 gewählt? Haben Sie Sebastian Schmidt gefunden?«

»Nun ja, ich mache mir schon seit einiger Zeit Sorgen um

Sebastian. Er hatte es ja wirklich nicht leicht, der Gute. Erst der Job weg, dann seine Krankheit, jetzt Steffi.«

Rosalie horchte auf. »Seine Krankheit? Ist Herr Schmidt krank?«

»Nun ja, er hat es im Kopf, wenn Sie verstehen, was ich meine«, erwiderte Alfred Röhm mit ernster Miene.

»Nicht ganz, um ehrlich zu sein«, sagte Rosalie, die schon beim ersten Aufeinandertreffen mit Sebastian Schmidt das Gefühl gehabt hatte, er stünde neben sich.

»Depressionen. Der Mann ist depressiv, da bin ich ganz sicher!«

»Und wissen Sie, wie lange schon? Nimmt er Medikamente?«

»Allerdings nimmt er die! Ich habe zu meiner Helga immer gesagt, dass das irgendwann mal ein böses Ende mit ihm nehmen wird. Irgendwie introvertiert war der schon immer, aber ganz schlimm wurde es, als er seinen Job bei der Brauerei verloren hat. Er hat damals erzählt, dass sein Vertrag nicht verlängert werden konnte. Aber wenn Sie mich fragen, dann war der überhaupt nicht belastbar und die wollten den nicht länger haben.«

Alfred Röhm verschränkte die Arme und baute sich in einer breitbeinigen Pose vor Rosalie auf. »Was ist denn nun eigentlich passiert?«

»Lieber Herr Röhm, vielleicht können Sie mir erst mal meine Frage vollständig beantworten und mir bitte sagen, warum Sie den Notruf gewählt haben«, entgegnete Rosalie und wurde langsam ungeduldig.

»Die Helga hat gesagt, ich soll den Notruf wählen, wenn ich das Gefühl habe, dass da was nicht stimmt.«

»Und warum hatten Sie dieses Gefühl?«

»Ich war mit Sebastian verabredet. Er wollte mir helfen, meine Buchsbäumchen in Form zu schneiden, und zwar um

15.00 Uhr. Erst eine Tasse Kaffee auf unserer Terrasse und dann die Arbeit. Er meinte, er könnte die Abwechslung gut vertragen.«

»Und dann?«

»Na, er kam halt nicht.«

»Und da haben Sie fast zweieinhalb Stunden gewartet?«

Rosalie fasste sich an den Kopf und konnte es nicht glauben.

»Nein, ganz so war es nicht, Frau Kommissarin. Ich habe um circa 15.30 Uhr mal bei ihm geklingelt, wollte fragen, ob er es vergessen hat. Die Helga war schon ungeduldig. Erdbeerkuchen hatte sie extra gebacken, weil Sebastian den so gerne mag. Na ja, und jetzt kocht ja auch gerade keiner für den und wir hatten uns so gefreut und ...«

»Und dann hat er die Tür nicht aufgemacht?«, unterbrach ihn Rosalie.

»Doch, hat er. Furchtbar sah er aus. Er sagte, dass es ihm nicht gut gehe. Es sei kein guter Tag. Die Erinnerungen und so und dass er Kopfschmerzen habe und sich hingelegt hätte.«

»Und das war um 15.30 Uhr?«, hakte Rosalie nach.

»Sag ich doch. Hören Sie mir nicht zu, Frau Helmer?«

»Doch, sicher, Herr Röhm, fahren Sie einfach fort«, stöhnte Rosalie auf.

»Also jedenfalls habe ich ihm gesagt, dass das doch kein Problem sei. Den Kaffee würde die Thermoskanne eine Weile warm halten und er könne ja nachher noch kommen. Er hat sich ganz komisch verhalten. Die Tür nur einen Spalt aufgemacht und nur seinen Kopf rausgestreckt.«

»Und hat er Ihnen auch bestätigt, dass er noch rüberkommt?«, hakte Rosalie nach.

»Er sagte wortwörtlich: mal sehen!«

»Mal sehen? Also nichts Konkretes?«

Alfred Röhm zog die Augenbrauen hoch. »Mal sehen! Genau so hat er es gesagt!«

»Aber um 17.30 Uhr haben Sie dann 112 angerufen?«

»Ja, genau, das hat mir keine Ruhe gelassen. Der kam halt nicht mehr rüber. Also bin ich noch mal hin und habe geklingelt. Mehrfach. Keine Reaktion. Nichts. Dann bin ich ums Haus rum, aber im Garten war niemand. Helga meinte dann, ich soll doch mal den Zweitschlüssel nehmen und nachschauen. Na ja, und dann lag er halt hier auf dem Bett.« Alfred Röhm zeigte in das Schlafzimmer.

»Und war er da schon bewusstlos?«, fragte Rosalie.

»Und wie! Keinen Mucks hat der mehr von sich gegeben, und dann die Pillendosen neben dem Bett. Da wusste ich, dass meine Helga recht hatte mit dem bösen Ende.«

»Und warum sind Sie dann nicht hier gewesen, als der Notarzt kam?«

»Wie bitte? Ich habe den doch reingelassen. Er meinte, ich solle die Haustür unten offen lassen, weil noch Kollegen von ihm kommen würden. Und das habe ich gemacht. Dann meinte der Arzt, ich solle bitte gehen und unten warten.«

»Aber das haben Sie nicht gemacht?«

»Frau Helmer, was glauben Sie denn? Meine Helga wartete ja drüben auf Nachricht! Ich konnte doch eh nichts machen. Also bin ich erst mal rüber, habe Bericht erstattet und dann haben Helga und ich die Geschehnisse aus dem Küchenfenster beobachtet. Die waren mit dem Sebastian schneller verschwunden, als ich gucken konnte!«, erwiderte Alfred Röhm entrüstet.

Rosalie atmete auf. Das klang am Ende doch alles logisch und vor allem hatte sie wichtige Informationen erhalten. »Danke, Herr Röhm. Würden Sie diese Aussage gegebenenfalls auch zu Protokoll geben?«

»Jederzeit! Ich helfe gerne. In welchem Krankenhaus ist der Junge denn jetzt? Einer muss ihm doch mal Sachen vorbeibringen!«

Rosalie überlegte kurz. »Das weiß ich offen gestanden gar nicht. Aber ich werde versuchen, es für Sie so schnell wie möglich herauszufinden.«

Alfred Röhm nickte kurz. »Gut, gut, das wäre sehr nett. Wir machen uns wirklich große Sorgen.«

Rosalie hatte den Eindruck, dass Alfred Röhm der Familie tatsächlich nahestand, und wollte die Gelegenheit nutzen, noch mehr Informationen zu erhalten. »Sagen Sie, Herr Röhm, was ist denn eigentlich mit der kleinen Marta?«

»Was soll mit ihr sein? Ein liebes Mädchen ist das.«

»Das freut mich zu hören. Aber wo ist sie denn?«

»Sebastian hat nur erzählt, dass er sie bei einer Schulfreundin einquartiert hat, um sie zu schonen.«

»Haben Sie das Kind denn in den letzten Tagen mal gesehen? War sie nicht einmal zu Hause, um zum Beispiel Spielsachen oder Schulbücher zu holen?«

»Nein, habe ich nicht«, erwiderte Alfred Röhm. »Ich habe das auch nicht hinterfragt, um ehrlich zu sein. Warum wollen Sie das wissen? Ist was mit Marta?«

»Reine Routine! Wir müssen das Kind noch befragen, aber bisher gab es dazu keine Gelegenheit. Und natürlich denkt man erst mal daran, dass das Kind spätestens jetzt zu den Großeltern müsste.«

Alfred Röhm stutzte. »Müssen bei einem Verhör mit Kindern nicht die Erziehungsberechtigten dabei sein?«

»Sie sagen es, Herr Röhm, eigentlich schon. Daher mein Gedanke mit den Großeltern.«

»Dann haben Sie jetzt wohl ein Problem! Es sei denn, Sebastians Eltern wissen, wo Marta ist.«

Rosalie dachte nach. »Ist Sebastian Schmidt der leibliche Vater von Marta? Die beiden waren doch nicht verheiratet, oder?«

»Doch, doch«, antwortete Alfred Röhm prompt. »Sebastian ist der Vater. Heutzutage ist das ja üblich, in wilder Ehe zu leben.«

Rosalie seufzte. »Da haben Sie recht. Das ist durchaus üblich. Ohne verfügbare Erziehungsberechtigte habe ich erst mal tatsächlich ein Problem. Darf ich Sie bitten, jetzt das Haus zu verlassen? Ich muss hier noch ein paar Dinge überprüfen.«

»Haben Sie denn einen Durchsuchungsbefehl?«, erkundigte sich Alfred Röhm.

»Sie schauen zu viele Krimis im Fernsehen. Da dies unter Umständen ein Tatort ist, darf ich mich hier umsehen«, erwiderte Rosalie leicht genervt.

Alfred Röhm schaute skeptisch, drehte sich aber um und ging die Treppen hinunter ins Erdgeschoss. Rosalie folgte ihm und begleitete ihn noch bis zur Tür. »Danke, Herr Röhm, ich melde mich bei Ihnen.«

»Ja, auf Wiedersehen, Frau Kommissarin, Sie wissen ja, wo ich wohne.«

»So ist es! Danke!«

Rosalie schloss die Haustür und atmete tief durch. Ihre geplante Radtour hatte eine ungeahnte Wendung genommen und der Mordfall Steffi Kohlstedt wurde immer mysteriöser. Sie ging ins Wohnzimmer und ihr Blick blieb an einem Umschlag haften, der auf dem Esstisch so platziert worden war, dass man ihn nicht übersehen konnte.

12. KAPITEL

Dank eines freien Parkplatzes vor dem Seiteneingang hatten sich David und Irina spontan für einen Besuch im Botanischen Garten entschieden. Nach einem längeren Spaziergang durch die am Ufer der Oker angelegte Grünanlage saßen sie nun auf einer Bank und gönnten sich ein Eis am Stiel.

»Also ich bin ja wirklich begeistert! Braunschweig mal anders! Ich weiß gar nicht, was die in Hannover alle haben. Von wegen hässlicher Bahnhof und hässliches Schloss. Es ist doch wunderschön hier!«, schwärmte Irina. »Man kann die Menschen, die hier direkt mit Blick auf den Fluss wohnen, einfach nur beneiden! Und schau doch mal, wie viele Tretboote und Kanus unterwegs sind. Mir war gar nicht klar, was hier für ein Verkehr auf dem Wasser herrscht.«

»Ja, es ist wirklich schön, aber nun waren wir weder am Bahnhof noch in der City am Schloss. Das musst du fairerweise zugeben«, erwiderte David schmunzelnd.

»Ach, da muss ich heute auch gar nicht mehr zwingend hin. Mir reicht das hier völlig.«

»Wollen wir das Auto denn hier stehen lassen, wenn wir gleich in Richtung Gaußberg aufbrechen?«, fragte David.

»Von mir aus. Es scheint ja in diesem Viertel kaum Parkplätze zu geben, so lange, wie wir gesucht haben. Aber warum sollte es hier auch anders sein als bei uns in Hannover?!«

»Die Oststadt in Hannover ist nicht zu toppen, sorry.« David schaute auf seine Uhr. »Oh, Mist! Die Zeit rast! Wir sollten uns langsam, aber sicher mal auf den Weg machen.«

Gemeinsam gingen sie am gläsernen Kakteenhaus vorbei in Richtung Ausgang und verließen den Botanischen Garten zur rechten Seite auf die Humboldtstraße. Nachdem sie eine Brücke überquert hatten, kamen sie an einem Krankenkassengebäude vorbei. Beeindruckt von dem mächtigen rotbraunen Klinkerbau mit seinen hohen weißen Sprossenfenstern blieb Irina stehen und zückte ihr Smartphone.

»Was willst du hier denn fotografieren? Reichen dir die tausend Fotos aus dem Botanischen Garten nicht?«, fragte David und verdrehte dabei die Augen.

»Lass mich doch, ich interessiere mich eben für Architektur!«

»Auch für Architektur mit düsterer Vergangenheit?«

»Ich interessiere mich für alle Epochen!«, erwiderte Irina bestimmt.

»Aha, na dann. Aber soll ich dir etwas verraten?«

Irina stellte den Zoom der Kamera ein und machte ein paar Aufnahmen. »Ja, mach mal. Ich bin gespannt!«

David legte seiner Freundin den Arm um die Schulter und flüsterte ihr ins Ohr. »Dieses Gebäude birgt ein dunkles Geheimnis.«

Irina drehte ihm den Kopf zu und schaute ihn mit großen Augen an. »Welches denn?«

»Ich habe im Internet gelesen, dass hier während der Nazi-Zeit ein Gefängnis war. Die Nazis sollen darin sogar gefoltert haben. Schau mal auf die Gedenktafel vor uns auf dem Fußweg.«

Irina entgleisten die Gesichtszüge. »Das ist ja furchtbar, David. Und ehrlich gesagt auch irgendwie schräg, dass das heute dann der Sitz einer Krankenkasse ist!«

Betreten las sie die Gravur:

In diesem Gebäude inhaftierte und folterte die SA ab März 1933 etwa 250 Gegner.

»Ich finde das auch merkwürdig. Übrigens habe ich noch gelesen, dass Braunschweig zwar eine der ersten Städte war, in denen die Nazis im Stadtparlament saßen, später aber auch eine KPD Hochburg gewesen ist«, erklärte David.

»Dann prallten hier ja zwei Welten aufeinander.«

»Da hast du recht. Du kannst dir ja vorstellen, dass die Nazis nach ihrer Machtergreifung mit besonderer Härte gegen KPD-Funktionäre vorgegangen sind. Vor allem in diesem Gebäude wurde versucht, den Widerstand der Systemgegner zu brechen. Man nannte es auch die ›Folterkammer der SA‹.«

Irina schluckte und verstaute ihr Smartphone wieder in der schwarzen Lederschutzhülle. »Lass uns bitte weitergehen, David. Ich glaube, ich habe genug Fotos gemacht.«

»Ja, aber andererseits ist es heute natürlich auch ein Mahnmal«, ergänzte David und spürte die Verunsicherung seiner Freundin.

»Da hast du sicher recht, aber lass uns jetzt bitte trotzdem weitergehen«, erwiderte Irina und zog ihren Freund hinter sich her. David gab nach und hatte kurzfristig ein schlechtes Gewissen, dass er Irinas Begeisterung für Architektur offenbar ausgebremst hatte. Hand in Hand bogen sie rechts in den Fallersleber-Tor-Wall ein.

»Das geht hier aber ordentlich bergauf«, stellte Irina überrascht fest. »Für solche Wanderungen habe ich wohl die falschen Schuhe an.«

David schaute Irinas lange und perfekt gebräunte Beine an und blieb mit seinem Blick an ihren dunkelblauen High Heels hängen.

»Wie der Straßenname verrät, ist dies hier eben eine alte Wallanlage.«

»Klugscheißer! Aber auf den Gaußberg fährt dann keine Seilbahn hoch, oder? Wo ist der denn nun überhaupt?«

»Den wirst du gleich sehen«, sagte David und bemühte sich, ein wenig Spannung bei seiner Freundin zu erzeugen. Als sie auf dem höchsten Punkt des Walles angekommen waren, machte die Straße einen Knick nach links und führte wieder bergab.

»So, hier geht es jetzt wieder runter und dann laufen wir direkt drauf zu«, erklärte David, während sie eine kleine Pause einlegten.

Irina schaute gespannt in die Richtung, die David gerade angedeutet hatte. »Schau mal, Schatz, der grüne Berg da vorne, das muss es sein!«

»Ja, das ist er!«, stellte David fest. »Jetzt, wo ich den Berg sehe, erinnere ich mich. Sieht allerdings eher wie ein Hügel aus.«

Jolanta Schipper saß wie ein Häuflein Elend im Aufenthaltsraum der Rettungswache und konnte sich gar nicht mehr beruhigen. Krampfhaft hielt sie ein Taschentuch in der Hand und wischte sich immer wieder über ihre rot geweinten Augen.

Rosalie hatte ihren Rucksack auf einen abgewetzten Ledersessel gestellt und sich neben Jolanta auf das Sofa gesetzt.

»Bei der Leitstelle habe ich mich jetzt schnell krankgemeldet. Glücklicherweise hat meine Freundin Sonja Bereitschaft und springt für mich ein«, schluchzte die junge Frau. »Ich kenne Steffi Kohlstedt schon mein halbes Leben. Ich versteh das alles nicht. Wir waren nie eng befreundet. Kolleginnen halt, aber sehr gute.«

Rosalie hörte aufmerksam zu, hatte ihr Notizbuch bereits aufgeklappt und hielt einen Kugelschreiber parat. Sie schlug die Beine übereinander, räusperte sich noch einmal und versuchte dann so einfühlsam wie möglich zu klingen. »Können Sie mir trotzdem ein paar Fragen beantworten, Jolanta? Ich darf Sie doch mit Jolanta ansprechen?«

»Klar dürfen Sie. Und ja, ich werde mich bemühen, Ihnen Ihre Fragen alle zu beantworten. Möchten Sie vielleicht einen Tee?«

»Nein danke, lassen Sie uns das hier einfach schnell hinter uns bringen, dann störe ich Sie nicht länger. Also, wann haben Sie denn von Steffis Tod erfahren?«

Jolanta hielt den Blick auf das Taschentuch in ihrer Hand gerichtet. »Unsere Wachenleitung hat uns gestern im Rahmen einer außerordentlichen Dienstbesprechung informiert, dass man wahrscheinlich Steffis Leiche gefunden hat. Das, was viele von uns schon befürchtet hatten, wurde damit traurige Gewissheit.«

»Weil sie schon als vermisst galt?«, hakte Rosalie nach.

»Ja, genau«, bestätigte Jolanta Schipper und nahm einen Schluck Tee.

»Das heißt, ihr Verschwinden kam für Sie alle so überraschend, dass man sofort mit dem Schlimmsten gerechnet hat?«

»Die Steffi war eine ganz Zuverlässige. Außerdem hätte sie Marta und Sebastian niemals im Stich gelassen.«

»Wissen Sie, wo das Kind sich jetzt aufhält? Die Kleine war vorhin nicht zu Hause.«

Jolanta überlegte kurz. »Nein, keine Ahnung. Von uns hat auch niemand mit Sebastian gesprochen. Nur der Chef. Bei den Großeltern, nehme ich an.«

»Überlegen Sie bitte noch mal. Hat Steffi Kohlstedt Ihnen irgendwann mal von Martas Schulfreunden erzählt?«

»Warum spielt das eine Rolle?« Jolanta schnäuzte sich die Nase.

»Sebastian Schmidt hat uns gesagt, dass er Marta bei einer Schulfreundin untergebracht hat. Auch der Nachbar von nebenan hat mir das vorhin so erzählt«, erläuterte Rosalie.

»Tut mir leid, mehr weiß ich nicht zu dem Mädchen. Wir waren wie gesagt mehr gute Kolleginnen als Freundinnen.«

»Aber auch unter Kolleginnen spricht man doch sicher hin und wieder privat. Hat Steffi Ihnen denn mal von Problemen im Freundeskreis, in der Familie oder in der Beziehung mit Sebastian Schmidt erzählt?«

»Probleme? Sie hat erzählt, dass Sebastian seinen Job verloren hat und wieder freischaffend tätig ist. So was geht nicht spurlos an einem vorbei, oder? Und Freunde hatte Steffi wenige, soweit ich weiß. Unsere Arbeit und diese Schichtdienste machen es einem nicht gerade leicht, soziale Kontakte zu pflegen. Manchmal geht man direkt ins Bett, wenn man nach Hause kommt, um am nächsten Morgen wieder früh aufzustehen. An solchen Tagen schaffen Sie nicht einmal das Allernötigste wie Einkaufen.«

Rosalie musste an ihre eigenen Schichtdienste denken und konnte Jolanta Schippers Aussage gut nachvollziehen. Allerdings hielt Rosalie im Vergleich zum Pärchen Kohlstedt-Schmidt ihren Haushalt wenigstens noch in Ordnung.

»Hat Steffi erwähnt, dass Sebastian Schmidt krank ist?«

»Wie meinen Sie das?«

»Na ja, wenn jemand versucht, sich mit Tabletten das Leben zu nehmen, dann kann es ja durchaus sein, dass er depressiv ist.«

»Darüber weiß ich nichts. Halt nur, dass Sebastian an seiner Jobsituation zu knabbern hatte. Aber deswegen bringt man sich doch nicht gleich um.«

Rosalie nickte und kaute auf ihrem Kugelschreiber. »Wissen Sie etwas über Steffis Eltern oder andere Verwandte?«

»Haben Sie ihre Eltern etwa noch gar nicht befragt?« Jolanta war sichtlich überrascht.

»Leider nein. Steffis Eltern sind mit dem Wohnmobil auf Sizilien unterwegs. Es war sehr schwer, sie zu erreichen. Mittlerweile wissen sie aber, was passiert ist, und sind auf dem Weg zurück nach Deutschland. Wir erwarten sie übermorgen. Bis dahin bin ich für jede Information dankbar.«

»Ich weiß nur, dass Steffi in Wolfenbüttel aufgewachsen ist und ihre Eltern Rentner sind. Das mit Sizilien hat sie auch mal erzählt. Ihre Eltern haben da so was wie einen festen Stellplatz für ihr Wohnmobil und hatten immer mal überlegt, sich dort auch eine Ferienwohnung zu kaufen. Aber jetzt mit Mitte 70 ist das wohl keine Option mehr.«

»Hatte Steffi zu ihren Eltern ein gutes Verhältnis?«

»Ihre Eltern haben sie abgöttisch geliebt. Das hat sie fast erdrückt. Sie hat immer mal erzählt, dass sie heilfroh war, als sie ausziehen konnte. Besonders ihre Mutter war wohl immer sehr fürsorglich. Heute würde man sie wahrscheinlich als Helikopter-Mutter bezeichnen.«

Rosalie horchte auf. »Abgöttisch geliebt? Das klingt ja schon fast extrem.«

»Die beiden waren über 40, als Steffi geboren wurde. Sie hatten die Hoffnung auf Nachwuchs wohl schon aufgegeben, und dann kam Steffi.«

»Ein Wunschkind also«, stellte Rosalie fest.

Jolanta nickte. »Ja, und so haben sie Steffi eben wirklich vergöttert und ihr alles ermöglichen wollen. Und ich kann mir gut vorstellen, dass sie es mit ihrer Enkeltochter ähnlich handhaben.«

Rosalie nickte. »Gibt es eine beste Freundin oder andere Bekannte? Hat Steffi so was mal erzählt? Bitte denken Sie nach!«

»Davon hat sie nie was erzählt. Wir hier, der Rettungsdienst, wir waren aber auf jeden Fall auch so was wie Freunde für Steffi. Vielleicht gibt es noch ein paar Leute aus dem Stadion.«

Das Tattoo! Warum hatte Rosalie da noch nicht eher dran gedacht? »Aus dem Stadion?«

»Ja, sie war ein Riesenfan von Eintracht Braunschweig. Sie liebte den Verein, und immer wenn ihre Freizeit es zuließ, ist sie ins Stadion gegangen.«

Rosalie machte sich weitere Notizen. »Okay, was mir gerade noch einfällt: Was ist mit Ihrem Chef oder anderen Kollegen?«

Jolanta verzog den Mund zu einer Schnute. »Da werden Sie nichts Neues erfahren. Ich stand Steffi hier am nächsten. Wir Frauen müssen zusammenhalten, wenn Sie verstehen.«

Rosalie bemerkte Jolantas Reaktion, kommentierte diese aber nicht. Sie wusste genau, wie es war, zu einer Minderheit zu gehören. »Danke, Jolanta. Ich würde mich gerne noch mal bei Ihnen melden, falls erforderlich.«

»Klar, kein Problem. Weiß man schon, wann die Beerdigung ist? Oh Gott, und dann das mit Sebastian. Haben Sie noch was gefunden im Haus? Einen Abschiedsbrief oder andere Hinweise?«

»Ich muss mich mit Informationen Ihnen gegenüber zurückhalten«, sagte Rosalie bestimmt. »Aber ich kann Ihnen sagen, dass sich der Leichnam von Steffi nach wie vor in der Rechtsmedizin in Hannover befindet. Insofern steht vermutlich noch nicht fest, wann die Beerdigung angesetzt wird.«

Jolanta nickte betrübt und erhob sich vom Sofa. »Danke, Frau Helmer. Ich bringe Sie zur Tür.«

»Und diesen alten Kasten sollst du verkaufen?« Irinas Begeisterung hielt sich hörbar in Grenzen.

»Alter Kasten? Nun schau doch mal auf die Details, Schatz! Die wunderschöne Jugendstilfassade, die Butzenfenster, die Lage des Grundstücks!«

David und Irina hatten den höchsten Punkt des Gaußbergs, eine Art Plateau mitten in einer kleinen Parkanlage, erreicht und schauten auf die Villa hinab, die sich zwischen alten Fichten auf der anderen Seite des Berges erhob. Es gab hier oben ein paar Steinbänke, von denen aus man einen Rundumblick genießen konnte. David hatte einen Fuß auf eine der Bänke gestellt und machte ein paar Dehnübungen. Ein bisschen Sport in den Alltag integrieren, das hatte er sich fest vorgenommen.

Irina begutachtete seine Showeinlage argwöhnisch. »Musst du das hier machen?«

»Das lass mal meine Sorge sein!«

»Okay, schon gut. Also noch mal zur Villa. Schau doch mal bitte genau hin! Die Farbe bröckelt ab, der Zaun rostet ohne Ende und der Vorgarten sieht verwildert aus. Schön ist etwas anderes. Aber das Haus hat sicher Potenzial. Das muss ich zugeben. Wie lange ist es jetzt nicht bewohnt?«

»Seit mehr als einem Jahr.« David hatte die Position gewechselt und dehnte nun die Rückseite des anderen Beins.

»Aber Herr Gänsicker hat nicht selbst drin gewohnt, oder?«

»Nein, nur bis zum Auszug als angehender Student. Seine Mutter hat allein hier gelebt, bis sie gestorben ist.«

»Und danach?«

»Danach haben die Gänsicker-Brüder geerbt und vermietet. Sie wollten den Familienbesitz nicht verkaufen. Aber der Bruder von Herrn Gänsicker ist auch vor zwei Jahren gestorben und nun soll endgültig verkauft werden.«

»Und wer war der letzte Mieter?«

»Die einzigen Mieter nach dem Tod der alten Frau Gänsicker waren die Strobels. Ein Ehepaar, das mit der Gänsicker-Familie befreundet war. Beide sind nun aber aus Altersgründen in ein Seniorenstift hier in Braunschweig gezogen. Die sind schon über 90.«

Irina staunte. »Und so lange haben die das alles in Schuss gehalten?«

»Na ja, in Schuss gehalten? Du siehst ja, wie es aussieht. Aber im Garten hatten sie Hilfe von Frau Stein.«

»Verstehe!«, sagte Irina und nickte. »Die, die mit den Äpfeln wirft?«

David lachte. »Die, die mit den Äpfeln wirft! Genau die! Herr Gänsicker hat mir erzählt, dass er selbst erschrocken war, wie die Außenfassade bei genauerer Betrachtung mittlerweile aussieht. Er hat das Haus in den letzten Jahren ein wenig vernachlässigt. Er hatte geglaubt, die alten Herrschaften würden von sich aus anrufen und auf Mängel hinweisen. Mittlerweile ist er so weit, dass er den Kaufpreis reduziert hat. Dafür könnten die neuen Eigentümer nach Belieben alles gestalten.«

»Wenn da nicht die Sache mit dem Gartenhäuschen und der Alten wäre.«

David seufzte laut. »So ist es!«

»Lass uns mal den Berg runtergehen und einen Blick in den Garten werfen«, sagte Irina und nahm David wieder an die Hand. »Bergab ist auch gut für deine Waden.«

Auf halber Strecke ließ David plötzlich Irinas Hand los und blieb wie angewurzelt stehen. »Warte mal, Irina, hast du das auch gerade gesehen?«

»Nein, was denn? Jetzt komm weiter!«

»Da war ein Schatten!«

»Wo denn?« Irina streckte ihr Kinn leicht nach vorne und versuchte ihren Blick zu schärfen.

»Da unten an der Scheibe!« Aufgeregt zeigte David auf das Erdgeschoss der Villa.

»Ich sehe nichts, nur dreckige Scheiben. Und überhaupt, wir sind noch zu weit weg, um das beurteilen zu können. Du siehst Gespenster! Lass uns näher rangehen.«

David rieb sich die Augen. »Ja, ich gebe zu, jetzt sehe ich auch nichts mehr. Aber da war etwas am Fenster!«

»Und wenn schon. Du hast doch selbst gesagt, dass das Haus seit langer Zeit leer steht. Vielleicht spielen Kinder darin oder ein Penner hat sich häuslich eingerichtet.«

David wurde unruhig. »Irina, beides geht natürlich nicht. Mein Kunde hat mir die Verantwortung für den Verkauf dieses Hauses übertragen. Ich muss dafür sorgen, dass hier alles in Ordnung ist. Wir sollten da jetzt nachschauen!«

Irinas Blick änderte sich schlagartig. »Muss das sein? Es ist doch bestimmt total staubig dadrin, und dann ist das Haus ja auch nicht gerade klein.«

»Irina, es tut mir leid, aber wenn da wirklich jemand Unbefugtes in dem Haus ist, dann muss ich da jetzt rein. Also was ist, kommst du mit?«

»Habe ich eine Wahl?«, antwortete Irina trotzig und ging zielstrebig auf die Villa zu. David verdrehte die Augen und folgte seiner Freundin in kurzem Abstand. Wieder wechselte ihre Stimmung schneller, als er gucken konnte.

Das Tor zur Einfahrt war nur angelehnt. Ein schmaler Weg führte um das Haus herum in den Garten und weiter zu dem Zaun, der den Bereich, den Greta Stein bewohnte, vom Hauptgarten abtrennte.

»Da gehen wir nachher auch mal schauen«, sagte David und bog rechts ab, um die Stufen hinauf zur Eingangstür zu nehmen.

Irina folgte ihm zögerlich und biss sich auf die Unterlippe. »Ich wiederhole mich ja ungern, aber mir ist nicht wohl bei dem Ganzen.«

David ignorierte Irinas Bedenken, nahm ein dickes Schlüsselbund aus seiner Umhängetasche, griff nach dem Schlüssel, der mit einem roten Punkt markiert war, und schloss die alte Flügeltür auf. »Schatz, was soll denn passieren? Wir sind zu zweit. Nimm dein Handy in die Hand. Für den Fall der Fälle kannst du dann sofort Hilfe rufen.«

»Hilfe? Was denkst du bitte, was uns erwartet?«, fragte Irina irritiert.

»Vermutlich viel Staub. Keine Sorge, ich will doch nur sichergehen, weil ich wirklich glaube, vorhin jemanden am Fenster gesehen zu haben«, sagte David beschwichtigend.

»Jemanden? Du sagtest, es sei ein Schatten gewesen!« Irina blieb trotzig auf der letzten Stufe vor dem Eingang stehen, ihr Handy bereits fest in der Hand haltend, und sah zu, wie David die Tür aufschloss und den halb dunklen Eingangsbereich betrat. »Irina, ich diskutiere das jetzt nicht mit dir. Kommst du mit oder möchtest du hier draußen warten?«, sagte er und warf seiner Freundin einen fragenden Blick zu. »Du weißt irgendwie auch nicht, was du willst!«

»Jedenfalls will ich nicht allein hier draußen warten!«

David lächelte sie an, trat einen Schritt zurück und ließ Irina ins Haus gehen. Er schloss die knarzende Tür wieder und beide blieben stehen und schauten sich um. Der Eingangsbereich erinnerte an eine Empfangshalle und hatte diesen Zweck vermutlich in alten Zeiten auch erfüllt. Auf der rechten Seite führte eine geschwungene Treppe in die obere Etage. Die Stufen waren aus Marmor und das massive Messinggeländer war aufwendig verziert. Zwischen den gebogenen Geländerstreben hingen Spinnweben. Irina blieb der Mund offen stehen. »Wow! Das ist eine echte Showtreppe! Wahnsinn!«

David grinste. »Na, habe ich dir zu viel versprochen?«

»Nein, bis hierhin nicht«, erwiderte sie und blickte ehrfürchtig nach oben. »Ich hoffe, dass der Kronleuchter über uns hält.«

»Du, der hängt da seit knapp einhundert Jahren und ist so was von verankert. Der hält! Warte mal eben, ich ziehe die Vorhänge auf und öffne die Fensterläden. Dann kommt mehr Licht und vor allem auch Luft hierein.«

»Schau mal, hier stehen sogar noch Möbel«, sagte Irina und zeigte auf einen massiven Garderobenschrank auf der linken Seite.

»Du wirst dich wundern, was hier noch alles steht! Die Strobels konnten und wollten nur einen Bruchteil der Möbel mitnehmen und vieles stammt noch aus dem Familienbesitz der Gänsickers. Herr Gänsicker hat mir erzählt, dass man damals das Haus teilmöbliert vermietet hätte.«

»Wahnsinn! Das ist wie eine Reise in die Kaiserzeit«, staunte Irina.

»Ja, das ist es wohl«, erwiderte David, wandte Irina den Rücken zu und öffnete ein fast bodentiefes Fenster zur Straße raus. »Aber hier wird nicht fotografiert, falls du das gerade vorhattest.«

Irina steckte ihr Smartphone in ihre Tasche und trat hinter David. Liebevoll kniff sie ihm in den Po und schaute über seine Schulter in den Vorgarten. Als die Sonnenstrahlen der langsam untergehenden Sonne den Raum mit Licht fluteten, wurde sichtbar, wie viel Staub sich tatsächlich im Haus angesammelt hatte. Irina rümpfte die Nase. »Also mit den Vorhängen scheinst du hier einiges aufgewirbelt zu haben. Wenn ich gleich einen Niesanfall bekomme, dann weiß ich, warum!«

David drehte sich zu Irina und gab ihr einen Kuss auf die Nasenspitze. »Ich habe Taschentücher dabei. Lass uns mal die anderen Räume inspizieren. Wir suchen immerhin etwas!«

»Ärgere mich nicht, David Simonis!«, sagte Irina und hakte sich bei ihrem Freund unter. Sie fühlte sich in seiner unmittelbaren Nähe deutlich wohler und beschützter als zuvor.

Gemeinsam durchschritten sie die Eingangshalle und entschieden sich zunächst für den Wohn- und Essbereich. In den großzügigen Räumlichkeiten, die nach hinten zum Garten hin ausgerichtet waren, standen vereinzelt Möbelstücke, die alle mit großen weißen Laken abgedeckt waren. Hier und da hingen Spinnweben von der Decke herunter. David ging zielstrebig in Richtung eines verglasten Wintergartens, von dem aus man über eine Treppe auf eine Außenterrasse gelangte. »Schau mal, das ist die letzte Baumaßnahme gewesen. Als die Strobels eingezogen sind, gab es den Wintergarten noch nicht. Hier war früher der Zugang zu einer Veranda, komplett aus Holz. Die war aber schon so vergammelt, dass die Gänsicker-Brüder das Ding haben abreißen und durch diesen verglasten Wintergarten ersetzen lassen.«

»Dann mussten sie ja richtig Mauerwerk entfernen«, stellte Irina fest.

»Genau. Heute wäre das dank der strengen Denkmalschutzauflagen kaum umsetzbar, aber seinerzeit war das noch nicht so problematisch«, erklärte David.

»Auf jeden Fall gelungen. Die haben dadurch auch hier drinnen Platz gewonnen, wobei es an Wohnraum ja nicht gerade mangelt«, sagte Irina und folgte David zur Tür in Richtung Garten. Sie stand knapp hinter ihm, als David erwartungsvoll die Vorhänge aufzog. »Und jetzt zeige ich dir das Gartenhäuschen!«

Plötzlich schrie Irina auf. Direkt vor ihnen stand Auge in Auge mit David eine alte Frau auf der anderen Seite der Glasscheibe und starrte sie bedrohlich an.

13. KAPITEL

»Guten Abend, mein Name ist Rosalie Helmer. Ich bin von der Kriminalpolizei und möchte zu Sebastian Schmidt.«

Die korpulente Frau an der Anmeldung des Städtischen Klinikums Braunschweig hatte eine Frisur, die Rosalie zwangsläufig an Mireille Mathieu erinnerte. Sie starrte durch die dicken Gläser ihrer Hornbrille zuerst auf den Dienstausweis und dann auf Rosalie, die sich in dieser surrealen Situation an einen Sketch aus ihrer Lieblings-Comedyserie erinnert fühlte.

»Der liegt auf Intensiv. Da können Sie nicht so einfach hin.«

»Frau Rinke, ich bin von der Polizei und ich möchte zu Herrn Schmidt. Jetzt!«, sagte Rosalie bestimmt, aber immer noch freundlich, nachdem sie auf das Namensschild der Empfangsdame geschielt hatte. Dieses hatte Dietlind Rinke ordnungsgemäß an ihrem sommerlichen Blümchenkleid befestigt, das vielleicht ein paar Zentimeter zu kurz für Rosalies Geschmack und vielleicht etwas zu luftig für das Frühjahr war.

»Und ich sage Ihnen: nein! Das geht so einfach nicht!«

Rosalie wurde ungeduldig. »Wer ist denn heute der diensthabende Arzt? Kann man den sprechen?«

Dietlind Rinke zog die rechte Augenbraue hoch. »Einen Moment, ich schaue mal eben nach.«

»Zu großzügig!«, sagte Rosalie und tippte mit ihren Fingerspitzen auf den Tresen.

»Können Sie das bitte unterlassen. Ich kann mich so nicht konzentrieren!«, sagte Dietlind Rinke genervt und schaute stur auf ihren Computermonitor. »Dr. Weissensee hat Dienst. Soll ich ihn mal anrufen?«

»Das wäre zu freundlich von Ihnen«, entgegnete Rosalie und fasste in ihre Jackeninnentasche. Die Plastikhülle, in der der brisante Brief steckte, den sie bei Sebastian Schmidt auf dem Esstisch im Wohnzimmer gefunden hatte, war noch da. Als das Handy in der Hosentasche ihrer Jeans klingelte, ignorierte sie es, denn Frau Rinke hatte soeben ihr Telefonat beendet. Mit dem Tempo einer Weinbergschnecke wandte sie sich wieder an die wartende Rosalie. »Dr. Weissensee ist auf der Intensivstation in der dritten Etage. Sie können ihn kurz sprechen. Da vorne ist der Fahrstuhl! Und hier herrscht Handyverbot!«

»Danke vielmals, ich werde es jetzt ausstellen!«

Rosalie ging zügig in die Richtung, in die die Empfangsdame gedeutet hatte, und ein Blick auf das Display verriet ihr, dass Manfred versucht hatte, sie anzurufen. Der musste jetzt erst mal warten.

Als sie den Fahrstuhl verlassen hatte, folgte Rosalie der Beschilderung und gelangte zu einer Milchglastür, auf der in großen Buchstaben »Intensivstation – Unbefugte haben keinen Zutritt« zu lesen war. Darunter befand sich ein Pfeil, der auf einen Klingelknopf zeigte. Hier nahm Rosalie den nächsten Hinweis zur Kenntnis, wonach man zuerst klingeln und dann warten sollte. Umso mehr wunderte Rosalie sich, dass die Tür nach dem Drücken des Klingelknopfes sofort aufging. Sie betrat den Stationsflur und gelangte in eine Schleuse, in der auf der linken Seite grüne Kittel, Hauben und Schuhüberzieher hingen. Rechts von ihr standen ein paar Stühle. Geradeaus blickte Rosalie auf eine weitere Glastür, die verschlossen war.

Noch während Rosalie darüber nachdachte, ob sie sich jetzt wohl umziehen müsste, öffnete sich die Glastür automatisch und mit wehendem Kittel kam ihr ein grauhaariger Mann mit Nickelbrille entgegen. Er lächelte sie freundlich an und Rosalie bewunderte das perfekte schneeweiße Gebiss. »Weissensee, guten Abend! Sie müssen die Dame von der Polizei sein. Hat unser Empfangsdrachen Sie tatsächlich durchgelassen? Wir verzichten hier auf einen Händedruck. Hygienemaßnahmen.«

Rosalie nickte und freute sich über die herzliche Begrüßung. Es gab also auch nettes Personal in diesem Krankenhaus. »Ja, ich bin Rosalie Helmer. Ich ermittle im Fall Sebastian Schmidt und möchte Ihnen ein paar Fragen stellen. Wenn möglich, würde ich sogar gerne Herrn Schmidt sprechen wollen.«

Dr. Weissensee guckte erstaunt. »Sie ermitteln? Es handelt sich um einen Suizidversuch, da haben wir eigentlich nicht sofort die Polizei bei uns.«

»Sebastian Schmidt ist der Lebensgefährte einer Frau, die tot in Hannover aufgefunden wurde. Es ist derzeit von einem Fremdverschulden auszugehen. Herr Schmidt sollte die Leiche eigentlich morgen in der Rechtsmedizin identifizieren. Ich bin Mitglied der ermittelnden Sonderkommission. Können wir irgendwo anders in Ruhe sprechen? Vielleicht nicht gerade hier auf dem Flur?«

»Das ist natürlich etwas anderes. Folgen Sie mir bitte in mein Büro«, erwiderte Dr. Weissensee sichtlich erstaunt. »Ich habe aber nur wenig Zeit!«

»Kein Problem, ich habe lediglich ein paar Fragen. Höchstens fünf Minuten!«

»In Ordnung, hier entlang!«, entgegnete der Arzt und zeigte in Richtung eines langen Flures.

»Muss ich mich nicht umziehen?«, fragte Rosalie.

»Da Sie keinen Patientenkontakt haben werden und ich Sie im Auge behalte, ist das nicht zwingend erforderlich«, erklärte Dr. Weissensee und lächelte erneut sein beeindruckendes Zahnpastalächeln.

Seite an Seite gingen sie den Flur entlang und Rosalie schaute verstohlen durch mehrere Glasscheiben auf Menschen, von denen vor lauter Maschinen und Schläuchen kaum noch etwas zu sehen war. Dr. Weissensee stoppte vor einer weißen Tür, an der ein Namensschild auf sein Büro hinwies. »Ihr erstes Mal auf einer Intensivstation?«

»Ja, allerdings. Irgendwie bedrückend hier. Also habe ich Sie richtig verstanden, dass ich Herrn Schmidt nicht sprechen kann?«

»Die Patienten schweben hier in der Regel zwischen Leben und Tod«, sagte Dr. Weissensee ernst, öffnete die Tür und bat Rosalie einzutreten. Er nahm hinter seinem Schreibtisch Platz und wies Rosalie einen der Besucherstühle zu. »Herrn Schmidt können Sie in der Tat nicht sprechen. Er ist nicht vernehmungsfähig.«

»Okay, das verstehe ich natürlich. Wird er durchkommen?«, erkundigte sich Rosalie.

Dr. Weissensee schaute Rosalie mit ernster Miene an. »Auch Sebastian Schmidt schwebt zwischen Leben und Tod, um mich an dieser Stelle zu wiederholen. Er hat sein Bewusstsein noch nicht wiedererlangt.«

»Können Sie mir denn etwas zu den Medikamenten sagen, die er eingenommen hat?«

»Wir haben den Magen ausgepumpt und konnten schon anhand der verschiedenen Farbreste erkennen, dass es ein bunter Pillenmix gewesen sein muss. Die Laboranalyse läuft noch. Da wohl auch eine leere Wodkaflasche vorgefunden wurde, vermuten wir, dass er die Tabletten mit hochprozentigem Alkohol runtergespült hat. Es war also alles sehr knapp, denn so eine Mischung kann tödlich sein. Sind Sie eigentlich die Polizistin, die die Pillendosen konfisziert hat?«

»Ja, so ist es«, bestätigte Rosalie und nahm den beschrifteten Asservatenbeutel aus ihrer Tasche.

»Das sind ungewöhnliche Maßnahmen, Frau Helmer, die uns die Arbeit hier fast erschwert hätten.«

»Ja, ich weiß«, erwiderte Rosalie. »Dieser Fall ist auch durchaus ungewöhnlich.«

Dr. Weissensee nickte. »Sie sprachen vorhin von Mord.«

»Ja, im Zusammenhang mit dem Tod der Lebensgefährtin von Herrn Schmidt. ›Fremdverschulden‹ war das Wort.«

»Und nun glauben Sie, man wollte Sebastian Schmidt auch umbringen und es nach einem Selbstmord aussehen lassen?«

Rosalie staunte über die Schlussfolgerungen des Arztes. »Ich möchte genau das ausschließen, Herr Doktor. Es war Zufall, dass ich vor Ort war. Ich habe eine Fahrradtour gemacht. Wenn ich das Notarztfahrzeug nicht vor dem Haus hätte stehen sehen, wäre ich nicht reingegangen und dann hätte die Notfallversorgung ihren normalen Lauf genommen.«

»Ich verstehe. Daher möchten Sie auch unbedingt Herrn Schmidt sprechen.«

Rosalie nickte zustimmend.

»Im Moment ist das wie gesagt unmöglich.«

»Danke für die Information und vielen Dank für Ihre Zeit«, sagte Rosalie. »Bitte halten Sie mich auf dem Laufenden und melden Sie sich unverzüglich, wenn Herr Schmidt ansprechbar ist. Hier ist meine Karte.«

»So verbleiben wir.« Dr. Weissensee nahm Rosalies Visitenkarte entgegen, stand wieder auf und ging zur Tür. »Ein tragischer Fall ist das.«

»So was erlebe ich auch nicht jeden Tag, aber es ist mein Job, Herr Doktor.«

»Und dafür zolle ich Ihnen Respekt«, erwiderte Dr. Weissensee und lächelte Rosalie freundlich an. Irgendwie mochte sie diesen Mann.

»Den meinen haben Sie auch! Also, Sie melden sich dann bitte«, sagte sie und verließ das Büro des Stationsarztes. Dr. Weissensee begleitete Rosalie zurück zur Milchglastür und verabschiedete sie nachdenklich. Er schien zu ahnen, dass dies nicht der letzte Besuch der Polizei auf seiner Station gewesen war.

»David! Das ist sie!«, flüsterte Irina panisch in Davids Ohr und blieb dicht hinter ihm stehen.

»Ich weiß! Wir sollten mit ihr reden«, wisperte David.

Greta Stein stand wie zur Salzsäule erstarrt direkt vor ihnen und bewegte sich keinen Zentimeter vom Fleck.

»Ich gehe jetzt zur Tür«, sagte David so leise wie möglich und machte einen Schritt zur Seite.

Greta Stein reagierte prompt und folgte seiner Bewegung nach.

»David, schau dir ihren wahnsinnigen Blick an. Die ist doch verrückt!«

»Deine Hobbypsychologie hilft uns jetzt auch nicht weiter!«, zischte David und ging langsam in Richtung Tür. Nervös steckte er den Schlüssel ins Schlüsselloch, und ehe er sichs versah, hatte Greta Stein die Klinke von außen heruntergedrückt und die Tür geöffnet.

»Oh, die Tür ist ja offen!«, war das Erste, was David über die Lippen kam.

Irina war in den hinteren Teil des Wintergartens geflüchtet und hielt ihr Handy krampfhaft umklammert.

»Was wollen Sie hier?«, fauchte Greta Stein.

David fiel sofort auf, dass sie für eine Frau ziemlich groß gewachsen und kräftig war und trotz ihres hohen Alters einen fitten Eindruck machte. Sie hielt Davids Blick stand, wich ihm keine Sekunde aus und starrte ihm auf Augenhöhe ins Gesicht.

»Sagen Sie Ihrer kleinen Freundin, dass sie sich nicht in die Hosen machen soll.«

»Ich, wir …« David wurde von Irina unterbrochen: »Wir sind die Hausverwaltung!«

»Hausverwaltung?« Greta schaute misstrauisch zu Irina herüber.

»Seit wann gibt es denn hier eine Hausverwaltung? Sie sind bestimmt einer der Lakaien vom alten Gänsicker!«

David versuchte, sich innerlich zu beruhigen. Das war doch lächerlich, dass diese alte Frau ihnen Angst einflößte.

»Sie sind bestimmt die Frau Stein, von dort drüben«, sagte er um Freundlichkeit bemüht und blickte zum Gartenhaus, das man nun in etwa 100 Meter Sichtweite gut erkennen konnte.

»Junger Mann, verschwinden Sie einfach. Das hier ist Privateigentum«, entgegnete Greta Stein wütend.

»Ja, aber nicht von Ihnen, werte Frau Stein!«

»Reden Sie nicht so geschwollen daher und sparen Sie sich Ihre Floskeln! Sie haben hier nichts zu suchen!«

»Wir gehen gleich wieder«, sagte Irina aus dem Hintergrund.

»Wenn hier irgendwer glaubt, sich das hier alles unter den Nagel reißen zu können, dann hat er sich geschnitten. Verstanden?!«

David hoffte inständig, dass die Situation nicht eskalieren würde. »Frau Stein, nun hören Sie mir doch bitte mal einen Augenblick zu. Hier will sich niemand etwas unter den Nagel reißen.«

»Der olle Gänsicker will das alles hier verkaufen und mich auf die Straße setzen. So sieht das aus! Also reden Sie nicht so einen Stuss! Verschwindet! Alle beide! Sofort!«

»Schatz, ich möchte wirklich gehen. Mit dem Haus ist doch alles in Ordnung. Du kannst Herrn Gänsicker gleich nachher anrufen und positiv berichten. Wir sollten Frau Stein jetzt in Ruhe lassen.« Irinas Stimme klang schwach.

»Einen Moment noch«, sagte David und bedeutete ihr mit einer Handbewegung, zu warten. »Frau Stein, waren Sie vorhin in der Villa?«

Greta stutzte. »Wie kommen Sie denn darauf?«

»Wir standen vorhin gegenüber auf dem Gaußberg und da habe ich einen Schatten an einem der Fenster im Erdgeschoss gesehen.«

»Ich betrete diesen Kasten nicht. Vielleicht war es Thadeus.«

»Thadeus?«

»Ja, mein Kater. Der jagt hier öfter mal Mäuse.«

»Das wird es sein, David. Mäuse und Katzen. Können wir jetzt bitte gehen?«, flehte Irina. Sie hatte sich David von der Seite angenähert, um seine Hand zu greifen.

»Frau Stein, vielleicht können wir uns bei Gelegenheit mal in Ruhe unterhalten. Über diese Villa, über Ihr Häuschen, ich würde mich freuen«, sagte David und reichte der alten Frau die Hand, um sich zu verabschieden.

Greta Stein ging auf Davids Geste nicht ein und schaute grimmig in Richtung des jungen Paares.

»Haut endlich ab! Ich will meine Ruhe haben. Einfach nur meine Ruhe!«

14. KAPITEL

In den Abendstunden war es spürbar kühler geworden und Wim hatte sich von seinem Balkon ins Wohnzimmer zurückgezogen. Weil er auf seinen Island-Krimi keine Lust mehr hatte, blätterte er nun gelangweilt durch die Fernsehzeitung. Das Programm versprach nichts Gutes, also beschloss er, sich erst mal Essen vom Vortag aufzuwärmen. Er ging in seine Küche und holte einen kleinen Topf aus dem Kühlschrank. Wim war zwar nicht gläubig, dankte dem lieben Gott aber allwöchentlich für die gute alte Schlachterei Berndt unten am Eck, wo er sich gerne mit warmen Mahlzeiten versorgte. Gestern hatte die nette Juniorchefin extra eine große Portion Wildschweingulasch für ihn reserviert, auf die er sich nun freute. Gerade als er den Topf auf den Herd gestellt hatte, klingelte sein Diensthandy. Wim war fest entschlossen, sämtliche Kontaktaufnahmeversuche für den Rest des Tages zu ignorieren. Als das nervige Klingeln aber gar nicht mehr aufhören wollte, überkam ihn das schlechte Gewissen. Immerhin war er jetzt Leiter einer Soko und wer wusste schon genau, ob nicht doch etwas passiert war. Sein Bauchgefühl sollte Recht behalten.

»Schneider!«

»Wiegand! Hallo, Wim!«, begrüßte ihn Manfred am anderen Ende der Leitung. »Na, wo habe ich dich denn weggeholt?«

Wim schloss kurz die Augen und presste Ober- und Unterkiefer fest aufeinander. Als seine Kiefergelenke sich bemerkbar machten, ging er zum Kühlschrank, um sich an der Flasche Ouzo zu bedienen. Man konnte sich schließlich alles schön trinken, auch einen Anruf von Manfred Wiegand, der natürlich genau dann kam, wenn man mal seine Ruhe haben wollte.

»Hallo, Manfred, was gibt's denn?«

»Hier in Braunschweig überschlagen sich die Ereignisse. Ich wollte mal eben berichten.«

»Was ist denn passiert?« Während Wim sich einen Schnaps einschenkte, lehnte er sich vorsichtshalber mit dem Rücken gegen die Wand, um nicht vor Schreck umzufallen. Sicher war sicher.

»Sebastian Schmidt liegt auf der Intensivstation. Überdosis Tabletten.«

Wim wurde hellhörig und kippte den Ouzo mit einem Zug runter. Wehmütig dachte er an seine Oma. *»Prost, Gemeinde, ich trinke für euch alle!«* Die Neuigkeit aus Braunschweig war in der Tat hochinteressant. »Ach du meine Güte! Selbstmordversuch?«, entgegnete er und spürte dem angenehmen Brennen in seiner Kehle nach.

»Ja, alles sieht danach aus, aber Kollegin Helmer hat so ihre Zweifel.«

»Wieso zweifelt sie?«

»Da gibt es eine kleine Vorgeschichte«, begann Manfred weiter auszuholen.

»Dann halte sie bitte auch klein, also die Vorgeschichte, nicht die Kollegin Helmer.« Wim fasste sich an den Kopf. Was redete er da nur für einen Stuss?

Manfred ging über Wims Bemerkung hinweg und ließ sich nicht aus der Ruhe bringen. »Also alles war reiner Zufall. Rosalie hatte nach Feierabend noch Hummeln im Hintern und wollte deshalb eine Radtour machen. Sie hatte sich überlegt, mal vom Haus der Kohlstedt aus zu starten und den Weg abzufahren, den unser Opfer Steffi am Tag ihres Verschwindens eventuell genommen haben könnte.«

»Tüchtig, die junge Kollegin«, lobte Wim. »Aber was hat das denn jetzt mit dem Selbstmordversuch zu tun?«

»Als sie mit dem Rad in die Lebacher Straße einbog, hat sie Einsatzfahrzeuge vom Roten Kreuz vor dem Haus stehen sehen. Die Haustür stand offen. Da hat sie nicht lange überlegt, sondern ist reingegangen.«

»Gut, gut! Das hätte ich auch so gemacht«, stellte Wim anerkennend fest.

»Ich auch! Und dann lag der Schmidt wohl schon bewusstlos im Schlafzimmer und wurde vom Notarzt versorgt.«

»Na, das ist ja wirklich was!« Wim überlegte kurz, ob er sich einen zweiten Ouzo gönnen sollte, entschied sich dann aber dagegen. Nicht, dass das hier noch zur Gewohnheit wurde. »Hat die Kollegin das Haus denn durchsucht?«

»Soweit das möglich war. Sie wurde dabei kritisch von einem Nachbarn beäugt, der auch den Notarzt gerufen hatte.«

Wim lachte. »Wer kennt so was nicht? Polizeialltag! Aber pfiffig, und wie ich die Kollegin einschätze, hat sie sich nicht aus der Ruhe bringen lassen?«

»In der Tat! Die ist nicht auf den Kopf gefallen.«

»Und hat sie was gefunden?«

»Auf dem Tisch im Esszimmer lag ein Brief«, antwortete Manfred.

»Von Sebastian Schmidt verfasst?«

»Sieht ganz danach aus. Der Brief ist getippt, aber wahrscheinlich von Sebastian Schmidt unterschrieben worden. Die Unterschrift ist schlecht leserlich, man erahnt aber seinen Namen. Wir müssen auf jeden Fall einen Unterschriftenabgleich vornehmen, um das mit Sicherheit bestätigen zu können. Könnte rein theoretisch ja auch sonst wer geschrieben haben. Und Rosalie hatte die ganze Zeit den Nachbarn im Nacken, der sich sehr schwer damit tat, wieder in sein

Haus zurückzugehen. Deswegen hat sie erst mal darauf verzichtet, das Haus weiter nach Schriftproben zu durchsuchen. Sie war ja auch ohne Spurensicherung unterwegs. Aber ich habe soeben – dein Einverständnis mal unterstellt – den Staatsanwalt angerufen und einen Durchsuchungsbeschluss beantragt. Ich denke, wir haben jetzt wirklich genug Gründe zusammen«, erklärte Manfred.

»Ein klassischer Fall der Ermittlungsdurchsuchung«, sagte Wim. »Das ist gut gelaufen.«

»So in etwa habe ich meinen Antrag begründet!«, erwiderte Manfred. »Und mit dem Inhalt des Briefes.«

»Jetzt bin ich aber mal gespannt!

»Er hat den Mord an Steffi Kohlstedt gestanden!«

»Nee, ne?!« Wim konnte es kaum glauben und schielte noch einmal auf die Flasche Ouzo, die er auf der Arbeitsplatte neben dem Herd abgestellt hatte. »Aber wie kann das sein? Er hat doch das wasserdichte Alibi aus Gießen.«

»Überleg mal. Alles, was wir über das Verschwinden von Steffi Kohlstedt wissen, fußt bisher einzig und allein auf den Angaben von Sebastian Schmidt. Vielleicht war Steffi Kohlstedt doch schon wieder zu Hause. Laut dem, was im Brief steht, ist es eine Beziehungstat aus Eifersucht. Der Schmidt hätte das doch alles wunderbar so durchziehen können. Erst die Frau umbringen und beseitigen, dann das Kind abholen, dann die Vermisstenanzeige.«

Wim überlegte laut. »Dafür müsste er schon sehr abgebrüht sein. Vor allem dafür, alles an einem Sonntag tagsüber so durchzuziehen.«

»Ja, das gilt es nun herauszufinden!«, stellte Manfred fest. »Ich bin jedenfalls jetzt noch im Büro und halte die Stellung, falls noch was ist. Rosalie ist auch hier. Sie hat schon mit dem Arzt im Krankenhaus gesprochen. Sebastian Schmidt ist nicht vernehmungsfähig. Tiefschlaf oder so was. Ach so, und sie wird gleich noch zu seinen Eltern fahren. Die wohnen auch in Braunschweig.«

»Guter Plan!«, sagte Wim und schenkte sich nebenbei doch noch einen weiteren Schnaps ein. Es half ja alles nichts. »Gib mir mal bitte die Kollegin!«

»Einen Moment. Rosaaaaliee! Wim Schneider für dich am Telefon!«

Wim hörte, wie Manfred das Telefon weiterreichte, und nutzte die kurze Pause, um das Schnapsglas erneut anzusetzen.

»Rosalie Helmer!«

»Schneider hier, guten Abend, Frau Kollegin. Da haben Sie ja heute einiges erlebt. Berichten Sie mir bitte kurz von dem Brief. Sebastian Schmidt hat den Mord an seiner Lebensgefährtin tatsächlich gestanden?«

»So steht es in dem Brief geschrieben, ja. Ich habe ihn bereits eingescannt und Ihnen rübergemailt. Aber was den Inhalt angeht, habe ich so meine Zweifel.«

»Warum?«

»Das Motiv für die Tat überzeugt mich überhaupt nicht. Angeblich hat Sebastian herausgefunden, dass Steffi eine Affäre mit jemandem aus dem Eintracht-Fanclub angefangen hat und ihn deshalb verlassen wollte. Ohne sie wollte er aber nicht mehr weiterleben. Und sie sollte auch mit niemand anderem mehr weiterleben. Haben Sie nicht die Möglichkeit, jetzt Ihre Mails zu checken?«

Wim fühlte sich ertappt. Immer diese neuartige Technik. »Klingt in der Tat nicht sehr überzeugend. Hat es aber alles schon gegeben«, erwiderte er. »Und nein, ich bin schon zu Hause und habe von hier aus gerade keinen Zugriff auf meine Mails.« Dass er keine Ahnung davon hatte, wie er von zu Hause auf seine E-Mails zugreifen sollte, behielt er lieber für sich.

»Das hat es alles bestimmt schon gegeben. Aber überlegen Sie doch mal. Würde er das seiner kleinen Tochter antun?«, fragte Rosalie.

»Da haben Sie recht. Aber was ist, wenn die Tochter gar nicht bei einer Schulfreundin ist?«

»Sie meinen, er hat sie auch umgebracht?«

»Wir müssen jedenfalls sofort herausfinden, wo Marta Kohlstedt ist, und notfalls nach ihr fahnden! Veranlassen Sie alles und halten Sie mich auf dem Laufenden!«

15. KAPITEL

Es war schon weit nach 21.00 Uhr, als Rosalie den modernen Bungalow von Sebastian Schmidts Eltern in einer Sackgasse im Braunschweiger Ortsteil Zuckerberg gefunden hatte. Das prächtige Anwesen der Schmidts sprach für sich. Hier wohnte man exklusiv, das erkannte Rosalie schnell und registrierte die Überwachungskameras rund um das Gebäude, als sie an der Haustür klingelte. Trotz der fortgeschrittenen Tageszeit war sie noch hoch motiviert und hatte sich fest vorgenommen, den Eheleuten Schmidt so richtig auf den Zahn zu fühlen, um mehr über deren Sohn, die Schwiegertochter und den Verbleib der kleinen Marta herauszufinden.

Als Mechthild Schmidt die schwere Haustür öffnete, fiel Rosalie sofort die perfekte Figur auf, die Sebastians Mutter in ihrem dunkelblauen Hosenanzug machte. Der dezente Rougeton auf ihren Wangen verlieh dem schmalen, kantigen Gesicht noch härtere Züge und sie sah nicht so aus, als hätte sie den Abend bisher mit Weinen oder Trauern verbracht.

»Frau Schmidt, nehme ich an? Guten Abend! Ich bin Rosalie Helmer von der Kriminalpolizei, wir haben telefoniert. Danke, dass Sie mich so spät noch empfangen.«

»Jaja, guten Abend, kommen Sie rein. Mein Mann und ich sitzen gerade noch im Wohnzimmer zusammen. Und natürlich können Sie vorbeikommen. Es geht immerhin um eine Familienangelegenheit«, antwortete Mechthild Schmidt kühl.

Rosalie folgte der Hausherrin durch einen langen Flur in ein geräumiges Wohnzimmer, an das sich ein Essbereich und eine offene Küche anschlossen. Rosalie staunte. Der Raum mochte gut 50 Quadratmeter groß sein und war damit größer als ihre Zweizimmerwohnung. Der Vater von Sebastian Schmidt sah im Gegensatz zu seiner Frau ziemlich mitgenommen aus und stand schwerfällig von einem Ledersessel auf, als Rosalie und Mechthild Schmidt den Raum betraten.

»Guten Abend, Schmidt mein Name. Reiner Schmidt. Bitte nehmen Sie doch Platz. Möchten Sie etwas trinken?«, begrüßte er Rosalie und bot ihr einen Platz auf dem großen dunkelbraunen Chesterfield Ledersofa ihm gegenüber an.

»Sehr gerne, vielen Dank. Ein Wasser wäre gut«, erwiderte Rosalie und setzte sich. Das massive Sofa hatte fast etwas Bedrohliches.

»Mechthild, bist du so nett?«

Mechthild Schmidt verzog keine Miene und ging kommentarlos in Richtung Küche.

»Sie sind wegen Sebastian gekommen?«, fragte Reiner Schmidt und ließ sich wieder in seinen Sessel sinken.

»Unter anderem, ja. Gibt es etwas Neues von ihm?«

Reiner Schmidt atmete schwer und in seinen Augen erkannte Rosalie diese Art von Verzweiflung, wie sie sie bisher nur bei Angehörigen, die gerade einen Verwandten verloren hatten, gesehen hatte. »Wir haben gerade noch mal mit dem Krankenhaus telefoniert. Sebastian ist nicht bei Bewusstsein. Die Ärzte wissen nicht, wann und ob er überhaupt wieder aufwacht.« Seine Stimme zitterte. »Ich kann das alles einfach nicht glauben!«

»Das tut mir sehr leid.«

»Danke, Frau Helmer. Ich bin total durcheinander und erschöpft.« Reiner Schmidt kämpfte sichtbar mit den Tränen und kniff die Augen zusammen.

»Hoffen wir das Beste für Ihren Sohn. Ich muss Ihnen trotzdem ein paar Fragen stellen.«

Ihr Gegenüber rückte seinen Rollkragen gerade und rang um Fassung. »Selbstverständlich. Sie machen ja nur Ihre Arbeit.«

Rosalie lächelte ihn an und sah im Augenwinkel Mechthild Schmidt mit einem Tablett aus der Küche zurückkehren, auf dem sie eine Kristallkaraffe mit Wasser und drei Gläsern platziert hatte. Mit einer Eleganz, die Rosalie ein wenig an eine in die Jahre gekommene Primaballerina erinnerte, stellte Mechthild Schmidt das Tablett auf dem Couchtisch ab und übernahm das Wort. »Ich kann einfach nicht mehr. Wissen Sie, Frau Helmer, wir haben einiges durch mit Sebastian. Aber das hier. Das ist einfach zu viel des Guten.«

Rosalie glaubte, so etwas wie einen Vorwurf aus Mechthild Schmidts Worten herauszuhören. »Das ist sicher alles sehr belastend für Sie. Dennoch möchte ich Ihnen gerne ein paar Fragen zu Ihrem Sohn und seiner Familie stellen.«

Mechthild hatte mittlerweile die Gläser gefüllt, sich neben ihren Mann gesetzt und ihm eine Hand auf den Oberschenkel gelegt. Ihre Beine hatte sie in einem beeindruckenden Winkel übereinandergeschlagen. »Familie? Frau Helmer, wir sind seine Familie. Bitte verstehen Sie mich nicht falsch. Wir mochten Steffi wirklich, aber so richtig zusammengepasst haben die beiden nie.«

Zu Rosalies Überraschung war Reiner Schmidt da offenbar etwas anderer Meinung. »Ach, Mechthild, lass doch gut sein. Die Steffi war ein ordentliches Mädel und Marta braucht uns jetzt!«

»Uns? Sie war doch so gut wie nie hier!«, konterte Mechthild Schmidt und fuhr sich mit der Spitze ihres Zeigefingers am Kinn entlang.

»Aber sie ist doch unsere Enkeltochter!«

»Trotzdem hat Steffi sie uns vorenthalten. Das weißt du genau. Und Sebastian hat nichts dagegen unternommen. Gar nichts! Sie hat unserem Sohn nur Unglück gebracht! Du siehst doch, wo das Ganze jetzt geendet hat!«

Rosalie wurde es zu bunt. »Wenn ich Sie kurz unterbrechen dürfte? Es ist schon spät und ich möchte Sie ja auch nicht länger als nötig behelligen. Können Sie mir etwas über Sebastians Gemütszustand sagen? Stimmt es, dass er depressiv ist?«

Reiner Schmidt, dem es sichtlich schwerfiel, über seinen Sohn zu sprechen, setzte zu einer Erklärung an. »Ja, das ist richtig. Sebastian war schon immer ein sehr sensibler, emotionaler Mensch. Ein Schöngeist, wenn Sie so wollen, schon in der Schule.«

Rosalie nahm einen Schluck Wasser und hoffte, dass es nun keine abschweifenden Geschichten aus der Kindheit des Sebastian Schmidt geben würde.

»Er hat sich oft Dinge sehr zu Herzen genommen. Deswegen haben wir es zunächst auch gar nicht wahrgenommen, als er krank wurde. Er war schon immer sehr empathisch.«

»Wann haben Sie erste Anzeichen einer psychischen Erkrankung bemerkt?«, hakte Rosalie nach. »Befand er sich in ärztlicher Behandlung?«

Die Eheleute schauten sich an und Reiner Schmidt deutete seiner Frau an, dass sie diese Frage beantworten sollte. »Rückblickend würde ich sagen, dass es anfing, als er bei der Brauerei gearbeitet hat. Der Druck, den die da auf ihn ausgeübt haben, war immens. Als er Schlafstörungen bekam und immer antriebsloser wurde, ist er schließlich zum Hausarzt gegangen, der ihm leichte Antidepressiva und Schlafmittel verordnet hat. Die Überweisung zum Psychotherapeuten hat er nicht genutzt, sich auch nicht krankschreiben lassen. Stattdessen hat er oft Arbeit mit nach Hause genommen, weil sich einer um das Kind kümmern musste, wenn Steffi wieder irgendwo Menschenleben gerettet hat.«

»Menschenleben retten ist ja nun sicher nicht das Schlechteste!«, erwiderte Rosalie und registrierte, dass sie sich persönlich angegriffen fühlte.

»Sicher nicht! Aber es waren ja vor allem Marta und Sebastian, die unter diesem verfluchten Schichtsystem beim Rettungsdienst zu leiden hatten«, stellte Mechthild Schmidt fest.

»Was soll ich dazu sagen, Frau Schmidt? Wenn Sie Hilfe benötigen, dann möchten Sie doch sicher 24 Stunden am Tag und sieben Tage in der Woche den Notruf wählen können, oder? Das bringt nun mal Rund-um-die-Uhr-Schichten mit sich.« Rosalie war diese Frau zunehmend unsympathisch und sie musste sich zusammenreißen, ihre persönliche Meinung zurückzustellen.

Mechthild Schmidt überging die Argumente von Rosalie und nahm einen tiefen Atemzug, um zum verbalen Gegenschlag auszuholen. Ihr Mann übernahm das Wort, bevor Mechthild weiterreden konnte. Er hatte anscheinend Übung darin, ab und an zu intervenieren. »Meine Frau stellt ja in keiner Weise Ihren Beruf und den von Steffi in Frage, liebe Frau Helmer. Es geht nur darum, dass diese Berufe nicht wirklich familienfreundlich sind. Und das bekam unser Junge am eigenen Leibe zu spüren.«

Rosalie nickte nur verhalten. Die Schmidts hatten einen wunden Punkt bei ihr getroffen. Nicole hatte ihr damals den Schlüssel auf den Tisch gelegt und sie mehr als deutlich wissen lassen, dass sie sich eine gemeinsame Zukunft anders vorgestellt habe. Das war nun schon mehr als ein Jahr her und fühlte sich so weit weg an.

»Frau Helmer, ist alles gut bei Ihnen?«

Rosalie schreckte auf, als die Worte Reiner Schmidts zu ihr durchdrangen. »Ja, Entschuldigung, ich war wohl mit den Gedanken gerade woanders! Bitte fahren Sie doch fort.«

»Also, Sebastian stand bei der Brauerei ganz schön unter Druck, das hat meine Frau ja schon gesagt. Die haben von ihm erwartet, dass er Überstunden macht und seine Arbeitszeiten an die der anderen Kollegen der PR-Abteilung anpasst. Das war aber wie gesagt kaum möglich. Er hat dann versucht, mit Heimarbeit dem Arbeitsanfall gerecht zu werden. Das funktioniert aber nicht immer bei einem Job, der eigentlich Präsenz vor Ort erfordert. Glauben Sie mir, ich weiß, wovon ich rede.«

»Wieso?«, fragte Rosalie nach.

»Ich habe über viele Jahre in der PR-Abteilung eines großen und Ihnen sicher bekannten Automobilkonzerns gearbeitet und diese am Ende meiner Laufbahn 15 Jahre lang geleitet.« Reiner Schmidt lächelte zum ersten Mal bei diesem Gespräch.

Rosalie ärgerte sich ein wenig über die süffisante Ausdrucksweise ihres Gegenübers. »Und Ihr Sohn sollte in Ihre Fußstapfen treten?«

»Er sollte, wenn es nach meinem Mann gegangen wäre, aber er wollte nicht!«, mischte sich Mechthild Schmidt wieder ein. »Sein Traum war es, als ›richtiger‹ Journalist zu arbeiten, das hat er immer betont. Nicht unbedingt im Bereich Public Relations. Er hat eine Leidenschaft fürs Recherchieren und für Reportagen.«

»Aber zuletzt arbeitete er doch als freier Journalist«, stellte Rosalie klar.

Reiner Schmidt wandte seinen Blick ab und schaute durch die große Glasschiebetür in den mit Solarlichtern bestückten Garten. »Er musste notgedrungen. Eigentlich wollte er immer auf eine der namhaften Journalistenschulen. Da konnte ich ihm auch nicht helfen, die haben ihre eigene, sehr strenge Aufnahmeprozedur. Außerdem wollte er es unbedingt allein schaffen. Aber er ist mehrfach gescheitert. Absagen aus Hamburg, Köln, München und Berlin, und aus war er, sein Traum. Ich habe ihm geraten, doch erst mal zu studieren. Am Ende hat er sich natürlich wieder gegen meinen Rat und für Medienwissenschaften und Germanistik an der Uni hier in Braunschweig entschieden. Und natürlich hat er im Anschluss an seinen Magister erst mal keine Anstellung bekommen. Promovieren wollte er dann aber auch nicht, obwohl ich ihm gesagt habe, dass das in den Geisteswissenschaften schon angebracht sei!«

»Lassen Sie mich raten: Er hätte auch in Ihrem Konzern anfangen können?«, erwiderte Rosalie und bemerkte die Spitze, die sie gerade ausgeteilt hatte. Sie hatte Mitleid mit Sebastian Schmidt. Dieser Vater, dieser Übervater, der ihr hier gegenübersaß, hatte offenbar vom beruflichen Werdegang seines Sohnes sehr konkrete Vorstellungen gehabt und war durchweg enttäuscht worden.

»Er hätte sicher im Konzern anfangen können, aber mein Mann hat Sebastians Entscheidung am Ende respektiert, lieber seinen eigenen Weg zu gehen, als sein Angebot anzunehmen«, unterstützte Mechthild Schmidt ihren Mann.

»Wie dem auch sei«, setzte Reiner Schmidt erneut an, »mit einer festen Anstellung klappte es nicht. Also schrieb er hier und da mal eine Reportage oder einen Artikel und machte verschiedene Praktika. Dann lernte er allerdings Steffi kennen.«

»Wo haben die beiden sich denn kennengelernt?«, erkundigte sich Rosalie.

»Sebastian hat unter anderem als freier Mitarbeiter für die Braunschweiger Zeitung gearbeitet und hatte endlich ein Volontariat in Aussicht. Er steckte gerade in der Recherche für einen Artikel über den Rettungsdienst in Braunschweig. So was interessiert die regionalen Leser, meinte er.«

»Und hat das dann bei der Braunschweiger Zeitung mit dem Volontariat geklappt?«

»Hat es. Zwei Jahre und wir waren wirklich stolz auf ihn. Leider haben die ihn aber hinterher nicht übernommen.«

»Und wissen Sie, warum nicht?«

Mechthild Schmidt räusperte sich. »Angeblich hatten sie keine freie Planstelle. Auch nichts Befristetes, eine Vertretung oder Ähnliches. Aber mein Mann kennt den Chefredakteur und hat beim Tennisspielen mal nachgefragt.«

Rosalie verzog den Mund. »Und was kam dabei heraus?«

»Mein Tenniskumpel hat mir gesteckt, dass Sebastian ein paar Termine nicht eingehalten und sich bei einer aufwendigeren Recherche total verzettelt hatte. Seine Leistungen waren nicht schlecht, haben denen aber nicht für eine Übernahme gereicht«, berichtete Reiner Schmidt enttäuscht.

»Wie konnte er so eine Chance nicht nutzen? Das verstehe ich bis heute nicht!« Rosalie erschrak über Mechthilds hohe Stimmlage.

»Ich nehme an, dass Steffi ihn damals schon von der Arbeit

abgehalten hat?«, fragte Rosalie und hätte sich am liebsten auf die Zunge gebissen. Das Ehepaar Schmidt ging auf Rosalies Bemerkung jedoch nicht ein.

»Das weiß ich nicht so genau, aber dass er gerne den Familienvater gespielt hat, war ja offensichtlich. Ich glaube, dass Sebastian die Braunschweiger Zeitung zu klein war, er das nicht richtig ernst genommen, sondern vom ganz großen Wurf geträumt hat. Von einem Artikel oder einer Reportage, mit der er den Durchbruch schafft und sich bei einem namhaften Verlag etablieren kann. Er hätte sich lieber auf das Wesentliche konzentrieren sollen, als immer nur Steffi den Rücken für ihre Fisimatenten freizuhalten«, sagte Mechthild Schmidt verbittert. »Dann hätte es vielleicht wenigstens mit der Braunschweiger geklappt. Aber stattdessen immer nur Steffi, Steffi, Steffi!«

»Hör endlich damit auf!« Plötzlich wurde Reiner Schmidt laut und Rosalie zuckte zusammen. »Steffi ist tot und du solltest sie ruhen lassen!«

»Also gut. Euer Wunsch ist mir Befehl«, erwiderte Mechthild Schmidt und warf ihrem Mann einen säuerlichen Blick zu. »Aber du weißt genau, dass ich recht habe!«

»Sehen Sie, Frau Helmer, meine Frau und Steffi hatten nicht das allerbeste Verhältnis zueinander. Und für uns beide ist das hier heute alles sehr emotional. Bitte entschuldigen Sie.«

Rosalie nickte verständnisvoll. Sie hätte in diesen Stunden nicht mit den Eheleuten tauschen wollen. Dennoch überraschte sie der Gefühlsausbruch von Sebastians Vater in ihrer Gegenwart.

»Ich fasse mal zusammen: Sebastian hat nach seinem Volontariat also nur von freischaffender Tätigkeit gelebt«, setzte Rosalie das Gespräch fort.

»So ist es. Aber er hatte schon hier und da versucht, irgendwo in der Region beruflich Fuß zu fassen. Und dann wurde Marta geboren und einer musste ja auf das Kind aufpassen«, erklärte Mechthild Schmidt.

»Wissen Sie, Frau Helmer, bei allem Verständnis für die familiäre Situation unseres Sohnes, man kann nicht auf der einen Seite vom ›großen Wurf‹ träumen oder sogar vom Chefsessel beim Spiegel oder Stern und auf der anderen Seite so unflexibel sein, dass man seinen Hintern nicht aus Braunschweig wegbekommt. Er hätte nach Hamburg oder Köln gehen sollen. Da habe ich gute Kontakte. Und Steffi hätte in ihrem Beruf überall eine Anstellung gefunden. Aber er wollte unbedingt in Braunschweig bleiben«, ergänzte Reiner Schmidt.

»Wegen Steffi«, stellte Rosalie fest und trank einen Schluck Wasser.

Mechthild Schmidt hatte mittlerweile die Sitzposition verändert und saß nun kerzengerade neben ihrem Mann. »Natürlich blieb er wegen Steffi. Schneller, als wir gucken konnten, wohnten die beiden zusammen. In Zeiten des Internets sei der Wohnort doch kein Problem mehr, belehrte Sebastian uns ständig. Und Steffi sei doch hier so verwurzelt in der Region. Natürlich, was auch sonst?«

»Dass aber persönliche Kontakte vor Ort in der Medienbranche auch eine Rolle spielen, das hat er nicht einsehen wollen!«, sagte Reiner Schmidt verbittert. »Der Junge war wegen seiner Steffi unbelehrbar. Da hat Mechthild schon recht.«

»Aber ist es nicht auch schön, dass er sich für seine Liebe entschieden und auch für sie verzichtet hat? Klingt jetzt nicht gerade so, als hätten die beiden Beziehungsprobleme gehabt«, stellte Rosalie fest.

»Das kam später!« Mechthild Schmidts Worte waren wieder voller Wut. »Sie hatte überhaupt kein Verständnis für Sebastians Bedürfnisse. Sie hätte den Jungen auch mal ein bisschen unterstützen können. Aber stattdessen immer nur Rettungsdienst, Rettungsdienst und natürlich Eintracht Braunschweig.«

»Könnten Sie das vielleicht näher ausführen?«

»Steffi hat sich zuletzt ziemlich darauf ausgeruht, dass sich Sebastian als Freischaffender seine Zeit flexibel einteilen konnte. Also hat sie ohne Rücksicht Dienste angenommen, wenn mal eine Vertretung erforderlich war, oder auch mal kurzfristig was getauscht. Und das oftmals lukrativ. Gerade an den Wochenenden oder nachts wegen der Schichtzulagen. Unser lieber Sohn saß dann mit Marta allein da. Und wenn Steffi am Wochenende mal frei hatte, ist sie ins Stadion gerannt. Haben Sie das Haus der beiden gesehen? Total vernachlässigt! In diesem Drecksloch muss unsere Enkeltochter aufwachsen.«

»Ach, Mechthild, du dramatisierst schon wieder. Sebastian wusste doch genau, worauf er sich mit einer Frau aus dem Rettungsdienst einlässt, und jeder Mensch darf auch ein Hobby haben. Bei Steffi war es halt die Eintracht. Und so dreckig ist es in der Lebacher Straße nun wirklich nicht.«

»Du immer mit deinem Verständnis! Wie war das dann, als er endlich eine feste Stelle hatte? Warum haben sie ihn dann nicht weiterbeschäftigt?«, giftete Mechthild Schmidt.

»Ja, wie war das denn genau?«, wollte Rosalie wissen und musste unweigerlich an die Wäscheberge und das verschmutzte Badezimmer denken, die sie mit eigenen Augen gesehen hatte.

»Der Junge hat eines Tages dann doch mal gemerkt, dass er so nicht weitermachen kann. Er brauchte ein festes Einkommen. Schließlich hatte er eine Familie, und die musste ernährt werden«, erklärte Reiner Schmidt. »Also habe ich im Rotary Club den Chef der Brauerei nach einer Stelle für

Sebastian gefragt. Endlich hatte er mal Glück. Die stellvertretende Pressesprecherin hatte für zwei Jahre Mutterschutz und Elternzeit beantragt und die hatten noch keine Vertretung engagiert. Das war seine Chance!«

»Die er wegen Steffi aber nicht genutzt hat! Sonst hätten sie ihm sicher einen Anschlussvertrag angeboten«, mischte sich Mechthild wieder ein.

»Wegen der Arbeitszeiten und der Unvereinbarkeit der Betreuungszeiten von Marta, nehme ich an?«, fragte Rosalie.

»Und weil er es nicht lassen konnte, von seiner großen Story zu träumen!«, ergänzte Reiner Schmidt.

»Die große Story? Können Sie das näher erläutern?

»Sebastian erzählte in letzter Zeit immer, er sei an einer ganz großen Geschichte dran. Es geht wohl um die Nationalsozialisten in Braunschweig.«

Rosalie horchte auf. »Ich bin noch nicht so lange in der Stadt und muss zugeben, dass ich darüber nicht viel weiß.«

»Also für das, was Sebastian herausgefunden haben will, muss man gar nicht über alle Geschehnisse im Dritten Reich in Braunschweig informiert sein. Es geht wohl um medizinische Versuche an Menschen.«

Rosalie schaute Reiner Schmidt verwundert an. »Menschenversuche?«

»Ich denke schon, ja. Sebastian hat da immer ein Riesengeheimnis draus gemacht. Er wollte uns alle überraschen, wenn die Story fertig ist, und hat immer was von Quellenschutz gefaselt.«

»Wissen Sie, wie weit er gekommen ist?«

»Keine Ahnung, er hat sich unwahrscheinlich in die Recherche verbissen. Ist oft unterwegs gewesen, wenn seine Zeit es zuließ, hat in Archiven gewühlt, Leute interviewt, na ja, das Übliche eben.«

»Was hat Steffi dazu gesagt? Sie war es ja offensichtlich gewohnt, dass ihr Mann sich um Kind und Haushalt kümmert.«

»Das passte ihr natürlich nicht! Wenn sie denn mal nicht gearbeitet hat, dann wollte sie Sebastian in ihrer Freizeit nur für sich. Ist doch wohl klar!«, sagte Mechthild Schmidt mit einem abfälligen Unterton.

»Gab es deswegen Streit zwischen den beiden?« Für Rosalie ergab das, was sie gerade hörte, langsam einen Sinn.

»Ständig, wenn man Sebastian glauben darf«, erwiderte Mechthild.

»Und Marta!«, ergänzte Reiner.

»Marta? Hat die Kleine sich bei Ihnen über ihre Eltern beschwert?«

Reiner Schmidt trank einen Schluck Wasser, stand auf und ging zum großen Bücherregal, das hinter ihm die halbe Wohnzimmerwand einnahm. »Das ist Marta.« Er nahm ein gerahmtes Foto, das vor einer Reihe mit Atlanten stand, und reichte es Rosalie. Das kleine Mädchen mit den dunklen krausen Locken hatte einen Plüschteddy in der Hand und lachte in die Kamera.

»Niedlich!«, stellte Rosalie fest.

»Ja, aber leider sehen wir sie viel zu selten«, sagte Reiner Schmidt. »Hier ist noch ein anderes Foto von der Einschulung.«

»Das Kind kann ja nichts dafür!«, ergriff Mechthild Schmidt Partei.

»Wir haben die Kleine wirklich kaum zu Gesicht bekommen. Sie wurde immer gerne dann bei uns abgeladen, wenn die Eltern oder die anderen Großeltern keine Zeit hatten. Das letzte Mal, als wir Marta gesehen haben, dürfte Ostern gewesen sein. Also vor etwa drei Wochen.«

»Und da hat Marta etwas über Streitigkeiten zu Hause erwähnt?«

»Sie hat den Wunsch geäußert, öfter zu uns kommen zu dürfen, weil wir wenigstens nicht streiten würden«, sagte Reiner Schmidt.

»Ich habe Sebastian darauf angesprochen. Er meinte, Marta wäre in eine heftige verbale Auseinandersetzung zwischen Steffi und ihm hereingeplatzt. Aber sie würden versuchen, so etwas, so gut es ging, vor der Kleinen zu vermeiden.«

»Wo ist Ihre Enkelin eigentlich jetzt?« Rosalie hoffte inständig auf Hinweise zum Aufenthaltsort des Kindes.

»Wohl bei einer Schulfreundin«, sagte Mechthild Schmidt. »Wir haben uns auch gewundert, dass Sebastian sie nicht mitgebracht hat, als er nach Steffis Verschwinden bei uns vorbeigekommen ist, aber er meinte, die Kleine fühle sich da pudelwohl.«

»Kennen Sie zufällig den Namen dieser Schulfreundin? Wir müssen uns jetzt dringend um die Betreuung des Kindes kümmern. Wären Sie grundsätzlich dazu bereit?«, fragte Rosalie.

»Selbstverständlich!«, sagte Mechthild Schmidt. »Aber zunächst sollten Sie vielleicht die anderen Großeltern fragen. Da hat Marta sehr viel Zeit verbracht, weil Steffi ihre Eltern uns immer gerne vorgezogen hat.«

»Die sind gerade auf dem Weg von Sizilien zurück nach Deutschland«, erklärte Rosalie. »Natürlich werden wir sie auch diesbezüglich ansprechen. Aber soweit ich weiß, leben sie in Wolfenbüttel und da wäre es schon besser, die Kleine wäre bei Ihnen in Braunschweig, wo sie auch zur Schule geht.«

»Wie weit sind Sie denn eigentlich mit den Ermittlungen zu Steffis Tod?«, wechselte Reiner Schmidt plötzlich das Thema.

»Seit heute Nachmittag vielleicht sehr viel weiter«, gab Rosalie zu und war darauf bedacht, nun die richtigen Worte zu finden. »Wir haben ein verdächtiges Schriftstück sicherstellen können und es sieht danach aus, dass Ihr Sohn einen Abschiedsbrief hinterlassen hat.«

Reiner Schmidt atmete tief aus. »Und was hat er geschrieben? Können wir den Brief auch mal lesen?«

Rosalie setzte eine ernste Miene auf. »Ich muss Ihnen leider mitteilen, dass Ihr Sohn in diesem Brief den Mord an Steffi zugibt und damit nun auch unter dringendem Tatverdacht steht. Das müssen wir aber natürlich alles noch überprüfen und so lange bleibt dieser Brief bei uns.«

Mechthild Schmidt sprang von ihrem Sessel auf und kreischte laut los. »Dieses Miststück! Das kann nicht sein! Niemals! Das ist eine Intrige!« Von ihren Emotionen übermannt, brach sie im selben Augenblick völlig in sich zusammen und begann bitterlich zu weinen. Reiner Schmidt stand auf und stützte seine Frau. »Beruhige dich, Mechthild! Das wird sich alles aufklären. Sebastian ist kein Mörder!«

Rosalie blieb auf dem Sofa sitzen und beobachtete die Szene. Sie fühlte sich in dieser Situation unwohl, aber immerhin war sie Zeugin davon geworden, wie Mechthild Schmidt doch noch Gefühle zeigte. »Es tut mir sehr leid. Möchten Sie vielleicht eine Pause machen?«

Reiner Schmidt schüttelte kurz den Kopf und nahm seine Frau in den Arm. »Schon gut, Sie machen ja auch nur Ihren Job. Ich denke, dass wir vielleicht einfach bald zum Ende kommen sollten. Wie geht es denn jetzt weiter?«

»Der Brief wird derzeit im Labor auf Spuren untersucht. Haben Sie eventuell eine Unterschriftenprobe Ihres Sohnes, die ich zum Schriftabgleich mitnehmen kann?«, erkundigte sich Rosalie.

Während Mechthild Schmidt schluchzend auf den Sessel gesunken war, ging Reiner Schmidt zu einem Bücherregal auf der gegenüberliegenden Seite des Raums. »Wir haben eine

Box mit Postkarten. Nehmen Sie diese hier mit Eiffelturm drauf. Die hat Sebastian uns letztes Jahr aus Paris geschickt. Da war er mit Steffi für ein verlängertes Wochenende.«

»Danke schön. Sie bekommen sie bald wieder«, sagte Rosalie und nahm die Postkarte entgegen. Ein erster Blick räumte jeden Zweifel aus. Die Handschrift auf der Postkarte und die Unterschrift auf dem Brief waren identisch. Da war kein Expertenwissen nötig. »Eine letzte Frage hätte ich noch, wenn das in Ordnung ist? Haben Sie eine Idee, warum Sebastian einen solchen Brief verfasst haben könnte, wenn er aus Ihrer Sicht unschuldig ist?« Rosalie hielt ihren prüfenden Blick auf die Eheleute gerichtet.

Mechthild Schmidt wischte sich mit einem Stofftaschentuch Tränen aus dem Gesicht und schluchzte. »Ich habe keine Ahnung. Aber ich bin mir sicher, dass Sebastian Steffi nicht umgebracht hat. Niemals. Er hat sie über alles geliebt. Er hat sie immer verteidigt, sich immer vor sie gestellt. Sich wegen ihr fast mit uns entzweit.«

Rosalie nickte und erhob sich vom Sofa. »Okay, danke. Ich lasse Sie dann erst mal in Ruhe. Wir werden morgen eine Hausdurchsuchung bei Ihrem Sohn durchführen.«

»Eine Hausdurchsuchung?«, fragte Reiner Schmidt und schaute Rosalie überrascht an.

»Ja, Herr Schmidt, so leid es mir tut. Ihr Sohn ist nun mal dringend tatverdächtig!«

16. KAPITEL

Es war spät geworden, als David und Irina die kleine Außenterrasse des Restaurants am Hagenmarkt verließen, um zu ihrem Auto am Botanischen Garten zurückzukehren. Der Schreck über das Zusammentreffen mit Greta Stein saß tief, vor allem Irina bekam die Begegnung nicht aus dem Kopf. »Es war eine gute Idee, noch etwas essen zu gehen und vor allem ein Glas Wein zu trinken«, sagte sie zu David und lehnte während ihres Fußwegs den Kopf an seine Schulter.

»Ja, in der Tat, ich hätte nicht sofort Auto fahren können, und vor allem habe ich dir angemerkt, dass du erst mal Ablenkung brauchst«, erwiderte David und blieb an der roten Ampel an der Wendenstraße stehen.

»Lass uns rübergehen, da kommt kein Auto und ich will jetzt nur noch nach Hause.« Irina missachtete die Ampel und zog David hinter sich her. »Diese Frau ist irre! Hast du ihren Blick gesehen?«

David folgte seiner Freundin und hob die Schultern. »Tja, was soll ich sagen. Jetzt hast du es live miterlebt, welche Probleme es mit der Veräußerung des Grundstücks gibt.«

Auf der anderen Straßenseite angekommen blieb Irina stehen. »David, so geht das nicht! Bei allem Verständnis für die Situation dieser Frau, aber das Haus kauft kein Mensch, wenn die sich so aufführt und mit ihrem Gartenhaus den Zugang zur Oker blockiert. Und wenn der Kasten nicht verkauft wird, erhältst du keine Provision. Ganz einfache Rechnung.«

»Du hast ja recht, mein Schatz, ich werde morgen gleich mit dem Gänsicker oder seinem Anwalt telefonieren. Wir müssen eine Lösung finden.«

»Und wie soll die bitte aussehen?«, fragte Irina und setzte ihren Weg fort. Sie rieb sich die nackten Oberarme. »Komm, beeil dich ein bisschen, mir ist kalt und ich will nach Hause. Wie auch immer du das hinbekommen willst, aber ihr solltet die Frau da rausschmeißen!«

Dass Irina aber auch gleich so schnippisch werden musste. Ihre Art, immer alles besser zu wissen und David in seinen Job reinzureden, ließ ihn allmählich sauer werden. »Mein Gott, Irina, jetzt reiß dich mal zusammen. Meinst du, ich will nicht nach Hause? Wir sind in höchstens zehn Minuten am Auto! Und was heißt hier eigentlich rausschmeißen? Die Frau hat doch auch Rechte!« David war selbst über seinen scharfen Tonfall überrascht und blieb erneut stehen. Nachdenklich sah er Irina hinterher, die bereits ein paar Meter Vorsprung hatte. »Nun warte doch mal!«

»Willst du Geld verdienen oder Wohltäter sein, David Simonis?«

»Was ist denn los mit dir? Geht es dir immer nur ums Geld?«

Irina rieb sich erneut die Oberarme und wich Davids Blicken aus. »Von irgendwas müssen wir ja leben!«, entgegnete sie trotzig.

David blies die Backen auf und steckte die Hände in seine Hosentaschen. »Wow! Wir? Und was ist bitte dein finanzieller Beitrag zu unserem gemeinsamen Leben? Ein Modeljob hier, ein Modeljob da. Und deine Buchungen sind rückläufig. I'm sorry!«

»Jetzt wirst du unfair! Du weißt ganz genau, dass in meinem Business keine festen Einkünfte drin sind.«

»In meinem auch nicht! Ich brauche die Provisionen. Sonst können wir unser Leben leider nicht bestreiten! Vor allem nicht dein Luxusleben!«

»Sag ich ja!« Irina hüpfte von einem Bein aufs andere.

»Mir ist kalt, David! Die Frau muss da weg und jetzt trödele hier nicht rum!«

»Ist dir kalt oder bist du so kalt?« David blieb weiterhin stehen und schaute seine Freundin fordernd an.

»David, du hast es immer noch nicht verstanden. Manchmal muss man eben die eigenen Interessen über die der anderen stellen!«

»Hörst du dir eigentlich selbst zu?« In David kochte es mittlerweile.

»Weißt du was? Ich habe auf diese Diskussion keine Lust mehr. Lass uns jetzt gehen.«

»Ich denke gar nicht dran, Irina! Immer weichst du aus, wenn es für dich unangenehm wird!« David wich nicht von der Stelle und lehnte sich gegen eine Litfaßsäule. »Lass uns das hier und jetzt klären!«

Irina ignorierte die Aufforderung ihres Freundes und setzte den Weg fort. Nach ein paar Metern hatte sie ihren Vorsprung weiter ausgebaut und drehte sich um. »Gib mir die Autoschlüssel!«

David griff den Schlüssel in seiner rechten Hosentasche und warf ihn Irina zu. »Bitte schön, Madame. Geh du ruhig schmollen!«

Irina fing das Schlüsselbund auf und setzte ihren Weg mit schnellen Schritten fort. Als David ihr erneut hinterherrief, drehte sie sich nicht mehr um, sondern hob die linke Hand und zeigte ihm den ausgestreckten Mittelfinger.

»Ach, du kannst mich mal!« David holte seine Schachtel Lucky Strikes aus der anderen Hosentasche und steckte sich eine Zigarette in den Mund. Sollte sie sich erst mal abreagieren. Aus der Vergangenheit wusste er, dass Irina in solchen Situationen zu keinem vernünftigen Gespräch in der Lage war. Als die Zigarette zu glimmen begann, nahm David einen tiefen Zug und seufzte. Seine Freundin war inzwischen so weit weg, dass er hätte rennen müssen, um sie wieder einzuholen. Langsam verschwand sie aus seinem Sichtfeld und David beschloss, mindestens noch zehn Minuten zu warten. Um keinen Preis der Welt wollte er den Eindruck entstehen lassen, ihr direkt hinterherzurennen. Das hatte er nun auch nicht nötig.

Erst nach einem prüfenden Blick auf seine Armbanduhr gab er sich einen Ruck und ging weiter. Gemütlich schlenderte er die Fallersleber Straße entlang, ließ sich ganz bewusst noch ein bisschen mehr Zeit und überquerte kurz nach dem monumentalen Krankenkassengebäude erneut die Okerbrücke, die sie bereits am Nachmittag passiert hatten. Auf der linken Seite erhob sich der schmiedeeiserne Zaun des Botanischen Gartens und warf wegen der Straßenbeleuchtung Schatten auf den Fußweg. Nur noch wenige Meter und auch er würde in den Bültenweg einbiegen, in dem das Auto parkte. Für einen kurzen Augenblick blieb David vor dem Schaufenster einer Apotheke stehen und atmete tief durch. Hoffentlich hatte Irina sich jetzt beruhigt. Er drehte sich zur Seite und blickte die Straße hinunter. In der Ferne konnte er bereits seinen Sportwagen erkennen. Irina saß offenbar schon im Auto, denn von ihr war weit und breit nichts zu sehen. David ging die Straße hinunter, überquerte einen Zebrastreifen und näherte sich dem Fahrzeug. Plötzlich stutzte er. Hatte er vorhin schief geparkt? Das Auto hatte eine merkwürdige Seitenneigung. Die Straße war in Richtung Bordstein zwar leicht abschüssig, aber sein Auto hing regelrecht zur Seite. Irgendetwas stimmte hier nicht. David wurde unruhig. Er nahm größere Schritte und begann schließlich zu laufen, aber die breiten Baumwipfel verdunkelten die Straße so sehr, dass er noch immer nicht erkennen konnte, ob Irina im Auto saß. Nur noch wenige Meter und er hätte den Wagen erreicht. David beschleunigte, lief immer schneller und erreichte die Häuserzeile, vor der sie geparkt hatten. Endlich konnte er einen Blick in den Wagen werfen und erstarrte. Er war leer. David wurde heiß und er spürte Panik in sich hochsteigen. Als er das Auto schließlich erreichte, sah er sofort, dass jemand einen Reifen zerstochen hatte. Darum stand der Wagen also schief. Er ging in die Hocke, um die Misere aus der Nähe zu betrachten. Was war hier passiert? Und wo war Irina? David griff nach seinem Handy, um Irina anzurufen. Doch noch bevor er die Tastatur entsperren konnte, spürte er einen dumpfen Schlag auf den Hinterkopf. Danach war alles schwarz.

17. KAPITEL

Wim stand an einem Stehtisch in der Cafeteria des Krankenhauses und schaute ins Grüne. An entspanntes Sitzen war nicht zu denken. Genüsslich biss er in ein Lachsbrötchen mit Ei, das er sich als Belohnung für die überstandene Prozedur gegönnt hatte. Ein Gefühl der Erleichterung machte sich in ihm breit. Nach einer fast schlaflosen Nacht und einem klitzekleinen Mutmacher-Ouzo in der Früh war er überpünktlich im Krankenhaus erschienen und sofort an die Reihe gekommen. Dr. Plog war wirklich ein guter Arzt. Er hatte sich alle erdenkliche Mühe gegeben, Wim nicht sein letztes Stückchen Würde zu nehmen. Eine Dreiviertelstunde später war alles vorbei.

»Nun ruhen Sie sich schön aus, genießen Sie den Tag und dann besprechen wir nächste Woche den Befund«, hatte Dr. Plog zum Abschied zu ihm gesagt. Eine Gewebeprobe hatte er entnommen. Mehr wusste Wim auch nicht. Ausruhen war heute allerdings keine Option, denn um 10.00 Uhr würde Biggi ihn mit dem Dienstwagen von zu Hause abholen, um nach Braunschweig zu fahren. An »Birgit« wollte Wim sich nicht gewöhnen. Man musste mit Anfang 60 ja auch nicht jedem Trend folgen.

Bei der Hausdurchsuchung in der Lebacher Straße war seine Anwesenheit absolut erforderlich. Bis Mitternacht hatte er mit Rosalie Helmer telefoniert. Er war mit ihrer Arbeit sehr zufrieden. Das Gespräch mit den Schmidts schien eine kleine Herausforderung gewesen zu sein, insbesondere für eine Nachwuchsbeamtin, und in ihm verfestigte sich der Eindruck, dass Manfred mit Rosalie eine gute Wahl getroffen hatte. Das musste er ihm lassen. Beizeiten würde er allerdings nachfragen, warum sie aus einer Großstadt wie Düsseldorf freiwillig nach Braunschweig gezogen war, aber Rosalie würde ihre Gründe gehabt haben. Ihr Tauschpartner bei der Polizei war sicher dankbar gewesen.

Gesättigt und zufrieden tupfte Wim sich mit einer weißen Papierserviette den Mund ab, unterdrückte einen kleinen Rülpser und stellte den Teller zur Geschirrrückgabe. Er wollte sich zügig nach Hause begeben, damit Biggi nicht warten musste. Auf dem Weg zum Parkplatz klingelte sein Diensthandy.

»Schneider!«

»Biggi hier, buongiorno. Ich wollte nur sagen, es ist Steffi Kohlstedt. Der Laborbericht mit DNA-Abgleich ist da.«

»Ist gut, danke für die schnelle Info. Das hättest du mir aber auch gleich im Auto mitteilen können. Und sag mal, hast du dich gerade mit ›Biggi‹ gemeldet?«, entgegnete Wim verblüfft.

Sie stutzte einen Augenblick. »Oh, das habe ich wohl. Na ja, wie dem auch sei. Ob Biggi oder Birgit, mir ist es mittlerweile egal, vor allem, weil ich ja weiß, wie schwer du dich damit tust. Das passt schon. Und was den Laborbericht angeht: Ansonsten hätte ich mir im Auto den Vorwurf anhören dürfen, ich hätte dir das nicht gleich gesagt, capisce?!«

»Mensch Biggi, bin ich wirklich so gemein zu dir?«, fragte Wim fast sanftmütig, um die Situation dieses Mal nicht gleich wieder eskalieren zu lassen. Er wollte keinen Stress, bevor der Arbeitstag richtig begonnen hatte.

»Ja, bist du! Meistens jedenfalls! Bis gleich dann!«

Ehe Wim etwas erwidern konnte, hatte Biggi aufgelegt. *Dieses Mal hast du aber nicht tschüss gesagt!* Er wusste ganz genau, dass er manchmal unausstehlich war, gerade in letzter Zeit. Vielleicht sollte er das bei Gelegenheit wiedergutmachen.

»Frau Lewandowsky! Schön, dass Sie persönlich vorbeigekommen sind!« Manfred half der alten Dame aus dem Mantel und hängte ihn an den Garderobenhaken hinter seiner Bürotür.

»Einen Kaffee vielleicht?«

»Danke, Herr Wiegand, gerne. Milch und zwei Stück Zucker, bitte.«

Erna Lewandowsky war aufgeregt. So was erkannte Manfred sofort. Sie hatte sich für ihren Termin fein herausgeputzt und trug ein dunkelgraues Kostüm unter ihrem grünen Frühlingsmantel. Auf ihrer linken Brust prangte eine handtellergroße Brosche in Form eines funkelnden Schmetterlings und ihre Haare waren frisch gelegt. Manfred erinnerte der Duft der alten Dame an die Parfumabteilung eines Kaufhauses.

»Ich dachte ja eigentlich, ein Telefonat würde genügen«, sagte sie und nippte an der Tasse Kaffee, die Manfred vor ihr hingestellt hatte.

»Ich weiß, Frau Lewandowsky, aber ich habe doch noch ein paar Fragen und Sie können dann bei der Gelegenheit auch gleich das Gesprächsprotokoll gegenzeichnen. Wie gesagt, ich freue mich, dass Sie persönlich gekommen sind«, erwiderte Manfred so charmant wie möglich.

»Eigentlich wollte meine Tochter Ilona mich ja begleiten, aber die kann heute nicht. Arzttermin. Also bin ich ohne sie mit der Straßenbahn zum Kommissariat gefahren, um pünktlich hier zu sein. Gott sei Dank gibt es ja die Haltestelle am Rathaus, da hat man es nicht so weit zu Ihnen. Das habe ich auch ohne Ilona noch ganz gut hinbekommen. Da braucht man einmal die eigene Tochter und dann muss die in die Röhre. Die Bandscheibe, wissen Sie. Furchtbare Schmerzen hat sie und kann kaum laufen. Bis in den Fuß strahlt das aus. Ich habe schon mit ihr gescherzt, dass ich die Rüstigere von uns beiden bin. Dabei ist meine Tochter doch erst 65. Ja, ich würde sagen, fast Ihr Alter, Herr Kommissar. Haben Sie Kinder?«

Manfred ballte die Hände unter der Schreibtischplatte für einen Moment zu Fäusten, um die Anspannung dann wieder zu lösen. Anspannen, entspannen, anspannen, entspannen. Er kannte diese Klientel. Die alte Dame gehörte zu jenem Personenkreis, der gerne mal einen Plausch hielt. Vermutlich war sie oft ohne Gesellschaft und nutzte jede sich bietende Gelegenheit, um sich mit anderen Menschen auszutauschen. Vielleicht war es aber auch ihre Unsicherheit, die sie so überspielen wollte. Er würde dafür sorgen müssen, den Gesprächsfaden nicht zu verlieren. Immerhin wartete später eine Hausdurchsuchung auf ihn. Freundlich zog er seine Mundwinkel nach oben. »Wir schaffen das auch alleine, Frau Lewandowsky. Es wird nicht lange dauern. Ich habe nämlich auch einen Anschlusstermin. Und ja, ich habe einen Sohn.«

Manfred zog die Gesprächsnotiz aus einer Klarsichtfolie, die er nach dem Telefonat mit Erna Lewandowsky gefertigt hatte, und legte sie als Gedankenstütze vor sich hin. »Also, fangen wir mal an. Ich möchte mit Ihnen noch einmal über Ihre Beobachtungen im Park sprechen.«

Erna Lewandowsky kräuselte ihre schmalen Lippen, die sie mit einem hellroten Lippenstift betont hatte, und griff nach ihrer kleinen Handtasche, die an der Stuhllehne hing. »Moment, Herr Kommissar. Ohne meine Brille geht gar nichts.« Umständlich nahm sie ihre Sehhilfe aus einem Brillenetui und platzierte sie auf dem Nasenrücken. Sie setzte sich noch einmal gerade hin und warf dann einen neugierigen Blick auf die Gesprächsnotiz. »Kann ich die wohl auch mal sehen?«

Für einen Augenblick stutzte Manfred und zwang sich, ruhig zu bleiben und immer schön zu atmen. »Frau Lewandowsky, wir müssen versuchen, Ihre Angaben ein wenig zu konkretisieren. Wenn es Ihnen hilft, kann ich Ihnen noch mal vorlesen, was Sie mir am Telefon gesagt haben. Es haben sich wie gesagt mittlerweile noch ein paar Nachfragen ergeben zu der Frau, die Sie auf dem Fahrrad gesehen haben. Ich muss diesen Fragen nachgehen.«

»Unmöglich war die, Herr Kommissar! Hat meine Dolly fast über den Haufen gefahren«, entgegnete Erna Lewandowsky entrüstet und nippte erneut an ihrem Kaffee. »Ein gutes Tässchen Kaffee, Herr Kommissar!«

»Danke!« Manfred war nach wie vor bemüht, sich seine Ungeduld nicht anmerken zu lassen, und versuchte das Gespräch in die richtige Richtung zu lenken.

»Können Sie sich an die Farbe des Fahrrads erinnern?«

»Warum ist das wichtig?«

»Wissen Sie, Frau Lewandowsky, ich will ehrlich zu Ihnen sein.«

Mit ernstem Blick schaute er in die graublauen Augen der Frau. Dem Alter entsprechend sahen diese ein wenig trübe aus, aber ihr Blick war hellwach. »Mittlerweile ist das hier eine Mordermittlung. Da zählt jedes Detail. Ich bin auf Ihre Hilfe angewiesen!«

»Mon Dieu!« Der entsetzte Aufschrei seiner bisher einzigen Zeugin erschreckte den ansonsten so routinierten Manfred.

»Mord? Ist die Frau auf dem Fahrrad ermordet worden?« Erna Lewandowsky griff unverblümt zu dem vor Manfred liegenden Dokument und benutzte es als Fächer, um sich frische Luft zuzuwedeln.

Manfred riss die Augen auf. »Legen Sie das bitte sofort wieder hin! Ich kann gerne ein Fenster aufmachen!«

»Unbedingt, Herr Kommissar! Ich brauche frische Luft!«

Manfred hastete zum Fenster seines Büros. »Ist Ihnen nicht gut? Sollen wir eine Pause machen?«

Erna Lewandowsky hatte der Schreck offensichtlich zugesetzt. Plötzlich tat sie Manfred leid und für einen Augenblick machte er sich ernsthaft Sorgen. Eine kollabierende ältere Dame auf seinem Besucherstuhl konnte er gerade nicht gebrauchen.

»Soll ich einen Arzt rufen?«

»Danke, es geht schon, Herr Kommissar. Herzlichen Dank. Ich hatte ja mit allem gerechnet, aber Mord! Also Mord! Das ist ja ungeheuerlich!«

»Das ist es in der Tat. Und genau deswegen wollen wir den Täter sehr schnell dingfest machen«, erklärte Manfred, nahm wieder Platz und war dankbar, dass es nicht zum Äußersten gekommen war.

»Ja, das verstehe ich durchaus. Um auf Ihre Frage zurückzukommen: Das Fahrrad war dunkel. Blau oder schwarz. Da bin ich mir sicher!«

Manfred notierte die erste wirklich wichtige Information dieses Gespräches. »Aber auf eine konkrete Farbe können Sie sich nicht festlegen?«, hakte er nach.

»Leider nein. Ich bedauere.«

»Und erinnern Sie sich zufällig noch, aus welcher Richtung die Frau angeradelt kam? Sie haben am Telefon gesagt, Sie hätten zu dem Zeitpunkt des Aufeinandertreffens am Spielplatz gesessen.«

»So ist es. Ich esse immer pünktlich um 11.30 Uhr Mittag, Herr Kommissar. Dann höre ich um 12.00 Uhr noch die Nachrichten im Radio und mache mich anschließend mit Dolly auf den Weg in den Park. Bis ich so ausgehfein bin, ist es meistens 12.30 Uhr.«

»Und Sie gehen jeden Tag zum Spielplatz?«

»Mal so, mal so. An dem Tag bin ich die Wendenmaschstraße runtergelaufen bis zur Kreuzung und dann links abgebogen in die Bammelsburger Straße und dann über die Gaußbrücke, rechts in den Park. Ich mag diesen Weg am liebsten. Wissen Sie, meine Tochter geht ja immer andersrum über die Maschstraße. Ich weiß nicht, warum das Kind diesen Weg bevorzugt.«

»Und dann?«, hakte Manfred nach. »Was ist passiert, als Sie im Park angekommen sind?«

»Ich habe meine Runde gedreht und mich am Spielplatz auf eine Bank gesetzt. Ich habe da so ein Lieblingsplätzchen im Schatten, wo ich alles gut beobachten kann. Die pralle Sonne kann ich nicht mehr so gut ab, es war ein sehr sonniger Tag!«

»Und dann kam die Radfahrerin?«, fragte Manfred, redlich bemüht, das Gespräch nicht wieder abschweifen zu lassen.

»Ich habe Dolly abgeleint und laufen lassen. Ich schaue dann nicht immer hinterher. Die Wiese ist ja groß genug und es ist ja auch eine Hundewiese.«

»Das stimmt«, bestätigte Manfred.

»Und dann sitze ich da so, beobachte die Kinder und sehe plötzlich, wie von rechts diese Frau angerast kommt!«

»Von rechts? Frau Lewandowsky, können Sie die Richtung, aus der die Radfahrerin kam, eventuell einer Straße oder einem markanten Punkt zuordnen? Wir müssen wissen, von woher genau sie in den Park gefahren sein könnte.«

»Die muss von der Maschstraße gekommen sein. Ganz klar!«, sagte Erna Lewandowsky, als sei es das Selbstverständlichste auf der Welt.

»Und da sind Sie sich ganz sicher?«

»Absolut! Sie kam aus der Richtung, aus der meine Tochter immer kommt, wenn wir uns mal im Park treffen.«

»Und in welche Richtung fuhr die Frau dann?«

»Na, in die Richtung, aus der ich gekommen bin.«

»Also in Richtung Bammelsburger Straße?«

»Ja, genau. Sie fuhr in diese Richtung.«

»Ist Ihnen sonst noch etwas aufgefallen? Konnten Sie zum Beispiel den Gesichtsausdruck der Frau erkennen? War sie fröhlich oder betrübt?«

»Nein, Herr Kommissar, nicht mehr als das, was hier schon steht!«, sagte die alte Dame und zeigte auf die Gesprächsnotiz. »Das ging alles so schnell, ich bedaure.«

»Schade!«, erwiderte Manfred und legte seinen Stift auf den Schreibtisch. »Aber besten Dank, Sie haben mir trotzdem sehr weitergeholfen!«

»Wie, das war es jetzt schon?«, fragte Erna Lewandowsky überrascht und hielt Manfred ihre leere Kaffeetasse entgegen. »Einen Kaffee würde ich noch nehmen!«

Birgit, die sich nun ihrem Schicksal als Biggi gefügt hatte, fuhr wie eine Wahnsinnige über die A 2, sodass Wim sich am Seitengriff oberhalb des Beifahrerseitenfensters festhalten musste.

»Geht's nicht noch ein bisschen schneller?«, raunzte er in Biggis Richtung. »Ich wollte eigentlich Zeitung lesen, aber das kann ich bei dem Tempo wohl vergessen. Da wird mir übel.«

Biggi schaute konzentriert auf die Fahrbahn. »Mach doch die Augen zu und schlafe ein bisschen. Du siehst erschöpft aus!«

»Danke für das Kompliment, aber du hast recht. Die letzte Nacht war furchtbar.«

»Nicht gut geschlafen?«

»Praktisch gar nicht!«

»Es war doch aber gar kein Vollmond«, stellte Biggi scherzend fest.

»Es muss ja auch nicht immer Vollmond sein, wenn man schlecht schläft, oder? Ich habe über unseren Fall gegrübelt.«

»Erstaunlich, wie sich das alles binnen eines Tages dynamisiert hat, oder?«, bemerkte Biggi während eines riskanten Überholmanövers auf Höhe der Ausfahrt Peine.

»Allerdings. Ich glaube irgendwie noch nicht so recht daran, dass Sebastian Schmidt seine Freundin umgebracht hat.«

Biggi nickte. »Mein Bauchgefühl sagt mir auch, dass da was nicht stimmt. Gut, ein Motiv könnten die Streitigkeiten innerhalb der Beziehung gewesen sein. Aber deshalb gleich jemanden umbringen? Höchstens im Affekt!«

»Ja, so würde ich das auch einschätzen. Wir haben bisher auch keine Tatwaffe. Professor Klein war sich sicher, dass Steffi Kohlstedt an ihren Kopfverletzungen gestorben ist, die ihr mit einem schweren Gegenstand zugefügt wurden.«

»Das kann vieles sein«, erwiderte Biggi. »Vom Kerzenständer über eine Skulptur …«

»… bis hin zur guten alten Bratpfanne!«, vervollständigte Wim den Satz.

»Schauen wir mal, was die Hausdurchsuchung so ans Tageslicht befördert!«

»Ich bin auch gespannt. Wenn er der Mörder ist und ihm alles egal war und er seinen Freitod gewählt hat, dann muss er auch nicht zwingend die Tatwaffe entsorgt haben. Wer wird denn nachher alles vor Ort sein, Biggi?«

»Die übliche Zusammensetzung. Die Braunschweiger stellen die Spurensicherung. Diese Mischmasch-Soko nervt ein bisschen, findest du nicht?«

Wim schaute aus dem Fenster. »Ja, also alltäglich ist das nicht, kommt aber immer mal wieder vor. Zwei nah beieinanderliegende Städte gehen ja noch, auch wenn es sich um Hannover und Braunschweig handelt. Wahre Liebe sieht anders aus. Lustig wird es dann bei bundeslandübergreifenden Ermittlungen, das kannst du mir glauben. Ich hatte früher mal einen Fall mit den Kollegen aus Hessen. Anstrengend, sage ich dir. Trotzdem kann ich Cassensmeier verstehen, dass er so eine Soko eingesetzt hat. Und er hat ja auch das Einverständnis von ganz oben. Denk dran, wir wissen noch immer nicht, wie die Leiche nach Hannover gekommen ist. Vielleicht verlagern sich die Ermittlungen auch noch ganz woanders hin.«

»Du hast ja recht. Wie dem auch sei. Da vorne kommt eine Abfahrt, und die nehme ich jetzt, capisce?!«

»Nimm die bitte, aber geh vom Gas! Dank deines Fahrstils haben wir noch genug Zeit und ich möchte nicht aus der Kurve fliegen!«

Neugierige Nachbarn schauten aus den Fenstern, Fußgänger standen vor der Polizeiabsperrung und die Braunschweiger Zeitung hatte einen Lokalreporter und einen Fotografen geschickt. Ein solches Polizeiaufgebot hatte die beschauliche Lebacher Straße noch nie gesehen. Wim und Biggi waren 15 Minuten zu früh an der Adresse von Sebastian Schmidt und Steffi Kohlstedt eingetroffen und Wim koordinierte den Einsatz. Er verteilte die an der Hausdurchsuchung beteiligten Beamten im Haus und nahm sich mit Biggi das Wohnzimmer vor. Manfred, Rosalie und eine weitere Kollegin aus Braunschweig waren für die erste Etage eingeteilt.

»Biggi, fang du mal mit der Bücherwand an, die ist ja groß genug. Ich nehme den Rest.«

»Geht klar!« Biggi hatte sich bereits ein paar blaue Gummihandschuhe übergezogen und steuerte auf das Bücherregal zu.

Wim nahm sich einen Stapel Papier vor, der auf dem Esstisch lag. Den Laptop von Sebastian Schmidt hatte die Spurensicherung bereits eingetütet.

»Der Schmidt hat wohl immer im Wohnzimmer gearbeitet, obwohl es in der ersten Etage ein komplett eingerichtetes Arbeitszimmer gibt«, rief Manfred von der Galerie im ersten Stock herunter.

»Manchmal ist das eben so«, murmelte Biggi, die gerade hoch konzentriert Ausgabe für Ausgabe einer Lexikareihe durchblätterte. Wenn doch ihre Brille ihr nicht immer von der Nase rutschen würde. Sie brauchte dringend ein Brillenband, auch wenn es vielleicht ein bisschen trutschig aussehen würde. »Also meine Eltern hätten mir ein paar Takte erzählt, wenn ich mit Bleistift im teuren Lexikon rumgekritzelt hätte!«, stellte sie fest, als sie beim Buchstaben »E« angekommen war. »Hier, schau mal! ›Euthanasie‹ scheint nicht nur nachgeschlagen, sondern regelrecht durchgearbeitet worden zu sein. Das deckt sich mit dem, was du auf der Autofahrt erzählt hast.«

Wim überlegte einen Augenblick. »Ach so, du meinst, mit dem, was die Eltern von Sebastian Schmidt Frau Helmer gestern Abend erzählt haben?«

»Ja genau. Dass Sebastian Schmidt an diesem Thema für eine Reportage gearbeitet hat.«

»Warum sucht man dann in einem Lexikon? In Zeiten des Internets? Ich dachte immer, nur ich wäre so altmodisch.«

»Vielleicht wollte er sämtliche Quellen erschließen und auch die historische Entwicklung der Darstellung des Themas berücksichtigen«, sagte Biggi. »Das Lexikon ist von 1985.«

»Ja, das mag sein.« Wim wedelte mit den Blättern in seiner Hand. »Ich werde diesen Stapel Papier hier mitnehmen. Alles Unterlagen über den Nationalsozialismus in Braunschweig.«

»Hier sind verschiedene Bildbände und eine Extraausgabe der Braunschweiger Zeitung zu dem Thema.« Biggi zeigte auf einen Stapel Bücher und Zeitschriften, der sich neben dem Bücherregal auftürmte. »Das scheint ihn ja mächtig interessiert zu haben.«

»Na, was macht die Wohnzimmer-Crew?« Rosalie schaute um die Ecke.

»Die rührt gerade im wahrsten Sinne des Wortes in brauner Suppe«, erwiderte Biggi. »Die Nazi-Zeit in Braunschweig hat es dem Schmidt wirklich sehr angetan. Wir haben hier schon ordentlich Material gesammelt, aber nichts, was direkt mit dem Mord an Steffi Kohlstedt in Zusammenhang zu bringen wäre.«

»Wir haben auch nichts gefunden, was auf ein Motiv, eine Tatwaffe oder Ähnliches hinweist. Dafür habe ich eine andere Überraschung.«

»Na, da bin ich ja mal gespannt«, sagte Wim.

»Wir haben einen anonymen Drohbrief an Sebastian Schmidt gefunden!« Rosalie wedelte triumphierend mit einem Briefumschlag.

»Zeigen Sie mal her!« Wim nahm den Umschlag entgegen und entnahm einen Zettel, der mit Buchstabenschnipseln beklebt worden war.

Steck Deine Nase nicht in Dinge, die Dich nichts angehen.
Kümmere Dich um Deinen eigenen Kram.
Wir wissen, wo Du wohnst! Merk Dir das!

»Mmmh, ich würde mal sagen, Sebastian Schmidt hatte Feinde. Wir sollten den Brief ins Labor geben. Vielleicht findet man noch brauchbare Spuren«, sagte Wim.

»Wird erledigt«, erwiderte Rosalie und nahm Wim den Brief wieder ab. »Ich tippe mal darauf, dass diese Drohung etwas mit der Nazi-Recherche zu tun hat.«

»Das glaube ich mittlerweile auch. Schaut mal hier!«, sagte Biggi und ging auf Wim und Rosalie zu. Sie hielt eine Klarsichtfolie in der Hand, in der sich ein Notizzettel befand, und fischte den Zettel aus der Folie.

»Hier steht:
- *Interview mit G. noch abtippen*
- *Zugang zum Haus?*
- *Recherche wegen Anzeige bei der Polizei*«

»Wo hast du den Zettel her?«, erkundigte sich Wim.

»Den habe ich in dieser Folie in einem der Lexikonbände gefunden. Unter dem Buchstaben ›G‹.«

»G wie …?«, überlegte Rosalie.

»Das habe ich natürlich sofort überprüft«, erwiderte Biggi.

»Und wo lag der Zettel genau? Jetzt mach es nicht so spannend!« Wim verdrehte die Augen.

»Ganz hinten im Band mit dem Buchstaben ›G‹!« Biggi stemmte die Hände in die Hüften und schenkte ihrem Chef ein charmantes Lächeln.

»Na damit kann man super arbeiten!«, sagte Rosalie und zog einen Schmollmund.

18. KAPITEL

»Polizeikommissariat Hannover-Mitte, mein Name ist Marian Hübner, was kann ich für Sie tun?«

»Ja, guten Tag, mein Name ist Mathilda Cordes, ich möchte jemanden als vermisst melden.«

»Um wen handelt es sich denn, Frau Cordes?«

»Um meinen Chef, David Simonis.«

»David Simonis. Notiert. Wann haben Sie Ihren Chef denn das letzte Mal gesehen?«

»Vorgestern im Büro. Gestern hatte er einen Tag frei und heute ist er nicht zur Arbeit erschienen.«

»Und Sie sind wer genau? Sind Sie bei Herrn Simonis angestellt?«

»Ja, ich bin seine Mitarbeiterin. Herr Simonis ist der Inhaber einer Immobilienagentur.«

»Immobilien, soso. Kann es da nicht sein, dass er einen Auswärtstermin hat?«

»Glauben Sie mir, ich mache alle seine Termine. Er hätte heute im Büro erscheinen müssen und er ist immer pünktlich.«

»Wann genau hätte er denn eintreffen sollen?«

Mathilda schien zu überlegen. »Es sind mittlerweile vier Stunden.«

»Sie vermissen Herrn Simonis seit vier Stunden? Tut mir leid, Frau Cordes, aber da können wir noch nichts machen.«

»Ich habe ihn zu Hause angerufen. Da läuft der Anrufbeantworter. Dann habe ich auf seinem Handy angerufen. Da springt sofort die Mailbox an, also hat er es ausgestellt. Dann habe ich das Gleiche bei seiner Freundin versucht. Da ist es genauso.«

»Könnte es nicht sein, dass die beiden sich spontan eine Auszeit genommen haben? Sie sagten doch, Ihr Chef hätte gestern freigehabt.«

»Er hatte einen sehr wichtigen Telefontermin heute Vormittag. Den hätte er niemals einfach so versäumt. Und im Übrigen habe ich es noch nie erlebt, dass seine Freundin das Handy ausgestellt hat. Irina und ihr Handy sind praktisch siamesische Zwillinge.«

»Irina und weiter?«, erkundigte sich Marian Hübner.

»Irina Gordejeva!«

»Gordejeva«, wiederholte Marian Hübner. »Russische Staatsangehörige?«

»Ich glaube schon«, antwortete Mathilda. »Spielt das denn eine Rolle?«

»Die Fragen müssen Sie bitte mir überlassen, Frau Cordes!«

»Entschuldigung, ich bin so aufgeregt!«

»Alles gut. Wir bekommen das hin. Wohnen die beiden denn zusammen?«

»Ja, in der Yorckstraße 89.«

»Das ist in der Oststadt. Gut, Frau Cordes, wir werden da im Laufe des Tages mal eine Streife vorbeischicken.«

»Ich war da gerade schon. Keiner da«, erwiderte Mathilda.

»Frau Cordes, jetzt beruhigen Sie sich mal. Nur weil Sie geklingelt haben und keiner aufgemacht hat, heißt das ja noch lange nicht, dass die Kollegen nicht vielleicht doch etwas oder jemanden in der Wohnung vorfinden.«

»Nein, Herr Hübner, Sie verstehen mich falsch. Ich habe einen Zweitschlüssel für die Wohnung. Für den Notfall oder wenn ich mal Blumen gieße oder Kitty versorge.«

»Kitty?«

»Ja, das ist Irinas Perserkatze.«

»Und Sie waren heute schon in der Wohnung?«

»So ist es! Und glauben Sie mir, da war niemand. Die Katze war wie verrückt am Maunzen. Das Katzenklo hatte niemand sauber gemacht und der Fressnapf war leer. Irina liebt Kitty wie ihr eigenes Kind. Niemals hätte sie sie längere Zeit allein gelassen, ohne mir Bescheid zu sagen.«

Marian Hübner raufte sich seine krausen Haare und rutschte von einer Pobacke auf die andere. Langsam, aber sicher beschlich ihn das Gefühl, dass hier vielleicht doch irgendetwas nicht stimmte.

»Okay, Frau Cordes, okay. Wir kümmern uns!«

»Danke, vielen Dank!«, entgegnete Mathilda Cordes erleichtert.

Wim schaute heimlich auf seine Armbanduhr. Seit zwei Stunden saßen sie nun schon im Polizeikommissariat Münzstraße zusammen und werteten die ersten Ergebnisse der Hausdurchsuchung aus. Immer wieder beschlichen ihn Heimatgefühle, die er aber konsequent beiseiteschob, um sich zu konzentrieren, damit sie hier pünktlich fertig wurden. Er wollte sich nämlich später noch mit seiner Schwester treffen und dann mit dem Zug nach Hannover zurückfahren. Und der Zeitschuh drückte mittlerweile ein wenig, genauso wie seine Blase. Der gefundene Drohbrief hatte noch einmal ein ganz anderes Licht auf den Fall geworfen und war das bestimmende Thema des heutigen Nachmittags geworden.

»Wir machen jetzt noch mal fünf Minuten Pause, Herrschaften! Und dann Endspurt!«, ergriff Wim das Wort und stand von seinem Stuhl auf.

»Du musst wohl mal wieder auf Toilette«, flüsterte Biggi ihm zu und stupste ihm ihren Ellenbogen in die Rippen.

»Auch das!«, raunte Wim und verschwand in den Flur.

Rosalie riss das Fenster im Besprechungsraum auf und streckte den Kopf nach draußen. »Ach, endlich mal frische Luft!«

»Aber nicht rausfallen!«, sagte Manfred und stellte sich neben sie an den Fensterrahmen.

»Keine Sorge, ich wollte mal die Wetterlage sichten. Ich bin heute Abend noch zum Laufen verabredet.«

»Mit wem denn?«, fragte Manfred.

Rosalie hatte mit der Neugierde ihres Kollegen schon fest gerechnet und sich geschworen, im Fall der Fälle ehrlich zu reagieren.

»Mit einer netten jungen Frau!«

»Ach so. Das ist doch schön«, erwiderte Manfred verlegen.

»Ja, freue mich auch.«

Rosalie konnte sich ein Grinsen nicht verkneifen.

»Wie geht's denn jetzt weiter?«, fragte sie Manfred, um das Thema wieder auf die Arbeit zu lenken.

»Wie ich Wim kenne, wird er gleich Arbeitsaufträge verteilen. Ich denke, der Fokus liegt jetzt erst mal auf dem Drohbrief.«

»Da fühlte sich jemand ganz offensichtlich von Sebastian Schmidt belästigt«, stellte Rosalie fest.

»Allerdings!«

»Ich denke, es wird jetzt wirklich mal Zeit, sich mit der kleinen Tochter und mit den Eltern von Steffi Kohlstedt zu unterhalten«, mischte Biggi sich ein und gesellte sich zu den beiden an das geöffnete Fenster.

»Marta steht auf meiner To-do-Liste ganz oben!«, sagte Rosalie. »Wir haben nur das Problem, dass wir nicht wissen, bei welcher Schulfreundin die Kleine sich aufhält. Die einzige Person mit diesem Wissen ist nicht ansprechbar und liegt im Krankenhaus!«

»Wissen wir denn, auf welche Schule das Mädchen geht?«, erkundigte sich Manfred.

»Ja, das wissen wir jetzt, da wir im Kinderzimmer Schulbücher gefunden haben, die die Kleine offenbar von der Schule geliehen hatte. Jedenfalls war da ein Stempel der Grundschule in Lehndorf drin«, erwiderte Rosalie.

»Oh, da kommt der große Meister wieder!« Biggi schaute Wim besorgt an.

»Alle wieder an Bord?«, fragte Wim in die Runde. »Dann wollen wir mal den Turbo zünden und fertig werden.«

»Das waren aber keine fünf Minuten!«, murmelte Manfred, während sich alle Besprechungsteilnehmer wieder auf ihre Stühle setzten.

»Passt mal auf, Kollegen, eine Sache liegt mir wirklich besonders quer und die sollte jetzt alleroberste Priorität haben!«, sagte Wim und ignorierte Manfreds Bemerkung.

»Das Mädchen!«, schlussfolgerte Rosalie.

»Genau so ist es, Frau Kollegin, das Mädchen. Wir müssen

Marta Kohlstedt ganz dringend finden und befragen. Frau Helmer, auch wenn es jetzt Nachmittag ist, versuchen Sie bitte, in der Schule noch jemanden zu erreichen, und fahren Sie da möglichst heute noch vorbei. Notfalls müssen wir die Privatanschriften ermitteln und wir müssen gegebenenfalls auch die Schüler befragen. Ich freue mich jetzt schon auf die Reaktionen besorgter Eltern, aber irgendwo muss das Mädchen ja gerade sein und das müssen wir zeitnah herausfinden. Eine erste Befragung in der Nachbarschaft hat genauso wenig gebracht wie eine Nachfrage bei der Kirchengemeinde. Ich mache mir ernsthafte Sorgen, dass auch dem Kind etwas zugestoßen sein könnte.«

Wim erntete breite Zustimmung für seine Einschätzung.

»Geht klar, Chef!«, bestätigte Rosalie und freute sich, dass Wim ihr diesen Auftrag gegeben hatte.

»Chef? Ich höre wohl nicht richtig!«, sagte Manfred neben ihr.

»Für Animositäten ist jetzt keine Zeit!«, erwiderte Wim genervt. »Wegen der Gesamtumstände müssen wir sichergehen, dass die Kleine nicht in Gefahr ist. Das Jugendamt ist schon verständigt worden. Das Kind soll zunächst bei den Großeltern untergebracht werden. Wer von den beiden Großelternpaaren in Frage kommt, weiß ich gerade nicht, ich vermute mal, es werden eher die Schmidts sein, weil sie in Braunschweig wohnen. Außerdem müssen wir uns auf die Nazi-Recherche von Sebastian Schmidt konzentrieren. Wir sind uns ja wohl einig, dass der Drohbrief mit sehr hoher Wahrscheinlichkeit als Folge dieser Recherchen zu werten ist. Nicht umsonst droht man Sebastian Schmidt, dass seiner Familie etwas zustoßen wird, wenn er nicht aufhört, seine Nase in Dinge zu stecken, die ihn nichts angehen. Gleichwohl möchte ich die Braunschweiger Kollegen bitten, bei der Auswertung des Laptops besonders gründlich darauf zu achten, ob Sebastian Schmidt noch an anderen Themen gearbeitet hat. Sich gleich komplett auf die Nazi-Recherche einzuschießen, wäre falsch. Sonst noch etwas, Herrschaften?« Wim schaute in die Runde, aber niemand hatte einen weiteren Wortbeitrag beizusteuern. Die meisten schüttelten mit dem Kopf. Nur Manfred war sichtlich angefressen.

»Also dann, ran ans Werk! Und bis bald!«

19. KAPITEL

Dank eines Paketboten, der ihnen die Tür aufgehalten hatte, standen Marian Hübner und seine Kollegin Wiebke Schwiegmann im ersten Stock eines repräsentativen Altbaus vor der Wohnung von David Simonis und Irina Gordejeva.

»Auf den ersten Blick nichts Auffälliges, was meinst du?« Wiebke betrachtete konzentriert die weiße Doppelflügeltür. Die Wohnung des Paares nahm eine komplette Etage ein.

»Das sehe ich auch so«, stimmte Marian ihr zu. »Keine Einbruchspuren. Da hilft alles nichts, wir müssen in die Wohnung. Hörst du auch die Katze?«

»Ohne richterlichen Beschluss wird das schwierig. Ist denn schon Gefahr in Verzug?«, überlegte Wiebke laut.

»Denk an Kitty!« Marian grinste seine Kollegin an und zog einen Dietrich aus seiner Jackentasche. Im Handumdrehen war die Wohnungstür geöffnet und sie schlüpften schnell in den Flur. Der erste Eindruck ließ die beiden staunen. In der gesamten Wohnung war Fischgrätenparkett verlegt und weißer Stuck zierte die Decken der hohen Räume. Kitty kam um die Ecke geschossen und freute sich offenbar über den Besuch. Schnurrend schlich sie um Wiebkes Beine und bettelte um Aufmerksamkeit. Die junge Kommissarin ging in die Hocke und streichelte die weiße Perserkatze. »Ja, hallo! Na, du bist mir aber ein hübsches Kätzchen. Wo ist denn dein Frauchen?«

»Schau mal hier!«, rief Marian aus dem Wohnzimmer. Quer verteilt lagen auf dem grauen Designersofa verschiedene Blätter und ein grüner Textmarker, ein halb voller Kaffeebecher stand auf dem gläsernen Couchtisch.

Wiebke folgte ihrem Kollegen ins Wohnzimmer. »Was haben wir denn hier?«

Marian hatte Wiebke den Rücken zugewandt und einige Blätter in die Hand genommen. »Sieht nach einem Exposé aus. Passt ja auch zu einem Makler. Es geht um eine Villa in Braunschweig.«

»Das scheint den Simonis ja beschäftigt zu haben. Guck mal, hier sind einige Passagen angemarkert und es gibt am Rand auch handschriftliche Notizen«, stellte Wiebke fest, die sich nun ebenfalls einige Blätter genauer anschaute.

»Und hier liegt der Ausdruck eines Routenplaners. Wegstrecke und Fahrtzeit sind von Simonis Maklerbüro bis zu einer Adresse Am Gaußberg in Braunschweig berechnet und eingekreist worden. Laut der Fußzeile wurde der Ausdruck vorgestern Nachmittag erstellt.«

»Wer druckt denn heutzutage noch Routenplaner aus?«, Wiebke schaute ihren Kollegen skeptisch an.

»Vielleicht kann uns da die Assistentin weiterhelfen. Da alle Seiten inklusive Routenplaner gelocht sind und ich hier gerade in der Sofaritze einen Plastikheftstreifen gefunden habe, nehme ich an, dass diese lose Blattsammlung mal eine zusammengestellte Unterlage war. Auf jeden Fall drängt sich der Eindruck auf, dass Simonis unmittelbar vor dem Verlassen der Wohnung hier auf dem Sofa noch gearbeitet hat.« Marian hatte sich hingesetzt und sortierte die Blätter entsprechend ihrer Seitennummerierung.

»Also wer eine Routenberechnung braucht, der will mit einem Auto irgendwo hinfahren«, stellte Wiebke fest und widmete sich wieder der Katze, die auf den Couchtisch gesprungen war und quer über den Grundriss der oberen Villenetage spazierte.

»Ich glaube, mit dem Auto sollten wir mal anfangen.« Marian nahm sein Handy und rief auf der Wache an.

»Moin, Jürgen, Marian hier. Du musst für mich mal bitte etwas überprüfen. Ist auf einen David Simonis oder auf eine Irina Gordejeva, beide wohnhaft in der Yorckstraße 89, ein Fahrzeug zugelassen?«

»Moment, Marian, ich checke das und rufe dich gleich zurück!«

»Alles klar, bis gleich!«

Marian wandte sich Wiebke zu, die Kitty mittlerweile auf den Arm genommen hatte. »Jürgen kümmert sich und ruft gleich zurück!«

»Wo sind die beiden bloß abgeblieben?«, fragte Wiebke und zog ihre Stirn in Falten.

»Du bist echt süß, wenn du grübelst!« Marian konnte sich diesen Kommentar nicht verkneifen.

»Ach, du nun wieder! Geflirtet wird nach Dienstschluss!«

Rosalie hatte Glück, als sie in der Lehndorfer Grundschule anrief. Anne Thormeyer, die Schulleiterin, war noch im Büro und hatte einem Treffen sofort zugestimmt. Als Rosalie den langen Flur im Erdgeschoss der Grundschule entlangging und die vielen handgemalten Tuschbilder sah, fühlte sie sich in ihre Kindheit zurückversetzt. Sie folgte der Beschilderung und bog um die Ecke in Richtung des Direktorats, als sie beinahe mit einer attraktiven jungen Frau mit strohblonden Locken zusammenstieß. Sie trug einen Stapel Schulhefte und war so in Gedanken versunken, dass sie Rosalie überhaupt nicht bemerkt hatte. Vor Schreck ließ sie die Schulhefte fallen. Die beiden Frauen bückten sich gleichzeitig nach den Heften und sahen sich kurz in die Augen.

»Entschuldigen Sie bitte!«, sagte Rosalie, hob die Schulhefte auf und reichte sie ihrem Gegenüber. »Da war ich wohl zu schnell unterwegs. Sind Sie Frau Thormeyer?«

»Ja, die bin ich und ich bin es, die sich entschuldigen muss. Hier gilt eindeutig rechts vor links.« Anne Thormeyer lächelte Rosalie an und diese spürte schlagartig ein starkes Kribbeln in der Magengegend. Als sie wieder aufstand, reichte sie Anne Thormeyer die Hand, um ihr hochzuhelfen. Die Schulleiterin nahm die Hilfe dankend an und hielt Rosalie den gesamten Stapel Schulhefte entgegen. »Können Sie die vielleicht kurz mal halten? Wenn ich schon dabei bin, mich sportlich zu betätigen, kann ich gleich mal meinen Schuh binden. Mein Schnürsenkel ist offen.«

Rosalie lachte kurz auf und nahm den Stapel Hefte entgegen, während Anne Thormeyer sich nach vorne beugte und ihren Schuh neu band. Die zarten Rundungen und der Rand des weißen Spitzen-BHs, den Rosalie bei einem verstohlenen Blick in den Ausschnitt der Schulleiterin erhaschte, ließen sie kurz schlucken.

»Dort ist mein Büro. Gehen Sie ruhig schon mal vor und nehmen Sie sich gerne ein Mineralwasser, wenn Sie mögen. Eine Karaffe und Gläser stehen auf meinem Besuchertisch. Ich muss diese Hefte nur eben kurz wegschließen.« Anne

Thormeyer stand auf, nahm Rosalie die Schulhefte wieder ab und zeigte hinter sich auf eine offene Bürotür.

»So wird's gemacht!«, erwiderte Rosalie.

Im Büro angekommen blieb Rosalie bewundernd vor zwei Fotografien stehen, die eine Dünenlandschaft am Meer zeigten.

»Langeoog, meine Insel«, sagte Anne Thormeyer, die Rosalie gefolgt und dicht hinter ihr stehen geblieben war.

»Das ist einfach wunderschön. Diese Weite!«, schwärmte Rosalie.

»Ja, das ist es und das fehlt mir hier auch am meisten.«

Rosalies Brustwarzen wurden hart, als sie den Atem der Schulleiterin in ihrem Nacken spürte. Sie wollte diesen Moment auskosten und hielt ihren Blick auf die Fotografien gerichtet, ohne sich umzudrehen. »Sind Sie eine echte Insulanerin?«

Anne Thormeyer seufzte und Rosalie bemerkte, dass sie sich wieder von ihr entfernte und Richtung Besuchertisch ging. »Ja, die bin ich. Meine Eltern betreiben eine kleine, aber feine Frühstückspension. Ich musste aber irgendwann auf das Festland in ein Internat, um das Gymnasium zu besuchen, und bin dann zum Studieren nach Oldenburg gezogen.«

»Und Sie sind nie wieder zurückgekehrt? Hat Langeoog keine Grundschule?«

»Doch, doch. Es gibt eine Inselschule, Grund-, Haupt- und Realschule. Aber ich wollte dann nicht mehr dauerhaft auf der Insel leben, als ich die Vorzüge des Festlands und vor allem einer Stadt kennengelernt hatte. Braunschweig ist mittlerweile mein Zuhause. Langeoog ist meine Heimat und das wird auch immer so bleiben. Wenn möglich, fahre ich meine Eltern alle zwei bis drei Monate besuchen und verbringe auch immer einen Teil der Ferien dort. Ohne Wind, kreischende Möwen und frische Nordseeluft kann ich dann doch nicht.«

»Wie spannend! Und die Frühstückspension? Wird es eine Nachfolge geben, wenn Sie sich gegen das Inselleben entschieden haben?« Rosalie wandte sich Anne Thormeyer wieder zu und nahm auf einem modernen Schwingstuhl gegenüber des Schreibtisches Platz.

»Ja, meine Schwester ist schon mit eingestiegen und übernimmt das Geschäft Stück für Stück.«

»Das ist schön, wenn so ein familiengeführter Traditionsbetrieb am Leben erhalten wird.«

»Ja, das stimmt.«

»Und warum jetzt Braunschweig und nicht Oldenburg, wenn ich fragen darf?« Rosalie war bemüht, noch mehr Persönliches über diese bemerkenswerte Frau herauszufinden.

»Ganz einfach. Mich hat das Referendariat hierher verschlagen und wegen der Liebe bin ich dann hier auch hängen geblieben. Ich lebe sehr gerne in Braunschweig.«

Rosalie schluckte kurz und verspürte einen Stich in der Magengegend. »Ja, Braunschweig ist ja auch eine sehr familienfreundliche Stadt«, entgegnete sie in der Hoffnung, noch mehr über den Familienstand ihres Gegenübers herauszubekommen. Anne Thormeyer drehte den Kugelschreiber in ihrer Hand und wich den Blicken von Rosalie aus. »Ich wohne mittlerweile allein. Aber in der Tat kann man mit Kindern gut in dieser Stadt leben.«

Rosalie war erleichtert. »Geht mir auch so. Ich bin übrigens aus Düsseldorf hierhergezogen.«

»Aus Düsseldorf? Warum denn das? Ich liebe Düsseldorf!«

»Persönliche Gründe.«

»Entschuldigen Sie, ich wollte nicht indiskret sein.« Anne Thormeyer wirkte plötzlich verlegen.

»Alles gut«, erwiderte Rosalie. »Lassen Sie uns über Marta sprechen.« Über Düsseldorf wollte sie nicht reden.

»Gerne. Was kann ich denn für Sie tun?«

Rosalie räusperte sich kurz und nahm eine gerade Sitzposition ein. »Frau Thormeyer, wie Sie wissen, gehöre ich zu dem Team, das im Mordfall Steffi Kohlstedt ermittelt.«

Anne Thormeyer schaute Rosalie betreten an und nickte zustimmend. »Eine ganz furchtbare Geschichte ist das. Da müssen wir uns auch als Schule etwas einfallen lassen. Ich habe bereits die Landesschulbehörde informiert. Man hat mir schulpsychologische Unterstützung zugesichert.«

»Das ist leider noch nicht alles, Frau Thormeyer. Sebastian Schmidt, der Vater von Marta, liegt mit einer schweren Medikamentenvergiftung im Krankenhaus und wir suchen nun händeringend nach dem Mädchen.«

Anne Thormeyer hielt sich entsetzt eine Hand vor den Mund. »Medikamentenvergiftung?«

»Ja, nähere Auskünfte kann ich Ihnen nicht geben. Aber aus dem letzten Gespräch mit Herrn Schmidt wissen wir, dass Marta bei einer Schulfreundin untergebracht wurde, nachdem Steffi Kohlstedt verschwunden ist.«

»Bei einer Schulfreundin?« Anne Thormeyer begann erneut, nervös den Kugelschreiber in ihrer Hand zu drehen.

»Ja, bei einer Schulfreundin. Wir müssen das Kind dringend finden und mit dem Jugendamt die weiteren Schritte klären. Ein Großelternpaar ist gerade urlaubsbedingt noch nicht wieder in Deutschland und nur schwer zu erreichen und das andere hatte wohl nicht den besten Kontakt zur Familie. Es geht hier jetzt um das Kindeswohl.«

»Aber Marta ist doch krankgemeldet.«

Rosalie zog die Augenbrauen nach oben. »Krankgemeldet?«

»Ja, Sebastian Schmidt hat hier angerufen und Marta krankgemeldet. Ganz sicher!«

»Wissen Sie, ob Sebastian Schmidt die Bescheinigung eines Kinderarztes eingereicht hat?«

»Mich hat die Klassenlehrerin, Frau Brandt, informiert. Es ist üblich, dass die Eltern im Schulsekretariat anrufen und die Kinder krankmelden, aber ab und an werden auch die Klassenlehrerinnen direkt angerufen. Krankmeldungen von Kinderärzten werden gegebenenfalls nachgereicht. Warten Sie kurz, ich schaue mal in Martas Akte.« Anne Thormeyer stand auf und ging zu einem abschließbaren Aktenschrank, der rechts neben dem Fenster stand.

»Was für ein Kind ist Marta?«, hakte Rosalie nach. »Was wissen Sie über die familiären Verhältnisse?«

Anne Thormeyer hatte Rosalie den Rücken zugedreht und blätterte in einer Akte. »Hier ist keine Kinderarztbescheinigung oder Ähnliches. Nur eine Aktennotiz über den Anruf von Herrn Schmidt«, sagte Anne Thormeyer und stellte die Akte in den Schrank zurück.

»Halt, Stopp! Darf ich die Akte mal sehen?«

»Das geht nicht einfach so, Frau Helmer. Das ist ein vertrauliches Dokument, dafür brauche ich entweder ein offizielles Papier von Ihnen, dass Sie befugt sind, oder aber die Einverständniserklärung der Eltern. Bei der aktuellen Sachlage wohl eher Ersteres.«

»Okay, das sehe ich ein. Dann greife ich meine Frage von eben noch einmal auf. Was können Sie mir über Marta sagen?«

Anne Thormeyer verschloss den Aktenschrank wieder, legte den Schlüssel auf ihrem Schreibtisch ab und setzte sich wieder hin. Rosalie nahm jede ihrer Bewegungen bewusst wahr und konnte sich einfach nicht gegen eine gewisse Faszination wehren, die diese Frau auf sie ausübte.

»Marta ist ein ganz normales Kind. Aufgeweckt, manchmal ein wenig schüchtern. Gute Leistungen, aber auch kein

Überfliegerkind. Ich selbst unterrichte sie nicht, weiß aber durch unsere Lehrerbesprechungen immer über alle Kinder Bescheid.«

»Können Sie mir etwas über die Eltern sagen?«

»Leider nicht wirklich. Ich kenne sie nur flüchtig. Von der Einschulung, von einem Schulfest. Sie machten einen ganz normalen Eindruck auf mich.«

Rosalie war mit diesen Antworten alles andere als zufrieden. Sie hatte gehofft, den Aufenthaltsort von Marta schnell herauszufinden, und nun entwickelte sich das hier auch noch zu einem Vermisstenfall.

»Okay, dann danke ich Ihnen fürs Erste. Ich befürchte, dass ich die polizeilichen Maßnahmen hinsichtlich des Verschwindens von Marta erweitern muss.«

Nun sah Anne Thormeyer besorgt aus und machte sich Notizen auf ihrem Schreibblock. »Das ist wirklich alles ganz furchtbar. Ich werde das Kollegium sofort informieren. Wir haben für Notfälle eine WhatsApp-Gruppe. Dann bekommen alle noch heute Abend eine Info. Vielleicht weiß doch jemand etwas.«

»Das ist eine sehr gute Idee. Darf ich nach Ihrer Telefonnummer fragen, damit ich Sie auf dem Laufenden halten kann? Wenn wir in den nächsten 48 Stunden bei der Suche nach Marta erfolglos sind, würde ich gerne die Klassenkameraden von Marta befragen. Dafür müssen wir aber die Eltern ins Boot holen.«

»Sie dürfen mich gerne anrufen.« Anne Thormeyer schrieb ihre Handynummer auf einen Zettel und reichte ihn Rosalie über den Tisch. »Wegen Marta und auch sonst mal.«

Rosalie befürchtete, rot zu werden, genoss aber die warmen Wellen, die ihren Körper durchströmten. »Das mache ich bestimmt. Danke.«

»Ich habe mittlerweile die Eltern von David Simonis erreicht. Die haben ihren Sohn bisher gar nicht vermisst.« Marian Hübner brachte Wiebke Schwiegmann bei einem Becher Automatencappuccino im Aufenthaltsraum auf den neuesten Stand. »Mutter Simonis hat das letzte Mal vor sechs Tagen mit ihrem Sohn telefoniert.«

»So weit nichts Ungewöhnliches«, stellte Wiebke fest.

»Ja, Moment, das Interessante kommt jetzt.« Marian hob den Finger und zwinkerte Wiebke zu.

»Du nun wieder!«

»Mutter Simonis wusste zu berichten, dass ihr Sohn an einem sehr lukrativen, aber schwierigen Maklerauftrag in Braunschweig arbeitet. Eine alte Villa, die veräußert werden soll und bei der es Probleme mit einer Bewohnerin gibt.«

»Ach was? Das Blätterchaos im Wohnzimmer lässt grüßen!«

»Jepp! Ich habe auch noch mal diese Assistentin angerufen, die die Vermisstenanzeigen aufgegeben hat …«

»Mathilda Cordes«, unterbrach Wiebke ihren Kollegen.

»Du sollst mich doch ausreden lassen! Ja, Mathilda Cordes. Also jedenfalls befindet sich die besagte Villa tatsächlich in Braunschweig. Gehobene Wohngegend, die Straße heißt Am Gaußberg. Die Agentur von Simonis ist auf die Vermittlung exklusiver Immobilien spezialisiert. Die Cordes hat berichtet, dass es bei Auswärtsterminen Routine ist, dass sie für ihren Chef immer eine Routenberechnung ausdruckt und dem Exposé als Anlage beifügt, damit er Fahrtzeiten besser berücksichtigen kann, wenn er seine Termine plant. Und nach Braunschweig wollte er zeitnah fahren.«

Wiebke Schwiegmann überlegte kurz. »Aber an seinem freien Tag? Meinst du, der Simonis und seine Freundin sind eventuell nach Braunschweig gefahren?«

Marian Hübner zog die Schultern hoch. »Haben wir einen anderen Ermittlungsansatz? Sein Auto parkt weder vor dem Maklerbüro noch steht es auf dem angemieteten Stellplatz in der Nähe seiner Wohnung. Daraus schließe ich mal, dass die beiden mit dem Auto unterwegs sind oder waren.«

Wiebke nippte an ihrem Cappuccino. »Lass mich mal kurz rumspinnen: David hat mit diesem Auftrag einen ganz dicken Fisch an der Angel, der ihm aber Schwierigkeiten bereitet, sodass er sich richtig ins Zeug legen muss. Der Vorgang lässt ihn einfach nicht los, auch nicht an seinem freien Tag. Irgendetwas treibt ihn nach Braunschweig. Er muss etwas klären oder sich anschauen. Das Wetter ist herrlich und seine Freundin Irina langweilt sich den lieben langen Tag in der schicken Altbauwohnung und bürstet Kitty das Fell. David kann nicht länger warten und schlägt Irina daher vor, mit ihm nach Braunschweig zu fahren. Erst eine schöne Spritztour bei offenem Verdeck über die Autobahn, dann ein romantischer Spaziergang und dann noch ein Termin in der Villa. Was meinst du? Ungefähr so?« Wiebke Schwiegmann schaute zufrieden ihren Kollegen an.

Marian zog die Mundwinkel nach oben. »Gut kombiniert, Sherlock Holmes. Ein wenig konstruiert, aber so oder so ähnlich könnte es vielleicht gewesen sein.«

»Okay, nehmen wir mal an, dass es so war. Warum sind die beiden nicht zurückgekehrt? Ich würde sofort an eine Spontanübernachtung denken, wenn da nicht diese Katze wäre«, überlegte Wiebke.

»Ich finde, da hat Frau Cordes mit ihren Bedenken wirklich recht. Die vernachlässigte Kitty ist der Punkt, der mich auch stutzig macht.«

20. KAPITEL

Wim saß in einem Regionalexpress von Braunschweig nach Hannover und durchquerte den Landkreis Peine. Es war später geworden als geplant, aber das gemeinsame Essen mit seiner Schwester war es wert gewesen. Ihm gegenüber saß eine korpulente Frau mittleren Alters, die seine Nerven arg strapazierte, weil sie ständig Weingummi aus einer Tüte fischte und mit ihren Wurstfingern in den Mund schob. Genüsslich schmatzte sie vor sich hin und Wim war sich sicher, dass ihr Ehering sich mittlerweile so tief in das Fleisch ihres Ringfingers gearbeitet hatte, dass sie ihn nie wieder abbekommen würde. Er versuchte sich von den lästigen Begleiterscheinungen dieser Zugfahrt abzulenken, indem er das Treffen mit seiner Schwester Revue passieren ließ. Sigrid und er hatten sich noch in einer neuen Pizzeria am Bahnhof getroffen und gemeinsam gegessen. Wim war dankbar, dass der Kontakt zu seiner Schwester nach all den schwierigen Jahren nun wiederhergestellt war. Im Grunde war er so gut wie niemals zuvor und sie war seine engste Vertraute. Während des Abendessens hatten sie die ganze Zeit von ihrer gemeinsamen Reise nach Island gesprochen und festgestellt, dass bis nächstes Jahr noch einiges zu planen war. Sigrid war jetzt schon total aufgeregt und hatte sich in der Bahnhofsbuchhandlung zwei Reiseführer gekauft, bevor sie in den Zug nach Helmstedt eingestiegen war. Die Geschwister hatten ab sofort ein richtiges Gemeinschaftsprojekt und Wim schmunzelte bei dem Gedanken daran, wie enthusiastisch seine Schwester sich mit den anstehenden Reisevorbereitungen beschäftigte. Er schloss die Augen und stellte sich satte grüne Hügel, tosende Wasserfälle, schwarze Strände und viele, viele Schafe vor. Es gelang ihm aber nicht, die Konzentration zu halten, da sich immer wieder Bilder von Steffi Kohlstedts Leiche in den Vordergrund schoben. Und dann war da ja auch noch dieses Weingummimonster gegenüber. Wim war unzufrieden. Sie kamen bei diesem Fall nicht richtig voran und das Hin und Her zwischen beiden Städten nervte ihn zunehmend. Außerdem waren für seinen Geschmack noch zu viele Fragen ungeklärt. Wie war die Leiche nach Hannover gekommen? War Steffi Kohlstedt ein Zufallsopfer oder gab es einen Täter mit einem echten Motiv? Außer den Erkenntnissen hinsichtlich des Lebensgefährten der Toten tappten sie bisher komplett im Dunkeln.

Als sein Handy klingelte, wurde Wim aus seinen Gedanken gerissen. Hatte man denn nicht mal im Zug seine Ruhe? Die ganze Welt beschwerte sich über schlechten Handyempfang in Zügen, aber seines musste natürlich klingeln.

»Ja, Schneider!«, meldete Wim sich grummelnd.

»Hier ist Rosalie Helmer, Guten Abend, Herr Schneider. Ich störe ungern zu später Stunde, aber es gibt neue Entwicklungen in unserem Mordfall.«

Wim richtete sich ruckartig auf und flüsterte: »Hören Sie, ich sitze im Zug. Der Empfang ist schlecht, aber sprechen Sie einfach.«

Rosalie stand mit ihrem Fahrrad mitten auf einem Feldweg und hörte die Stimme ihres Kollegen nur verzerrt. Sie hatte sich nach dem Besuch der Grundschule bewusst für einen kleinen Umweg durch die Feldmark entschieden, um den Kopf freizubekommen. Das Laufdate mit ihrer neuen Internetbekanntschaft Meike hatte sie schnell gecancelt. Sie musste noch mal ins Büro und nach der Begegnung mit der zauberhaften Anne stand ihr auch gar nicht mehr der Sinn nach einer anderen Frau. »Herr Schneider, mit Marta stimmt irgendwas nicht. Anne Thormeyer, die Grundschuldirektorin, hat mir berichtet, dass Marta nicht in der Schule war und von Sebastian Schmidt krankgemeldet wurde.«

»Was? Ich habe nur die Hälfte verstanden. Wer ist Anne Thor?«

Die Verbindung brach weg und Wim verfluchte sein Handy und die Deutsche Bahn. Warum um alles in der Welt hatte er seinen Flachmann in Hannover gelassen?

»Hören Sie, ich schicke Ihnen eine SMS!«, sagte Rosalie und legte einfach auf.

Wim starrte auf sein Handydisplay. Da hatte die Kollegin einfach aufgelegt. Kurz darauf folgte ein lauter Hupton und es wurde der Eingang einer neuen SMS von Rosalie Helmer angezeigt:

Rufen Sie mich bitte so schnell wie möglich zurück. Marta wird vermisst. Ich treffe mich gleich mit Manfred Wiegand auf dem Revier.

Wim fasste sich an die Stirn. Jetzt wurde auch noch das Kind vermisst und er saß im Zug in die falsche Richtung!

»Verfluchter Mist!«, knurrte er vor sich hin und steckte sein Handy wieder in die Mantelinnentasche.

»Nächster Halt, Vöhrum!«, hallte die Lautsprecherdurchsage durch den Zug.

Die Weingummifrau stand auf und verließ das Abteil. Wim folgte ihr und stieg in der kleinen Gemeinde aus. Weit und breit kein Taxistand. Da musste er wohl noch mal telefonieren.

Manfred Wiegand war als Erster im Büro angekommen und hatte bereits eine Ausweitung der Fahndung nach Marta in die Wege geleitet. Rosalie hatte ihn noch aus der Grundschule angerufen und auf den neuesten Stand gebracht. Konzentriert stand Manfred nun vor der großen Pinnwand und schaute auf ihr Werk. Ein Familienfoto von Martas Einschulung, auf dem alle drei, Steffi Kohlstedt, Sebastian Schmidt und die kleine Marta, sehr gut zu erkennen waren, heftete er neben die Fotos vom Leichenfundort. Er massierte seine Schläfen und kniff die Augen immer wieder zusammen.

»Kopfschmerzen?«, fragte Rosalie, betrat das Büro und wischte sich den Schweiß von der Stirn.

»Ja, ein wenig. Ich schlafe einfach gerade nicht genug. Und dann dieses Wetter.«

»Ich habe eine Tablette in der Schreibtischschublade, falls du magst«, erwiderte Rosalie.

»Nein, nein, alles gut. Ich versuche es erst mal mit viel Trinken.«

»Guter Plan, soll ich uns einen Kaffee aufsetzen?« Rosalie schmiss ihre Tasche auf den Bürostuhl und ging zur Kaffeemaschine.

»Sehr gerne. Wer weiß, wie lang dieser Abend wird.«

»Da hast du wohl recht, Schneider ist auf dem Weg hierher.«

Manfred drehte sich zu seiner Kollegin um und konnte seine Überraschung nicht verbergen. »Im Ernst? Er kommt extra aus Hannover angereist?«

»Und zack! Der Kaffee läuft durch.« Rosalie nahm zwei Kaffeebecher aus dem Schrank. »Ja, ich habe vorhin mit ihm telefoniert. Er war gerade im Zug nach Hannover, ist dann in Vöhrum ausgestiegen und hat sich ein Taxi genommen. Ich glaube, er steht langsam echt unter Druck.«

»Wer kann es ihm verdenken?«, stellte Manfred fest. »Wir kommen nicht vorwärts. Im Zweifel wird man ihm das anlasten.«

»Ganz ehrlich, Manfred? Ich habe das Gefühl, dass wir in so kurzer Zeit schon ziemlich viele Ermittlungsansätze haben. Es gelingt uns nur nicht, Bezüge zwischen ihnen herzustellen.« Rosalie ging zur Kaffeemaschine, von der aus sich bereits der Duft des frisch gebrühten Kaffees im Raum verbreitete.

»Ja, das mag sein«, bestätigte Manfred. »Aber meine Erfahrung sagt mir, dass wir keine voreiligen Schlüsse ziehen sollten.«

»Natürlich sollten wir das nicht. Aber vielleicht sollten wir überhaupt mal irgendwelche Schlüsse ziehen.«

»Da hast du recht«, seufzte Manfred.

»Ich setze gerade ganz fest auf die Auswertung der beschlagnahmten Recherchearbeiten von Sebastian Schmidt. Da steckt das Motiv, da bin ich sicher, auch wegen des Drohbriefes.«

Manfred überlegte. »Wenn du davon ausgehst, dass Sebastian Schmidt von Dritten bedroht wurde, dann kommt er für den Mord an seiner Lebensgefährtin nicht zwingend in Betracht, oder? Und generell muss man sich ja auch fragen, warum nicht er selbst direkt getötet wurde.«

»Es sei denn, man hat ihn zu einem Mord gezwungen«, erwiderte Rosalie.

»Aber wie passt das mit dem Verschwinden der kleinen Marta zusammen?«

»Manfred, ich weiß es doch auch noch nicht«, sagte Rosalie genervt.

»Darüber, Herrschaften, werden wir jetzt gemeinsam nachdenken! Der Abend ist noch jung! Aber erst mal brauche ich einen Kaffee!«

Rosalie und Manfred drehten sich gleichzeitig zur Tür um.

»Da bin ich!«, sagte Wim schnaufend und versuchte, freundlich zu lächeln.

21. KAPITEL

David hatte rasende Kopfschmerzen und spürte das Pochen einer großen Beule. Seine Augen gewöhnten sich nur mühsam an die Dunkelheit. Ein Stück stinkender Stoff war bis zum Würgereiz in seinen Mund gestopft worden und das Atmen durch die Nase fiel ihm schwer. Seine Hände und Füße waren vermutlich mit Kabelbindern zusammengebunden worden, die schmerzhaft an seinen Gelenken rieben. Um ihn herum war es so finster, dass er kaum etwas erkennen konnte. Er lag seitlich auf einer alten, muffig riechenden Matratze und versuchte krampfhaft, sich zu orientieren. Was war geschehen? Wie lange lag er hier schon? Der Streit mit Irina, ihr trotziges Verhalten und dann hatte sie ihn mehr oder minder stehen gelassen. Er hatte ihr Abstand gewährt, damit sie sich beruhigen konnte. Das Temperament seiner Freundin kannte er nur zu gut. Doch dann war sie plötzlich verschwunden und er … Es war alles so rasend schnell gegangen. Ein Schlag auf seinen Hinterkopf und dann konnte er sich beim besten Willen an rein gar nichts mehr erinnern. Irina – was war nur passiert? Wo war sie jetzt? Seine Gedanken kreisten und er konnte seine Tränen vor lauter Angst und Verzweiflung kaum unterdrücken. Er versuchte sich zu beruhigen und zu begreifen, wo er war. Schemenhaft erkannte er neben der Matratze einen Blecheimer, der vermutlich für seine Notdurft gedacht war. Wie er das allerdings mit gefesselten Händen und Füßen bewerkstelligen sollte, war ihm ein Rätsel. Er versuchte sich weiter an seiner Umgebung zu orientieren, als es über ihm plötzlich zu quietschen begann. Ein schmaler Lichtstreifen drang herein und David konnte erkennen, dass er sich in einer Art Kellerraum befand. Die

Wände bestanden aus blankem Backstein und waren großflächig mit Schimmel bedeckt. Auf den ersten Blick ein Altbau, schlussfolgerte David. Mit der Substanz von Gebäuden kannte er sich aus. Der Lichtstrahl wurde breiter und über David öffnete sich eine Art Falltür.

Verzweifelt brüllte er in seinen Knebel. »Hallo, ist da jemand?! Verfluchte Scheiße, was soll das? Was wollen Sie? Wo ist meine Freundin?«

Doch David erhielt keine Antwort. Stattdessen wurde an einem Seil eine Schale nach unten gelassen, gefüllt mit Reis und Bohnen.

22. KAPITEL

»Nimmst du dir jetzt ein Hotelzimmer in Braunschweig?« Manfred schaute auf die große Uhr, die über der Bürotür hing.

»Darauf wird es wohl hinauslaufen«, antwortete Wim. »Den letzten Zug schaffe ich nicht mehr und ich werde sicherlich nicht mit dem Taxi nach Hannover zurückfahren. Ein Dienstwagen scheidet leider auch aus, denn ich habe vorhin mit meiner Schwester noch zwei Gläser Wein und einen Grappa getrunken. Hat jemand einen Übernachtungstipp?«

»Den kürzesten Weg hast du schräg gegenüber zum Hotel ›Deutsches Haus‹ neben der Burg Dankwarderode«, sagte

Manfred. »Und dann gibt es noch ein neueres Hotel am Kennedyplatz und ein kleines Hotel im Magniviertel.«

»Magniviertel klingt gut! Das mochte ich früher schon immer so gerne. Da rufe ich mal eben an, wenn ich die Nummer gegockelt habe«, entgegnete Wim und verließ das Büro, um in Ruhe telefonieren zu können.

»Gegockelt?« Rosalie konnte sich das Lachen kaum verkneifen. »Hat der jetzt allen Ernstes ›gegockelt‹ gesagt?«

Manfred hob die Schultern und schüttelte den Kopf. »Das ist Wim. Mit Technik hatte er es früher schon nicht so. Ich frage mich, wie der heute in dieser modernen Welt zurechtkommt.«

»Ganz gut, Manfred!«, entgegnete Wim mit scharfem Ton, als er nur kurze Zeit später wieder in der Tür stand. »Meine Zimmerreservierung hat jedenfalls problemlos geklappt. Telefonisch. Der Nachtportier wartet auf mich. Ich mache mich mal vom Acker, um wenigstens ein paar Stunden zu schlafen. Treffen wir uns morgen um 08.00 Uhr im Büro?«

Manfred schaute auf die Uhr. »Na ja, dann reicht es mit viel Glück noch für sechs Stunden Schlaf! Also gut.«

Rosalie fuhr ihren Computer runter und löschte die Schreibtischlampe. »Ich habe eben noch über unsere Pressestelle die Suchmeldung nach Marta an die Radiostationen verschickt. Wird morgen früh landesweit im Frühstücksradio gesendet. Oder sollte ich eher sagen heute früh? Ich muss so was von dringend schlafen. Herr Schneider, ich kann Sie ein Stück begleiten, ich wohne auch im Magniviertel.«

»Wir gehen dann jetzt alle mal, würde ich vorschlagen. Hier und jetzt können wir eh nichts mehr ausrichten. Der Letzte macht das Licht aus«, entgegnete Manfred und betätigte den Lichtschalter neben der Bürotür.

Trotz der bleiernen Müdigkeit hatte Rosalie in dieser Nacht große Probleme einzuschlafen. Sie bekam ihr Kopfkino nicht ausgestellt und wanderte mit einer Tasse heißer Milch durch ihre Wohnung. Am Magnikirchhof hatte Rosalie sich von Wim Schneider verabschiedet und dann das Fahrrad zu ihrer Wohnung geschoben, die sich in einem gut erhaltenen Fachwerkhaus eine Straße weiter befand. Zu ihrem Bedauern hatte sie keinen Balkon. Aber sie hatte sich damals sofort in das Ambiente mit den vielen Holzbalken, den kleinen Fenstern und den schrägen Wänden verliebt. Nun stand sie am geöffneten Küchenfenster, grübelte über die letzten Tage nach und schaute in den dunklen Innenhof. Eine Familie mit einer Toten, einem vermissten Kind und einem Suizidversuch. So eine verzwickte Fallkonstellation hatte man nicht alle Tage, und das im beschaulichen Braunschweig.

02.50 Uhr. An Schlaf war nicht zu denken und so beschloss Rosalie, die Zeit zumindest sinnvoll zu nutzen. Die Kopien der Recherchearbeiten von Sebastian Schmidt befanden sich noch in ihrem Rucksack. Das wäre doch sicher eine perfekte Nachtlektüre.

Manfred lag schlaflos im Bett, während seine Frau Roswitha neben ihm vor sich hin grunzte und ihm einen Ellenbogen an die Stirn presste. Das Bett war im Laufe der Jahre einfach zu schmal geworden. Unabhängig davon fand er nicht in den Schlaf, weil dieser Fall mit all seinen Begleitumständen ihm langsam, aber sicher Kraft und Nerven raubte. Es waren bereits ein paar eklatante Fehler begangen worden, dabei war er sich anfangs noch ganz sicher gewesen, alles im Griff zu haben. Rosalie mit ihrem Übereifer begann ihn zunehmend zu nerven. Überall musste dieses lesbische Weibsbild ihre Nase reinstecken und immer allen möglichst einen Schritt voraus sein. Standortübergreifende Ermittlungen. Eine Soko aus Braunschweigern und Hannoveranern. So ein Quatsch. Und dann zur Krönung auch noch Wim. Ausgerechnet Wim Schneider. Den hatte er in den letzten Jahren am wenigsten vermisst. Aber es half alles nichts. Manfred musste einen ruhigen Kopf bewahren und durfte sich gegenüber seinen Kollegen nichts anmerken lassen. Das wäre ja noch schöner, wenn ausgerechnet Wim Schneider ihm in die Parade fahren und die Butter vom Brot nehmen würde.

Manfred versuchte, seine Gedanken in imaginäre Wolken zu packen und an sich vorbeiziehen zu lassen. Das hatte er mal bei einer Fortbildung gelernt. Sollte super beim Abschalten und Einschlafen helfen. Aber heute klappte irgendwie gar nichts. Die Wolken zogen an ihm vorbei, aber die Gedanken blieben. Ein Blick auf den Wecker: noch zweieinhalb Stunden bis zum dröhnenden Piepton. Manfred seufzte und drehte sich einmal mehr auf die andere Seite.

23. KAPITEL

Am frühen Morgen saß Wim als einziger Gast im Frühstücksraum des Hotels und schlürfte bereits seinen dritten Kaffee. Er war unrasiert, seine müden Augen glichen denen einer englischen Bulldogge und er fühlte sich in den Klamotten des Vortages unwohl. Wenigstens hatte das Hotel ihm kurzfristig eine Einwegzahnbürste und Zahnpasta zur Verfügung gestellt. Alle anderen Badezimmerutensilien wie Shampoo und Duschgel zählten heutzutage zur Standardausstattung. Vor ihm lag eine Ausgabe der Braunschweiger Zeitung, die auf der Titelseite erneut über den Mordfall Steffi Kohlstedt berichtete. Am späten gestrigen Abend war es nicht mehr gelungen, die Personensuche nach Marta kurzfristig in die bereits im Druck befindliche Zeitung setzen zu lassen, das würde dann morgen folgen. Was war das nur für ein Fall? Selten hatte Wim in seiner langen Laufbahn so im Dunkeln getappt, auch wenn er sich das gegenüber den Kollegen nicht anmerken lassen wollte.

»Herr Schneider?«

Wim schaute von der Zeitung hoch in das Gesicht einer Kellnerin.

»Ja?«

»In der Lobby wartet eine Frau Helmer auf Sie.«

Wim schaute auf sein Diensthandy. Er hatte eigentlich noch eine halbe Stunde Zeit, bis er in Richtung Münzstraße aufbrechen wollte. »Sagen Sie Frau Helmer, dass sie sich gerne zu mir setzen kann. Wenn das in diesem Hotel gestattet ist.«

»Selbstverständlich. Ich bringe Frau Helmer zu Ihrem Tisch.«

Wim schaute der Kellnerin hinterher, die den Frühstücksraum in Richtung Lobby verließ und in ihrem schwarzen Rock ein beachtliches Hinterteil offenbarte. Kurze Zeit später kehrte sie in Begleitung von Rosalie Helmer zurück.

»Guten Morgen, danke, dass ich Ihnen Gesellschaft leisten darf.«

»Morgen, Frau Kollegin, Sie sind früh dran. Hatten wir uns im Hotel verabredet? Seien Sie mir bitte nicht böse, wenn mir das durchgerutscht ist, aber ich war einfach total platt gestern Abend.«

»Keine Sorge, Sie haben nichts vergessen. Ich bin aus eigener Initiative hier. Betrachten Sie es als persönlichen Abholservice. Außerdem habe ich Informationen, die uns weiterbringen können, und ich dachte mir, dass Sie diese vielleicht schon mal hören möchten. Ganz exklusiv sozusagen.«

Wim war von dem Engagement der jungen Kollegin beeindruckt, aber eigentlich wollte er sein Frühstück in Ruhe beenden. Außerdem musste er schon wieder sehr dringend auf die Toilette. »Können wir uns auch gleich auf dem Weg ins Büro unterhalten? Ich muss noch mal auf mein Zimmer und auschecken.«

Rosalie schien ein wenig enttäuscht zu sein, dass ihr nicht sofort Gehör geschenkt wurde, lenkte aber ein. »Ja, natürlich, so machen wir das. Ich setze mich draußen auf den Platz auf eine Bank. Kommen Sie einfach dazu, wenn hier alles erledigt ist.«

Wim nickte zustimmend, ohne ein weiteres Wort zu sagen, und widmete sich wieder der Zeitung. Seine ungestörte Morgenlektüre war ihm heilig.

Rosalie war irritiert. Irgendeine verbale Reaktion wäre nett gewesen, aber so ließ sie ihren Worten einfach Taten folgen und verließ wieder das Hotel. Sie war schon des Öfteren angeeckt, weil sie sich mit den neuesten Informationen nicht zurückhalten konnte. Geduld gehörte nicht zu ihren Stärken. Draußen suchte sie sich in der Nähe des Hoteleingangs eine Bank und streckte ihr Gesicht der Sonne entgegen, die bereits über den Dächern der Fachwerkhäuser stand. Sie hatte bis in die frühen Morgenstunden an ihrem Küchentisch gesessen und sich durch die Unterlagen von Sebastian Schmidt gearbeitet. Irgendwann musste sie dann aber doch mit dem Kopf auf der Tischplatte eingeschlafen sein, denn der Weckton ihres Handys ließ sie aufschrecken. Und genauso fühlte sich ihr Nacken heute Morgen auch an. Dennoch hatte sich die lange Nacht in der heimischen Küche gelohnt, denn sie war auf äußerst interessante Details gestoßen, von denen sie glaubte, dass sie sie in den Ermittlungen voranbringen würden. Mindestens genauso wie der Fall beschäftigte Rosalie aber nach wie vor ihre Begegnung mit der attraktiven Anne Thormeyer, die etwas in ihr ausgelöst hatte, was sie ewig nicht mehr gefühlt hatte. Rosalie hatte sich nach dem desaströsen Ende ihrer langen Beziehung mit Nicole geschworen, erst mal Single zu bleiben und wenn, dann eine neue Partnerin zu finden, die eher mit ihren Arbeitszeiten zurechtkam als ihre Exfreundin mit ihrem sehr regelmäßig getakteten Bürojob in einem Düsseldorfer Ministerium. Aber das war schwierig. Die Beziehungskonflikte zwischen Steffi Kohlstedt und Sebastian Schmidt konnte sie daher mehr als nachvollziehen. Sie konnte sie regelrecht nachfühlen. Ob Anne Thormeyer wohl jemand wäre, der ihr mehr Verständnis entgegenbringen würde? Immerhin hatten Lehrer auch keinen geregelten Feierabend, sondern waren nach Schulschluss mit der Unterrichtsvorbereitung, mit Korrekturen oder Besprechungen beschäftigt. Oft auch an den Wochenenden. Doch ihr Luftschloss setzte gerade voraus, dass die Direktorin genauso empfand wie sie. Auch da war Rosalie sich noch nicht hundertprozentig sicher, obwohl ihr Feingefühl sie diesbezüglich selten getäuscht hatte. Man identifizierte schnell Personen aus der eigenen Community, auch ohne viele Worte. Es gab einfach diese Antennen bei Schwulen und Lesben, die sie leiteten und zueinanderführten, und Anne Thormeyer hatte gestern Signale ausgesendet, ganz bestimmt sogar.

»So, und da sind Sie sich absolut sicher? Eigentlich gelten erwachsene Personen nach so kurzer Zeit noch nicht als vermisst!«, sagte Manfred genervt. Die unruhige Nacht mit zu wenig Schlaf steckte ihm in den Knochen und nun wurden ihm auch noch zwei Vermisstenfälle aus Hannover auf den Tisch gelegt.

»Hören Sie, wir haben alles überprüft. Wir wollen sichergehen, dass David Simonis und Irina Gordejeva sich vorgestern nicht auf den Weg nach Braunschweig gemacht haben und nicht unterwegs oder vor Ort verschwunden sind. Und da wir in Hannover vom Vermisstenfall Marta Kohlstedt Kenntnis erlangt haben und es ja auch noch die städteübergreifenden Ermittlungen der Soko Wasserleiche gibt, wollten wir Ihnen das nun wirklich nicht vorenthalten. Es ist doch schon auffällig, dass im Zusammenhang der beiden Städte eventuell die nächsten beiden Personen vermisst werden, oder? Möchten Sie sich bei dem Medieninteresse hinterher nachsagen lassen, diesem Umstand nicht nachgegangen zu sein?«

Manfred konnte es nicht fassen. Die Sachlage wurde immer komplizierter und nun hatte er noch so einen engagierten Nachwuchsbeamten aus Hannover im Nacken, der sich offenbar in alle Himmelsrichtungen absichern wollte. »Okay, Herr Hübner. Ich gebe zu, dass gegebenenfalls, und ich betone gegebenenfalls, drei Vermisstenfälle in Braunschweig innerhalb so kurzer Zeit wirklich ungewöhnlich wären. Der Zusammenhang Ihres Falls mit unserer Soko erschließt sich mir zwar noch nicht, aber in Gottes Namen, schicken Sie mal alles rüber, was Sie haben. Bei uns findet gleich eine Lagebesprechung statt, dann kann ich das thematisieren«, erwiderte Manfred und war um einen sachlichen Tonfall bemüht.

»Sie sollten jetzt bereits eine E-Mail mit allen relevanten

Informationen erhalten haben. Bitte halten Sie uns auf dem Laufenden.«

»Selbstverständlich, so gehört sich das doch auch.« Sogar bei euch Hannoveranern, ergänzte Manfred in Gedanken und beendete das Telefonat mit Marian Hübner. Er musste zur Besprechung.

»Guten Morgen, Herrschaften! Danke für das pünktliche Erscheinen. Bitte entschuldigen Sie meinen zerknitterten Auftritt, aber ich musste gestern außerplanmäßig in Braunschweig übernachten und hatte natürlich kein Wechselhemd dabei.«

Wim schaute in die Runde und Rosalie konnte sich ein Schmunzeln nicht verkneifen. »Natürlich habe ich nicht freiwillig hier übernachtet. Es gab triftige Gründe. Manfred, würdest du bitte für alle die aktuellen Erkenntnisse zusammenfassen?«

Wim schaute seinen Exkollegen direkt an und lehnte sich gemütlich auf seinem Stuhl zurück. Manfred suchte das Rampenlicht, dann sollte er es auch haben.

»Ich? Ja, also gut. Gerne«, erwiderte Manfred. »Dann fange ich aus Gründen der Aktualität mal von hinten an, denn ich habe ganz frische Neuigkeiten aus der Landeshauptstadt. Erst vor ein paar Minuten hier eingetrudelt. Die Kollegen aus Hannover haben sich mit zwei brandaktuellen Vermisstenfällen an uns gewandt.«

»Und was hat das mit unseren Ermittlungen zu tun?«, unterbrach ihn Wim ungeduldig.

»Kann ich bitte mal aussprechen?«, konterte Manfred. »Der Immobilienmakler David Simonis und seine Freundin Irina Gordejeva sind vermutlich von einem Ausflug nach Braunschweig nicht zurückgekehrt. Wenn man das zusammen dem Verschwinden von Marta Kohlstedt denkt, ist das für Braunschweig in so kurzer Zeit schon eine beachtliche Quote an Vermisstenfällen.«

Rosalie nickte zustimmend und räusperte sich, bevor sie sich Manfred zuwandte. »Weiß man denn, was die beiden in Braunschweig wollten?«

»Zugegebenermaßen ist das noch nicht ganz klar, aber es gibt Hinweise, die in der Wohnung des Paares gefunden und von einer Mitarbeiterin des Maklers bestätigt wurden.«

»Die da wären?«, fragte Wim genervt und kaute an seinen Fingernägeln. Eine Eigenart, die bei ihm immer zutage trat, wenn er nervös oder gestresst war.

»David Simonis hat sich auf Luxusimmobilien spezialisiert und ist aktuell mit dem Verkauf einer Villa Am Gaußberg betraut. Er wollte wohl auch hier in Braunschweig Termine wahrnehmen«, erklärte Manfred.

»Am Gaußberg?« Rosalie schreckte auf und Wim und sie schauten sich geplättet an. Der Fall nahm Fahrt auf.

24. KAPITEL

Braunschweig 1943

»Josef, kommst du zum Mittagessen! Herta serviert gleich!«

Wo steckte ihr werter Gatte denn nun schon wieder? Brunhild Gänsicker saß ungeduldig am gedeckten Mittagstisch, an dem auch ihre Söhne Werner und Michael bereits Platz genommen hatten. Josef Gänsicker hingegen brauchte immer eine Extraeinladung, vor allem, wenn er in seinem Arbeitskeller experimentierte. »Josef, verdammt noch mal!«

»Ja doch, ich komme ja schon!«, hallte es die Kellertreppe hinauf in das nahe gelegene Esszimmer.

»Was kann denn nur so wichtig sein, dass nicht mal Zeit für ein gemeinsames Mittagessen bleibt?« Brunhild war sauer und faltete trotzig die Stoffserviette auseinander, die rechts neben ihrem weißen Porzellanteller drapiert worden war. »Michael, setz dich gerade hin. Am Tisch wird nicht rumgezappelt.«

»Jetzt lass die Jungs doch!« Mit einem weißen Kittel bekleidet erschien Professor Gänsicker in der Tür.

»Josef, kannst du deine Arbeitskleidung bitte dort lassen, wo sie hingehört? Du bist kein gutes Vorbild für deine Söhne. Was sollen die denn denken, wenn der Herr Vater mit beschmutzter Kleidung am Tisch sitzt.«

»Ja gut, du hast recht, ich ziehe den Kittel aus«, erwiderte Josef und legte den Kittel über eine Chaiselongue in einer Ecke des Raumes.

»Nun setz dich mal. Ach, Herta, da sind Sie ja, was gibt es denn heute Feines?« Brunhild setzte sich noch ein Stückchen aufrechter hin und spitzte die Lippen.

»Kohlrouladen, gnädige Frau. Hat sich der gnädige Herr gewünscht.«

»Kohlrouladen?«, wiederholte Brunhild leicht pikiert. »Die blähen mich immer so auf. Ich nehme eine halbe.«

»Brunhild, nun übertreib mal nicht. Du verträgst bestimmt auch eine ganze. Herta, geben Sie meiner Frau mal eine kleine Kohlroulade, sie schafft das.«

»Josef, kein Streit vor dem Personal, da waren wir uns doch einig. Also gut, Herta, geben Sie mir eine kleine Roulade. Klitzeklein, wenn möglich.« Brunhild schaute der Hausdame argwöhnisch auf die Finger. »Woran arbeitest du gerade?«, fragte sie Josef. »Die ganze Zeit bist du im Keller! Da ist es doch feucht und kalt! Du holst dir noch was weg.«

Josef kaute auf dem ersten Bissen seiner Leibspeise. »Vorzüglich, Herta! Ganz vorzüglich!«

»Könntest du mir bitte antworten, wenn ich dich etwas frage?«

»Aber Vater kaut doch gerade und mit vollem Mund isst man nicht«, sagte der kleine Michael und grinste seinen Vater an.

»Sehr richtig, mein Junge. Es heißt aber: Mit vollem Mund spricht man nicht.« Josef lächelte und streichelte seinem Sohn liebevoll über den Kopf. »Ich kann über meine Arbeit nicht sprechen. Das weißt du doch! Auftrag von ganz oben.«

»Vom Herrn Gauleiter persönlich?«, fragte Brunhild neugierig.

»Ich schweige wie ein Grab, Liebste!«

»Und warum kannst du deine Experimente nicht im Institut durchführen? Diese feuchte Kellerluft bekommt dir nicht.«

»Es hat seine Gründe, Brunhild. Ich habe beim Leben des Führers geschworen, nichts zu sagen. Das muss dir reichen.«

»Dann suche dir wenigstens einen Ort mit besserer Luft! Oder stell dir vor, es ist mal wieder Fliegeralarm und wir müssen alle in den Keller. Dann kannst du deine Arbeit wohl kaum geheim halten.«

Josef Gänsicker überlegte und schaute in den Garten: Das Argument seiner Frau war kaum von der Hand zu weisen.

25. KAPITEL

Rosalie versuchte die Zusammenhänge zu erkennen, aber es wollte ihr nicht gelingen. Noch nicht. Es konnte kein Zufall sein, dass eine prägnante Adresse wie die Straße Am Gaußberg nun zweimal aus völlig unterschiedlichen Richtungen ihre Ermittlungen kreuzte. Als sie sich kaum noch hatte wachhalten können, war sie im Morgengrauen in den Aufzeichnungen von Sebastian Schmidt auf eine Villa am Gaußberg gestoßen. Ein historischer Stadtplan von 1939, in dem Sebastian Schmidt die Wege vom Gaußberg zu einem Forschungsinstitut und zu einem Krankenkassengebäude eingezeichnet hatte, beschäftigte Rosalie ganz besonders. Die einzelnen Orte lagen fußläufig nicht weit auseinander und die eingezeichnete Verbindung ergab auf dem Straßennetz ein Dreieck. Darüber hinaus hatte Sebastian Schmidt aufwendig zur Geschichte des Krankenkassengebäudes recherchiert. »Folterstätte« war der Begriff, der sich Rosalie sofort ins Gedächtnis gebrannt hatte. Mit der Besetzung des Gebäudes im März 1933 durch die SA wurde das Gebäude zur Folterzentrale. Politische Gegner wurden in »Schutzhaft« genommen und misshandelt. Aber was hatte dies mit einem Forschungsinstitut und der Villa zu tun? Zumindest hatte Sebastian Schmidt dokumentiert, dass die Villa seinerzeit einem Professor gehört hatte. Und wenn nicht Professoren, wer dann hatte etwas mit Forschung zu tun? Das Klingeln ihres Handys riss Rosalie aus ihren Gedanken.

»Helmer!«

»Hier spricht Anne Thormeyer. Guten Morgen, Frau Helmer.«

»Frau Thormeyer! Schön, von Ihnen zu hören!«, sagte Rosalie und ihre Laune verbesserte sich schlagartig.

»Ich hatte ja versprochen, mich zu melden, wenn ich etwas herausgefunden habe.«

»Und, haben Sie?«

»Leider nein. Wie besprochen habe ich die Lehrerschaft gleich nach unserem Gespräch informiert. Martas Klassenlehrerin hat dann gestern Abend noch alle Eltern abtelefoniert. Marta ist bei keiner Schulfreundin untergekommen.«

»Wir haben das mittlerweile schon befürchtet«, entgegnete Rosalie. »Aber danke, dass Sie mich so schnell informiert haben. Auch etwas auszuschließen, hilft uns unter Umständen weiter.«

»Ja, tut mir wahnsinnig leid. Wir alle in der Schule sind in großer Sorge. Was ist da bloß passiert?«

»Wir ermitteln mit Hochdruck, das können Sie mir glauben. Bitte halten Sie mich auf dem Laufenden, wenn Sie noch irgendetwas mitbekommen.« Rosalie traute sich einfach nicht, zum Ende des Gesprächs privat zu werden.

»Ich melde mich gerne. Bitte halten Sie mich auch auf dem Laufenden, wenn Sie das dürfen.«

Ging Anne Thormeyer gerade einen Schritt auf sie zu? Rosalie wollte zu gerne so etwas wie eine Annäherung in den letzten Satz ihrer Gesprächspartnerin hineininterpretieren.

»Das mache ich. Auf bald!«

»Auf bald, Frau Helmer!«

Zum zweiten Mal innerhalb von 24 Stunden saß Wim im Regionalexpress nach Hannover. Die Ereignisse überschlugen sich. Die Kollegen in Braunschweig schienen aber so weit alles im Griff zu haben und er musste sich dringend umziehen. Biggi hatte schon zweimal versucht ihn anzurufen, aber Wim hatte keine Lust, während der Zugfahrt zu telefonieren, und hatte sie mit einer kurzen SMS wissen lassen, dass der Empfang gerade sehr schlecht sei. Er dachte intensiv über das nach, was Rosalie Helmer in ihrer häuslichen Nachtschicht herausgefunden hatte. War Sebastian Schmidt einem Nazi-Verbrechen auf der Spur, das größere Ausmaße hatte als das, was bisher über das grausame Vorgehen der SA in Braunschweig bekannt war? Oder hatte er sich da in etwas verrannt und sich, in Anbetracht der Menge an losen Blättern, die sie bei der Hausdurchsuchung sichergestellt hatten, regelrecht verzettelt? Der Journalist hatte zuletzt offenbar Interviews mit Personen geführt, deren Angehörige in irgendeinem Zusammenhang mit Nazi-Verbrechen in Braunschweig standen. »Interview mit G. noch abtippen« war eine der handschriftlichen Notizen, die sie bei der Hausdurchsuchung gefunden hatten. Wurde Sebastian Schmidt wegen dieser Interviews oder seiner Recherchen bedroht? Mehr als 70 Jahre nach dem Zweiten Weltkrieg dürften die Verbrecher von damals heute wohl kaum noch leben. Wer störte sich also daran, dass Sebastian Schmidt den Verbrechen von damals auf der Spur war? Und warum hatte er akribisch zum Thema »Euthanasie« recherchiert?

Plötzlich vibrierte es erneut in Wims Hosentasche. Schon wieder Biggi. Genervt nahm er das Gespräch dieses Mal an. »Also gut, Biggi, für den Fall, dass du mich trotz des schlechten Empfangs verstehst: Was ist denn?«

»Buongiorno, Cheffe, also ich kann dich gut hören und ich dachte mir, du möchtest wissen, dass wir eine weitere Leiche haben!«

Wim verspürte prompt ein Stechen in der Herzgegend. »Wir haben was?«

»Eine neue Leiche! Wieder im Wasser, wieder eine Frau.«

»Und wie und wann ...«, dann brach das Gespräch zwischen Biggi und Wim im Funkloch von Hämelerwald tatsächlich zusammen.

Cassensmeier stand neben Professor Klein im kühlen Obduktionssaal der Rechtsmedizin und fröstelte. »Wim Schneider sitzt noch im Taxi vom Bahnhof hierher, dürfte aber gleich eintrudeln. Die zweite Wasserleiche innerhalb weniger Tage. Haben wir eine Serie?«

Professor Klein rückte seine Lesebrille zurecht. »Ausschließen kann man das nicht, es gibt aber nur wenige Parallelen. Die Tote hier wurde erwürgt und nicht erschlagen. Sehen Sie die Würgemale am Hals? Außerdem ist sie mit hoher Wahrscheinlichkeit mit einem Sonnenschirmständer beschwert ins Wasser gelassen worden. Das war bei Steffi Kohlstedt anders.«

»Mit einem Sonnenschirmständer?«, fragte Cassensmeier erstaunt.

»Na ja, die können ein ganz schönes Gewicht haben. Haben Sie mal einen im Baumarkt gekauft?«

»Nicht wirklich, wir haben eine Markise zu Hause. War diese Frau hier denn schon tot, als man sie ins Wasser ließ?«, erkundigte sich der Leiter der Mordkommission.

»Sieht ganz danach aus. Jemand wollte wohl das Auffinden erschweren, hat aber nicht damit gerechnet, dass der Knoten des Seils zwischen Schirmständer und Fußgelenk nicht hält und die Leiche nach oben treibt.«

»Also stümperhaft geknotet?«

»Der Schirmständer und das Seil befinden sich auf dem Weg zu Ihrer Spurensicherung, Herr Cassensmeier. Schlecht geknotet, Seil gerissen. Es gibt da mehrere Möglichkeiten. Ich kann nur mit Sicherheit sagen, dass die Schürfwunden am Knöchel von einem Seil stammen. Und da die Polizeitaucher Seilreste und Schirmständer am Grund des Kanals gefunden haben, lässt sich ein Zusammenhang herstellen.«

»Tag, die Herren! Was haben wir denn hier?«, fragte Wim, als er den Raum betrat. »Ich schaffe es einfach nicht, mich heute umzuziehen.«

»Hallo, Wim, wie meinst du das?«, fragte Cassensmeier seinen Mitarbeiter und drehte sich zu ihm um.

Wim ignorierte die Frage seines Chefs und ging zum Leichnam.

»Das ist doch … Das gibt's ja nicht!«

»Was ist, Wim? Kennst du die Frau etwa?«

»Ja, Jörn, in der Tat. Ich bin mir sicher, dass das Irina Gordejeva ist.«

»Irina, wer?«

26. KAPITEL

Manfred saß auf seinem abgewetzten Schreibtischstuhl und wippte nervös mit dem rechten Fuß. Vor ihm lag die Zeugenaussage von Erna Lewandowsky. Die alte Dame hatte die Ermittlungen mit ihrer Aussage nicht vorangebracht. Die örtliche Nähe des Inselwallparks zum Gaußberg, der auch bei den Recherchen von Sebastian Schmidt eine Rolle spielte, war allerdings nicht von der Hand zu weisen.

»Na, worüber brütest du?«, erkundigte sich Rosalie, die mit einem Stapel Ausdrucke den Raum betrat.

»Ach, nichts, ich versuche, die Zusammenhänge zu verstehen.«

»Dann sind wir ja schon zu zweit. Ich komme gerade vom Drucker und habe uns mal die Fotos unserer zweiten Leiche mitgebracht.«

Manfred schaute durch die Lücke zwischen Schreibtischlampe und Computermonitor hindurch und rümpfte die Nase. »Lohnt sich ein Blick? Ich reiße mich da nicht drum und die Ergebnisse sind doch eindeutig.«

»Dann schau dir weiterhin die bunten Kugeln deines Bildschirmschoners an«, entgegnete Rosalie und zwinkerte ihm zu. »Die Tote ist definitiv Irina Gordejeva, die die Kollegen aus Hannover als vermisst gemeldet haben.«

»Und der Lebensgefährte?«

Rosalie setzte sich Manfred gegenüber auf ihren Platz und vergrub ihr Gesicht in den Händen. »Keine Spur von David Simonis. Meine Güte, heute bin ich dran mit den Kopfschmerzen.«

»Du brauchst Schlaf, wir alle brauchen Schlaf. Der Kaffee wird dir helfen.«

»Das will ich hoffen. Hast du schon eine Idee, ob es einen Zusammenhang zwischen den beiden Toten gibt?«

Manfred lehnte sich gegen die flexible Rückenlehne seines Stuhls und legte die Füße auf den Schreibtisch. »Ich tue mich schwer damit. Zwei Frauen, zwei Wasserleichen, beide Fundorte im Mittellandkanal in Hannovers Stadtgebiet, wenn auch an unterschiedlichen Stellen, kein sexueller Missbrauch erkennbar«, fasste er die offensichtlichen Parallelen zusammen. »Und man kann wohl davon ausgehen, dass der Täter die Leichen im Kanal möglichst dauerhaft verschwinden lassen, zumindest aber die Identifizierung erschweren wollte.«

»Und weil er aus den Medien erfahren hat, dass Leiche Nummer eins gefunden wurde, hat er sich bei Leiche Nummer zwei die Sache mit dem schweren Sonnenschirmständer überlegt, um sicherzugehen, dass sie nicht wiederauftaucht«, kombinierte Rosalie.

»Und die wesentlichen Unterschiede?«, hakte Manfred ein.

»Da wären erst mal die Todesursachen: Opfer Nummer eins erschlagen, Opfer Nummer zwei erwürgt. Steffi Kohlstedt war 34, Irina Gordejeva 24. Okay, das ist jetzt kein Riesenaltersunterschied, aber immerhin. Zumindest waren sie zwei völlig unterschiedliche Frauentypen. Steffi eher stämmig und klein mit durchschnittlichen Körperproportionen, Irina Modelmaße.«

»Also vermutest du eventuell einen Trittbrettfahrer?«, fragte Manfred nach.

»Man kann das zumindest nicht ausschließen. In der Zeitung stand nie etwas zu den Todesumständen, dazu haben wir der Presse gegenüber bewusst keine Angaben gemacht. Täterwissen und so. Vergleicht man beide Fälle, ist der Modus Operandi nicht zwingend identisch.«

Manfred nickte. »Da gebe ich dir erst mal recht. Und nicht zu vergessen, dass beide Frauen in Braunschweig verschwunden und in Hannover gefunden worden sind.«

»Ganz ehrlich, Manfred, sicher ist das ja bei beiden bis jetzt noch nicht. Steffis vermeintlich letztes Erscheinen fußt auf der Zeugenaussage von Erna Lewandowsky und Irina wurde in Braunschweig nicht mal gesehen.«

Manfred nickte zustimmend. »Puh, ja, so ist es wohl. Der oder die Täter geben sich echt Mühe, uns zu verwirren.«

»Ich habe heute übrigens noch einen Termin in Hannover«, sagte Rosalie.

»Ach, und warum erfahre ich das erst jetzt?« Manfred setzte sich wieder aufrecht hin und schaute Rosalie fragend an.

»Weil ich die Terminvereinbarung vorhin erst per E-Mail festgemacht habe und es bisher noch keine Gelegenheit gab, es dir zu sagen? Bist du gerade ein bisschen gereizt?«

»Schon gut. Ich bin halt übermüdet.«

»Schläfst du auch so schlecht?«

»Eigentlich sehr schlecht sogar. Dieser Fall beschäftigt mich enorm.«

»Ist ja auch tatsächlich kein alltägliches Verbrechen. Also ich treffe mich nachher jedenfalls in Hannover noch mit Birgit Höfgens und wir vernehmen Mathilda Cordes, die Assistentin von David Simonis. Sie scheint ein freundschaftliches Verhältnis zu David und Irina gehabt zu haben. Immerhin hatte sie einen Zweitschlüssel für die Wohnung der beiden.«

»Klingt gut. Und was macht Wim? Hast du mit dem auch schon gemailt?«

Rosalie lachte auf. »Machst du Witze? Wim Schneider und E-Mails? Birgit Höfgens hat mir berichtet, dass Wim Schneider zuerst in der Rechtsmedizin ist wegen der Leichenschau bei Irina, und dann wollte er sich auch noch mal eingehend mit den Unterlagen von Sebastian Schmidt befassen. Und was sind deine Pläne?«

»Ich werde mich um Marta kümmern«, sagte Manfred. »Das hat bei mir oberste Priorität.«

27. KAPITEL

Greta Stein stand vor den beiden Herdplatten in ihrer Wohnküche, schaute durch das kleine Butzenfenster auf den Fluss und rührte in einem großen gusseisernen Topf. Der Duft einer würzigen Suppe verbreitete sich im Raum. Mit einem Holzlöffel fischte sie ein Stück Rindfleisch aus der Brühe und ließ es zu Boden fallen. »Miez, miez, miez.«

Thadeus kam sofort angerannt und verschlang das Fleisch gierig in einem Stück.

»Nicht so hastig!«

Neugierig schlich der Kater um Gretas Füße herum, um nach einem weiteren Leckerbissen zu betteln.

»Das genügt, mehr gibt es nicht. Es muss für alle reichen.«

Als die Suppe begann, kleine Bläschen zu schlagen, stellte sie die Herdplatte etwas niedriger und verschloss den Topf wieder mit einem Deckel. Jetzt musste alles nur noch schön einköcheln. Nachdem sie den Holzlöffel in den Spülstein gelegt hatte, schnappte sie sich ihren Wäschekorb und ging in den Garten hinaus. An einer langen Wäscheleine, die sie zwischen dem Pflaumen- und dem Kirschbaum gespannt hatte, hingen zwei weiße Laken und zwei blaue Waschlappen und wehten im Wind. Greta stellte den Wäschekorb auf dem Rasen ab, nahm ein Laken in die Hand, fühlte den Stoff und roch an ihm. Sie liebte den Duft von frisch gewaschener und draußen getrockneter Wäsche. Dieses Laken brauchte allerdings noch einen Augenblick, steckte doch noch ein wenig Restfeuchtigkeit in ihm. Dann halt zuerst die Gartenarbeit, auch wenn sie sich müde und ausgelaugt fühlte. Hoffentlich war das alles hier bald vorbei. Sie spürte Tag für Tag, dass der ganze Stress ihr zusetzte. Hätte dieser Journalist doch bloß nicht seine Nase in Sachen gesteckt, die ihn nichts angingen. Und dann noch dieser Makler. Und natürlich Gänsicker, dieses Schwein. Sie wollte ihre Ruhe, einfach nur ihre Ruhe. Stattdessen war alles aus dem Ruder gelaufen.

Rosalie hatte sich ihren Dienstwagen geschnappt und war auf dem Weg zur Autobahnauffahrt Ölper Kreuz. Sie hatte noch 50 Minuten bis zu ihrem Termin in Hannover, das sollte bei freier Bahn zu schaffen sein. Gerade als sie die Kreuzung an der Celler Straße überquert hatte, klingelte ihr Diensthandy. Gelobt sei die Freisprechanlage. Rosalie nahm das Gespräch an und reihte sich in der rechten Fahrbahnspur ein.

»Helmer!«

»Wim Schneider hier! Hallo, Rosalie!«

»Herr Schneider! Schön, von Ihnen zu hören. Wie läuft es in Hannover? Ich bin gerade auf dem Weg zu Ihnen«, erwiderte Rosalie und war fast peinlich berührt, dass Wim sie zum ersten Mal nicht mit ihrem Nachnamen angeredet hatte. War das ein Zeichen des Vertrauens oder war ihm das einfach so rausgerutscht?

»Das weiß ich und deswegen rufe ich auch an. Wir haben über die Dienststelle in Hannover-Mitte eine interessante Zeugenaussage erhalten, die uns eventuell ein ganzes Stück weiterbringt. Ich dachte, ich sag Ihnen das, bevor es in das Gespräch mit Mathilda Cordes geht. Biggi Höfgens hört übrigens gerade mit. Ich schalte mal auf laut.«

»Wunderbar, hallo, Frau Höfgens!«

Obwohl Rosalie perfekt mit der Freisprechanlage umgehen konnte und diese bislang immer einwandfrei funktioniert hatte, hörte sie plötzlich nichts mehr.

»Hallo!! Herr Schneider, Frau Höfgens, hallo?«

Das andere Ende der Leitung schien von einer Sekunde auf die andere tot zu sein. Rosalie wählte über das Display der Carplay-Funktion die Anruferliste an und startete einen Rückruf.

»Ja, Schneider! So, jetzt aber! Ich habe mich verdrückt.«

»Wim, du musst das Symbol mit dem Mikrofon drücken, verdammte Axt!«, hörte Rosalie Birgits Stimme im Hintergrund fluchen.

Rosalie musste sich das Lachen verkneifen. Gut, dass sie gerade niemand sehen konnte. Die beiden Hannoveraner hatten einen gewissen Unterhaltungswert.

»Ich bin wieder in der Leitung! Rosalie, hören Sie uns jetzt beide?«, fragte Wim irritiert.

»Alles bestens, die Konferenzschaltung steht! Danke der Nachfrage.«

»Na, dann wollen wir mal«, übernahm Wim erneut die Gesprächsführung. »Also, der Vollständigkeit halber möchte ich darüber informieren, dass sich heute Vormittag ein Rechtsanwalt aus Braunschweig bei den Kollegen hier in Hannover gemeldet hat. Sein Name ist Dr. Carsten Münte.«

»Ja, von der Kanzlei habe ich schon mal gehört«, sagte Rosalie.

»Schön, schön«, entgegnete Wim. »Dr. Münte gab an, von Mathilda Cordes vorsorglich über das Verschwinden von David Simonis und seiner Freundin informiert worden zu sein, weil der Simonis nächste Woche einen Termin mit dem Anwalt gehabt hätte. Bei diesem Termin ging es um eine Immobilie in Braunschweig, Adresse: Am Gaußberg 9. Er dachte, dass das wichtig sein könnte, weil Mathilda Cordes ihm berichtet hatte, dass David und Irina vermutlich in Braunschweig oder auf dem Weg dorthin verschwunden seien.«

»Der Anwalt denkt mit«, entgegnete Rosalie. »Jetzt haben wir eine weitere bestätigte Verbindung von David und Irina nach Braunschweig. Und schon wieder der Gaußberg!«

»Genau. Also mittlerweile beschleicht mich das Gefühl, dass das auch das Bindeglied zwischen unseren beiden toten Frauen sein könnte«, überlegte Biggi.

»Eine Villa am Gaußberg. Ich kenne die Gegend leider nicht so gut«, sagte Rosalie. »Ich bin bisher noch nicht über den Inselwallpark hinausgekommen.«

»Sehr gute Wohnlage, einige Gründerzeitvillen haben den Krieg überstanden. Die Baulücken wurden nach dem Krieg allerdings mit den typischen Mehrfamilien-Nachkriegsbauten geschlossen. Die Häuser haben in der Regel direkte Okerlage und sind daher auf dem Immobilienmarkt sehr begehrt. Zu Recht, wenn Sie mich fragen. Die Gegend gehört für mich zu einer der schönsten Ecken der Stadt«, erklärte Wim.

»Da merkt man wieder den Heimvorteil«, stellte Rosalie fest. »Danke für diese ausführliche Beschreibung, Herr Schneider.«

»Er grinst, er grinst«, unkte Biggi.

»Ach hör doch auf!«, unterbrach Wim seine Kollegin. »Also, weiter geht's. Ich möchte, dass Sie beide in der Vernehmung nachher Mathilda Cordes auf den Zahn fühlen und sich sämtliche Unterlagen zu der Villa vorlegen lassen. Leider hat der Kollege im Polizeikommissariat Mitte versäumt, Dr. Münte nach näheren Details zu fragen. Aber ihm waren vermutlich auch die Zusammenhänge nicht ganz klar.«

»Das klingt großartig!«, freute sich Rosalie. »Mein Navi sagt, dass ich pünktlich da sein werde.«

»Sehr gut«, meldete sich Biggi noch einmal zu Wort. Wir treffen uns direkt vor meinem Büro.«

»Gut, dann nutze ich jetzt die restliche Fahrtzeit und rufe Manfred Wiegand an, um ihn auf den neuesten Stand zu bringen. Bis später!«

»Moment mal, die Damen, nicht so voreilig«, unterbrach Wim die beiden. »Ich habe da noch was.«

»Oh, Entschuldigung«, sagte Rosalie.

»Schon gut. Also ich habe mir nach Ihrer guten Vorarbeit noch mal das Material von Sebastian Schmidt angeschaut. Ich habe eine Notiz entdeckt, dass er eine Anfrage beim Grundbuchamt gestartet hatte, wem die besagte Villa gehört.«

»So weit war ich in den Unterlagen noch nicht vorgedrungen«, erklärte Rosalie entschuldigend.

»Alles gut, kein Problem«, sagte Wim.

»Hat denn jeder das Recht, ein Grundbuch einzusehen?«, fragte Biggi interessiert.

»Ja genau, das habe ich mich auch sofort gefragt und recherchiert«, erwiderte Wim. »Laut Grundbuchordnung ist die Einsicht des Grundbuchs jedem gestattet, der ein berechtigtes Interesse darlegt.«

»Das klingt auslegungsbedürftig«, stellte Rosalie fest. »Was ist ein berechtigtes Interesse? Zählen da auch die Recherchen eines Journalisten dazu?«

»Das gilt es herauszufinden!«, sagte Biggi. »Und ich weiß auch schon, wie!«

28. KAPITEL

Davids Beule am Hinterkopf schmerzte noch immer und seine Handgelenke waren von den Kabelbindern wund gescheuert. Er war jetzt seit zwei Tagen in diesem Kellerloch. Niemand hatte mit ihm gesprochen, es gab keine Antworten auf seine Fragen und er machte sich fürchterliche Sorgen um Irina. Die Luke über ihm wurde zweimal am Tag geöffnet und ein Korb mit Nahrungsmitteln nach unten gelassen. Sobald er den Teller mit Essen und eine Trinkflasche aus dem Korb genommen hatte, wurde der Korb wieder nach oben gezogen und die Luke sofort geschlossen. Anfangs hatte er sich noch die Seele aus dem Leib geschrien, mittlerweile teilte er sich seine Kräfte besser ein. War es ein gutes Zeichen, dass der oder die Entführer sich nicht zeigten und unerkannt bleiben wollten? Hatte man eine Lösegeldforderung gestellt? Und wo war Irina? David machte sich wahnsinnige Vorwürfe, dass sie im Streit auseinandergegangen waren. Hätte er sie doch nur nicht zum Auto vorgeschickt. Ob sie den Entführern auch in die Hände gefallen war? Oder hatte sie den Weg nach Hannover zurückgeschafft und womöglich schon die Polizei verständigt? Wurde nach ihm oder nach beiden bereits gesucht? David hatte einfach keine Erklärung für all das hier. Er schloss die Augen und lehnte sich an die feuchte Kellerwand. In einem Work-Life-Balance-Seminar hatte er Atemübungen zur Stressbewältigung gelernt, die er noch nie so regelmäßig praktiziert hatte wie in den letzten zwei Tagen in seinem Gefängnis. Langsam einatmen und bis vier zählen, noch länger ausatmen und bis sieben zählen und wieder von vorne. Vier Sekunden einatmen und sieben Sekunden ausatmen. Das ganze

Prozedere musste man mindestens elfmal wiederholen und konnte sich mit dieser Methode tatsächlich komplett beruhigen. 4711 hatte der Seminarleiter diese Atemübung genannt. Ganz einfach zu merken. Während David versuchte, sich auf seinen Atem zu fokussieren, meinte er plötzlich, ein leises Klopfen zu vernehmen. Er hielt für einen Augenblick inne und lauschte angestrengt in die Stille des Raums hinein. Da war es wieder, zaghaft, gedämpft, aber eindeutig ein Klopfen. David spürte den Adrenalinstoß durch seinen Körper jagen. Irina! Sie war bestimmt auch hier unten. Er nahm den leeren Blechnapf, in dem noch vor Kurzem sein Frühstück gewesen war, und haute gegen die Wand des Kellerraums. 1, 2, 3. Die Antwort folgte umgehend. 1, 2, 3.

»Irina! Hörst du mich? Ich bin hier!«, brüllte David mit dem Gesicht zur Wand. Die Antwort folgte wieder zügig. Es wurde dreimal geklopft.

29. KAPITEL

Wim kämpfte mit dem stechenden Schmerz, der wie ein Blitz durch seinen Unterleib fuhr. Langsam, aber sicher gelang es ihm nur noch schwer, seine Ängste beiseitezuschieben. Es gab Phasen der völligen Schmerzfreiheit, die manchmal so lange anhielten, dass er sein Blasenproblem schon fast vergaß, und dann kehrten die Schmerzen ganz plötzlich mit einer derartigen Wucht zurück, dass er kalte Schweißausbrüche bekam.

»Geht's dir nicht gut?«, erkundigte sich Biggi und schaute besorgt zu Wim, der sich an das geöffnete Bürofenster gestellt hatte, um tief durchzuatmen.

»Ich ... Ach, es ist nichts. Ich bin gestresst.«

»Ja, das verstehe ich. Aber du bist auch ganz käsig im Gesicht.«

»Ich gehe mal kurz an die frische Luft, um meinen Kreislauf in Schwung zu bringen«, erwiderte Wim und verließ das Büro in Richtung Herrentoilette. Der Harndrang war unerträglich und es galt, ein erneutes Hosendesaster zu vermeiden.

»Aber zum Ausgang geht's doch in die andere Richtung!«, rief Biggi ihm hinterher, die ihm bis auf den Gang gefolgt war.

»Ich werde ja wohl noch mal wohin dürfen, ohne bei dir vorher um Erlaubnis bitten zu müssen, oder?«, patzte Wim zurück und knallte die Toilettentür hinter sich zu. Wie sollte er das noch bis kommende Woche durchstehen? So ging das nicht weiter. Als Leiter einer Soko musste er fit sein. Vielleicht lagen die Ergebnisse in der Praxis ja schon vor? Wim schloss sich in seiner Lieblingskabine ein, öffnete seinen braunen Ledergürtel, ließ die Anzughose bis zu den Knöcheln runtergleiten und befreite sein bestes Stück aus seinem Gefängnis aus weißer Baumwolle. Er schaffte es gerade noch, den Toilettendeckel und die Klobrille anzuheben, bevor endlich eine Erleichterung einsetzte. Gemessen an dem Druck, den Wim verspürt hatte, glich der Urinstrahl allerdings einem Trauerspiel. Als die Blasenmuskulatur zum großen Finale ansetzte, konnte Wim ein leises Stöhnen nicht unterdrücken. Da war er wieder, der rasende Schmerz. Erschöpft zog er sich an, betätigte die Spülung und ließ sich auf die Toilette sinken. Schluss, aus, Feierabend! Er würde jetzt in der Praxis anrufen, er wollte nicht bis nächste Woche auf irgendwelche Ergebnisse warten, schließlich war er Privatpatient. Jahrelang hatte er immer nur in die private Krankenkasse eingezahlt, ohne deren Dienste wirklich in Anspruch zu nehmen. Ein großer Arztgänger war er nicht. Nun wollte er ausnahmsweise einmal was vom Gesundheitssystem, das musste ja wohl möglich sein. Wim horchte durch die verschlossene Kabinentür und kam zu dem Ergebnis, nach wie vor der einzige Toilettenbesucher zu sein. Die Luft war rein. Er nahm sein Handy aus der Sakkoinnentasche und wählte die Nummer seines Urologen.

»Frau Cordes, danke erst mal bis hierhin. Ich möchte zum Abschluss unseres Gespräches noch mal auf eine fachliche Frage zu sprechen kommen.« Biggi schloss die Akte, die vor ihr lag, und warf Rosalie einen fragenden Blick zu, die zustimmend nickte. So viel Freiraum hatte ihr Wim bei Vernehmungen sonst nie gelassen.

»Ich habe Ihnen doch alles zur Villa in Braunschweig gesagt. Mehr weiß ich wirklich nicht! Mein Gott, ist das fürchterlich. Und dann das mit Irina. Ich bin fix und fertig!«, erwiderte Mathilda und konnte ihre Tränen nicht zurückhalten.

Biggi reichte ihr ein Taschentuch. »Wir bedanken uns wirklich für Ihre Kooperationsbereitschaft. Sie haben das bis hierhin ganz toll gemacht. Ich habe eher eine grundsätzliche Frage. Kennen Sie sich mit Anfragen beim Grundbuchamt aus?«

Mathilda Cordes warf einen Blick in den kleinen Spiegel, den sie aus ihrer Handtasche nahm. »Entschuldigen Sie, ich muss mich einmal kurz restaurieren. Ich sehe völlig verheult aus.«

»Kein Problem«, sagte Biggi. »Wir Frauen sind ja unter uns, wir kennen das.«

»Also ob ich mich mit Anfragen beim Grundbuchamt auskenne, wollen Sie wissen?«, wiederholte Mathilda Cordes. »Aber was hat das mit meinem vermissten Chef zu tun?«

»Mit Ihrem Chef direkt erst mal nichts«, antwortete Biggi. »Aber mit unseren Ermittlungen generell.«

»Und was genau wollen Sie da jetzt wissen?«

»Ich, also wir möchten gerne wissen, ob jede beliebige Person Anfragen beim Grundbuchamt stellen und sich nach Grundstückseigentümern erkundigen kann, sprich also Grundbücher einsehen kann«, erläuterte Biggi.

»Nein, so einfach ist das nicht«, erwiderte Mathilda. »Um ein Grundbuch einzusehen, muss zunächst ein Antrag beim zuständigen Grundbuchamt gestellt werden. Das kann man schriftlich oder mündlich vor Ort tun. Und dann muss man ein berechtigtes Interesse nachweisen, denn die Register bergen ja vertrauliche Informationen.«

»So weit haben wir das auch recherchiert. Aber danke, dass Sie als Fachfrau das noch mal bestätigen. Wie ist das mit dem berechtigten Interesse? Was heißt das genau?«, wollte Biggi wissen.

»Nun ja, also erst mal steht jedem die Einsichtnahme in ein Grundbuch zu, dem ein Recht am Grundstück oder an einem Grundstücksrecht zusteht. Ein berechtigtes Interesse liegt zum Beispiel aber nicht vor, wenn jemand wissen will, ob das Grundstück des Nachbarn irgendwie belastet ist.«

»Verstehe. Wie ist das denn zum Beispiel mit Personen, die einen Sachverhalt recherchieren, wie beispielsweise Historikern oder Journalisten?« Biggi bemerkte, mit welcher Aufmerksamkeit Rosalie das Gespräch verfolgte. In dieser Situation kam es auf jedes Wort an, um keine unnötigen Rückschlüsse auf die laufenden Ermittlungen zuzulassen.

»Also wir als Makleragentur hatten eigentlich nie Probleme mit den Grundbuchämtern, da wir ja eine schriftliche Vollmacht für alle erforderlichen Schritte durch Eigentümer oder Interessenten hatten. Ich könnte mir aber vorstellen, dass pauschal das Argument der Pressefreiheit nicht ausreicht. Grundbücher enthalten in der Regel eine Vielzahl von persönlichen, familiären, sozialen und wirtschaftlichen Daten über Grundstückseigentümer. Da muss man sich bei der Begründung schon was einfallen lassen und wahrscheinlich sehr konkret ausführen, warum ein berechtigtes Interesse an den im Grundbuch enthaltenen Informationen besteht.«

»Danke, Frau Cordes, das genügt uns erst mal. Wir werden uns wohl am besten auch noch mal mit dem Grundbuchamt direkt in Verbindung setzen«, meinte Biggi.

»Dann kann ich gehen?«

»Ja, Sie können gehen«, antwortete Rosalie und erhob sich von ihrem Stuhl. »Wir begleiten Sie noch vor die Tür.«

Als die drei Frauen den Vernehmungsraum verließen, kam ihnen Wim auf dem Weg zum Treppenhaus entgegen.

»Wim, das ist Mathilda Cordes, unsere …«, setzte Biggi eine kleine Vorstellungsrunde an.

»Tach, ich habe leider keine Zeit«, grummelte Wim und verschwand in seinem Büro.

»Entschuldigen Sie bitte meinen Chef«, sagte Biggi peinlich berührt. »Er ist heute mit dem falschen Bein in der falschen Stadt aufgestanden.«

»Alles gut«, sagte Mathilda. »Was unternehmen Sie denn jetzt wegen David?«

»Nun, wir suchen intensiv nach David Simonis und ermitteln natürlich im Tötungsdelikt seiner Lebensgefährtin. Mehr kann ich Ihnen aktuell leider nicht sagen«, erklärte Rosalie.

»Das sehe ich ein, aber ich weiß überhaupt nicht, wie es jetzt mit der Agentur weitergehen soll.«

»Versuchen Sie, so gut es geht, die Geschäfte am Laufen zu halten. Wir werden alles daransetzen, Ihren Chef zu finden.«

30. KAPITEL

Jörn Cassensmeier hatte sich gerade ein großes Stück Torte aus dem Kühlschrank genommen und es sich an seinem runden Besprechungstisch bequem gemacht. Tortenreste durfte man um keinen Preis verkommen lassen, erst recht nicht den Frankfurter Kranz seiner Frau. Vor ihm lag ein Zwischenbericht, in dem Wim Schneider den aktuellen Stand der Ermittlungen zusammengefasst hatte. Der Druck nahm zu, denn mit zwei Leichen und zwei Vermisstenfällen hatten sie es zweifelsohne mit einem oder mehreren Verbrechen größeren Ausmaßes zu tun. Und wer wusste schon, zu was sich der vermeintliche Selbstmordversuch von Sebastian Schmidt noch entwickeln würde. Die Pressestelle der Polizei konnte sich vor Medienanfragen nicht retten, und so hatte er Wim nach der Mittagspause um eine Rücksprache gebeten. Wim, das Urgestein. Er hatte seinen eigenen Kopf, dachte oft auch mal um die Ecke, konnte ein echter Griesgram sein und Teamfähigkeit gehörte nicht zu seinen ausgeprägtesten Eigenschaften. Blass und irgendwie mitgenommen hatte er in den letzten Tagen ausgesehen. Cassensmeier überlegte, ihn darauf anzusprechen. Wims größte Stärke war aber sein Instinkt, denn er hatte schon oft bewiesen, den richtigen Riecher zu haben, und mit seiner Spürnase so manchen Fall aufgeklärt. Dennoch war Cassensmeier sich nicht ganz sicher, ob diese ungewöhnliche Pendelei zwischen Hannover und Braunschweig nicht für alle Beteiligten zu viel wurde. Vor allem für Wim. Mit den knappen Personalressourcen, über die er verfügte, musste Cassensmeier sich allerdings gut überlegen, ob und, wenn ja, mit wem er die Soko gegebenenfalls noch aufstocken konnte. Genüsslich nahm er den ersten Bissen seiner Torte und blätterte durch den Bericht. Im Mordfall Steffi Kohlstedt hatten sie schon einige Informationen zusammengetragen, durchaus auch solche, die sie weiterbringen würden. Vor allem die Recherchen von Sebastian Schmidt weckten Cassensmeiers Interesse. Lag hier irgendwo das Motiv für den Mord an Steffi Kohlstedt? So richtig ließ das Puzzle sich aber noch nicht zusammensetzen. Ganz anders sah es da beim Mordfall Gordejeva aus. Da standen sie vor einem einzigen Rätsel. Und von den beiden Vermissten keine Spur. Vor allem wegen der kleinen Marta verspürte Cassensmeier ein flaues Gefühl im Magen. Als plötzlich das Telefon klingelte, warf er einen sehnsüchtigen Blick auf das Tortenstück, stellte den Teller ab und nahm das Gespräch an seinem Schreibtisch an.

»Cassensmeier!«

»Manfred Wiegand, Polizei Braunschweig.«

»Herr Wiegand, guten Tag. Was kann ich für Sie tun?«

»Hallo, Herr Cassensmeier. Ich weiß gar nicht, wie ich es sagen soll. Haben Sie einen Moment Zeit?«

»Nur raus mit der Sprache. Wo drückt denn der Schuh?«

»Ich möchte mit Ihnen vertraulich über eine Personalangelegenheit sprechen.«

Cassensmeier horchte auf. »Da bin ich aber mal gespannt, und natürlich sichere ich Ihnen absolute Diskretion zu.«

Manfred räusperte sich. »Also ganz unter uns, Herr Kollege. Ich mache mir Sorgen um Wim Schneider.«

Cassensmeier runzelte die Stirn. Bestätigte sich hier gerade sein Bauchgefühl? Stimmte etwas nicht mit Wim? »Was ist denn passiert?«

»Nun ja. Wie Sie vielleicht wissen, kenne ich Wim schon ein paar Tage länger, und auch wenn wir mehrere Jahre keinen Kontakt hatten, so ändern sich einige Dinge nicht.«

»Ich weiß, was Sie meinen. Das ist dann so, wie wenn man einen guten Freund eine lange Zeit nicht gesehen hat und wenn man ihn dann wiedertrifft, dann fühlt es sich an, als sei es gestern gewesen.«

»Ja, genau. Sie treffen den Nagel auf den Kopf!«

»Und was ist nun mit Wim?«

»Also ich möchte ihn wirklich nicht in die Pfanne hauen, aber es gibt ja auch so was wie eine Gesamtverantwortung für unsere Ermittlungen«, sagte Manfred mit ernster Stimme.

»Reden Sie ganz offen.«

»Ja, also Wim kommt mir angeschlagen vor. Deshalb mache ich mir Sorgen.«

»Angeschlagen?«

»Ja, er ist natürlich älter geworden seit damals, keine Frage. Aber ich habe das Gefühl, dass mit ihm etwas nicht stimmt. Vielleicht ist er sogar krank.«

Cassensmeier ließ sich langsam auf seinen Schreibtischstuhl sinken. »Krank? Woran machen Sie das denn fest?«

»Nun ja, er schwitzt viel und er krümmt sich manchmal, ich glaube, er hat vielleicht Schmerzen. Und er sieht einfach richtig schlecht aus.«

»Haben Sie ihn mal persönlich darauf angesprochen?«

»Das ist es ja, warum ich Sie anrufe. Man kann fachlich gut mit Wim Schneider zusammenarbeiten, aber er und ich finden keinen persönlichen Draht mehr zueinander. Ihm ist es sehr wichtig, diese Soko zu leiten, aber ich habe da meine Zweifel, ob er der Belastung standhalten kann. Und mir gegenüber würde er niemals ein Zeichen von Schwäche eingestehen«, erklärte Manfred.

»Ich verstehe. Ich erlebe Wim auch seit vielen Jahren als sehr pflichtbewusst und als jemanden, der Schwächen tatsächlich nicht zeigen würde«, bestätigte Cassensmeier.

»Also ich glaube, wenn Sie als sein Vorgesetzter mit ihm mal reden würden. Es gibt ja so was wie eine Fürsorgepflicht bei uns Beamten.«

»Sie meinen, einem Mitarbeiter-Vorgesetzten-Gespräch kann auch ein Wim Schneider sich nicht entziehen?«

»Ja, wenn Sie so wollen.«

Cassensmeier dachte kurz nach. »Spinnen wir mal weiter. Wim Schneider räumt mir gegenüber ein, dass er gerade nicht auf der Höhe ist, angeschlagen, vielleicht sogar krank. Welche Konsequenzen müsste das aus Ihrer Sicht nach sich ziehen?«

Manfred zögerte am anderen Ende der Telefonleitung. »Wir können uns in der aktuellen Situation keine Schwachstellen im Team erlauben, um ehrlich zu sein. So schleppend, wie wir vorwärtskommen, und vor dem Hintergrund der medialen Aufmerksamkeit – also ich würde Wim Schneider im Zweifel die Leitung der Soko entziehen und sie jemand anderem übertragen. So leid es mir täte. Das wäre vielleicht nicht nur für ihn das Beste.«

»Okay, ich verstehe Ihre Argumente, aber das ist natürlich das Worst-Case-Szenario«, gab Cassensmeier zu bedenken.

»Absolut, aber wir sollten so weit im Voraus denken«, sagte Manfred.

»Die Federführung für die Ermittlungen liegt noch bei uns in Hannover, weil alles hier mit dem Leichenfund von Steffi Kohlstedt seinen Anfang genommen hat.«

»Die zweite Leiche ist auch in Hannover gefunden worden«, ergänzte Manfred. »Und wir haben durch die Vermisstenfälle und den Wohnort der ersten Leiche starke Bezüge nach Braunschweig.«

»Ich will ehrlich zu Ihnen sein, Herr Wiegand. Ich habe hier gerade ein massives Personalproblem. Viele Krankenfälle, wenn Sie verstehen. Im Zweifel müsste ich dann versuchen, bei unserer oberen Heeresleitung einen Zuständigkeitswechsel von Hannover nach Braunschweig durchzubekommen.«

»Okay, die Erfolgsaussichten hängen dann wahrscheinlich von Ihrer Begründung ab und von Ihrem guten Draht nach ganz oben«, erwiderte Manfred.

»Mal angenommen, das würde klappen, wären Sie denn für den Fall der Fälle bereit, die Leitung der Soko zu übernehmen?«, fragte Cassensmeier vorsichtig.

»Das wäre ich. Selbstverständlich!«

31. KAPITEL

Sigrid Beneke saß auf einer Bank am Gröpern in der Helmstedter Innenstadt und leckte genüsslich an zwei Kugeln Schokoladeneis. Eis ging immer, und zwar vor allem Schokolade. Sie schaute den Passanten beim Flanieren zu und ließ sich die Mittagssonne ins Gesicht scheinen. Ihre Augen brannten wieder ein wenig, denn seitdem sie vor etwas mehr als einem halben Jahr am grauen Star operiert worden war, hatte sie ab und zu noch Probleme mit Lichtempfindlichkeit. Da half dann zumindest manchmal die extra stark getönte Sonnenbrille, die sie sich beim Optiker hatte anfertigen lassen. Geduld müsse sie haben, hatte man ihr in der Augenklinik in Braunschweig gesagt, bis zu einem halben Jahr könne dieses Phänomen anhalten. Geduld – das hatte auch Wim zu ihr gesagt. Der hatte gut reden. Ob er wohl gerade Mittagspause hatte? Spontan griff sie in ihre Handtasche neben sich und holte ihr Handy heraus. Sie würde ihrem Bruder einfach mal eine SMS schicken. Ach was, ein Überraschungsanruf wäre doch viel schöner. Selbst in den Helmstedter Nachrichten wurde nahezu täglich von den Ermittlungen berichtet, die ihr Bruder leitete, und Sigrid hatte beim gemeinsamen Abendessen gestern gemerkt, welchem Stress ihr Bruder ausgesetzt war. Er würde sich daher sicher über eine kleine Ablenkung und ein paar gut gemeinte Worte freuen. Hoch konzentriert schaute sie genauso auf das Display, wie der Kundenberater im Telefon-Shop es ihr gezeigt hatte, und versuchte, ihr neues Smartphone zu entsperren. Face-ID nannte sich das, was aber leider gerade überhaupt nicht funktionierte. Bei den neuen Geräten konnte Sigrid kaum noch mithalten. Wie war noch mal der sechsstellige

Sicherheitscode, den sie als Alternative zur Gesichtserkennung eintippen musste? All die Innovationen bei diesen Taschencomputern, wie Wim die neuen Handys immer nannte, brachten sie manchmal an den Rand der Verzweiflung. Aber ganz ohne Handy und Internet ging es heutzutage nun mal nicht.

»Sie müssen die Sonnenbrille absetzen. Dann klappt's auch mit dem Handy«, rief ein junges Mädchen, das gerade an Sigrid vorbeischlenderte und zwei Freundinnen im Schlepptau hatte.

Sigrid blickte auf. »Ach, natürlich! Das vergesse ich immer. Danke!«

»Gerne!«, erwiderte das Mädchen und zog weiter.

Immerhin gab es auch noch gut erzogene Teenager. Sigrid setzte die Brille ab und prompt entsperrte sich das Telefon. Gott sei Dank! Sie bat Siri per Sprachsteuerung, Wims Nummer zu wählen, was auch tatsächlich funktionierte, wurde aber nach ein paar Mal Klingeln direkt zur Mailbox weitergeleitet. Schade, er war wohl doch beschäftigt. Dann konnte sie sich ja wieder ihrem Eis widmen. Kaum hatte sie das Telefon auf ihren Schoß gelegt, klingelte es prompt. Wim! Sigrid versuchte, mit einer Hand das Gespräch anzunehmen und den aufleuchtenden Balken mit dem Daumen von links nach rechts zu wischen. Mit der anderen Hand klammerte sie sich an ihre Eiswaffel. Flüssiges Schokoladeneis bahnte sich in einem feinen Rinnsal seinen Weg in Richtung Handgelenk und Sigrid hätte am liebsten geflucht, säße sie nicht mitten in der Fußgängerzone von Helmstedt. Konnte man mit Siri auch Telefonate annehmen?

»Wim … hallo, Siri … Hilfe, hört mich jemand?«, fragte sie mit gedämpfter Stimme in Richtung des immer noch klingelnden Handys. Schließlich wählte sie das letzte probate Mittel und steckte sich die komplette Eiswaffel mit dem restlichen Eis in den Mund, um unter Hinzuziehen beider Hände den Balken zu erwischen.

»Beneke, also Sigrid hier. Hallo, Wim!«

»Na, Schwesterchen, wo habe ich dich denn gerade weggeholt? Ich verstehe dich so schlecht.«

»Ich sitze in der Stadt und esse ein Eis, war gar nicht so einfach, das Telefonat anzunehmen.«

»Aber du hast mich doch vorher angerufen?!«, entgegnete Wim.

»Nein, das war Siri.«

»Siri?«

»Na, die Sprachsteuerung meines neuen Handys«, erklärte Sigrid stolz.

»Was es nicht alles gibt«, wunderte sich Wim.

»Das sag ich dir. Ich wollte nur mal horchen, wie es dir geht. Wenn man der Zeitung glauben darf, habt ihr ja mehr Stress denn je.«

»Das kann man wohl sagen«, erwiderte Wim. »Wir haben eine zweite Leiche, was ich dir nie erzählt habe und was noch nicht in der Zeitung steht.«

Sigrid verschluckte sich fast an ihrem Eis. »Oh, das ist ja furchtbar. Wieder eine Wasserleiche?«

»Ja, aber mehr kann ich dir gerade nicht sagen. Ich muss auch die Leitung freihalten. Ich warte auf einen Anruf.«

»Aber du hast doch dein Diensthandy«, erwiderte Sigrid.

»Ja, schon, aber ich warte auf einen privaten Anruf.«

»Und der ist so wichtig, dass du deine arme alte Schwester abwürgen willst«, scherzte Sigrid.

»Ist er, ja!«, platzte es aus ihm heraus.

»Du hast doch was, Wim. Das höre ich genau.«

»Sigrid, beizeiten erzähle ich es dir. Aber jetzt muss ich die Leitung freihalten, okay?«

»Aber du merkst doch, wenn ein Anrufer bei dir anklopft.«

»Sigrid, ich lege jetzt auf und melde mich. Tschüssikovsky!«, erwiderte Wim und beendete das Gespräch.

Verdutzt schaute Sigrid auf ihr Handy. Das Schokoladeneis hatte zwei Flecken auf ihrer hellen Bundfaltenhose hinterlassen.

Rosalie und Biggi saßen sich bei einer Tasse Kaffee und einer Süßspeise in der Kantine der Polizeidirektion gegenüber und unterhielten sich noch einmal über die Vernehmung von Mathilda Cordes.

»Gut, dass wir auf eine deftige Hauptmahlzeit verzichten«, sagte Rosalie.

»Allerdings. Leider müssen wir ja noch mal an den Schreibtisch. Ich verfalle nach so deftigen Mahlzeiten immer gut und gerne in ein Mittagskoma«, erwiderte Biggi.

»Ich auch! Das kenne ich nur zu gut. Ob Mathilda Cordes wohl auch direkt an ihren Schreibtisch zurückkehrt? Sie tat mir schon ein bisschen leid vorhin.«

Biggi nickte. »Neben den Sorgen um ihren Chef und dem Schock wegen des Mordes an Irina muss sie wirklich Existenzängste haben. Ohne David Simonis wird die Immobilienagentur auf Dauer nicht funktionieren.«

»So sehe ich das auch. Da möchte man gerade nicht tauschen«, stellte Rosalie fest.

»Trotzdem sind wir ein ganzes Stück weitergekommen. Das Rätsel um das ›G‹ in den Aufzeichnungen von Sebastian Schmidt scheint gelöst zu sein und wir haben mit sehr hoher Wahrscheinlichkeit endlich eine Verbindung zwischen Sebastian Schmidt, David Simonis und der Villa am Gaußberg.«

»Michael Gänsicker. Mit ihm hat Sebastian Schmidt ein Interview geführt. Da bin ich mir jetzt auch sicher«, ergänzte Rosalie.

»Genau. Leider haben wir das besagte Interview bisher nirgendwo finden können. Ich werde aber nachher noch mal bei der Spurensicherung nachfragen. Vielleicht auf irgendeiner Festplatte«, sagte Biggi.

»Das glaube ich ehrlich gesagt weniger, denn das passt nicht zu den Notizen von Sebastian Schmidt, wonach er ›das Interview mit G.‹ noch abtippen wollte«, erwiderte Rosalie.

Biggi überlegte kurz. »Stimmt. Dann bleiben zwei Möglichkeiten: Entweder hat Sebastian Schmidt das Interview zum Beispiel mit seinem Handy aufgenommen, das ja noch bei ihm im Krankenhaus ist und das wir bisher nicht angesehen haben, oder – und das wäre die denkbar schlechtere Variante – er hat das Interview in seinem Kopf gespeichert.«

»Okay, es hilft ja alles nichts. Da Gänsicker in Wolfenbüttel lebt, werden Manfred Wiegand und ich uns der Sache annehmen und ihn um ein Gespräch bitten. Vielleicht ist Gänsicker das Puzzlestück, das uns bisher gefehlt hat.«

32. KAPITEL

»Komm rein, setz dich doch«, sagte Cassensmeier und bot Wim einen seiner Besucherstühle an.

»Mache ich.«

»Also, wie ist die Lage? Ich habe den Bericht gelesen. Sieht noch nicht ganz nach dem großen Durchbruch aus, oder?«

»Leider nein«, antwortete Wim etwas zerknirscht. »Aber es geht in kleinen Schritten vorwärts, und zwar stetig. Es gibt schon wieder Neuigkeiten.«

Cassensmeier horchte auf. »Dann leg mal los.«

»Dass das ›G‹ in den Aufzeichnungen einem Herrn Gänsicker zuzuordnen ist, weißt du schon, meinte Biggi.«

»Ja, genau, ich habe sie in der Raucherecke getroffen und sie hat mir von der Vernehmung der Immobilienassistentin erzählt. Das klang schon mal nicht schlecht.«

»Ja, da bleiben wir jetzt auch am Ball. Rosalie Helmer hat den Gänsicker bereits erreicht und fährt von Hannover direkt nach Wolfenbüttel, um dem alten Herrn einen Besuch abzustatten.«

»Sehr gut! Was noch?«

»Ich habe vorhin einen Anruf von Manfred Wiegand erhalten. Das Klinikum Braunschweig hat sich gemeldet. Sebastian Schmidt ist wieder bei Bewusstsein und demnächst hoffentlich vernehmungsfähig, sobald sein Zustand sich stabilisiert hat. Manfred bleibt da dran.«

»Gut, dass du Braunschweig gerade ansprichst«, sagte Cassensmeier mit ernster Miene und räusperte sich.

»Ja? Warum?«, fragte Wim interessiert.

»Also, Wim, ich will ganz ehrlich zu dir sein.«

Überrascht schaute Wim seinen Chef an und rückte auf dem Besucherstuhl hin und her. »Du willst ganz ehrlich sein? Wegen Sebastian Schmidt?«

»Nein, nicht wegen dem. Ich wollte etwas anderes ansprechen.«

»Und das wäre, bitte schön?«

Jörn Cassensmeier räusperte sich erneut. »Also, nicht nur

mir ist aufgefallen, dass du in den letzten Tagen, sagen wir mal, müde und gestresst aussiehst.«

»Wundert dich das? Du weißt doch ganz genau, was hier gerade abgeht«, erwiderte Wim ein wenig säuerlich.

»Ja, natürlich weiß ich das. Und ich weiß auch um die Verantwortung, die ich dir übertragen habe. Und da habe ich mich gefragt, ob du das alles schaffst.«

»Ob ich das alles schaffe?«, fragte Wim empört. »Wie habe ich das denn zu verstehen?«

»Ich frage dich jetzt mal ganz direkt, auch wegen meiner Fürsorgepflicht dir gegenüber ...«

»Fürsorgepflicht?«, unterbrach ihn Wim. »Das sind ja ganz neue Vokabeln. Seit wann gibt es denn in diesem Knallpuff hier so was wie eine Fürsorgepflicht?«

»Wim, ich meine es doch nur gut. Ich bin dein Chef und ich möchte wissen, ob mit dir alles okay ist. Bist du gesund und belastbar genug, um diesen Job zu machen?«

»Ja, also entschuldige mal!«, entgegnete Wim wütend. »Würde ich mir ansonsten so dermaßen den Arsch aufreißen, ständig von A nach B tuckeln und mir die Nächte um die Ohren schlagen? Und ich bitte dich, Braunschweig und Hannover gemeinsam. Freiwillig! Woher kommen bitte deine Bedenken, sag schon. Wer hat dir diesen Floh ins Ohr gesetzt?«

»Ich bin selbst aufmerksam genug, um festzustellen, dass du angeschlagen wirkst. Du bist blass, du schwitzt, du hast ab und an so was wie ein schmerzverzerrtes Gesicht. Ich bin Kriminalist, genau wie du, und ich kann Menschen lesen«, sagte Cassensmeier so einfühlsam wie nur möglich, wusste aber um seine Stressflecken am Hals, die sich garantiert wieder ausgebildet hatten.

»Soso, das willst du also alles beobachtet haben? Und wer sind die anderen, denen das auch aufgefallen sein will?

Die Braunschweiger, oder wie kommst du über Sebastian Schmidt darauf, mich jetzt auf meine angeblichen Verhaltensauffälligkeiten anzusprechen?«

»Ja, genau. Es ist auch anderen aufgefallen.«

»Wem, Jörn, wem ist was aufgefallen? Du hast mir Ehrlichkeit versprochen und eierst hier nur rum!«

Cassensmeier hatte mittlerweile einen trockenen Mund und verspürte einen Juckreiz in der Kehle. Er kämpfte dagegen an, sich schon wieder räuspern zu müssen, und er bereute es, von Braunschweig und von Ehrlichkeit gesprochen zu haben. Es wäre wohl schlauer gewesen, das Gespräch ganz anders anzugehen. So viel zum Thema Einfühlungsvermögen. Nun half es aber nichts, er musste es auch zu Ende bringen. Daher entschied er sich kurzerhand für die Offensive. »Ja, also es war Manfred Wiegand. Vertraulich natürlich. Und er war aufrichtig in Sorge. Bedenke du bitte auch deine Verantwortung, Wim. Die ganz heiße Phase in diesem Fall oder in diesen Fällen steht uns allen noch bevor.«

Wim sackte in seinem Stuhl zusammen, seine Wut war ihm ins Gesicht geschrieben. Er nahm ein, zwei tiefe Atemzüge, bevor er zum Gegenschlag ausholte. »Wie lange kennen wir uns jetzt eigentlich? Und wie lange kennst du Herrn Wiegand? Ich bin mir meiner Verantwortung so was von bewusst, das kannst du dir gar nicht vorstellen.«

Cassensmeier wurde rot im Gesicht. »Daran zweifele ich ja auch nicht. Aber bist du wirklich gesund? Was ist mit dir los?«

Wim dachte nach. War dies der Moment, um seinem Chef reinen Wein einzuschenken? Im Grunde war er zu nichts verpflichtet. Er war dienstfähig und Diagnosen, die er ja immer noch nicht kannte, weil dieses verfluchte Krankenhaus mit seinem Bericht nicht in die Pötte kam, gingen seinen Vorgesetzten nichts an.

»Ich muss mit dir nicht über meine Gesundheit sprechen. Nimm bitte zur Kenntnis, dass ich hier aufrecht sitze, ich bin da, ich bin präsent, ich habe alles im Griff!«

Cassensmeier seufzte. Seine Gesichtsröte wich langsam wieder zurück, aber seine leicht abstehenden Ohren glühten immer noch, von seinen Flecken am Hals ganz zu schweigen. »Wie du meinst. Ich verlasse mich auf dich und auf dein Wort. Bitte sei ehrlich zu dir selbst und zu mir. Meine Tür ist immer offen, wenn etwas ist. Wir können uns bei diesen Ermittlungen keine Pannen leisten.«

»Wer spricht hier bitte von Pannen? Du hast das Thema von meinem aktuellen Sachstandsbericht weggelenkt. Ich habe nämlich noch weitere Neuigkeiten. Wir haben das Auto von David Simonis gefunden. Am Botanischen Garten in Braunschweig. Und den Braunschweigern, denen werde ich jetzt zeigen, wer Chef im Ring ist. Die haben jetzt richtig zu tun.«

»Amtsgericht Braunschweig, Grundbuchamt, Wiegand am Apparat.«

Biggi stutzte kurz und rückte ihre Lesebrille zurecht, die ihr mal wieder von der Nase gerutscht war. An ihren Fingern haftete noch der Geruch ihrer letzten Zigarette. »Höfgens, Polizeidirektion Hannover, ich bin von der Vermittlung an Sie weitergeleitet worden.«

»Guten Tag, was kann ich für Sie tun, Frau Höfgens?«

»Wir ermitteln hier in Hannover in einem Mordfall.«

»Ach, das ist ja ein Ding, und da rufen Sie bei mir an? Wurde ich am Tatort gesehen?«, scherzte Roswitha Wiegand.

»Nein, das wurden Sie nicht. Da kann ich Sie beruhigen. Wir sind im Rahmen unserer Ermittlungen auf das Grundbuchamt in Braunschweig aufmerksam geworden und ich habe eine konkrete Nachfrage. Die Vermittlung sagte mir, Sie seien in Braunschweig für den Stadtbezirk Nordstadt zuständig.«

»Das ist richtig. Sagen Sie, ist das der Fall mit den beiden Wasserleichen?«

Biggi ahnte, dass ihre Befürchtung sich nun bewahrheiten würde, denn von mehreren Leichen war in den Medien bisher nicht die Rede gewesen. Offenbar verfügte Roswitha Wiegand über Insiderwissen. »Es ist eine Leiche, Frau Wiegand«, erwiderte Biggi vorsichtig.

»Oh nein! Dann hat man Sie noch gar nicht informiert? Es gibt eine zweite Leiche! Aber ich darf darüber eigentlich nicht reden. Also nein, was für ein Zufall, mein Mann müsste ein Kollege von Ihnen sein. Manfred Wiegand! Wissen Sie, ab und an erzählt er zu Hause etwas von der Arbeit. Ich weiß, Sie dürfen ja eigentlich nichts sagen, aber dieses Wissen, mit dem mein Mann da durch die Gegend läuft, das belastet doch, und wem soll man es dann erzählen, wenn nicht der besseren Hälfte, oder?«

Biggi zog die Mundwinkel nach unten. »Ja, stimmt, Manfred Wiegand ist mein Braunschweiger Kollege. Die Fallkonstellation bringt es mit sich, dass wir städteübergreifend agieren müssen.«

»Manfred berichtete so was«, sagte Roswitha Wiegand. »Und dann ausgerechnet Hannover und Braunschweig. Da müssen Sie sich alle schön zusammenraufen, was? Na ja, aber wir sind alle erwachsen und nicht im Kindergarten und nicht beim Fußball, nicht wahr? Ansonsten spricht er wirklich nicht so viel über die Arbeit. Nicht, dass da ein falscher Eindruck entsteht. Moment, ich muss mal kurz etwas trinken«, unterbrach Roswitha Wiegand ihren Redefluss und nahm für Biggi deutlich hörbar ein paar Schlucke von was auch immer zu sich.

Biggi wollte gerade zu ihrer Frage ansetzen, da redete Roswitha Wiegand schon weiter. »Wenn Manfred denn überhaupt mal zu Hause ist. Diese langen Abende im Büro und die vielen Fahrten nach Hannover und dann immer die Pressestelle, die ihn mit Anfragen zuschmeißt. Na ja, Sie kennen das ja sicher.«

Biggi überlegte kurz. Im Detail hatte sie keinen Einblick, wie sehr Wim Manfred Wiegand einspannte. Aber so viele Dienstreisen nach Hannover waren es sicher nicht gewesen. »Ja, es ist eine stressige Zeit«, entgegnete sie der Frau ihres Teamkollegen. »Ich habe im Rahmen der Ermittlungen daher eine kurzfristige Frage.«

»Ach, das ist ja spannend. Schießen Sie los. Ich helfe doch gerne. Ach, und wie Manfred sich freuen wird, wenn ich helfen konnte. Was wollen Sie denn wissen? Ach so, aber wir müssten uns beeilen, ich habe in einer halben Stunde Feierabend«, sagte Roswitha Wiegand aufgeregt. »Es ist ja Freitag! Hoch die Hände, Wochenende!«

Biggi nahm ein paar tiefe Atemzüge, um sich innerlich zu beruhigen. Diese Frau war sehr anstrengend und kurz davor, ihr den letzten Nerv zu rauben. Die Konstellation mit Manfred Wiegand gefiel ihr überhaupt nicht. Sie grübelte nach, ob es da nicht ein Befangenheitsproblem geben könnte, und tippte nervös mit den Fingern ihrer rechten Hand auf die Tischplatte.

»Hallo, Frau Höfgens, sind Sie noch da? Wie lautet denn nun Ihre Frage?«, unterbrach Roswitha Wiegand Biggis Gedankengänge.

»Wissen Sie was, Frau Wiegand, das ist jetzt gerade ganz unglücklich. Bei mir klopft jemand in der Leitung, ich melde mich! Entschuldigung! Genau auf diesen Anruf habe ich gewartet«, log Biggi, die plötzlich zutiefst verunsichert war und sich nicht anders zu helfen wusste, als das Telefonat so schnell wie möglich zu beenden.

»Ach, schade, ja, dann gerne bis später, ich bin aber heute nur noch eine halbe Stunde im Dienst!«

»Schaffen wir! Tschüss, Frau Wiegand!«, sagte Biggi und legte den Hörer auf.

Wim saß einmal mehr auf seiner Lieblingstoilette, suchte nach Erleichterung und hatte die Ellenbogen auf seinen Oberschenkeln abgestützt. Mit der flachen Hand massierte er seinen Unterleib. Die Schmerzen hatten ihn bereits während des Gesprächs mit Cassensmeier heimgesucht. Wenn man das überhaupt ein Gespräch nennen konnte. Es war eigentlich eher eine Auseinandersetzung gewesen. Ein Gesprächsverlauf mit ungeahntem Ende. Sah man ihm die Krankheit so sehr an? Oder war Cassensmeier ein viel aufmerksamerer Chef, als er sich das jemals hätte vorstellen können? Und was sollte das mit Manfred Wiegand? Mit dem hatte er definitiv noch ein Hühnchen zu rupfen. Er würde gleich im Büro in Braunschweig anrufen und ordentlich auf den Tisch hauen. Wim fühlte sich diffamiert. Er kannte Manfred Wiegand, der Cassensmeier ganz sicher das Wort »Fürsorgepflicht« ins Ohr gezwitschert hatte. An seinem Stuhl sägen wollte er. Nicht ertragen konnte er es, unter Wim zu arbeiten. Aber Wim würde ihm zeigen, wer der Boss war. Er war der Bessere von den beiden. Damals und heute.

33. KAPITEL

Noch 38 Minuten bis zur Zieladresse in Wolfenbüttel. Rosalie schaute auf ihr Navigationssystem und suchte nebenbei einen neuen Radiosender. Sie hatte die Musik aus dem Autoradio nur leise im Hintergrund laufen, um den Kopf freizubekommen. Ganz auf Musik verzichten konnte sie beim Autofahren aber nicht. Macht der Gewohnheit. Der Fall schwirrte ihr im Kopf herum. Der Fall und Anne Thormeyer, von der sie hoffte, dass sie sich melden würde. Hatte Rosalie die Signale falsch interpretiert? Hatte es die attraktive Grundschuldirektorin am Ende nur freundschaftlich gemeint? Damit wäre Rosalie notfalls auch zufrieden, denn so was wie eine gute Freundin konnte sie in der neuen Stadt sicherlich gebrauchen. Aber lieber wäre ihr natürlich ein Date, ein echtes Date mit dieser Frau, die schon beim ersten Anblick so viel in ihr ausgelöst hatte. Als ihr Handy vibrierte, zeigte das Display eine hannoversche Telefonnummer an.

»Helmer!«

»Hallo, Rosalie, hier ist Birgit Höfgens. Haben Sie noch mal eine Minute für mich?«

»Hey, Birgit, aber sicher.«

»Also ich habe mich gleich um meinen Arbeitsauftrag gekümmert und im Grundbuchamt angerufen.«

»Und? Hat Sebastian Schmidt dort eine Anfrage gestellt beziehungsweise ist er erfolgreich gewesen?«

»So weit bin ich gar nicht gekommen!«

»Nicht?«, fragte Rosalie verwundert nach.

»Nein, ich hatte als zuständige Sachbearbeiterin Roswitha Wiegand am Apparat.«

»Roswitha Wiegand? Die Frau von Manfred?« Rosalie war überrascht.

»Ja, genau. Und ich war dann glaube ich ziemlich unprofessionell. Mir schoss plötzlich so was wie ›Befangenheit‹ und ›Verfahrensfehler‹ durch den Kopf. Da bin ich auf die Schnelle so richtig ins Schlingern geraten.«

»Ich wusste gar nicht, dass Frau Wiegand im Grundbuchamt arbeitet«, erwiderte Rosalie. »Manfred hat nur mal erwähnt, dass seine Frau beim Gericht tätig ist. Das hätte ja alles Mögliche sein können.«

»Ich wusste wirklich von gar nichts und das hat mich leider auf dem völlig falschen Fuß erwischt«, entgegnete Biggi zerknirscht. »Tut mir leid.«

»Alles ist gut! Nobody is perfect. Wie sind Sie denn mit Frau Wiegand verblieben?«

»Na ja, ich habe so getan, als hätte ich einen anderen wichtigen Anruf in der Leitung, und habe Frau Wiegand abgewürgt. Ich habe ihr gesagt, dass ich mich wieder bei ihr melde. Heute wird das aber wohl nichts mehr, denn sie sprach von einem zeitnahen Feierabend. Überhaupt hat die Gute in der kurzen Zeit sehr viel gesabbelt.«

Rosalie lachte. »Birgit, das ist doch genial und es erklärt im Übrigen auch, warum Manfred manchmal so redefaul ist. Der muss sich vermutlich zu Hause genug anhören.«

»Warum ist das genial?«

»Na, weil uns der frühe Feierabend der Frau Wiegand die Möglichkeit gibt, vielleicht bei einer Kollegin oder einem Kollegen nachzufragen. Es wird doch sicher jemanden geben, der Roswitha Wiegand vertritt, oder einen Vorgesetzten. Irgendwen halt, der auch an einem Freitagnachmittag Auskunft geben kann.«

»Puh, das ist gut. Und so simpel. Das ist mir vor lauter Aufregung gar nicht eingefallen«, entgegnete Biggi erleichtert.

»Sehen Sie, es gibt für alles eine Lösung und manchmal ist ein wenig Schwarmintelligenz nötig, um drauf zu kommen«, sagte Rosalie.

»Sind wir zwei schon ein Schwarm?«, scherzte Biggi.

»Na ja, zumindest haben wir zusammen vier Gehirnhälften. Das ist doch schon mal was. Also nehmen Sie bitte einen zweiten Anlauf, aber warten Sie noch ein bisschen, bis Roswitha Wiegand ganz sicher im Feierabend verschwunden ist. Die sitzt da jetzt bestimmt noch und wartet, schaut immer wieder auf ihre Uhr, möchte doch so gerne wissen, was los ist, will aber eigentlich nach Hause, vielleicht platzt sie auch bald vor Aufregung.«

»Genau, und irgendwann siegt dann der Wunsch, nach Hause zu gehen. Hoffentlich vor dem Platzen. Oh Gott, ich habe Bilder im Kopf«, sagte Biggi und lachte herzlich los.

»So wird es sein!«, erwiderte Rosalie und stimmte in das Lachen mit ein.

Nach einer Weile hatten die beiden Frauen sich wieder beruhigt und Rosalie war froh, dass sie mit der hannoverschen Kollegin auf einer Wellenlänge lag. »So, nach diesem Lachflash mal zurück zum Thema: Roswitha Wiegand sollte wirklich weg sein und nicht mitbekommen, dass Sie es direkt bei wem anders versucht haben.«

»Da haben Sie recht, Rosalie. Danke! Auch für das gemeinsame Lachen. Das tat richtig gut!«

»Das gebe ich gerne zurück.«

»Bis bald! Ich freu mich schon. Ach, und Rosalie?«

»Ja?«

»Können wir mein unglückliches Telefonat für uns behalten? Ich möchte Wim Schneider gegenüber nicht unprofessionell wirken«, sagte Biggi unsicher.

»Aber sicher! Ich schweige wie ein Grab!«

»Was fällt dir ein, mich bei Cassensmeier anzuschwärzen? Hast du sie noch alle? Wenn du dir angeblich Sorgen um meine Gesundheit machst, dann bin ich derjenige, den du ansprechen solltest, und nicht mein Chef!«

»Wim, so war das doch gar nicht gemeint. Niemals wollte ich dich anschwärzen. Ich mache mir ernsthaft Sorgen. Man sieht dir doch an, dass was nicht stimmt«, tat Manfred besorgt.

»Nichts sieht man. Und du schon mal gar nicht! Denn du kennst mich überhaupt nicht mehr nach all den Jahren. Kannst du dir vielleicht ansatzweise vorstellen, in was für eine Situation du mich gebracht hast?«

»Wim, ich …«

»Du kannst das!«, unterbrach ihn Wim wütend. »Denn das hast du absichtlich gemacht. Du hast es damals schon nicht ertragen, dass ich vor dir befördert wurde. Du hast es generell nicht ertragen, wenn andere schneller weitergekommen sind als du. Du hast dich schon immer für den besseren Polizisten gehalten und nun willst du die Leitung der Soko an dich reißen. So sieht es aus! Aber ich habe dich durchschaut!« Wim war in Rage und gönnte sich einen kräftigen Schluck Büroschnaps direkt aus der Pulle, die er für Notfälle zusammen mit zwei Gläsern in einem umfunktionierten Aktenordner deponiert hatte. Er musste seinen Frust jetzt runterspülen, dies war ein Notfall!

»So ein Unfug. Ich will dir doch deinen Job nicht streitig machen!«, verteidigte sich Manfred.

»Das wirst du auch nicht. Du wirst ab jetzt mal richtig arbeiten für dein Geld und nicht alles Rosalie Helmer machen lassen. Während die heute eine halbe Niedersachsen-Rundfahrt absolviert, sitzt du schön in deinem Büro und schaust den Tauben auf der Münzstraße beim Kacken zu.«

»Jetzt werde mal nicht ungehalten!«

»Ich bin ungehalten!«

»Ich sitze hier und …«

»Und was, Manfred? Was machst du denn da gerade ganz genau?«

»Ich wollte mal das persönliche Umfeld von Irina Gordejeva durchleuchten.«

»Worum ich dich nie gebeten habe. Ich verteile hier die Arbeitsaufträge. Komisch, dass du Rosalie Helmer gesagt hast, dass du dich um das Verschwinden der kleinen Marta kümmerst.«

»Das hängt doch vermutlich alles miteinander zusammen«, entgegnete Manfred trotzig.

»Vermuten ist nicht wissen. Fakt ist, dass du hier rumeierst, deinen Kollegen unterschiedliche Dinge erzählst und dir im Gegensatz zu uns allen einen ziemlich schlanken Fuß machst!«

»Und was soll ich deiner Meinung nach machen, Chef?«, fragte Manfred gereizt. »Soll ich dich jetzt immer Chef nennen, ist es das, was du willst?«

Wim ignorierte Manfreds Provokationen. »Du wirst ins Krankenhaus fahren und zusehen, dass du mit Sebastian Schmidt sprichst.«

»Ach, das passt gut, das hatte ich später eh noch vor«, erwiderte Manfred erleichtert.

»Nach der Suche nach Marta oder nach den Recherchen zu unserer russischen Modelleiche? Du wirst mich nach dem Besuch im Krankenhaus anrufen und sofort berichten. Lass dich dort nicht abwimmeln. Wir müssen mit Sebastian Schmidt sprechen!«

Manfred kniff die Augen zusammen und mahlte mit seinen Kiefergelenken. »Jawoll, Chef, wird erledigt!«

»Und danach, Manfred, erwarte ich einen Bericht von dir über das Auto von David Simonis! Fleißig, wie du bist, hast du den ja sicher schon so gut wie fertig!«

34. KAPITEL

Niemand hatte mehr reagiert. Die Klopfzeichen waren vorerst verstummt. Ob Irina eingeschlafen war? Sie hatten ihr doch nichts angetan? David konnte nicht aufhören zu denken und dieses Gedankenkarussell machte ihn fast wahnsinnig. Wie war er in dieses Kellerloch geraten? Irina war vorgegangen. Weit vorgegangen. Und er dann hinterher. Geparkt hatten sie im Bültenweg, ganz nah am Seiteneingang des Botanischen Gartens. An den Straßennamen konnte er sich ganz sicher noch erinnern. Und dann sein Auto, der Reifen war zerstochen gewesen. Das konnte kein Zufall gewesen sein. Jemand hatte verhindern wollen, dass Irina und er nach Hannover zurückfahren konnten. Dann der Schlag auf den Hinterkopf. Die Beule puckerte immer noch. Aufgewacht war er erst in diesem Kellerloch. Sosehr sich David auch bemühte, er konnte sich nicht daran erinnern, wie er hierhergekommen war.

»Hallo! Hört mich jemand? Hallo!!!«

Marta hörte gedämpfte Rufe von nebenan. Das beruhigte sie. Sie war nicht allein hier unten. Aber Klopfen konnte sie nicht mehr, auch nicht schreien. Jemand war zu ihr heruntergestiegen. Sie hatte fürchterliche Angst gehabt und sich in die hinterste Ecke ihres Verlieses gehockt. Die Person war maskiert gewesen, hatte Schaumstoff vor die Wände gestellt und dann so befestigt, dass Marta keine Chance hatte, die Konstruktion zu bewegen. Aber was noch viel schlimmer war: Man hatte ihr ein großes Pflaster über den Mund geklebt und ihr die Hände auf dem Rücken zusammengebunden. Immer wenn sie etwas zu essen bekam, kam nun auch jemand zu ihr herunter und riss ihr das Pflaster vom Mund, löste ihre Fesseln und blieb so lange stehen, bis sie aufgegessen und ausgetrunken hatte. Die Person sprach nicht mit ihr, sondern legte ihr nur bedruckte Zettel hin, auf denen so was stand wie: »Alles aufessen!« Am schlimmsten war für Marta aber, dass sie vor der Person auch in einem Blecheimer ihre Notdurft verrichten musste. Und das alles nur zweimal am Tag.

35. KAPITEL

»Herr Gänsicker? Mein Name ist Rosalie Helmer von der Kripo Braunschweig. Wir haben telefoniert!« Angestrengt drückte Rosalie ihr Ohr gegen die Freisprechanlage, die in den Betonpfeiler eines großen Eingangstors eingebaut war. Es rauschte fürchterlich.

»Jaja, ich lasse Sie rein. Gehen Sie einfach die Einfahrt hoch, ich warte oben auf Sie.«

Als Rosalie den Türsummer hörte, drückte sie gegen das mannshohe Holztor und begab sich über einen Schotterweg einen kleinen Hügel hinauf zu einer prachtvollen Villa aus der Gründerzeit. Die gelbe Hausfassade war mit aufwendigen Malereien versehen, und kurz bevor Rosalie die Eingangstür erreichte, öffnete der Hausherr und trat ins Freie.

»Guten Tag, Herr Gänsicker, ein beeindruckendes Anwesen haben Sie. Wirklich toll!«, sagte Rosalie. Vor ihr stand ein älterer, sehr gepflegter Herr mit schlohweißen Haaren, der sie mit wachen Augen anschaute. Er trug einen marineblauen Anzug mit goldenen Manschettenknöpfen, dazu ein weißes Oberhemd und eine hellblaue Krawatte. Rosalie fragte sich, ob Herr Gänsicker immer so durch die Gegend lief oder sich extra für die Polizei in Schale geworfen hatte.

»Guten Tag, Frau Helmer. Kommen Sie doch herein. Ich habe uns im Salon einen Tee aufgesetzt.« Michael Gänsicker reichte Rosalie zur Begrüßung die Hand und Rosalie war von der Kraft des Händedrucks eines so betagten Mannes überrascht.

»Gerne, vielen Dank!«, erwiderte Rosalie.

Michael Gänsicker führte Rosalie durch eine Eingangshalle in den hinteren Teil des Hauses und in den Raum, den er als Salon bezeichnet hatte. Rosalie staunte nicht schlecht, als sie bemerkte, wie geschmackvoll und einheitlich alles im Biedermeierstil eingerichtet worden war.

»Nehmen Sie Platz. Möchten Sie Ihren Earl Grey mit Milch und Kandiszucker?«

Rosalie setzte sich auf einen der verschnörkelten Stühle und betrachtete aus geringer Distanz die vielen Schwarz-Weiß-Fotografien, die in goldenen Bilderrahmen an der Wand hingen.

»Milch und Zucker, gerne. Ist das Ihre Familie auf den Fotos?«

Während Michael Gänsicker den Tee in eine weiße Porzellantasse einschenkte und ihr ein Kännchen mit Milch und ein Gefäß mit Kandiszucker reichte, begann er zu erzählen. »Ja, das ist meine Familie, aber es sind auch Weggefährten. Es sind im Grunde die Menschen, die mir in meinem Leben wichtig sind und waren. Den Rest will man sich ja nicht an die Wand nageln.«

Rosalie lächelte und beobachtete, wie Michael Gänsicker sich erstaunlich flott auf den ihr gegenüberliegenden Stuhl setzte.

»Erlauben Sie mir die Bemerkung, Herr Gänsicker, dass Sie einen sehr fitten Eindruck auf mich machen. Respekt!«

»Oh, vielen Dank, man tut, was man kann. Was führt Sie denn nun zu mir? Sie sagten etwas von meiner Villa in Braunschweig am Telefon?«

»Ja, das ist korrekt«, bestätigte Rosalie. »Ich ermittele in einem Mordfall, in dessen Zusammenhang wir auf Ihre Villa gestoßen sind.«

Michael Gänsicker rührte langsam in seiner Tasse, legte den Löffel beiseite und nippte vorsichtig an dem dampfenden Tee. »Ein Mordfall, das ist ja furchtbar. Was hat denn meine Villa damit zu tun?«

»Sagt Ihnen der Name Sebastian Schmidt etwas?«, fragte Rosalie.

»Sebastian Schmidt. Das ist ja ein Name wie Christian Müller oder Andreas Meyer«, entgegnete Michael Gänsicker und lächelte verschmitzt.

»Ich glaube, ich verstehe nicht ganz«, sagte Rosalie.

»Sebastian Schmidt ist so ein Allerweltsname. Können Sie Ihre Frage irgendwie konkretisieren, Frau Helmer?«

Rosalie nahm einen Schluck aus ihrer Teetasse und war verblüfft über die Geschmacksexplosion, die sich hier auftat. »Wow, der Tee schmeckt ja großartig!«, stellte sie fest, bevor sie auf die Frage ihres Gegenübers eingehen wollte.

»Danke. Meine Familie bezieht ihren Tee seit Generationen vom Teehaus Seeger in Hannover. Die waren sogar mal königliche Hoflieferanten. Früher ist mein Vater extra zweimal im Jahr nach Hannover gefahren, um den Tee dort in größeren Mengen einzukaufen. Heutzutage rufe ich da einfach an oder bestelle über das Internet. Sehr praktisch.«

»Teehaus Seeger sagt mir nichts«, entgegnete Rosalie. »Aber es hört sich gut an.«

Michael Gänsicker lächelte kurz und nahm offenbar zur Kenntnis, dass ihm eine Polizistin gegenübersaß, die kulinarisch nicht sehr gebildet zu sein schien. Erwartungsvoll, wie es nun weitergehen würde, schaute er Rosalie an, ohne ein Wort zu sagen.

»Ja, also, um auf das eigentliche Thema zurückzukommen, Herr Gänsicker, einen Sebastian Schmidt kennen Sie nicht? Er ist Journalist und kommt aus Braunschweig.«

»Tut mir leid, nein. Habe ich nie gehört.«

Rosalie war enttäuscht. Wie konnte das sein? Sie war sich ihrer Sache sicher gewesen. »Uns liegen aber Unterlagen vor, die den Schluss zulassen, dass Sie Herrn Schmidt ein Interview gegeben haben.«

»Ein Interview? Ach so, ja, das habe ich gegeben. Aber der Mann hieß nicht Sebastian Schmidt«, antwortete Michael Gänsicker.

»Sondern?«, erkundigte sich Rosalie überrascht.

»Kohlstedt. Er nannte sich Steffen Kohlstedt.«

»Biggi, wie ist die Lage?« Wim hatte das frisch ausgespülte Schnapsglas dezent wieder in seinem Aktenordner verschwinden lassen. Vielleicht sollte er diesen Mal mit »Handakte« beschriften.

Biggi hatte das gemeinsame Büro gerade betreten und sah gestresst aus. »Ciao, Wim, ich rufe gleich noch mal beim Grundbuchamt in Braunschweig an. Das ist alles merkwürdig gelaufen. Die erste Person, die ich am Telefon hatte, war nicht sehr auskunftsfähig, muss noch mal jemand anders an die Strippe bekommen.«

»Du machst das schon. Das Ergebnis zählt.«

Biggi lächelte tapfer. »Und bei dir so? Womit beschäftigst du dich denn?«

Wim schlug die Akte auf, die vor ihm lag, und tat so, als ob er sich intensiv der Lektüre widmen wollte. »Ich lese jetzt mal ganz in Ruhe den frisch eingetroffenen Pathologiebericht über Irina Gordejeva. Vielleicht habe ich ja eine zündende Idee. Und ich warte darauf, dass die Braunschweiger liefern.«

»Ja, Rosalie Helmer ist direkt von hier aus nach Wolfenbüttel gefahren. Sie ist sich sicher, dass uns das Gespräch mit Michael Gänsicker ein ganzes Stück weiterbringen wird.«

»Fleißiges Mädchen. Aus der wird mal was«, stellte Wim anerkennend fest.

»Ja, sie ist sehr engagiert und scharfsinnig«, sagte Biggi.

»Ganz im Gegensatz zu ihrem Kollegen!«

»Du meinst Manfred Wiegand?«

»Kennst du noch einen Braunschweiger Kollegen?«, murrte Wim.

»Ja, sorry. Nein, kenne ich nicht. Aber mir war nicht klar, dass du ihn als faul einstufst«, erklärte sich Biggi.

»Ich habe dem erst mal den Kopf gewaschen. Da muss mehr Performanz kommen.«

»Performanz?« Biggi zog die Augenbrauen hoch und schaute Wim verwundert an.

»Na, so sagt man das doch heutzutage. Mensch Biggi!«

»Wim, du meinst Performance. Aber schon gut, ich weiß, was du sagen wolltest.«

»Ist doch das Gleiche. Ihr immer mit euren Anglizismen!«

»Wieso ihr? Ich spreche doch kein Denglisch!«

»Nein, Biggi. Da hast du recht. Und Amtssprache ist auch immer noch Deutsch!«, sagte Wim.

»Und warum bist du nun mit Wiegands Leistungen nicht zufrieden?«

»Ich stelle dir mal die Gegenfrage. Was gibt er mir für einen Anlass, zufrieden zu sein?«

Biggi dachte kurz nach. »Na ja, eigentlich ist Rosalie Helmer die treibende Kraft.«

»Eben. Das wäre so, wie wenn du mir hier alles vorkauen würdest, obwohl ich die Soko leite!«

Biggi nickte zustimmend. »Und was gedenkst du zu tun?«

»Ich bin schon tätig geworden. Der Wiegand hat zwei konkrete Arbeitsaufträge von mir erhalten und ich erwarte zeitnah seine Ergebnisse.«

»Da bin ich ja mal gespannt.«

»Und ich erst!«

Nach einer guten Dreiviertelstunde verabschiedete sich Rosalie von Michael Gänsicker. Nachdem sie anfänglich alle Felle hatte davonschwimmen sehen, stellte sich heraus, dass sie in der Sache wohl doch auf der richtigen Spur war. Sebastian Schmidt hatte ein Interview mit Michael Gänsicker geführt, aber offenbar unter falschem Namen. Eine andere Erklärung konnte es nicht geben. Er hatte das Interview mit seinem Handy aufgezeichnet, was auch erklärte, warum es noch abgetippt werden musste. Bis hierhin passte alles zusammen.

Michael Gänsicker hatte Rosalie lang und breit die Familiengeschichte der Gänsickers dargelegt und erzählt, dass er Probleme habe, die Villa am Gaußberg zu veräußern. Eine renitente Mieterin, Greta Stein, wolle partout nicht aus dem Gebäude weichen, das auf dem dazugehörigen separaten Gartengrundstück am Flussufer stand und das sie seit Jahrzehnten bewohnte. Rosalie konnte nachvollziehen, dass die Villa deutlich an Wert einbüßte, wenn man den direkten Okerzugang nicht nutzen konnte. Um sich nicht mit der alten Frau und den rechtlichen Angelegenheiten rumärgern zu müssen, hatte Michael Gänsicker seinen Anwalt, Herrn

Dr. Münte, und den vermissten David Simonis mit dem Verkauf der Villa beauftragt. Und zack, da waren die Zusammenhänge bestätigt, auf die Rosalie gesetzt hatte.

Sebastian Schmidt alias Steffen Kohlstedt hatte Michael Gänsicker gegenüber vor allem Interesse an der Geschichte der Villa gezeigt. Immer wieder hatte er die Vermutung geäußert, dass während der Naziherrschaft in der Villa heimliche Versuche durchgeführt worden sein könnten. »Am Menschen! Bei uns zu Hause! Können Sie sich das vorstellen?«, hatte Michael Gänsicker lachend gesagt und sich dabei auf die Schenkel geklopft. »Wenn Sie mich fragen, hat der nicht mehr alle Tassen im Schrank.«

»Und gab es denn solche Versuche?«, hatte Rosalie nachgefragt. Empört hatte Michael Gänsicker dies vehement verneint und auf die hohe wissenschaftliche Reputation seines Vaters verwiesen. Er selbst sei damals noch ein Kind gewesen.

Rosalie hatte alles eifrig notiert und schließlich das Gespräch ausklingen lassen. Nach einer formvollendeten Verabschiedung durch ihren Gastgeber stand sie nun an ihren Dienstwagen angelehnt und zündete sich eine Zigarette an. Eigentlich hatte Rosalie mit dem Rauchen aufgehört, aber an manchen Tagen brauchte sie Nikotin, um sich zu entspannen. Daher hatte sie für den Fall der Fälle immer eine kleine Schatulle mit nicht mehr als zwei Zigaretten und einem Feuerzeug dabei. Ein Blick auf die Uhr verriet Rosalie, dass der Feierabend noch in weiter Ferne lag. Gerade als sie ihre Autotür aufschließen und einsteigen wollte, sah sie Michael Gänsicker den Weg vom Haus zur Ausfahrt runterlaufen und ihr zuwinken. »Halt, Frau Helmer! Warten Sie! Da ist noch etwas, das Sie wissen sollten!«

36. KAPITEL

Wim war am frühen Abend noch einmal kurz in den kleinen Supermarkt in der Nähe seiner U-Bahn-Haltestelle gegangen, um sich eine Tiefkühlpizza und ein Feierabendbier zu holen. Um den Kopf freizubekommen, vertraute er in hektischen Zeiten wie diesen auf lieb gewonnene Gewohnheiten und mit Pizza und Bier konnte man nichts verkehrt machen. Manfreds Angriff gegen ihn hallte noch ordentlich nach, und auch wenn dieser die Reihenfolge der ihm zugeteilten Aufgaben vertauscht hatte, so war er nach Wims klarer Ansage heute wenigstens überhaupt noch tätig geworden. Ziemlich kleinlaut hatte Manfred Wim angerufen und ihm zunächst den Bericht der Spurensicherung vorgetragen. Nachdem ein Passant auf das Auto von David Simonis aufmerksam geworden war, weil dieses mit einem zerstochenen Reifen am Straßenrand stand, hatte er die Polizei benachrichtigt, damit diese den Halter informierte. Über eine entsprechende Abfrage war man dann auf David Simonis gestoßen. Der Reifen war vermutlich mit einem Messer zerstochen worden. Haare an der Kopfstütze des Beifahrersitzes gehörten eindeutig zu Irina Gordejeva. Ebenso Fingerabdrücke am Handschuhfach und an der Sonnenblende. Hinzu kamen ein Haufen Fingerabdrücke, die noch nicht zugeordnet werden konnten, aber sehr wahrscheinlich von David Simonis stammten. Mehr Erkenntnisse gab es noch nicht. Manfred hatte den Bericht anschließend nach Hannover gemailt und immerhin noch im Städtischen Klinikum Braunschweig angerufen. Sebastian Schmidt war zwar bei Bewusstsein, aber nach wie vor nicht vernehmungsfähig. Keine Chance. Nun ja, dann musste er das Manfred, der angekündigt hatte, morgen einen neuen Anlauf im Klinikum nehmen zu wollen, wohl erst mal so glauben. Wim war wild entschlossen, dies mit Nachdruck zu überprüfen.

An der Supermarktkasse zahlte er wie immer passend und schlenderte mit seiner Papiertüte in der Hand gemütlich zu seiner Wohnung. Nach dem Abendessen wollte er Sigrid noch einmal anrufen, die er am Mittag so abgewürgt hatte. Leider hatte sich die Praxis von Dr. Plog den ganzen Tag über nicht mehr zurückgemeldet und Wim wusste nach wie vor nicht, was die Untersuchung für Ergebnisse hervorgebracht hatte. Es tat ihm leid, dass seine Schwester seine Launen abbekommen hatte. Vielleicht war es doch mal an der Zeit, zumindest sie ins Vertrauen zu ziehen. Als Wim die Haustür aufschloss, kam ihm die kleine Leni mit einem vollen Müllbeutel in der Hand entgegen. Wim verdrehte die Augen. Heute blieb ihm aber auch nichts erspart.

»Hallo, Herr Schneider!«

»Hallo, Leni!«, grummelte Wim.

»Guck mal, ich bringe den Müll raus, ganz allein!«

»Das ist ja toll, Leni! Dann viel Spaß dabei!«

»Das macht doch keinen Spaß!«, antwortete die Kleine empört. »Aber ich bekomme 50 Cent mehr Taschengeld, wenn ich das mache!«

»So was hat es bei uns früher nicht gegeben!«, erwiderte Wim und drückte sich auf halber Treppe an dem Mädchen vorbei.

»Aua, du tust mir weh!«, schrie Leni plötzlich.

»Wieso tue ich dir weh? Weil ich gesagt habe, dass ich früher niemals Geld dafür bekommen hätte, den Müll runterzubringen? Hör mal, Leni, so was ist doch selbstverständlich, wenn man die Mutti unterstützen möchte.«

»Nein, du hast mich mit deiner Tüte am Bein geratscht!«, jammerte Leni und zeigte auf einen zartrosafarbenen Kratzer an ihrer Wade. Die kleinen Kinderaugen füllten sich mit Tränen und waren kurz vor dem Überlaufen.

»Oh, das tut mir leid, Leni, aber was stehst du auch mitten auf der Treppe rum?«

»Herr Schneider, lassen Sie meine Tochter in Ruhe!«

Leni begann endgültig zu weinen und Wim schaute im Treppenhaus nach oben, wo zwei Stockwerke über ihm seine Lieblingsnachbarin von gegenüber ihren Kopf weit über das Treppengeländer gebeugt hatte.

»Ihre Tochter hat nichts, Frau Fritsche.«

»Doch, wohl! Aua, Mama«, flennte Leni.

»Ich dreh hier durch!« Wim machte auf dem Absatz kehrt und verließ das Haus wieder. Sollte die Tiefkühlpizza in seiner Tüte doch schmelzen. In der Eckkneipe gegenüber gab es auch ein kühles Bier und vor allem die besten Bratkartoffeln der Stadt.

Biggi war kurz vor Feierabend im Grundbuchamt Braunschweig noch erfolgreich gewesen und hatte tatsächlich den zuständigen Sachgebietsleiter an das Telefon bekommen. Er hatte zunächst versucht, Biggi abzuwürgen, und konsequent auf Roswitha Wiegand verwiesen. Als Biggi ihm aber die Dringlichkeit verdeutlichte und auf eine mögliche Besorgnis der Befangenheit verwies, erhielt sie schließlich die entscheidende Information. Nun saß sie im Schein ihrer Schreibtischlampe immer noch im Büro und tippte ein kurzes Gesprächsprotokoll. Sebastian Schmidt hatte keine offizielle Anfrage beim Grundbuchamt gestellt, dafür aber ein gewisser Steffen Kohlstedt. Und da sie der Nachname förmlich ansprang und es die einzige journalistische Anfrage für die Liegenschaft am Gaußberg war, fühlte sich Biggi ihrer Sache sehr sicher. Als Grund für seine Anfrage hatte der Journalist eine historische Recherche von herausragender Bedeutung für die Braunschweiger Stadtgeschichte genannt. Er hatte nachgewiesen, dass er über entsprechende Anfragen bei der Stadt Braunschweig, dem Stadtarchiv und einer örtlichen Krankenkasse nicht weitergekommen war und man ihn mehrfach an das Grundbuchamt verwiesen hatte. Diese bunte Sammlung an Gründen hatte offenbar ausgereicht, um Sebastian Schmidt alias Steffen Kohlstedt die gewünschten Auszüge aus dem Grundbuch zur Verfügung zu stellen. Damit war eindeutig belegt, dass Sebastian Schmidt den Besitzer der Villa ausfindig gemacht und vermutlich im nächsten Schritt mit einer Interviewanfrage auf ihn zugegangen war. Als Biggi das Gespräch zu Papier brachte, stutzte sie. Was um alles in der Welt hatte eigentlich eine Krankenkasse mit der ganzen Angelegenheit zu tun? Das musste sie noch mal recherchieren und vielleicht hatte ja Rosalie Helmer nach ihrem Gespräch mit Michael Gänsicker neue Erkenntnisse. Für heute reichte es Biggi aber langsam. Sie wollte nur noch nach Hause und legte den Tipp-Turbo ein, wie sie ihre selbst angeeignete 10-Finger-Schreibweise nannte.

»Manfred, du glaubst nicht, was heute passiert ist!«, schallte es Manfred schon im Wohnungsflur entgegen, als er seinen Mantel an den Garderobenhaken hing.

»'n Abend, Roswitha, was ist denn passiert?«, fragte Manfred genervt.

»Nun setzt dich erst mal, es gibt heute Gulasch. Die hatten beim Schlachter tolles Fleisch, da konnte ich nicht widerstehen.«

Manfred war erleichtert. Wenigstens das Essen stimmte an diesem verkorksten Tag. »Das klingt sehr gut. Lecker, lecker«, sagte er, als er in die Küche ging und seiner Frau zur Begrüßung einen Kuss auf die Wange gab.

»Mich hat heute die Polizei angerufen!«

»Die Polizei?«

»Ja, eine Frau Höwes oder so ähnlich. Aus Hannover!«

Manfred horchte auf. »Eine Frau Höwes?«

»Nun wiederhole doch nicht immer alles wie ein Papagei. Du musst die kennen. Ist schließlich deine Kollegin.«

»Ich habe keine Kollegin, die so heißt«, erwiderte Manfred. »Vielleicht meinst du Frau Höfgens?«

Roswitha überlegte kurz und stach in eine der kochenden Kartoffeln. »Die sind gleich gut. Na, dann halt Höfgens. Sag ich ja.«

Manfred spielte mit dem Salzstreuer, der vor ihm auf dem runden Esstisch stand, und beobachtete seine Frau von hinten. Wie lange war es her, dass er diesen Hintern mal attraktiv gefunden hatte?

»Und was wollte die?«

»Das ist es ja. Ich weiß es nicht. Sie hat nur gesagt, dass sie in einem Mordfall ermittelt und dass sie im Rahmen der Ermittlungen auf das Grundbuchamt aufmerksam geworden sind. Ist das nicht spannend? Davon hast du mir gar nichts erzählt!«

Manfred überlegte und tippte mit dem Zeigefinger auf ein paar einzelne Salzkörner, die sich auf der rot-weiß-karierten Tischdecke verteilt hatten. »Ach, weißt du, ich weiß auch nicht immer sofort alles. Jeder hat im Team seine Aufgaben. Wir haben regelmäßig unsere Lagebesprechungen, um uns gegenseitig zu informieren. Und außerdem weißt du doch, dass ich dir eh nicht alles erzählen kann. Du kannst zwar alles essen, aber …«

»Aber nicht alles wissen«, würgte Roswitha ihn ab. »Dein Standardspruch, Monsieur. Schönen Dank auch.«

»Nun spiel nicht die beleidigte Leberwurst. Was wollte die Kollegin denn nun von dir?«

»Tja, du hast da eigentlich nichts verpasst, denn unser Gespräch wurde unterbrochen, weil jemand angeklopft hat. Also in der Telefonleitung. Das war dann anscheinend wichtiger. Zurückgerufen hat sie auch nicht noch mal, obwohl ich extra noch bis 20 Minuten nach Feierabend gewartet habe. Nicht so nett, wenn du mich fragst.«

»Und hat sie denn erwähnt, warum sie gerade bei dir angerufen hat?«, fragte Manfred.

»Weil ich für die Nordstadt zuständig bin?«

»Ah, okay«, erwiderte er. »Gut zu wissen. Ich bekomme sicher raus, was sie wollte. Jetzt wird aber erst mal gegessen.«

37. KAPITEL

»Wo ist meine Enkeltochter? Ich will sofort einen zuständigen Beamten sprechen!«

Kriminalobermeisterin Marita Meyer stand vor der in einer Panzerglasscheibe integrierten Gegensprechanlage und versuchte die ältere Dame zu beruhigen, die sichtlich wütend und renitent nicht von der Stelle wich. »Hören Sie, Frau Kohlstedt, es ist 04.15 Uhr am frühen Morgen. Alle ermittelnden Beamten schlafen jetzt noch. Ich kann Ihre Anfrage gerne aufnehmen und leite sie auch weiter. Und ich kann Ihnen versichern, dass seit Tagen mit Hochdruck und allen uns zur Verfügung stehenden Mitteln nach Marta gefahndet wird.«

»Jetzt hören Sie mir mal zu, Frau Meyer. Mein Mann und ich haben den ganzen langen Weg von Sizilien nach Braunschweig nicht im Rekordtempo zurückgelegt, damit ich hier jetzt von Ihnen abgebügelt werde. Es ist eh alles so schrecklich. Der Mord an meiner Tochter und jetzt noch das mit Marta. Ich hatte so was kommen sehen.« Adele Kohlstedt rang um Fassung.

Marita Meyer hatte Verständnis für die ältere Dame, konnte ihr zu dieser Uhrzeit in der kleinen Polizeistation in Lehndorf beim besten Willen aber nicht weiterhelfen. »Wo ist denn Ihr Mann?«

»Der wartet draußen in zweiter Reihe im Wohnmobil. Wir haben mit dem Riesenschiff keinen Parkplatz hier am Saarplatz bekommen.«

»Wissen Sie, die Ermittlungen laufen eh in der Münzstraße und in Hannover.«

»Ja, aber es heißt doch immer, dass man sich an jede Polizeidienststelle wenden kann«, unterbrach Adele Kohlstedt die Polizeibeamtin. »Und meine Tochter wohnt in Lehndorf!«

»Das ist grundsätzlich auch richtig. Aber bitte verstehen Sie doch, dass ich hier und jetzt nichts für Sie tun kann. Die Ermittlungen laufen nicht bei uns und Sie haben keine neuen Hinweise, die ich jetzt aufnehmen könnte!«

»Doch, die habe ich! Ganz bestimmt sogar!«

»Na gut, dann lasse ich Sie jetzt mal da vorne rein. Drücken Sie einfach gegen die Tür, wenn ich den Türöffner betätige. Sie hören dann einen Ton.«

Adele Kohlstedt schnäuzte in ein Stofftaschentuch, das sie aus der Seitentasche ihrer blauen Steppweste hervorgezogen hatte, und ging in Richtung Tür.

»So, nehmen Sie hier mal Platz«, sagte Marita Meyer, nachdem Adele den Besucherraum betreten hatte. »Haben Sie Ihren Personalausweis dabei?«

»Ja, habe ich«, entgegnete die Mutter von Steffi Kohlstedt und holte das Ausweisdokument aus Ihrer Handtasche.

»Okay, danke, dann wollen wir mal. Was möchten Sie uns denn mitteilen?«

»Die Familie meiner Tochter wurde wochenlang bedroht.«

»Frau Kohlstedt, soweit ich es mitbekommen habe, ist dieser Sachverhalt bereits bekannt«, erwiderte Marita Meyer und erinnerte sich an die letzte Kaffeerunde mit einem Kollegen, der von den neuesten Neuigkeiten aus der Soko Wasserleiche berichtet hatte. Es gab derzeit keine Ermittlungen in Braunschweig, denen mehr Aufmerksamkeit zukam.

»Meine Tochter wollte sich von Sebastian trennen, wenn er nicht mit seinen Recherchen aufhört. Sie hatte Angst, dass irgendwem aus der Familie etwas zustoßen könnte.«

Marita Meyer horchte auf. »Woran genau machen Sie das fest?«

»Haben Sie einen Tee oder so was? Das dauert hier jetzt länger!«, sagte Adele Kohlstedt und schlug die Beine übereinander.

Zur selben Zeit lag Wim wach in seinem Bett und hatte sich eine Wärmflasche auf den Unterbauch gelegt. Das half meistens ein wenig gegen den permanenten Harndrang und manchmal sogar, wieder einzuschlafen. Gegen seine Gedanken und vor allem gegen seine Wut auf Manfred half aber auch keine Wärme. Wie hatte es nur so weit kommen können? Einst waren sie Freunde gewesen und heute waren sie eher Feinde. Wim hatte noch nie viel Wert auf private Kontakte außerhalb des Dienstes gelegt. Dienst war Dienst und Schnaps war Schnaps. So hatte er es immer gehalten. Aber

Manfred und er, das hatte damals eigentlich ganz gut gepasst. In ihm hatte Wim einen fast gleichaltrigen Kollegen gefunden, mit dem man auch mal über mehr als die Polizeiarbeit reden konnte. Ihm hatte Wim bei einem Feierabendbier sogar von seiner Familiengeschichte erzählt. Wie die Pflege der Eltern ihn auffraß, welche Wut er auf seine Schwester hatte. Manfred hatte seinerzeit sehr verständnisvoll zugehört, nicht viel kommentiert, einfach nur zugehört. Der Alkohol hatte Wims Zunge an jenem Abend immer mehr gelockert und am Ende hatte er dem Kollegen in den Armen gelegen und geweint. Zwei erwachsene Männer innig mitten in einem Irish Pub, vor sich ein halb volles Kilkenny und ein überquellender Aschenbecher. Beim nächsten Treffen hatten die beiden sich zu einer Fahrradtour im Süden Braunschweigs verabredet, und als sie sich bis zum Schloss Richmond und zum Spielmannsteich vorgearbeitet hatten, da erzählte Manfred zum ersten Mal von Roswitha, die er in einer Diskothek kennengelernt hatte. Die beiden jungen Kommissare ließen die Beine ins Wasser baumeln und schauten auf den Teich. Manfred war schwer verliebt und kannte kein anderes Thema mehr als Roswitha. Da hatte Wim schon geahnt, dass Manfred bald weniger Zeit für Treffen nach der Arbeit haben würde. Manfred wiederum hatte Angst, die große Familie von Roswitha kennenzulernen. So etwas wie eine richtige Familie hatte er bisher nie gehabt. Seine Mutter war alleinerziehend gewesen und Geschwister hatte Manfred keine. Damals hatte Wim erkannt, warum Manfred ihm so viel Verständnis entgegenbringen konnte. Beide hatten ein Päckchen mit ihren Familien zu tragen, und beide saßen sie daher irgendwie im selben Boot.

Im selben Boot! Plötzlich schwenkten Wims Gedanken zurück in die Gegenwart und zum Mittellandkanal. Völlig unklar war nach wie vor, wie die Leichen aus Braunschweig nach Hannover gekommen waren. Schleifspuren an den Fersen von Steffi Kohlstedt ließen Rückschlüsse darauf zu, dass der Körper wahrscheinlich noch über Land gezogen worden war, aber danach … oder davor? Wim setzte sich in seinem Bett auf. Das war's vielleicht! Sie mussten unbedingt Boote aller Art ins Visier nehmen. Vielleicht waren die Leichen ja auf dem Wasserweg transportiert worden.

Biggi begann sich allmählich Sorgen zu machen. Sie hatte in den letzten Tagen einen guten Draht zu Rosalie aufgebaut und die beiden einzigen Frauen in der Soko bildeten auch städteübergreifend mittlerweile ein gutes Team. Daher wunderte es Biggi sehr, dass Rosalie gestern Abend so gar nicht auf ihre Anrufe reagiert hatte und permanent die Mailbox ansprang. Eigentlich hatte Rosalie sich schon gestern Nachmittag direkt nach dem Gespräch mit Michael Gänsicker melden wollen. Vielleicht war der Kollegin etwas dazwischengekommen oder sie war zu Hause in einen komatösen Tiefschlaf gefallen. Verdenken konnte sie dies Rosalie nicht. Biggi selbst hatte eine unruhige Nacht hinter sich und war nun kurz davor, einfach vor dem Wecker aufzustehen, nachdem ihre Nachbarin nebenan mal wieder Herrenbesuch hatte und unüberhörbare Laute von sich gab. Als Jutta ihr neulich erst in der Waschküche sehr freizügig von ihren sexuellen Abenteuern mit ihrem Exfreund Roberto berichtet hatte, hatte Biggi ihr insgeheim den Spitznamen »Anal-Jutta« gegeben. Das war sicherlich nicht sonderlich nett, brachte es aber schlicht und einfach auf den Punkt. Biggi wollte sich gar nicht ausmalen, was Jutta nun schon wieder dazu brachte, so einen Geräuschpegel anzuschlagen. Dennoch zog sie vorsichtig an ihren Ohrstöpseln, die sie nachts vor den gröbsten Geräuscheinflüssen schützten, und knipste ihre Nachttischlampe an. Ein starker Kaffee war jetzt das, was sie brauchte. Ein Kaffee, eine Kippe und ein Lebenszeichen von Rosalie.

Rosalie schloss leise die Wohnungstür auf und lugte in den Flur, der nur durch den bläulichen Schein eines Nachtlichts schwach beleuchtet war. Konzentriert lauschte sie in das Innere der Wohnung und konnte außer dem Ticken der großen Uhr im Flur nichts hören. 04.25 Uhr. Mit gezogener Dienstwaffe glitt sie durch den Türspalt in ihre Wohnung und hielt den Atem an. Mit dem Rücken zur Wand sicherte sie zunächst den Weg zu ihrer Küche, die sich auf der rechten Seite befand. Nichts. Dann bewegte sie sich blitzschnell um die Ecke zurück in den Flur und näherte sich ihrer Schlafzimmertür. Rosalie registrierte es sofort. Ihr Bett sah anders aus, als sie es am Morgen verlassen hatte. Auf der Tagesdecke lag ein Foto. Rosalie spürte das Adrenalin durch ihren Körper schießen und näherte sich langsam dem Bett. Sie beugte sich nach vorne, nahm das Foto in die Hand und fühlte das Poltern ihres Herzens, als sie auf das Foto sah. Es war eine Aufnahme von Anne Thormeyer und ihr vor der Grundschule in Lehndorf.

Manfred legte sich so leise wie möglich neben Roswitha. Sie hatte einen gnädigen Schlaf und schnarchte wie ein Sägewerk. Daher hatte sie von einer weiteren schlaflosen Nacht ihres Mannes nichts mitbekommen. Ein Blick auf sein Handy machte Manfred deutlich, dass er noch die Chance auf zwei Stunden Schlaf hatte. Immerhin. Lange würde er dieses Schlafdefizit nicht mehr durchhalten. Als Nebeneffekt setzte ihm der täglich steigende Kaffeekonsum enorm zu. Seinen Blutdruck hatte er vorsichtshalber seit Tagen nicht gemessen. Erst recht nicht, nachdem seine Aktion gegen Wim so dermaßen nach hinten losgegangen war. Aber immerhin hatte er sich nicht vollends aus der Ruhe bringen lassen, sondern Schritt für Schritt und möglichst geräuschlos alles erledigt. Somit war er vielleicht nicht komplett in Ungnade gefallen. Hauptsache, Wim gab erst mal Ruhe. Jetzt musste Manfred sich nur noch um Sebastian Schmidt kümmern, und zwar gründlich, und dann war alles wieder im Lot. Hoffentlich.

38. KAPITEL

Braunschweig 1943

Professor Gänsicker hatte seinen Forschungsbericht fast fertiggestellt. Die oberste Leitung konnte sich auf etwas gefasst machen. Seine Versuchsreihe an den Bisamratten aus der Oker war erfolgreicher verlaufen, als er sich in seinen kühnsten Träumen hatte vorstellen können. Wenn er eine Freigabe von oben erhalten würde, könnten sie endlich mit einer In-vivo-Studie beginnen, und er wusste auch schon, mit welchen Personen. Er tippte die letzten Buchstaben auf seiner geliebten schwarzen Adler-Olympia-Schreibmaschine und zog das Blatt Papier aus dem Einzug. Zusammen mit den übrigen Seiten bildete er einen korrekt ausgerichteten Stapel und schob diesen in einen großen braunen Umschlag. Feierlich nahm er eine Siegelwachsstange aus seiner Schreibtischschublade, hielt sie mit dem Ende über die Flamme seines Feuerzeugs und ließ das tropfende Wachs den Umschlag verschließen. Anschließend erhielt der rote Wachsfleck seinen Siegelstempel mit den Initialen J.G. Geschafft! Der Weg war nicht zu weit und so würde er den Umschlag persönlich abgeben, wenn er mit seinem besten Freund Hubertus zum allabendlichen Spaziergang aufbrach.

»Na, Liebster, kommst du gut voran?«, hörte er eine Stimme hinter sich und legte den Umschlag schnell unter einen Stapel Unterlagen.

»Ja, Bruni, für heute war es das. Ich musste noch schnell einen Bericht für Abteilungsleiter Taubert fertigstellen. Den gebe ich nachher ab, wenn ich mit Hubertus meine Runde drehe.«

»Sag bloß, du machst heute mal pünktlich Feierabend?«, fragte Brunhild und legte Josef eine Hand auf die Schulter.

Dieser drehte sich zu seiner Frau um und nahm ihre Hand. »Ja, solche Tage soll es geben. Ich war fleißig und nun habe ich Zeit für dich und die Jungs. Wo sind die überhaupt?«

Brunhild küsste die Hand ihres Mannes. »Die spielen oben mit Gerd.«

»Gerd Flick?«

»Ja, Gerd von nebenan. Der zeigt den beiden, was er gestern beim Jungvolk gelernt hat. Unsere Bengel können es kaum erwarten, da auch endlich hingehen zu können.«

»Recht so. Das sind anständige deutsche Jungs.«

»Unsere Söhne, mein Lieber. Ich hatte nichts anderes erwartet.«

39. KAPITEL

Sein Puls beschleunigte sich augenblicklich, als das Telefon am Montagmorgen endlich klingelte. Wim hatte das ziemlich ereignislose Wochenende mit seinem Island-Krimi und den Ermittlungsakten zurückgezogen in seiner Wohnung verbracht und seine Ängste vor der bevorstehenden Diagnose mit hinreichend Ouzo betäubt. Die Soko Wasserleiche war keinen Schritt vorangekommen, aber zumindest schien Wim in Sachen Blasenhorror nun auf der Zielgeraden zu sein. Das Display zeigte die Nummer seines Urologen an.

»Praxis Dr. Plog hier, Muñoz-Lopez am Apparat. Herr Schneider, ich möchte einen Telefontermin mit Ihnen vereinbaren. Der Doktor möchte Sie heute Mittag gerne sprechen. Oder könnten Sie vorbeikommen?«

Wim schloss die Augen und versuchte das Bild von den ausladenden Brüsten der kleinen spanischen Sprechstundenhilfe zu verdrängen.

»Ähm, ja. Natürlich. Wurde ja auch mal Zeit, ich habe schon am Freitag den ganzen Tag auf Ihren Anruf gewartet. Ich kann vorbeikommen oder telefonieren. Wie Sie wollen.«

»Dann kommen Sie doch um 12.30 Uhr.«

»Gut, bis dann.« Wim blieb dabei: Die kleine Spanierin hatte etwas Strenges an sich. Er legte das Telefon beiseite und ging zu seinem Kühlschrank. Ein Ouzo am Morgen vertreibt Kummer und Sorgen. Heute würde er das Ergebnis bekommen und er hoffte inständig, dass ihm noch etwas Zeit blieb, dass es eine Therapie gab und dass er sich nicht für den Rest seines Lebens würde einpissen müssen.

»Prost, Gemeinde, ich trinke für euch alle!« Wim taperte unruhig durch die Wohnung, murmelte seinen Trinkspruch vor sich hin und nickte seiner Oma im goldenen Bilderrahmen zu. Runter mit dem Gesöff. »Bah, fürchterlich!«, schoss es aus ihm heraus. Er brachte das Glas in die Küche, wo bereits sein aufgeklappter Dienst-Laptop auf ihn wartete. Entgegen seinen eigentlichen Gewohnheiten hatte er das Teufelsgerät ausnahmsweise mit nach Hause genommen. Er war darauf vorbereitet, zum ersten Mal in seinem Leben Homeoffice zu machen, weil er für den Notfall ganz sicher gehen wollte, mit einer wie auch immer aussehenden Diagnose im Nacken nichts und niemanden heute sehen zu müssen. Sein Team ließ er in dem Glauben, dass er einmal mehr ganz dringend zu Hause bleiben musste, weil mal wieder ein Handwerker vorbeikam. Zwar gab es gerade keine akuten Probleme, aber das Hickhack mit seiner 25 Jahre alten Gaskombi-Therme war legendär. Biggi war dankbar gewesen, dass er es dieses Mal wenigstens mit dem Laptop daheim versuchen wollte, anstatt nur telefonisch erreichbar zu sein.

Wim tippte sein Passwort ein, »Sigrid_B_aus_38HE«, und wartete, dass das Gerät hochfuhr. Immerhin, nach wenigen Sekunden erkannte er seine ihm gewohnte Bildschirmoberfläche. »Verrückt!«, murmelte Wim. »Sieht ja wirklich aus wie im Büro.« Er öffnete sein E-Mail-Programm und inspizierte den Posteingang. Keine Neuigkeiten seit gestern Abend. Das konnte doch gar nicht sein, denn Biggi hatte ihm heute Morgen um 05.30 Uhr eine SMS geschickt, dass eine ganz frische Zeugenaussage von Adele Kohlstedt eingegangen sei, die sie direkt an Wim weitergeleitet hätte. Wim drückte mehrfach auf »Aktualisieren«, aber es tat sich nichts. »Verdammt noch mal. Ich hasse diese Technik!«, fluchte er vor sich hin und entschied sich, Biggi anzurufen.

»Buongiorno, bello, was macht la Homeoffice?«, begrüßte ihn Biggi für seinen Geschmack zu fröhlich und vor allem zu italienisch.

»Bello? Ich bin doch kein Hund! Nichts macht das beschissene Homeoffice! Guten Morgen. Ich kann keine Mails empfangen. Und ohne Mails bin ich aufgeschmissen!«

»Bist du denn online?«

»Ja, natürlich bin ich online. Ich habe ja das E-Mail-Programm geöffnet. Aber deine Mail ist nicht da. Die von heute Morgen. Sag mal, hast du nicht geschlafen? 05.30 Uhr! Machst du heute auch Homeoffice?«

»Nein, Wim, ich bin im Büro. Und zwar seit 06.00 Uhr. Aber ich hatte meinen Laptop mit nach Hause genommen, um noch was nachzuarbeiten. Und als ich in der Tat mal wieder grottenschlecht geschlafen habe, habe ich halt E-Mails geschrieben und verschickt. Was du heute kannst besorgen … Du kennst den Spruch ja.«

»Also Biggi, echt jetzt. Hast du nachts nichts Besseres zu tun, wenn du nicht schlafen kannst?«

»Sorry, aber mich treibt dieser Fall nun mal genauso um wie uns alle und wenn ich schon dank ›Anal-Jutta‹ kein Auge zubekomme, dann wollte ich wenigstens was Nützliches machen!«

»Anal-Jutta?«, fragte Wim verdattert. »Habe ich das gerade richtig verstanden?«

»Ja, hast du, aber das erzähle ich dir vielleicht ein anderes Mal.«

»Ich bitte drum!«, erwiderte Wim. »Dieser Name ist eine Erklärung wert.«

»So, nun aber zu deinem technischen Problem«, kehrte Biggi zum Thema zurück. »Schau doch mal bitte unten rechts neben der Uhrzeit auf deinem Bildschirm. Wie sieht das Internetzeichen aus?«

»Das Internetzeichen?«

»Ja, das Internetzeichen. Schaut aus wie ein halber Regenbogen, nur nicht in bunt«, erklärte Biggi.

»Halber Regenbogen? Ah, ich hab's! Da ist ein gelbes Dreieck drüber, mit einem schwarzen Ausrufezeichen in der Mitte.«

»So was habe ich mir gedacht. Gehe mal bitte mit deiner Maus auf das Symbol. Was passiert dann?«

»Da steht jetzt, dass ich keinen Internetzugriff habe.«

»Eben. Und darum bist du nicht online, sondern offline.«

»Ich drehe hier bald durch!«, schrie Wim in den Hörer. »Und was mache ich jetzt? Offline kann ich nicht arbeiten!«

»Tja, entweder hörst du mir jetzt in Ruhe zu und ich erkläre dir Schritt für Schritt, was zu tun ist, oder du kommst ins Büro!«

»Okay, dann leg los«, stöhnte Wim und schaute sehnsüchtig auf das leere Schnapsglas am Rand seines Spülbeckens.

»Wiegand!«

»Hier ist Rosalie, guten Morgen.«

»Was ist denn los? Sonst bist du doch immer vor mir im Büro?«, stellte Manfred fest.

»Heute nicht, Manfred. Ich habe noch was zu erledigen. Außerdem habe ich schon wieder wahnsinnige Kopfschmerzen und komme heute vielleicht gar nicht rein. Ich wollte deswegen nur Bescheid sagen.«

»Schon wieder Kopfschmerzen, wie kommt's?«, erkundigte sich Manfred.

»Schlecht geschlafen und Frauenprobleme, du weißt schon. Also vielleicht bis später«, log Rosalie und beendete das Gespräch. Sie saß noch immer mit zitternden Händen auf ihrem Bett und schaute auf das Foto, das jemand auf ihrem Bett platziert hatte. Auf das Foto und den Brief, den

Michael Gänsicker ihr zum Abschied in die Hand gedrückt hatte.

»Nun sagen Sie schon, was die Dame von der Polizei wollte!« Roswitha Wiegand hatte sich im Türrahmen des Büros ihres Chefs aufgebaut und die Arme vor ihrem Busen verschränkt.

»Das sind polizeiliche Ermittlungen und ich bin um absolute Verschwiegenheit gebeten worden«, erklärte Martin Hussel mit ernster Miene.

»Entschuldigung, aber das ist doch lächerlich. Wenn Frau Höfgens am Telefon nichts dazwischengekommen wäre, dann hätte sie mich doch direkt gefragt!«

»Und dann hätte sie Sie vermutlich auch um Verschwiegenheit gebeten. Frau Wiegand, Ihr Mann ermittelt in diesem Fall. Sehen Sie denn gar nicht, dass das vielleicht ein Problem sein könnte?«

Roswitha Wiegand verdrehte die Augen. »Ja, schon klar, aber bin ich denn so wenig vertrauenswürdig?«

»Das habe ich nicht gesagt. Aber ich halte mich an die Vorgaben der Polizei. Und dabei bleibt es!«

Eingeschnappt machte Roswitha Wiegand kehrt und ging in ihr Büro zurück. So was war ihr in über 30 Dienstjahren noch nicht passiert. Ihr eigener Chef fiel ihr in den Rücken. Aber sie würde schon noch herausfinden, was hier lief!

»Frau Thormeyer, hier ist Rosalie Helmer!«

»Rosalie, wie schön, von Ihnen zu hören. Wie geht es Ihnen? Ich wollte mich auch schon die ganze Zeit bei Ihnen melden, aber ich hatte einfach so viel um die Ohren! Das Anstrengendste am Beruf des Lehrers sind die Eltern, das können Sie mir glauben!«, sagte Anne Thormeyer und klemmte sich das Handy zwischen Ohr und Schulter, um nebenbei ihre Jacke anzuziehen.

»Das glaube ich Ihnen!«, erwiderte Rosalie. »Sagen Sie, können wir uns heute irgendwo treffen? Ich müsste dringend etwas mit Ihnen besprechen.«

»Heute? Mmh, das wird knapp.«

»Es ist wirklich wichtig, nur eine halbe Stunde!«

»Also gut. Ich bin gerade auf dem Sprung, aber es geht sicher um Marta und duldet keinen Aufschub?«

»Das erzähle ich Ihnen dann.«

»Okay, jetzt machen Sie es aber spannend. Also ich muss nun erst mal in die Schule, aber heute Mittag kann ich freimachen. Sagen wir um 13.00 Uhr beim Bäcker im Einkaufszentrum ›Weißes Ross‹ an der Celler Straße? Ich muss eh noch ein paar Einkäufe erledigen und dann kann ich das mit einem Kaffee mit Ihnen verbinden.«

Rosalie hatte sich ein Wiedersehen mit der Direktorin anders vorgestellt, war aber dankbar, dass diese ein Treffen so kurzfristig einrichten konnte.

»Gerne, Frau Thormeyer, ich werde da sein.«

40. KAPITEL

Wim schaute auf seine Armbanduhr. In einer Stunde musste er zum Arzt. Er konnte sich kaum auf das konzentrieren, was Biggi ihm per E-Mail weitergeleitet hatte. Aber immerhin war er nun online. Erst nachdem er die IT-Abteilung der Polizei angerufen und diese ihn für das Homeoffice freigeschaltet hatte, konnte er endlich auch seine E-Mails abrufen. Das mit der Freischaltung hätte Biggi ihm aber auch wirklich mal früher sagen können. Stattdessen hatte sie ihn am Telefon ewig und drei Tage mit der Eingabe irgendwelcher WLAN-Kennwörter gequält, was ihn beim gefühlt zwölften Versuch fast an seinem Verstand hatte zweifeln lassen. Nun war dieser Technik-Hickhack aber behoben und Wim konnte in aller Ruhe die Zeugenaussage von Adele Kohlstedt lesen. Die Mutter ihres ersten Mordopfers war mitten in der Nacht in der Polizeiwache Lehndorf aufgetaucht und hatte darauf bestanden, noch an Ort und Stelle eine Aussage zu machen. Wim musste schmunzeln, denn er kannte solche hartnäckigen älteren Personen nur zu gut.

Adele Kohlstedt hatte angegeben, so schnell wie möglich das Sorgerecht für Marta beim Jugendamt beantragen zu wollen, weil sie jegliches Vertrauen in den Vater ihrer Enkeltochter verloren hatte und der festen Überzeugung war, dass man das Kind nicht länger in seiner Obhut belassen durfte. Sebastian Schmidt habe in den letzten Wochen und Monaten einfach unverantwortlich gehandelt und Steffi und Marta vorsätzlich in Gefahr gebracht. Auf Nachfrage der diensthabenden Polizeibeamtin Marita Meyer hatte Adele Kohlstedt ausgeführt, dass es wegen der Arbeit ihres Schwiegersohns zuerst zu massiven Beziehungsproblemen und dann sogar zu einer Gefährdungslage gekommen sei. Außerdem habe Sebastian wegen seiner Depressionen immer mehr Medikamente genommen. Auch vor dem Kind. Das sei doch nicht die Umgebung, in der ein Kind aufwachsen sollte.

Wim fragte sich beim Lesen, ob das die Worte der alten Dame waren oder ob Kollegin Meyer bemüht gewesen war, sich besonders gewählt auszudrücken. Die sogenannte »Gefährdungslage« wurde mit Drohbriefen beschrieben, die Sebastian Schmidt erhalten und die Steffi nur zufällig gefunden und von denen sie ihrer Mutter erzählt hatte. Hier würde Wim nachhaken müssen. Wenn es tatsächlich mehrere Briefe waren, so hatten sie diese bei der Hausdurchsuchung nicht gefunden. Es gab nur diesen einen Brief, der sich mittlerweile eingetütet bei den Asservaten befand. Sebastian Schmidt hatte seine Familie sehenden Auges in Gefahr gebracht, weil er seine Recherchen trotz der Drohungen gegenüber seiner Familie weitergeführt hatte. Adele Kohlstedt war davon überzeugt, dass Marta entführt wurde, um Druck auf Sebastian auszuüben, und sie war fest davon überzeugt, dass ihre Tochter deswegen sterben musste. Mit Verbrechern hätte ihr Schwiegersohn sich eingelassen. Blind vor Ehrgeiz, die beste Reportage seiner jämmerlichen beruflichen Laufbahn zu schreiben. Er hatte alles diesem Ziel untergeordnet und sein eigenes Fleisch und Blut dafür wissentlich geopfert. Daher habe Steffi ihn auch verlassen und mit Marta vorübergehend zu den Kohlstedts nach Wolfenbüttel ziehen wollen. Gleich nach dem Sizilienurlaub.

Wim legte die Ausdrucke kurz beiseite und schaute durch das Küchenfenster in den Garten. So aufbrausend Adele Kohlstedts Auftreten gewesen sein mochte, irgendwie überzeugte ihn, was er da las. Sebastian Schmidt war getrieben von seiner Arbeit und sicherlich auch von dem Druck zu beweisen, dass er ein guter Journalist war, allen voran seinen enttäuschten Eltern. Er hatte die ganz große Story gewittert, aber würde er dafür seine Familie und sich selbst in Gefahr bringen? Oder hatte er die Situation falsch eingeschätzt und zu viel riskiert? Wim nahm sich vor, unbedingt noch mit Rosalie zu sprechen, um zu erfahren, was sie bei Michael Gänsicker herausbekommen hatte. Sein Instinkt sagte ihm, dass sie kurz vor dem Durchbruch standen. Und wenn Sebastian Schmidt erst mal wieder vernehmungsfähig wäre … Wim unterbrach sein Gedankenkarussell und warf einen kritischen Blick auf sein Diensthandy, das vor ihm auf der Tischplatte zu vibrieren begonnen hatte. Eine Braunschweiger Nummer. »Manfred am Morgen, dann hast du keine Sorgen«, sagte Wim leise vor sich hin und entschied sich, den Anruf anzunehmen.

»Schneider!«

»Hallo, Wim, hier ist Manfred! Ich wollte nur Bescheid geben, dass ich gerade im Klinikum war und dass es Sebastian Schmidt wieder schlechter geht. Die Ärzte meinten, dass er noch weit weg davon sei, vernommen zu werden.«

»Moin, Manfred, so ein Mist. Wir brauchen diese Aussage so dringend. Ich lese gerade die Zeugenaussage von Adele Kohlstedt und ich zweifele mittlerweile mehr denn je, dass Sebastian Schmidt sich das Leben nehmen wollte.«

»Ach was, warum denn? Und wieso Adele Kohlstedt? Ist die wieder im Lande?«

»Hast du deine E-Mails etwa noch nicht gelesen? Biggi hat vorhin das Gesprächsprotokoll, das übrigens bei euch in Braunschweig verfasst wurde, an den großen Soko-Verteiler geschickt.«

»Ich bin noch nicht dazu gekommen, meine E-Mails zu lesen. Erst hatte ich einen Streit mit Roswitha am Telefon und dann bin ich direkt in die Klinik gefahren.«

»Ein Streit mit der Gattin? Hängt der Haussegen schief?«, fragte Wim und konnte sich einen Anflug von Schadenfreude nicht verkneifen.

»Geht so. Sie ist beleidigt, weil sie sich von mir nicht gut informiert fühlt. Ach, vergiss es. Lass uns nicht drüber sprechen.«

»Na, wie du meinst, geht mich ja auch nichts an. Also jedenfalls hat Adele Kohlstedt ausgesagt, dass Familie Kohlstedt-Schmidt bedroht worden sei und Sebastian Schmidt trotz dieser Drohungen nicht von seinen Recherchen ablassen wollte. In der Konsequenz wollte Steffi ihn verlassen und Marta mitnehmen.«

»Oh, das klingt nach einem Motiv«, stellte Manfred fest. »Mord aus Verzweiflung oder ein zeitlich versetzter erweiterter Suizid.«

Wim schwieg kurz am anderen Ende der Leitung. Manfred hatte vielleicht gar nicht so unrecht.

»Bist du noch da?«, erkundigte sich Manfred nach einer spürbar zu langen Gesprächspause.

»Ja, bin ich. Darüber habe ich auch schon nachgedacht. Aber das mit dem zeitlich versetzten und erweiterten Suizid ist dann doch eher sehr ungewöhnlich, oder?«

Rosalie war überpünktlich auf das Parkdeck des Einkaufszentrums gefahren und schaute sich auf der Rolltreppe nach unten noch einmal das Foto an, das sie auf ihrem Bett vorgefunden hatte. Es handelte sich eindeutig um ein mit einem Zoom aufgenommenes Bild, vermutlich eine Handyaufnahme. Anne Thormeyer und sie waren in einer Gesprächssituation zu erkennen und sie musste zugeben, dass es zwischen den beiden Frauen recht vertraulich aussah. Neben der Tatsache, dass jemand ihr offenbar schon bei ihrem Besuch in die Grundschule Lehndorf gefolgt war, machte ihr der nächtliche Besuch in ihrer Wohnung viel mehr zu schaffen. Die erste Ungereimtheit war ihr aufgefallen, als sie ihr Büro in der Münzstraße abends verlassen hatte. Sie war das Gefühl nicht losgeworden, dass sie jemand verfolgte, hatte aber trotz größter Obacht nichts und niemanden entdecken können. War vorher in Wolfenbüttel vielleicht auch schon etwas gewesen? Rosalie versuchte den gestrigen Tag noch einmal Schritt für Schritt in Gedanken durchzugehen und stolperte beinahe, als die Rolltreppe unten in der Ladenzeile angekommen war. Sie schaute nach rechts, wo sich an einer Ecke die Bäckerei und ein dazugehöriges Café befanden und wo Anne Thormeyer bereits mit zwei zwischen ihren Füßen abgestellten Papiereinkaufstüten wartete. Wie wunderschön diese Frau doch war. Rosalie lächelte, als Anne Thormeyer zur Begrüßung von Weitem winkte, und ging zielstrebig auf die Lehrerin zu.

»Hallo, ich mag pünktliche Menschen!«, sagte Rosalie.

»Dann sind wir ja schon zu zweit. Hallo, Frau Helmer. Wollen wir einen Kaffee trinken?«

»Sehr gerne. Suchen Sie uns mal eine ruhige Ecke und ich organisiere die Verpflegung.«

Anne Thormeyer nickte lächelnd. »Wird erledigt. Aber ich bezahle selbst. Sie wissen ja, keine Annahme von Geschenken bei Beamten.«

Rosalie lachte auf. »Da kenne ich mich aus. Getrennte Kassen, kein Problem.«

Dr. Plog saß Wim in seinem sterilen Behandlungsraum gegenüber, während Wim seine Worte wie durch einen dichten Nebel wahrnahm. »Kein Krebs, Herr Schneider. Wir hatten Glück, dass das Labor so schnell war und das Warten frühzeitig ein Ende hat.«

Wim sackte in seinem Stuhl zusammen und spürte, wie

Adrenalin seinen Körper durchströmte und ihm kalter Schweiß ausbrach.

»Herr Schneider, geht es Ihnen nicht gut? Es ist wirklich Glück im Unglück. Operieren müssen wir trotzdem dringend. Der Tumor muss raus.«

»Kein Krebs? Mein Gott, bin ich erleichtert. Sind Sie ganz sicher, Herr Doktor?«, fragte Wim und richtete sich langsam wieder in seinem Stuhl auf.

»Nun ja. Die Symptome, die durch einen gutartigen Blasentumor verursacht werden, gleichen oftmals denen eines bösartigen Tumors. Der Patient verspürt im Anfangsstadium keine Schmerzen.«

»Genau, so war es ja bei mir auch. Ich musste nur ständig auf die Toilette«, bestätigte Wim.

»Richtig. Aber ein ständiger Harndrang und ein geringer Harnabgang können sowohl auf einen gutartigen als auch auf einen bösartigen Harnblasentumor hinweisen und auf einige andere urologische Erkrankungen. In Ihrem Alter muss man da auch an die Prostata denken«, erläuterte Dr. Plog.

»In meinem Alter?«

»Ja, Herr Schneider. Veränderungen der Prostata sind bei Männern über 60 nichts Ungewöhnliches. Aber nun zurück zu Ihrer akuten Erkrankung. Eines der ersten Anzeichen für einen Tumor in der Harnblase ist Blut im Urin. So war es bei Ihnen auch. Schmerzen treten erst in einem fortgeschrittenen Stadium auf. Die Symptome ähneln zudem den Anzeichen auf einen Blaseninfekt. Mit diesen Symptomen sind Sie ja zunächst bei Ihrem Hausarzt vorstellig geworden, der Sie dann zu mir geschickt hat.«

Wim stimmte mit dem Arzt überein. »So war es. Ganz genau.«

»Sehen Sie, und aus diesen Gründen muss vom Arzt die Ursache geklärt werden. Hierfür können eine Urinuntersuchung, eine Blutuntersuchung und ein Ultraschall der Blase durchgeführt werden. All das haben wir hier in der Praxis gemacht und um ganz sicherzugehen dann noch die ambulante Blasenspiegelung im Krankenhaus.«

»Und nun bestehen wirklich keine Zweifel mehr?«, fragte Wim noch einmal nach.

»Nein. Ich habe bei der Blasenspiegelung eine Gewebeprobe entnommen, die im Labor untersucht wurde, und es bestehen meines Erachtens keine Zweifel mehr.«

»Aber eine Operation ist jetzt nötig? Ich stecke mitten in Mordermittlungen.«

»Herr Schneider, für eine Operation gibt es aus Sicht der Patienten eigentlich nie den richtigen Zeitpunkt. Aber Ihr Tumor macht ja nun wahrlich schon genug Probleme und er wächst weiter. Sie müssen nicht hier und heute operiert werden, aber wir sollten da trotzdem zeitnah ran.«

»Wir wurden beobachtet?« Anne Thormeyer nippte an ihrem Kaffee und schaute Rosalie ungläubig an. »Was hat das zu bedeuten?«

Rosalie drehte den vor sich stehenden Teller, auf dem ein Mandelhörnchen lag, im Kreis und suchte nach den richtigen Worten.

»Bitte, Frau Thormeyer, ich möchte Sie nicht ängstigen. Das müssen Sie mir glauben. Aber ich mache mir Sorgen und ich möchte, dass Sie aufmerksam sind. Irgendjemand hat uns in der Grundschule fotografiert und mir das Foto zukommen lassen. Das ist eine Botschaft. Vermutlich so was wie: ›Ich beobachte dich.‹ Das bezieht sich vor allem auf mich. Aber Sie sind jetzt involviert, was mir aufrichtig leidtut.«

»Es fühlt sich auch offen gesagt ein wenig beängstigend an!«, erwiderte Anne Thormeyer mit sorgenvoller Miene.

Einem Reflex folgend nahm Rosalie Anne Thormeyers Hand und schreckte im selben Augenblick zurück. Sie sah Rosalie an und lächelte. »Das ist in Ordnung. Ich bin übrigens Anne.«

Rosalie überkam eine Welle von Glückshormonen. Sie erwiderte Annes Lächeln und merkte, dass sie rot wurde. »Rosalie und danke.« Sie nahm Annes Hand erneut und drückte sie leicht. »Ich verstehe deine Ängste absolut. Ich vermute, dass irgendjemand glaubt, er könnte mich mit diesem Foto unter Druck setzen. Aber das wird ihm oder ihr nicht gelingen«, sagte Rosalie und hoffte im Stillen, dass sie Recht behalten würde.

41. KAPITEL

Mühevoll richtete sich Sebastian Schmidt in seinem Bett auf. Er fühlte sich immer noch ein wenig benommen und hatte einen metallischen Geschmack im Mund.

»Langsam, langsam, mein Junge. Hier, trink erst mal was«, sagte Mechthild Schmidt, drückte ihren Sohn sanft in sein Kopfkissen zurück und reichte ihm ein Glas lauwarmes Leitungswasser mit einem Strohhalm. »Kleine Schlucke und nicht zu hastig. Dein Magen muss sich erst mal erholen.«

Sebastian Schmidt nahm das Glas entgegen und zog an dem Strohhalm. »Bäh, gibt's auch etwas anderes als einfach nur Wasser? Irgendwas mit Geschmack?«

»Schon wieder ganz der Alte«, sagte Reiner Schmidt und lächelte seinen Sohn von der anderen Seite des Bettes glücklich an.

»Dieses Krankenhausgrün steht euch«, sagte Sebastian und versuchte es mit einem kleinen verschmitzten Grinsen.

»Frag mal deine Mutter, wie sie sich in diesem Outfit gefällt«, erwiderte Reiner Schmidt.

»Was soll man machen? Man wird ja genötigt, diese Kluft zu tragen, wenn man auf die Intensivstation will. Also sieh zu, dass du möglichst schnell gesund wirst, damit wir dich in normaler Kleidung auf einer normalen Station besuchen können«, sagte Sebastians Mutter.

»Ich brauche sicherlich noch ein bisschen. Ich bin so müde.« Sebastians Stimme klang leise.

»Das ist ja auch kein Wunder, nach dem, was du dir reingepfiffen hast.«

»Reiner, sei ruhig! Das ist doch jetzt egal«, würgte Mechthild Schmidt ihren Mann ab.

»Wie meinst du das, Papa? Was soll ich mir denn alles reingepfiffen haben?«

Reiner Schmidt sah seine Frau irritiert an. »Ja, weißt du das denn gar nicht mehr, mein Junge?«

Panisch wanderte der Blick von Sebastian Schmidt zu seiner Mutter. »Ich weiß nichts mehr, Mama! Ich weiß nicht, was passiert ist!«

»Rosalie, endlich! Ich habe mir schon Sorgen gemacht!« Biggi war die Erleichterung am Telefon anzuhören, als Rosalie sie am Nachmittag endlich zurückrief.

»Entschuldigen Sie. Es tut mir sehr leid. Ich habe es einfach versäumt, mich zeitnah bei Ihnen zurückzumelden. Ich habe so viel um die Ohren.«

»Ich hatte mir so was schon gedacht. Kein Problem. Wie war es denn nun in Wolfenbüttel?«

Rosalie schluckte. »Also Herr Gänsicker ist eine beeindruckende Persönlichkeit und äußerst wohlhabend. Ich kam mir in seinem Anwesen fast ein bisschen vor wie bei Downton Abbey.«

»So mondän? Ich liebe diese Fernsehserie!«, schwärmte Biggi.

»Schon sehr vornehm und dekadent, natürlich nicht so groß wie ein englischer Landadelssitz, aber in Wolfenbüttel sicherlich eine der ersten Adressen.«

»Und wie war denn nun das Gespräch? Neue Erkenntnisse?«, hakte Biggi nach.

»Ja und nein«, begann Rosalie mit ihren Ausführungen. Während Biggi konzentriert zuhörte, warf Rosalie immer wieder einen Blick auf den Brief, der vor ihr lag.

»Und das war's?«, fragte Biggi, als Rosalie eine Redepause einlegte.

»Ja, das war's erst mal«, erwiderte Rosalie intuitiv und packte den Brief von Michael Gänsicker wieder in den Umschlag, den sie dann in ihrem Rucksack im Fußraum des Autos verschwinden ließ.

»Steffen Kohlstedt, so, so. Genau der hat sich auch beim Grundbuchamt Braunschweig nach der Liegenschaft am Gaußberg erkundigt und tatsächlich so viele Gründe vorgetragen, dass man ihm Michael Gänsicker als Besitzer offenbart hat«, erläuterte Biggi.

»Das passt dann ja wirklich zusammen«, stellte Rosalie fest.

»Ja, endlich passt hier mal was zusammen. Wir sind uns doch einig, dass Steffen Kohlstedt eigentlich Sebastian Schmidt ist?«

»Da sind wir uns einig, ja«, bestätigte Rosalie. »Und was ist mit Manfreds Frau?«

»Die war Gott sei Dank nicht beteiligt. Sie war krank, als Sebastian Schmidts Anfrage bearbeitet wurde, sodass ihre Vertretung übernommen hat. So hat es mir ihr Vorgesetzter bestätigt, nachdem er die Anfrage und ihre Beantwortung in der Sachakte nachvollzogen hatte.«

»Also weiß sie nur vielleicht von dem Vorgang.«

»Man kann es nicht gänzlich ausschließen«, sagte Biggi. »Herr Hussel, also Roswithas Chef, hat mir erklärt, dass die laufenden Geschäfte der Verwaltung möglichst nahtlos vertreten werden und offene Vorgänge, die in Abwesenheit angefangen wurden, auch vom Vertreter beendet werden. So was wie Arbeitsplatzübergaben nach Rückkehr gibt es nicht wirklich.«

»Also weiß Roswitha Wiegand – wenn überhaupt – nur durch ein zufälliges Gespräch unter Kollegen von dem Vorgang oder weil sie die Akte noch mal irgendwann in der Hand hatte?«

»Ja, so stelle ich mir das vor«, bestätigte Biggi. »Aber ich werde sicherlich nicht deswegen bei ihr nachfragen.«

»Um Gottes willen, nein!«, erwiderte Rosalie bestimmt. »Wir wollen ja keine schlafenden Hunde wecken.«

»Also ich fasse mal zusammen. Wir wissen, dass Sebastian Schmidt ein großes Interesse an der Villa am Gaußberg hatte und recherchiert hat, ob während der Nazi-Zeit dort und vielleicht auch noch an anderen Orten Versuche am Menschen durchgeführt wurden«, sagte Biggi.

»Ja, und ich erinnere auch an das Gebäude der Krankenkasse, das in seinen Aufzeichnungen vorkommt«, ergänzte Rosalie.

»Richtig, hierzu haben wir aber nur eindeutige Erkenntnisse über die grausamen Machenschaften der SS. Eine direkte Verbindung zur Villa am Gaußberg ist bisher nirgends belegt. Und wir haben den alten Stadtplan, der die Orte miteinander verbindet.«

»Und dann ist da noch Michael Gänsicker«, sagte Rosalie.

»Der aber vehement abstreitet, dass sein Vater irgendwelche Versuche durchgeführt hat oder an diesen beteiligt war«, konkretisierte Biggi. »Allerdings ist gleich mehreren Personen, die mit der Villa etwas zu tun haben, in den letzten Tagen und Wochen etwas zugestoßen. Dem Journalisten, der recherchiert, der Frau, mit der er zusammenlebt, und der gemeinsamen Tochter.«

»Vergessen wir nicht den Immobilienmakler, der die Villa verkaufen soll, und seine Freundin.« Rosalie vergrub ihr Gesicht in den Händen. »Gut, dass Sie mich gerade nicht sehen können. Ich raufe mir gleich die Haare.«

»Es geht doch ganz offensichtlich darum, diese Villa irgendwie zu schützen«, stellte Biggi fest. »Beziehungsweise darum, den Verkauf zu verhindern. Was ist in diesem Zusammenhang eigentlich mit Greta Stein, der Bewohnerin des Gartenhauses? Vielleicht müssen wir da mal nachhaken.«

Rosalie hatte es kommen sehen und warf erneut einen Blick auf ihren Rucksack. Biggi Höfgens war eine sehr gute und erfahrene Ermittlerin. »Biggi, Sie haben recht. Darum kümmere ich mich. Noch heute, gleich jetzt.«

42. KAPITEL

»So, die ist für dich!« Freudestrahlend und ein wenig stolz stand Wim mit einer lilafarbenen Orchidee vor Biggi und stellte ihr die Pflanze demonstrativ mitten auf den Schreibtisch. Das Homeoffice konnte ihn mal gerne haben. Es gab doch nichts über ein ordentliches Büro.

Verdutzt ließ Biggi ihren Blick zwischen der Pflanze und Wim hin- und herwandern. »Sag mal, geht's dir nicht gut? Danke! Womit habe ich das denn verdient?«

»Du hast es verdient. Einfach so.«

»Also, Wim, da fehlen mir die Worte. Und das will was heißen. Dass du mich nach so vielen Jahren immer noch überraschen kannst.«

»Es freut mich, wenn es dich freut!«, erwiderte Wim zufrieden.

»Oder hast du einen Hintergedanken?«

»Vielleicht«, entgegnete Wim zögerlich. »Aber nur ganz vielleicht.«

»Ich wusste es!«, schnaubte Biggi. »Die reine Nächstenliebe ist dir fremd.«

»Na, na, na. Nun werde mal nicht unverschämt. Ich wollte dir wirklich gerne etwas schenken. Aber ich habe auch einen kleinen Arbeitsauftrag für dich, und zwar unabhängig von der Orchidee.«

»Okay, was gibt es denn?«, seufzte Biggi.

»Ich habe noch mal intensiv über unsere beiden Wasserleichen nachgedacht. Irgendwie müssen die nach Hannover gekommen sein.«

»Das ist wohl so.«

»Genau. Und es gibt überhaupt keine Hinweise, wie das

passiert sein soll. Es gibt Schleifspuren an den Fersen der Toten. Okay. Aber niemand hat ein Auto gesehen, das irgendwie auffällig war. Niemand hat überhaupt irgendwas beobachtet«, stellte Wim fest.

»Außer Erna Lewandowsky und ihr Hund Dolly«, lachte Biggi.

»Ach ja, die hätte ich fast vergessen«, sagte Wim. »Also wie dem auch sei. Da wir keine Autos oder Autohalter überprüfen können, habe ich an Boote gedacht.«

»Weil man die Leichen auch auf dem Wasserweg transportieren könnte«, erwiderte Biggi und fasste sich an die Stirn. »Dass wir da nicht eher draufgekommen sind.«

»Na ja, es ist ja nicht so, dass dieser Fall nicht recht komplex ist und wir nicht in viele Richtungen ermitteln mussten. Und manchmal sieht man ja auch den Wald vor lauter Bäumen nicht.«

»Und wie wollen wir jetzt vorgehen?«

»Also eigentlich wäre das meines Erachtens eher eine Aufgabe für die Braunschweiger, immer noch davon ausgehend, dass die Morde in Braunschweig ausgeführt wurden. Aber Rosalie scheint mir maximal belastet zu sein und Manfred traue ich gerade nicht so richtig. Und der Rest der Truppe, na ja.«

»Und wir haben den Druck von Cassensmeier und überhaupt«, ergänzte Biggi.

»So ist es. Wir müssen vorankommen und wir müssen auch Ergebnisse liefern. Daher bist du jetzt dran, Biggi. Ich muss mich einfach drauf verlassen können. Bitte nimm dir mal den Hafen in Braunschweig vor und auch Sportboot- und Jachthäfen in der Nähe von Braunschweig, direkt am Mittellandkanal.«

Biggi machte sich ein paar Notizen. »Okay, ich überprüfe alle Bootsbesitzer an den Anlegestellen. Das ist ein guter Ansatz.«

»Danke, Biggi. Du bist die Beste. Und das meine ich wirklich ernst.«

Rosalie hatte den Weg vom Einkaufszentrum an der Celler Straße bis zum Gaußberg in weniger als zehn Minuten mit dem Auto zurückgelegt und in der Bammelsburger Straße einen der seltenen Parkplätze ergattert. Wie im Telefonat mit Biggi vereinbart, wollte sie direkt zu Greta Stein fahren und der alten Dame auf den Zahn fühlen. Und sie würde den Brief in ihrem Rucksack mitnehmen und Greta Stein damit konfrontieren. Rosalie hatte das Gauß-Denkmal am Fuße des Berges im Blick, als sie nach links in die Straße einbog und relativ schnell die Villa von Michael Gänsicker gefunden hatte. Das renovierungsbedürftige, aber stattliche Gebäude fiel zwischen den anderen sanierten Altbauten deutlich auf und war daher nicht zu verfehlen. Das Eingangstor war nur angelehnt, sodass Rosalie leichtes Spiel hatte, auf das Grundstück zu gelangen. Vorne am Haupthaus musste sie es gar nicht erst versuchen, denn hier wohnte ja gerade niemand. Also entschied sie sich für den Weg, der links am Haus vorbeiführte, und gelangte zum großzügigen Garten, der etwa auf der Hälfte der Rasenfläche durch einen weiteren Zaun geteilt war. Rosalie musste blinzeln, als sie in die Sonne schaute, und erkannte ganz in der Nähe des Flussufers das Gartenhaus, in dem Greta Stein wohnte. Dieser Teil des Gartens war perfekt gepflegt, alles grünte und blühte und Rosalie verstand sofort, dass Greta Stein hier nicht ausziehen wollte. Der zur Villa gehörende Gartenanteil hingegen machte einen verwilderten Eindruck.

Der gepflasterte Weg endete am linken äußeren Rand des Gartenzauns, wo Rosalie neben einem alten Briefkasten, auf dem »Nr. 9a« und der Name »Stein« standen, eine Pforte ausmachte. Sie näherte sich, um nach einer Klingel zu suchen, die es aber offensichtlich nicht gab. Stattdessen ließ die Pforte sich ganz einfach öffnen, indem Rosalie die schwarze Klinke nach unten drückte. Das letzte Stück zum Gartenhaus musste sie über einen geschwungenen Weg zurücklegen, der sich perfekt in diese kleine Gartenlandschaft einfügte. Rosalie erfasste schnell, dass sich niemand im Garten aufhielt, erkannte aber auch, dass eines der kleinen Butzenfenster des Gartenhauses geöffnet war.

»Hallo! Frau Stein! Ist jemand zu Hause?«, rief Rosalie in Richtung des Hauses und hoffte auf eine Antwort. »Halloooo!?« Rosalie horchte angestrengt, konnte aber keine Reaktion feststellen.

Vorsichtig näherte sie sich dem Gartenhaus, erkannte, dass es zur Oker ausgerichtet noch eine Terrasse gab, und schreckte kurz zusammen, als metallische Laute aus dem Baum neben ihr erklangen. Ein harmloses Windspiel. Mehr nicht.

»Hallo? Frau Stein, sind Sie zu Hause?«, wiederholte Rosalie ihren Versuch der Kontaktaufnahme, während sie Schritt für Schritt auf die Terrasse zuging und erkannte, dass es dort eine Tür gab, die nur angelehnt war und einen Spalt offen stand. Soweit Rosalie es überblicken konnte, handelte es sich um den einzigen Zugang zum Haus. Instinktiv griff sie nach ihrer Dienstwaffe, die sich unter ihrer Jeansjacke versteckt im Holster befand, und klopfte vorsichtig gegen die Tür. »Frau Stein, hallo, ich komme jetzt rein!« Mit gezogener Dienstwaffe lehnte sich Rosalie mit der linken Schulter gegen die Tür und verschaffte sich Zutritt zum Haus. Von einer auf die andere Sekunde stand sie in einer gemütlichen Wohnküche, aber der Anblick, der sich ihr bot, übertraf ihre Erwartungen bei Weitem und ließ ihren Atem stocken.

»Frau Helmer, endlich lernen wir uns kennen, möchten Sie einen Tee?«, sagte Greta Stein und lächelte ihr entgegen.

Manfred Wiegand schwitzte und tupfte sich mit einem Stofftaschentuch die Stirn. »Hören Sie, ich bin nicht irgendwer, ich bin von der Polizei. Es dauert auch nur wenige Minuten. Sie haben sicher Verständnis dafür, dass ich den Kronzeugen in unserem Fall dringend verhören muss.«

Dietlind Rinke rückte ihre Hornbrille zurecht und schaute unbeirrt auf ihren Computer. »Und wenn Sie der Kaiser von China sind. Ich habe hier einen Vermerk in der elektronischen Patientenakte, dass Herr Schmidt noch nicht vernehmungsfähig ist. Was verstehen Sie daran nicht?«

»Und was verstehen Sie an meinem Dienstausweis nicht?«, erwiderte Manfred und hielt der resoluten Empfangsdame das Dokument unter die Nase. »Würden Sie bitte den diensthabenden Arzt anrufen und mir den Hörer geben?«

»Wie Sie es schon gerade völlig richtig erkannt haben, Herr Dr. Weissensee hat jetzt Dienst. Da kann ich hier unten vom Empfang nicht mal eben anrufen und dann springt er.« Stur ließ Dietlind Rinke ihren Blick auf den Monitor gerichtet und kräuselte ihre Lippen.

»So, es reicht mir!« Manfred haute mit der flachen Hand auf den Empfangstresen. »Ich gehe jetzt einfach zur Intensivstation, und für Sie wird das ein Nachspiel haben, das verspreche ich Ihnen!« Wutentbrannt packte er seinen Dienstausweis wieder in sein Portemonnaie und ging Richtung Fahrstuhl.

»Versuchen Sie doch Ihr Glück, Sie werden scheitern!«, rief die Empfangsdame Manfred hinterher.

»Das werden wir ja sehen!«, murmelte Manfred und drückte den Fahrstuhlknopf.

Roswitha Wiegand öffnete schnell die Schublade des Bürocontainers unter ihrem Schreibtisch und ließ das Strickzeug verschwinden, als sie die Silhouette ihres Chefs vor der

Milchglastür ihres Büros erkannte. Sie hatte nur auf diesen Augenblick gewartet, denn wenn sie von sich das Gespräch gesucht hätte, wäre sie an Martin Hussel abgeperlt wie ein Tropfen Öl an einer Teflonpfanne. So gut kannte sie ihren Chef mittlerweile. Man musste ihn den ersten Aufschlag machen lassen. Daher standen die Chancen gut, jetzt etwas herauszubekommen. Was glaubten die Herren der Schöpfung eigentlich? So schnell würde sie sich nicht abbügeln lassen. Manfred, dieser sture Bock, konnte sie mal gerne haben und aus ihrem Chef, diesem Lappen, würde sie ganz sicher etwas herausbekommen. Auf die richtige Taktik kam es an. Da waren die Männer alle gleich. Immerhin ging es hier um ihren Arbeitsbereich und nicht um irgendetwas Belangloses.

»Hallo, Frau Wiegand, haben Sie einen Moment?« Nachdem Martin Hussel kurz angeklopft hatte, betrat er, ohne eine Reaktion abzuwarten, sofort das Büro. So machte der Chef das immer und Roswitha hasste dieses Verhalten. Mittlerweile war sie aber auf der Hut und hatte für Notfälle wie diesen stets eine aufgeschlagene Akte parat, die nun vor ihr lag und ein intensives Aktenstudium vermuten ließ. Freundlich lächelte sie ihren Vorgesetzten an. »Aber sicher doch, nehmen Sie Platz, Herr Hussel.«

»Danke, ich entscheide mich heute mal für den linken Besucherstuhl anstatt immer den rechten«, scherzte Martin Hussel und setzte sich gegenüber von Roswitha hin. »Ich wollte noch mal kurz mit Ihnen sprechen.«

»Ich bin ganz Ohr, was gibt es denn?«

»Nun ja, es geht um den Anruf der Polizei.«

»Ach?«, reagierte Roswitha überrascht.

»Ich verstehe ja Ihren Unmut und wollte noch mal klarstellen, dass ich Ihnen wirklich vertraue. Sie sind doch meine langjährige Grundsatzsachbearbeiterin.«

Roswitha fühlte sich geschmeichelt. »Danke, Herr Hussel. Das ist schön zu hören.«

»Aber natürlich hat dieser Vorgang auch ein gewisses Geschmäckle«, fuhr Martin Hussel fort. »Ich möchte Sie daher in dieser Angelegenheit wirklich um absolute Diskretion bitten.«

»Sie meinen, weil mein Mann ermittelt?«

»Genau das, und auch wegen Ihrer Schwiegermutter!«

Verdutzt schaute Roswitha Wiegand ihren Chef an. »Wegen meiner Schwiegermutter? Was hat die denn damit zu tun?«

43. KAPITEL

»Porca Miseria! Heilige Scheiße! Du glaubst es nicht!« Biggi war völlig perplex und starrte kopfschüttelnd auf das Fax in ihrer Hand.

»Also so schnell ist Scheiße nicht heilig. Was gibt es denn?«, fragte Wim und zog die Augenbrauen hoch.

»Dieses Fax hier kommt von der Verwaltung eines Bootshafens bei Peine.«

»Haben die etwa keine E-Mails? Gibt es so was heutzutage tatsächlich noch? Ich bin begeistert!«, entgegnete Wim freudestrahlend.

Biggi legte das Blatt Papier auf ihre Computertastatur, fasste sich an ihren Nacken, der dank ihres Haarknotens freilag, und begann die verspannte Muskulatur leicht zu massieren.

»Doch, doch, aber die haben ein Problem mit ihrem Account, und weil ich am Telefon gesagt habe, dass es eilig ist, hat man mir einfach ein Fax geschickt.«

»Und das ist nun die große Überraschung?«

»Nein, natürlich ist das nicht die große Überraschung, Wim Schneider!«, entgegnete Biggi angesäuert und reichte Wim das Fax, auf dem sie eine Spalte mit Bootsmodell, Bootsnummer und Halter grün markiert hatte. »Schau mal selbst, dann weißt du, was ich meine. Und vielleicht ist es jetzt auch an der Zeit für deinen Büroschnaps!«

Wim fühlte sich ertappt, nahm dann aber das Papier entgegen, begann zu lesen und stockte tatsächlich, als er bei der alles entscheidenden Zeile angekommen war. »Das ist jetzt echt ein Ding! Die Handakte mit dem Schnaps steht da vorne. Willst du auch einen?«

Rosalie hatte ihre Dienstwaffe auf Greta Stein gerichtet und versuchte, die Situation zu erfassen. »Legen Sie die Spritze weg, Frau Stein. Sofort!«

»Aber, aber, junge Frau, nun mal langsam. Meine Gäste hier sind zwar müde, aber sie sind auch ganz schön aufmüpfig. Da dachte ich, ich helfe mal nach, damit wir alle zur Ruhe kommen.«

»Legen Sie die Spritze weg!« Rosalies Blick wanderte zwischen Greta Stein und einem jungen Mann und einem Mädchen hin und her, die beide gefesselt und geknebelt Rücken an Rücken auf zwei Küchenstühlen saßen und sie mit weit aufgerissenen Augen anstarrten. Links neben den beiden lag ein zurückgeschlagener Teppich auf dem Fußboden und gab den Blick auf eine geöffnete Kellerluke frei. David Simonis und Marta Kohlstedt, da war Rosalie sicher. Beide sahen verdreckt und blass aus, aber sie waren am Leben. Greta Stein hielt eine Spritze in der einen Hand und wischte sich die andere an einer weißen Küchenschürze ab. Rosalie löste ihren Blick von den beiden Geiseln und konnte nicht verhindern, dass Greta Stein sich blitzschnell der kleinen Marta von der Seite näherte. Noch bevor Rosalie reagieren konnte, setzte Greta Stein die Spritze am Hals des kleinen Mädchens an und drückte eine klare Flüssigkeit in die Halsschlagader. Ein kurzes Aufstöhnen und Sekunden später verdrehte Marta die Augen und sackte in sich zusammen.

»Was machen Sie da? Um Gottes willen! Lassen Sie die Spritze fallen, sofort!«, schrie Rosalie erneut und trat gegen die Terrassentür, um einen Warnschuss ins Freie abzugeben. »Spritze weg oder ich schieße!«

»Na, na, na, junge Frau, jetzt regen Sie sich mal nicht so auf. Das Mädchen ist nicht tot. Keine Sorge. Sie schläft nur ein bisschen. Ich brauche einfach auch mal meine Ruhe, und wenn ich die beiden schon hier sitzen habe …« Greta Stein lächelte und nahm eine Ampulle aus einer ihrer Schürzentaschen. Die Waffe wieder auf Greta Stein gerichtet eilte Rosalie zu Marta und tastete ihren Puls. Die Kleine lebte noch.

Geschickt hielt sich Greta Stein so auf Distanz, dass sie sich außer Reichweite von Rosalie befand. David Simonis zappelte währenddessen auf seinem Stuhl und gab undefinierbare Laute von sich, die Rosalie wegen des Knebels beim besten Willen nicht verstehen konnte. Greta Stein hielt eine neue Spritze an die Ampulle und zog diese auf. Rosalie wusste nicht, wo sie zuerst hinschauen sollte. Wenn David Simonis derart weiterzappelte, würde er gemeinsam mit der an ihn gefesselten Marta umkippen.

»Sagen wir es mal so. Sie können mich jetzt erschießen, oder auch nur anschießen, und retten diese beiden Menschen sofort. Die haben es ja lange genug in meinem Keller ausgehalten. Darum habe ich sie auch mal nach oben geholt. Wissen Sie, die ganze Zeit ohne Tageslicht. Da dreht man irgendwann durch. Und dann haben die hier oben ein Theater veranstaltet, also das geht nun wirklich nicht. Na ja, wie dem auch sei, also wenn Sie mich jetzt außer Gefecht setzen, dann wissen Sie noch lange nicht, was wirklich alles passiert ist. Ich garantiere Ihnen, dass den beiden nichts geschieht. Ich will sie nur schlafen lassen, damit ich mal meine Ruhe habe. Ich will doch einfach nur mal meine Ruhe haben. Und wir beiden Hübschen, wir trinken jetzt einen Tee und ich erzähle Ihnen alles. Was halten Sie von meinem Vorschlag?«

Sebastian Schmidt lag mit geschlossenen Augen in seinem Bett und hörte Musik. Er hatte sich auf Anraten von Dr. Weissensee sein Handy und seine Kopfhörer geben lassen und entspannte zum ersten Mal so richtig, seitdem er das Bewusstsein wiedererlangt hatte. Eine permanente innere Unruhe hatte ihn heimgesucht, seitdem sein Gedächtnisverlust ihm bewusst geworden war, und er versuchte sich krampfhaft zu erinnern, was eigentlich passiert war. Die Ärzte hatten versucht, ihn zu beruhigen, dass so eine Amnesie nach der Einnahme starker und überdosierter Medikamente auftreten, aber auch wieder verschwinden könne. Alles brauche seine Zeit und es gäbe vielfältige Therapieformen. Aber Sebastian beruhigte das nicht wirklich. Er verspürte eine ständige Angst und sogar Panik, dass seine Erinnerungen für immer wie weggewischt sein könnten. Die Musik half ihm nun, das Gedankenkarussell zu durchbrechen und ein wenig abzuschalten. Leise summte er vor sich hin und nahm wahr, wie die Sonne, die durch das Krankenzimmerfenster schien, sein Gesicht wärmte. Versunken in den Klängen der Musik bemerkte er zunächst nicht, dass jemand das Zimmer betreten hatte. Erst als sich ein Schatten über sein Gesicht legte, riss Sebastian die Augen auf. Plötzlich schossen Blitze durch sein Gehirn und ein Schauer bisher unbekannten Ausmaßes überkam ihn. Das war doch ... Verdammt, ja doch, das ist er! Sebastian Schmidt bekam keinen Ton heraus, als sein Gegenüber ihn begrüßte. »Hallo, Herr Schmidt, so sieht man sich wieder!«

»Biggi, ist es Zufall – ein blöder Zufall, das muss ich zugeben – oder ist es am Ende das Puzzleteil, das wir gesucht haben?«

Wim beobachtete, wie Biggi mit zitternden Händen in ihrer Handtasche kramte.

»Ganz ehrlich? Mir ist gerade alles egal. Ich brauche erst mal Nikotin. Nein, egal ist es mir natürlich nicht, aber ich kann gar nicht mehr klar denken. Wo ist denn das verfluchte Feuerzeug?«

»Nimm doch das, was unter dem Blätterhaufen da vorne rausschaut«, sagte Wim. Biggi machte kehrt und schob den Stapel Papier beiseite. »Ich fasse es einfach nicht.«

»Frag mich mal, Biggi, frag mich mal.«

»Wir müssen Rosalie anrufen, und zwar sofort.« Biggi legte die Schachtel Zigaretten auf den Schreibtisch und nahm den Telefonhörer in die Hand.

»Stopp! Halt, Moment!«, unterbrach Wim den Tatendrang seiner Kollegin. »Ich muss noch ein Telefonat führen. Genau eines. Und dann kannst du Rosalie anrufen.«

44. KAPITEL

Braunschweig 1943

»Professor Gänsicker, da hast du ganze Arbeit geleistet. Wann wirst du in die nächste Testphase eintreten?«

Josef Gänsicker klappte den Kragen seines Mantels hoch und zog genüsslich an seiner Zigarette. Im Schein der Straßenlaterne bildeten sich Rauchschwaden über seinem Kopf. »Nun, mein lieber Hubertus, ich habe schon begonnen. Das erzähle ich dir aber nur im Vertrauen. Ich erbitte mir absolute Diskretion.«

»Alles, was recht ist, Josef. Ich bin dein bester Freund, dein Vertrauter. Auf mich ist Verlass! Und ich bin stolz, durch mein Wissen ein Teil deiner für das deutsche Volk so wichtigen Mission zu sein. Was für ein erleichterndes Gefühl, dass dieses Kommunisten- und Judenpack sich vielleicht nicht mehr ungehindert vermehren kann. Ich dachte lange Zeit, wir wären durch mit den Säuberungen, aber hier und da rotten die sich immer wieder zusammen und dann geht's da gleich ab, wie bei den Karnickeln.«

»Du sagst es, Hubertus, du sagst es. Lass uns ein Stück gehen. Am besten wieder unsere Runde am Park entlang.«

»Eine hervorragende Idee, Josef.«

Die beiden Männer gingen zügig, aber möglichst unauffällig den Inselwall entlang und stellten sich in Nähe der Fontäne unter einen großen Kastanienbaum. Josef Gänsicker holte ein Zigarettenetui aus seiner Jackentasche und bot seinem Freund eine seiner heiß geliebten Overstolz an. »Ich habe da in einem meiner Kurse eine ganz reizende junge Studentin. Sehr talentiert und bildhübsch, wenn du verstehst, was ich meine. Augen wie ein Reh und Brüste so ausladend, dass mir nur beim Anblick innerlich heiß wird. Das Mädel macht mich rasend.«

»Das verstehe ich nur zu gut, alter Freund. Diese jungen Dinger können einen um den Verstand bringen«, antwortete Hubertus und ließ sich von Josef Gänsicker Feuer geben. »Habt ihr was miteinander?«

»Ja, das ist das Problem. Sie hat mir wirklich den Kopf verdreht. Als sie vor einiger Zeit in meine Sprechstunde kam, hatte sie einen Knopf ihrer Bluse geöffnet und der Blick auf ihr Dekolleté war einfach umwerfend. Und dann diese roten Lippen und dieses Parfum.«

»Habt ihr schon miteinander oder habt ihr nicht?«

»Ja, wir haben miteinander geschlafen. Nicht nur einmal«, berichtete Josef Gänsicker mit einem gewissen Stolz. »In meinem Büro habe ich eine Couch, und wenn Bruni mit den Jungs unterwegs ist, dann nehme ich sie durchaus auch mal zu Hause ran.«

»Mutig, mutig, mein Lieber. Da werde ich glatt ein bisschen neidisch.«

»Der Neid wird dir gleich vergehen.«

»Wieso?«, fragte Hubertus überrascht.

»Nun ja, vor ein paar Wochen stand das Mädel dann eines Abends heulend in meinem Büro, weil sie schwanger war.«

»Habt ihr nicht verhütet?«

»Ich hasse Fromms und unter uns beiden: Ich vertrage sie auch nicht so gut. Hautausschlag und so. Daher ziehe ich ihn immer rechtzeitig raus, wenn du verstehst?«

»Coitus interruptus ist mir ein Begriff, Josef.«

»Klappt eigentlich sehr zuverlässig. Aber die Schlampe muss da rummanipuliert haben und wollte mir ein Kind andrehen. Gejammert hat sie, dass ich doch meine Frau endlich verlassen soll.«

»Das gibt's ja nicht. Und nun?«, fragte Hubertus.

»Ich habe ihr gesagt, dass ich meine Frau nicht verlassen kann und werde und dass sie ja auch erst mal ihr Studium beenden soll. Zu einer Engelmacherin am Bruchtorwall wollte ich sie schicken und habe ihr noch einen ordentlichen Batzen Reichsmark gegeben, um die angemessen zu bezahlen und zum Schweigen zu bringen.«

»Ein guter Plan! Und ist sie schon da gewesen?«

»Sie hat sich geweigert! Stell dir das mal vor! Sie hätte ja solche Angst vor Infektionen wegen der schlechten hygienischen Umstände und Angst vor dem Verbluten hätte sie auch. Nur so ein Gejammer.«

»Sag bloß, du hast …?« Hubertus hielt sich entsetzt eine Hand vor den geöffneten Mund.

»Genau das habe ich!«, unterbrach Josef Gänsicker seinen Freund. »Ich habe ihr einfach eines meiner Versuchspulver in einen Beruhigungstee gemischt und ihr angeboten, dass wir ganz in Ruhe reden und überlegen sollten, wie es weitergeht. Keine halbe Stunde später haben die Krämpfe eingesetzt, dann kam der Blutsturz und das war es dann mit dem Bastard in ihrem Leib.«

Hubertus schüttelte den Kopf und brauchte einen kurzen Moment, um zu begreifen. Dann hatte er sich jedoch wieder gefangen und klopfte Josef anerkennend auf die Schulter. »Das ist einfach genial, Josef! Es dürfte noch kein Mittel geben, das so schnell seine Wirkung entfaltet.«

»So mein Ansatz. Aber ich muss sicher hier und da noch nachbessern. Der Auftrag von oben war ja eigentlich mal ein etwas anderer.«

»Ob nun Unfruchtbarkeit oder Abbruch, Hauptsache keine Vermehrung von Gesindel und Hauptsache keine Operationen mehr, wo wir doch jetzt alles und jeden an der Front brauchen. Das ist wirklich genial, mein Lieber. Sieg Heil!«

45. KAPITEL

»Was machen Sie da?«

Manfred zuckte zurück, als er eine tiefe männliche Stimme hinter sich hörte. »Wiegand mein Name, ich bin von der Polizei.«

»Weissensee. Ich bin der behandelnde Arzt und jetzt raus hier. Hat unsere Frau Rinke am Empfang Ihnen denn nicht schon deutlich gesagt, dass Herr Schmidt noch nicht vernehmungsfähig ist? Wie sind Sie denn überhaupt hier reingekommen?« Dr. Weissensee packte Manfred am Arm und zog ihn sanft, aber bestimmt aus dem Behandlungszimmer in den Stationsflur.

»Ich habe geklingelt und bin von einem Pfleger reingelassen worden. Ganz einfach. Und warum ist Herr Schmidt nicht vernehmungsfähig, wenn ich fragen darf? Er ist doch wach. Ich habe nur ein paar Fragen. Es ist wirklich sehr wichtig.«

»Herr Schmidt braucht noch mindestens 24 Stunden absolute Ruhe. Sie sehen doch, dass er sich ausruhen muss.«

»Ach so. Und deshalb hört er Musik?«

»Das ist Teil der Therapie. Es geht darum, ihn mental zu entspannen und Erinnerungen zu wecken.«

»Erinnerungen zu wecken?«, fragte Manfred nach.

»Ja, Herr Schmidt kann sich an den Vorfall und einiges davor nicht erinnern. Wir versuchen, sein Gehirn auf unterschiedliche Art und Weise zu stimulieren. Die Wahrnehmung wird intensiviert, wenn der Patient dabei die Augen schließt.«

»Das ist natürlich etwas anderes«, sagte Manfred und griff erneut zu seinem Taschentuch, um seine schweißnasse Stirn abzutupfen.

»Roswitha, hier ist Wim Schneider!«

»Wim, mein Gott, das ist ja eine halbe Ewigkeit her! Wie geht's dir? Ist was mit Manfred?« Roswitha Wiegand klang überrascht, als Wim sie anrief.

»Bist du gerade allein?«, erkundigte sich Wim.

»Ich bin noch in meinem Büro und allein, ja! Woher hast du meine Nummer?«

»Ich arbeite immer noch bei der Polizei.«

»Ja, natürlich. Und warum rufst du nun an?«

Wim kam direkt zur Sache. »Roswitha, hat Manfred einen Bootsführerschein?«

»Ja, hat er. Wieso fragst du das?«

»Besitzt er auch ein Boot?«

»Ja, so ist es. Sag mal, was ist denn los?«

»Wo liegt dieses Boot?«

»Landkreis Peine. Wir schippern ab und zu über den Kanal. Aber meistens ist er ohne mich unterwegs.«

»Danke, das genügt mir schon.«

»Wim, warum fragst du das alles? Ich erwarte jetzt eine Antwort!«, entgegnete Roswitha mit lauter werdender Stimme.

»Das verstehe ich, Roswitha. Es ist so, dass wir bei einer reinen Routineabfrage auf Manfreds Namen gestoßen sind, und da wollte ich mich rückversichern. Wo steckt Manfred denn jetzt?«

»Routineabfrage? Also mit mir redet er ja kaum noch. Ich glaube, er hat heute Morgen etwas von einer Zeugenbefragung erzählt. Dabei sollte er sich lieber mal um seine Mutter kümmern, wo die doch jetzt auch noch Ärger mit euch hat! Es ist nur eine Frage der Zeit, bis die wieder anruft und mich nervt.«

»Seine Mutter? Wie meinst du das?« Wim gab Biggi ein Zeichen, sich neben ihn zu setzen, und stellte das Telefon auf laut.

»Also wirklich, Wim, dafür, dass du der Chef vom Ganzen bist, solltest du aber besser informiert sein«, antwortete Roswitha empört. »Seine Mutter wohnt bei der Villa im Garten. Deswegen hat doch deine Kollegin meinen Chef angerufen. Mit mir redet ja keiner!«

Wie vom Blitz getroffen richtete sich Biggi auf und saß kerzengerade, als sie Wim den Hörer aus der Hand nahm.

»Frau Wiegand, hier ist Birgit Höfgens. Sagen Sie, heißt Ihre Schwiegermutter Greta Stein?«

Sebastian Schmidt sammelte all seine Kräfte und versuchte zu atmen. Sein Herz schlug ihm bis zum Hals und der Druck auf seinem Brustkorb schnürte ihm die Kehle zu. Dr. Weissensee war so schnell wieder verschwunden, wie er aufgetaucht war, und Sebastian fehlte die Kraft, um sich bemerkbar zu machen, geschweige denn, sich zu äußern. Nur eine Zehntelsekunde später und Sebastian wäre erstickt. Er wusste nicht mehr, wie der Mann hieß, der ihm gerade mit aller Kraft ein Kissen auf das Gesicht gedrückt hatte, aber Sebastian konnte sich plötzlich wieder erinnern, dass es der

Mann von der Polizei war, der ihn zuerst zu Hause verhört und ihm später noch mal in seinem Wohnzimmer aufgelauert hatte. Wie ein Kometenhagel schossen Sebastian aus allen Himmelsrichtungen die Bilder durch den Kopf. Er war nach Hause gekommen und dann hatte der Polizist einfach an seinem Esstisch gesessen und auf ihn gewartet. Erinnerungsfetzen. Dann der Brief. Nein, zuerst die Briefe. Alle Drohbriefe wollte der Polizist sehen. Hatte Sebastian sie ihm gegeben? Alle bis auf den einen. Dann hatte der Polizist ihm ein Foto von Marta gezeigt. Seiner kleinen Marta, die gefesselt in einem Kellerloch hockte. Plötzlich hatte er Sebastian eine Pistole an die Schläfe gehalten und ihn gezwungen, einen vorgefertigten Brief zu unterschreiben. Einen Abschiedsbrief, in dem Sebastian gestehen musste, was er niemals im Leben hätte tun können: den Mord an Steffi. Aus Eifersucht. Steffi, seine Steffi. Wo war Marta? Dann die Tabletten, ein ganzer Haufen Tabletten. Immer noch die Pistole an der Schläfe, wieder das Foto von Marta. Sebastian stöhnte. Und als die Luft ihm erneut wegblieb, drückte ihm jemand eine Maske auf das Gesicht. Sauerstoff, endlich Sauerstoff.

Manfred saß in seinem Auto auf dem Krankenhausparkplatz und schlug auf das Lenkrad ein. Immer und immer wieder. Er konnte einfach nicht mehr. Das musste alles endlich ein Ende haben. Er dachte an Roswitha, die er seit Tagen und Wochen belog. Er dachte an seine Mutter, an ihre unbändige Liebe, die ihn zu erdrücken schien. Aufopferungsvoll. Eine Löwenmutter, die ihn jetzt aber nur noch rumkommandierte. An seine Mutter, die alles für ihn tun würde und die nun am Ende ihres Lebens so unendlich verzweifelt war. Er dachte an sein schlechtes Gewissen, an die Schuld, die er auf sich geladen hatte, an die Toten, an das Mädchen, an den Makler.

Manfreds Magen krampfte, und als ihn eine kaum zu ertragende Übelkeit übermannte, öffnete er gerade noch rechtzeitig die Autotür und erbrach sich auf den grauen Asphalt.

46. KAPITEL

Vor Rosalie stand eine Tasse aromatisch duftender Kräutertee. Sie schaute immer wieder besorgt zu David Simonis und Marta Kohlstedt, die beide vor sich hindämmerten, und konnte es nicht fassen, dass sie nicht in der Lage gewesen war, diese Situation zu verhindern. War sie eine so schlechte Polizistin? Hatte sie richtig gehandelt, nicht auf Greta Stein zu schießen? Oder fehlte es ihr am Ende an Durchsetzungsvermögen und Willenskraft? Wieso hatte sie eigentlich keine Verstärkung gerufen? Rosalie verstand die Welt nicht mehr. Sie hatte versagt. Versagt auf ganzer Linie. Ausgerechnet sie, die Perfektionistin. Aber in ihr wuchs Minute um Minute der unbändige Wille, nun wenigstens noch zu retten, was zu retten war.

»Hören Sie mir zu, meine Liebe?«

Rosalie schreckte auf und schaute zu Greta Stein, die ihr gegenübersaß und freundlich lächelte, als ob nichts gewesen wäre.

»Ja, ich bin ganz bei Ihnen«, antwortete Rosalie.

»Wo war ich stehen geblieben? Also wie gesagt, ich werde hier nicht ausziehen. Das ist die Familie Gänsicker mir mehr als schuldig.«

»Habe ich Sie also richtig verstanden, dass Sie eine Affäre mit Josef Gänsicker hatten?«

Greta Stein seufzte. »Es war mehr als das. Es war eine Beziehung. Er war meine große Liebe und er wollte sich wegen mir von seiner Frau scheiden lassen.«

»Aber er hat es nicht getan?«

»Nein, hat er nicht. Wegen mir nicht und wegen all der anderen Studentinnen auch nicht. Er hat mich schließlich wie eine heiße Kartoffel fallen lassen, als ich schwanger wurde.«

»Schwanger? Haben Sie das Kind bekommen?«, fragte Rosalie.

»Legen Sie doch mal diese Waffe weg, Kind. Was soll ich alte Frau mit einer Teetasse in der Hand Ihnen denn tun? Wenn Sie meine Geschichte kennen, können Sie mich festnehmen, aber das werden Sie nicht, da ich unschuldig bin.«

»Das mit der Unschuld glaube ich weniger«, entgegnete Rosalie, legte aber ihre Waffe tatsächlich für einen Augenblick in den Schoß, um ihre verkrampfte Hand zu lockern und einen Schluck Tee zu trinken.

»Na, endlich! Schmeckt er Ihnen? Eigenmischung aus meinen Gartenkräutern.«

»Danke, schmeckt. Fahren Sie bitte fort«, erwiderte Rosalie und richtete trotz der Muskelschmerzen in ihrer Hand die Waffe wieder auf ihr Gegenüber.

»Ich bin Ende 1956 schwanger geworden, da war ich gerade mal Anfang 20 und noch mitten im Studium. Trotzdem stand für mich fest, dass ich das Kind bekommen wollte. Eine Abtreibung war für mich undenkbar. Und ich fühlte mich sicher, weil Josef bis dahin immer von Scheidung gesprochen hatte, um eines Tages auch ganz offiziell mit mir zusammen sein zu können.«

»Woher kannten Sie denn Josef Gänsicker überhaupt?«, erkundigte sich Rosalie und nahm einen weiteren Schluck von dem Tee.

»Ich habe Mitte der Fünfzigerjahre ein Chemiestudium begonnen und habe einen seiner Kurse besucht. Er war zwar fast 30 Jahre älter als ich, aber sah mit seinen grau melierten Haaren unfassbar gut aus. Ich habe mich sofort verliebt.«

»Und sich gleich auf ihn eingelassen?«

»Nicht sofort, aber sehr bald. Wir sind uns in einer seiner Sprechstunden nähergekommen«, erklärte Greta Stein.

»Okay, das verstehe ich so weit. Wie ging es denn dann weiter?«

»Als ich schwanger wurde, wollte Josef unbedingt, dass ich abtreibe, aber das kam für mich überhaupt nicht in Frage. Er wollte mir ein Mittel verabreichen, das er selbst erfunden hatte und das, wie er sagte, auch erprobt sei. Als ich mich geweigert habe, hat er eines Abends versucht, es mir mit Gewalt einzuflößen. Er hat mich geschlagen und getreten – auch in den Unterleib – und mich gefesselt. Dann hat er mich in seinen Luftschutzkeller hier auf seinem Grundstück verschleppt und mehrere Tage eingesperrt, um mich gefügig zu machen. Aber mein Manfred und ich, wir waren stärker!«

Rosalie zuckte zusammen. Da war sie, die Bestätigung: *mein Manfred und ich*. Sie dachte an den Brief, den Michael Gänsicker ihr gegeben hatte. Und während Rosalie sich bemühte, ihre Gedanken zu sortieren, spürte sie zunehmend, wie erschöpft sie war und dass sie Gefahr lief, die Lage nicht mehr kontrollieren zu können. Mental und körperlich.

»Geht es Ihnen nicht gut?«, erkundigte sich Greta Stein und drang mit ihrer Frage zu Rosalie durch.

»Doch, doch, fahren Sie fort. Wer ist Manfred?«, säuselte Rosalie und konnte ein lautes Gähnen nicht unterdrücken.

»Mein Sohn! Mein starker, starker Sohn! Aber Sie kennen ihn ja. Er hat sich nicht aus meinem Leib prügeln lassen, er hat die wenigen Tropfen dieses Abtreibungsmittels, die ich verschluckt habe, genauso überstanden wie ich und ich habe ihm gegen alle Widerstände das Leben geschenkt.«

Rosalie nickte und kämpfte zunehmend gegen eine bleierne Müdigkeit an. »Und dann?«, fragte sie Greta Stein und versuchte den prüfenden Blicken der alten Frau standzuhalten.

»Als Josef endlich begriffen hatte, dass ich mich trotz aller Torturen weigerte, hat er meine Gefangenschaft beendet und mich nachts vom Grundstück gebracht. Er konnte mich ja nicht ewig im Keller gefangen halten. Sonst hätten Bruni und die Jungs irgendwann mal etwas mitbekommen. Er hat mir Geld in einem Umschlag gegeben und mir gedroht, mich durch alle Prüfungen fallen zu lassen und mir das Leben zur Hölle zu machen, wenn ich nicht freiwillig die Stadt verlassen würde.«

»Immerhin hat er Sie gehen lassen«, bemerkte Rosalie.

»Eine Leiche wollte er dann wohl nicht im Keller haben«, erwiderte Greta Stein und lachte auf.

»Und wie haben Sie sich dann verhalten?«

»Ich hatte natürlich Angst um mein Leben und um das meines ungeborenen Kindes. Ich habe mich exmatrikuliert, mein Zimmer gekündigt und bin zu meiner Tante nach Stade gezogen. Meine Eltern hätten mich mit einem unehelichen Kind vom Hof gejagt. Die waren ja schon damit überfordert, dass ich ein Studium der Chemie begonnen hatte.«

»Und Ihre Tante hat Sie aufgenommen?«

»Ja, das hat sie. Sie war schon immer eine sehr fortschrittliche und emanzipierte Person. Sie hat mir ein neues Zuhause gegeben, mir einen Ausbildungsplatz in einer Apotheke besorgt und Manfred in den Lehrjahren mit mir gemeinsam großgezogen. Als ich dann nach meiner Ausbildung in der Apotheke nicht übernommen werden konnte, hat sie mir bei der Suche nach Arbeit geholfen. Ich musste dringend Geld verdienen. Außerdem wollte ich irgendwann wieder nach Braunschweig zurück.«

»Und war die Jobsuche erfolgreich?«, erkundigte sich Rosalie und musste ein erneutes Gähnen unterdrücken.

»Ja, das war sie. Als Manfred knapp vier Jahre alt war, bin ich in meine Heimat Braunschweig zurückgekehrt. Wissen Sie, einmal Braunschweig im Herzen, immer Braunschweig im Herzen.«

Rosalie nickte und registrierte, dass ihr die Augen zufielen. Jetzt alles, nur kein Sekundenschlaf. »Und was war mit Manfred?«, erkundigte sie sich und gab sich einen Ruck, um wach zu bleiben.

»Um ihn zu schützen, aber auch, um ihn nicht aus seiner gewohnten Umgebung herauszureißen, habe ich ihn bei meiner Tante gelassen. Er war eh schon sehr auf sie fixiert und halt noch sehr klein. Meine Tante war mit all dem einverstanden und hat Manfred später sogar adoptiert. Ich hatte Ende der Fünfzigerjahre als alleinstehende Frau mit einem unehelichen Kind keinen leichten Stand. Das können Sie mir glauben.«

»Adoptiert?«, fragte Rosalie und merkte, dass ihre Augenlider immer schwerer wurden.

»Ja, er hat mit 18 Jahren erfahren, dass ich nicht nur die Nichte seiner Adoptivmutter bin, sondern seine leibliche Mutter. Vorher hatte er mich immer wieder mal in Braunschweig besucht und seine Ferien hier verbracht. Nachdem ich in das Gartenhaus gezogen bin, hatte ich ihm ja auch was zu bieten.«

»Frau Stein, was ich noch nicht verstehe. Sie sind bewusst in das Gartenhaus Ihres Peinigers gezogen?«

Greta Stein lächelte verschmitzt. »Der war da doch schon tot. Dafür hatte ich gesorgt. Und ich fand, dass Manfred das alles hier genauso zustand wie den anderen beiden Söhnen. Und die dämliche Bruni hatte keine Ahnung, dass sie die Mutter des Bastards ihres Mannes als Mieterin hatte. Ich habe ihr immer meine Hilfe angeboten und so auch Zugang zur Villa erhalten. Als der kleine Manfred zu Besuch kam, da hat er in der Oker geplanscht, mit den Nachbarskindern gespielt und alle durften bei Tante Bruni auf der Veranda Apfelkuchen essen. So hatte Manfred wenigstens ein bisschen was von dem, was Josefs andere Söhne dauerhaft genießen durften. Das war doch das Mindeste, was ich meinem Sohn bieten konnte.«

»Sie haben für den Tod von Josef gesorgt? Habe ich das richtig verstanden?«, entgegnete Rosalie.

»Ja sicher. Wissen Sie, da ist schon was dran an diesem Spruch, dass man sich immer zweimal im Leben trifft. Und seiner betrogenen Frau habe ich ja sicher indirekt auch einen Gefallen getan. Im Grunde habe ich ihn sogar mit seinen eigenen Waffen geschlagen. Die chemischen Grundkenntnisse hatte ich von ihm gelernt.«

»Das ist Selbstjustiz, Frau Stein!«, nuschelte Rosalie und spürte, dass ihr die Kraft fehlte, die Waffe noch länger auf Greta Stein zu richten. »Wie haben Sie denn nachgeholfen?«

»Betriebsgeheimnis. Die Chemie bietet einen bunten Blumenstrauß an Möglichkeiten. Für kurze schwere Krankheiten genauso wie für eine bleierne Müdigkeit. Wenn Sie sich hinlegen möchten, stelle ich Ihnen mein Sofa gerne zur Verfügung.«

Rosalie atmete tief durch. »Danke, aber nein danke! Können wir bitte noch ein weiteres Fenster aufmachen? Die Luft hier drinnen ist so stickig«, sagte sie schläfrig.

»Das ist nicht die Luft, meine Liebe, das ist der Tee. Der hat eine besondere und beruhigende Wirkung, auch auf Ihre Atmung. Und wenn ich mit meiner Geschichte fertig bin, dann werden Sie schlafen, endlich schlafen. Sie müssen nach all den Tagen der Ermittlungen todmüde sein.«

Rosalie fielen die Augen zu. »Sie haben mich auch vergiftet«, wisperte sie. Ihre Waffe glitt ihr aus der Hand und schlug mit einem lauten Knall auf dem Küchenboden auf.

»Nicht vergiftet, meine Liebe. Nur beim Einschlafen unterstützt. Ich möchte doch nicht, dass Sie Manfred noch mehr Ärger machen, wenn er mich gleich besucht. Ich muss ihn doch beschützen.«

»Manfred kommt vorbei? Er hat Ihnen … geholfen. Er hat … er hat das hier alles mit Ihnen zusammen … Sie … sind eine alte Frau, die körperlich niemals … Sie sind beide schuldig! Ich … ich … ich verhafte Sie …!«, lallte Rosalie mit letzter Kraft.

»Oh, so schnell so müde? Dabei war ich mit meiner Geschichte noch gar nicht am Ende. Sie verhaften jetzt jedenfalls niemanden, denn Sie werden gleich schweigen und schlafen«, sagte Greta Stein und schob Rosalie ein Stück Stoff in den Mund. Und während Rosalies Augenlider flatterten und sie begann, seitlich von ihrem Stuhl zu kippen, sah sie im letzten Moment einen großen Schatten in der Tür stehen.

47. KAPITEL

Biggi trat das Gaspedal bis zum Anschlag durch und ignorierte jede Geschwindigkeitsbegrenzung auf der Autobahn in Richtung Braunschweig. Das mobile Blaulicht auf dem Autodach des Dienstwagens gab ihr dabei ein gutes Gefühl.

»Wenn du so weiterfährst, kommen wir niemals lebend in Braunschweig an«, bemerkte Wim, der in die Rückenlehne seines Sitzes gedrückt wurde und sich krampfhaft an den Griff oberhalb der Seitenscheibe geklammert hatte.

»Sei still, Wim. Es geht vielleicht um Leben und Tod!«, erwiderte Biggi und schaute konzentriert auf die Straße.

»Womit du leider nicht ganz unrecht hast, aber dennoch geht unsere eigene Sicherheit vor und ich habe doch bereits ein SEK zum Gaußberg geordert.«

»Was macht dich so sicher, dass wir dort finden, wonach wir suchen?«, fragte Biggi und setzte den Blinker, um von der linken Fahrspur quer über die Mitte rüberzuziehen und in die rechte Spur zu wechseln. »Da vorne ist schon die Abfahrt!«

»Wir haben das doch alles vorhin besprochen.«

»Ja, entschuldige, manchmal habe ich altersbedingt schon leichte Gedächtnislücken. Nein, Spaß beiseite. Ich kann das einfach alles nicht glauben und ich will das alles auch nicht glauben.«

»Dann noch mal zum Mitschreiben«, begann Wim eine Zusammenfassung seiner Theorie. »Manfred ist der Sohn von Greta Stein. Das hat uns Roswitha bestätigt. Er hat die ganze Zeit gewusst, dass es in diesem Fall um seine Mutter geht. Er hat dazu geschwiegen wie ein Grab und uns an der Nase herumgeführt. Der kann das doch nicht allen Ernstes verschweigen! Und er hat versucht, Zeugenaussagen herunterzuspielen, wenn ich an Erna Lewandowsky denke, die Steffi Kohlstedt nach wie vor als Letzte lebend gesehen hat. Sein Engagement bei den Ermittlungen ließ auch zu wünschen übrig. Ich dachte anfangs wirklich, dass das etwas Persönliches gegen mich ist. Dass er es nicht ertragen konnte, unter mir zu arbeiten, wo ich doch damals schon bei seiner heißersehnten Beförderung bevorzugt wurde. Mittlerweile glaube ich, dass er vor allem tierisch unter Druck stand, nicht aufzufliegen.«

»Mir war gar nicht klar, dass ihr damals Streit hattet.«

»Als Streit würde ich es auch nicht bezeichnen. Anfangs war es eine gesunde Konkurrenz, als ich dann vor ihm befördert wurde, hat er mich das aber sehr deutlich spüren lassen. Und, na ja, dann kam ja auch Roswitha noch ins Spiel«, erklärte Wim.

»Was hat die denn damit zu tun?«, fragte Biggi und nahm die Ampel nach der Autobahnabfahrt Celler Straße bei Dunkelgelb.

»Als er sie kennengelernt hat, gab es kein anderes Thema mehr. Und überhaupt hatte er keine Zeit mehr für ein Feierabendbier oder so was. Wenn überhaupt, dann gab es ›MaRo‹, wie wir sie hinter vorgehaltener Hand schon genannt haben, nur noch im Doppelpack. Das hat tierisch genervt. Der hat mich fallen lassen wie eine heiße Kartoffel.«

»Sag mal, kann es sein, dass die beiden alten Herren Sturköppe sind?« Biggi schaute für einen kurzen Moment skeptisch zu Wim rüber, der aus dem Fenster blickte.

»Was weiß ich«, patzte Wim zurück. »Wie dem auch sei, Manfred hatte in den letzten Tagen die ganze Zeit über Zugang zu allen relevanten Unterlagen und war uns dadurch immer einen Schritt voraus. Dieses Hinterhältige, das passt einfach zu ihm. Und überleg doch mal: Er hat einen Bootsführerschein und ein Boot, das am Mittellandkanal liegt, und damit die Möglichkeiten, die Leichen über den Kanal zu transportieren und die Aufmerksamkeit auf Hannover als möglichen Tatort zu lenken. Übrigens habe ich die Spurensicherung sofort zum Bootshafen geschickt und die Peiner Kollegen informiert. Und ob Roswitha das nun will oder nicht, auch zu den Wiegands nach Hause. Sie hat bestätigt, dass Manfred an den entscheidenden Tagen lange im Dienst gewesen ist und sehr spät nach Hause kam. Definitiv wissen wir das von dem Tag, an dem David Simonis und Irina Gordejeva verschwunden sind.«

Birgit atmete tief durch und bog nach links auf den Neustadtring ab. »Ja, das stimmt alles. Aber was ist das Motiv? Es ist doch Wahnsinn, solche Verbrechen zu begehen, nur weil der eigenen Mutter eine Räumungsklage droht«, entgegnete Biggi.

»Das ist auch für mich der Haken an der Sache. Ich weiß nur, dass Manfred eine enge Bindung zu seiner Mutter hat. Er hat damals immer in höchsten Tönen von ihr gesprochen. Und bitte denke auch daran, dass wir weder ihn noch Rosalie telefonisch erreichen. Seit Stunden. Außerdem hat Rosalie dir gesagt, dass sie Greta Stein aufsuchen will. Und zwar ohne das Hintergrundwissen, das wir beide jetzt haben. Ich bin mir sicher, dass Manfred mit drinsteckt und irgendwas da nicht stimmt. Mein dicker Bauch sagt mir, dass die Lösung am Gaußberg zu finden ist.«

Biggi lächelte und tätschelte für einen kurzen Augenblick Wims Oberschenkel. »Dann wollen wir mal hoffen, dass der dicke Bauch recht hat.«

Als Wim und Biggi die Straße Am Gaußberg erreichten, war diese bereits weiträumig abgesperrt. »Hannover-Braunschweig in 34 Minuten. Biggi, das ist rekordverdächtig«, stellte Wim anerkennend fest und war insgeheim dankbar, noch am Leben zu sein.

»Danke. Aber jetzt schau dir das mal an!« Biggi zeigte auf ein paar neugierige Passanten, die an dem rot-weiß gestreiften Flatterband standen und die Szenerie beobachteten.

»Gaffer gibt es leider immer. Wenigstens kann ich keine Handys erkennen.«

»Stimmt, ich auch nicht.«

Wim stieg als Erster aus dem Wagen aus und ging auf den örtlichen Einsatzleiter zu. »Schneider, ich bin der Leiter der Soko. Das ist meine Kollegin Birgit Höfgens«, sagte Wim und zeigte auf Biggi, die gerade ihre Sonnenbrille in der Handtasche verstaute.

»Oppermann, Harald Oppermann. Ich leite das SEK.«

»Wo haben Sie Ihre Leute positioniert?«, erkundigte sich Wim.

»Eine Truppe hat sich rund um das Haupthaus aufgestellt, wobei die doch sehr freie Lage des Gartenhauses und der Zaun davor nicht ganz einfach für uns sind. Dann auf dem Dach des Haupthauses und auf den beiden Nachbargebäuden. Außerdem ist eine Truppe auf einem Boot auf der Oker in Stellung. Wir sind auch erst seit knapp 20 Minuten in Position und warten jetzt auf Ihre Vorgaben.«

»Was ist mit der Verhandlungsgruppe?«, erkundigte sich Wim.

Harald Oppermann zeigte auf eine Ansammlung von fünf Personen, die am Eingang zum Inselwallpark einen Halbkreis gebildet hatten. »Die stehen da drüben. Da wären von links nach rechts die beiden sehr erfahrenen Kriminalhauptkommissarinnen Seibert und Stickling sowie Herr Kriminalkommissar Weste. Außerdem beratend noch die beiden Kriminalpsychologen Skorka und Schumann.«

»Gut, gut. Und was sagen die?«

»Die sind ein wenig skeptisch, was die von Ihnen skizzierte Bedrohungslage angeht. Erst mal gibt es keinen Täterkontakt, wir haben keine handfesten Beweise für eine Verbarrikadierung, Geiselnahme oder sonst irgendetwas.«

»Das lassen Sie mal meine Sorge sein. Ich übernehme die volle Verantwortung!«, entgegnete Wim freundlich, aber bestimmt.

»So etwas hat Herr Dr. Cassensmeier auch gesagt, als er mich vorhin anrief und sich nach der Lage erkundigt hat.«

Biggi musste sich das Schmunzeln verkneifen und schaute gespannt auf Wim.

»Cassensmeier. Na ja, wenn der nicht zum Abzug bläst, dann ist doch alles in bester Ordnung«, erwiderte Wim mit versteinerter Miene.

»Wenn es so ist, wie Sie es dargestellt haben, dann kann hier eine Gefährdungslage ja auch nicht ausgeschlossen werden«, versuchte Harald Oppermann die Situation zu entschärfen.

»Sag ich ja! Ach, verdammt noch mal! Einen Augenblick mal eben. Meine Hosentasche vibriert.« Umständlich nestelte Wim nach seinem Handy und wurde blass, als er Biggi das blinkende Display hinhielt. Es zeigte Manfreds Nummer.

»Geh ran!«, zischte Biggi und stellte sich direkt neben Wim, um das Gespräch mitverfolgen zu können.

Wim musste schlucken. »Schneider!«

»Zieh deine Leute ab, Wim. Dann passiert hier niemandem etwas.«

Wim schaute zu Biggi und Harald Oppermann, der sich zu ihnen gesellt hatte. Mit einer Handbewegung signalisierte er der Verhandlungsgruppe, zügig rüberzukommen, und formte mit seinem Mund stumm das Wort »Täterkontakt«.

»Manfred, bleib ganz ruhig. Ohne meine Weisung passiert hier gar nichts. Können wir reden? Wo bist du?«

»Ich bin da, wo ich euch sehen kann. Zieh deine Truppen ab. Ich kenne die Abläufe. Wie viele Verhandlungsvögel haben sich denn um dich geschart?«

»Die übliche Personenzahl«, entgegnete Wim.

Biggi nahm in Windeseile Zettel und Stift aus ihrer Tasche.

»Wie viele Personen?«, kritzelte sie kaum leserlich auf das Stück Papier.

Wim nickte ihr zu. »Manfred, wie viele Personen seid ihr? Ist deine Mutter vor Ort? Was ist mit Rosalie Helmer? Wo sind Marta Kohlstedt und David Simonis?« Die Verhandlungsgruppe und Harald Oppermann hatten Wim inzwischen umzingelt.

»Wie oft muss ich mich eigentlich noch wiederholen? Zieh deine Truppen ab! Du hast eine Viertelstunde, dann stirbt hier der Erste. Das wollen wir doch beide nicht. Ich will reden und kann alles erklären. Aber allein. Nur du und ich und meine Mutter.«

Wim überlegte fieberhaft. »Okay, Manfred. Wir ziehen uns zurück. Dann komme ich zum Gartenhaus. Du bist doch im Gartenhaus?«

»Ich nehme dich beim Wort und melde mich gleich wieder.«

Noch bevor Wim etwas entgegnen konnte, hatte Manfred das Gespräch beendet.

»Also wenn ich mich da jetzt mal einmischen darf, so geht das aber nicht«, sagte eine große blonde Frau in einem scharfen Tonfall.

»Und Sie sind?«, erkundigte sich Wim genervt.

»Seibert mein Name. Verhandlungsgruppe. Sie können da auf keinen Fall einfach so reingehen!«

»Und ob ich das kann, verehrte Kollegin! Ich kann das!«

48. KAPITEL

Als Rosalie zu sich kam, lag sie neben David Simonis und Marta Kohlstedt in einem dunklen Kellerraum, der so klein war, dass alle drei Körper sich irgendwo berührten. Erleichtert stellte sie fest, dass auf Fesseln und Knebel verzichtet worden war, ihr Rücken schmerzte jedoch und fühlte sich an wie bei einer Prellung.

»Hallo, wer sind Sie, wenn ich fragen darf?«, sagte David Simonis in die Dunkelheit hinein.

»Hallo, auch von mir, ich bin Marta.«

Rosalie blinzelte und konnte nur Konturen erkennen, bis ihre Augen sich ein wenig an die Dunkelheit gewöhnt hatten. Ihr war speiübel und sie hatte Kopfschmerzen. »Hallo, ich bin Rosalie Helmer. Ihre Helferin in der Not – von der Polizei Braunschweig.«

»Das ist dann wohl schiefgegangen«, sagte David Simonis und Marta musste kichern.

»Das kann man so sagen. Wo sind wir denn?«, erkundigte sich Rosalie.

»Es gibt ein gut ausgebautes Luftschutzkellersystem unterhalb des Gartens mit mehreren Zugängen«, erklärte David. »Einer davon befindet sich direkt in der Wohnküche des Gartenhauses. Allerdings ist das nur eine Luke, durch die auch ich immer versorgt worden bin.«

»Ach, das ist ja ein Ding«, sagte Rosalie. »Ich nehme an, Sie als der zuständige Makler wissen, wovon Sie reden. Und du, Marta?«

»Ich weiß es nicht. Ich habe den David zum ersten Mal gesehen, als der Mann mich aus dem Keller geholt und auf den Stuhl im Gartenhaus gefesselt hat.«

»Und warum hat er dich aus dem Keller geholt?«, fragte Rosalie.

»Das weiß ich nicht. Die alte Frau hat immer zu ihm gesagt, dass mal frische Luft nötig ist, damit ich nicht krank werde.«

»Der Mann muss derjenige gewesen sein, der uns entführt und in den Keller geworfen oder gebracht hat«, ergänzte David Simonis. »Die Alte schafft das wohl kaum ohne Hilfe.«

»Haben Sie den Mann denn bei der Entführung gesehen?«, erkundigte sich Rosalie.

»Nein«, sagte David Simonis. »Ich bin heimtückisch von hinten niedergeschlagen worden und erst wieder aufgewacht, als ich schon im Keller war. Können Sie mir sagen, was mit meiner Freundin passiert ist?«

»Und was ist mit meiner Mama und meinem Papa?«, fragte auch die kleine Marta.

Rosalie seufzte. »Puh, ja also, Marta, dein Vater ist ein bisschen krank. Er liegt im Krankenhaus, ist aber bald wieder gesund. Oma und Opa und ganz viele Ärzte kümmern sich gut um ihn.«

»Und Mama?«

»Deine Mutter ist leider nicht mehr bei uns, sondern im Himmel, Marta, Schatz«, erklärte Rosalie so behutsam wie möglich.

Marta begann zu schluchzen. »Ist sie jetzt ein Engel?«

»Ja, genau, sie ist dein ganz persönlicher Schutzengel. Wie Irina, die jetzt auf den David aufpasst«, sagte Rosalie und schaute voller Mitgefühl in David Simonis' Richtung.

Wim war sich des hohen Risikos bewusst, das er einging. Eine hitzige Diskussion rund um Eigengefährdung und das Einsetzen eines Präzisionsschützenkommandos war entfacht, als Wim eigenmächtig entschieden hatte, den Alleingang zu wagen. Mit Nachdruck und sicher auch in einem nicht ganz angemessenen Tonfall hatte er dann aber auf das Ultimatum verwiesen, das Manfred ihm gesetzt hatte, und versichert, dass er wüsste, was zu tun sei. Aber wusste er das tatsächlich? Manfred war ein alter Fuchs, genau wie Wim. Beide kannten die Abläufe bei solchen Einsätzen in- und auswendig. Wim durfte sich einfach keine Fehler erlauben. Er wartete, bis das SEK sich bis in die angrenzende Schubertstraße zurückgezogen hatte, und wandte sich dann noch einmal an Biggi. »Ob ich Manfred jetzt anrufe?«

»Ich denke, er sieht uns. Er wird sich erst melden, wenn auch ich weggehe. Er will dich allein.« Biggi schaute auf ihre Armbanduhr. »Mir bleiben noch genau zwei Minuten.« Sie drehte sich zu Wim, stellte sich auf die Zehenspitzen und gab ihm einen Kuss auf die Wange. »Pass auf dich auf. Ich brauche dich noch.«

»Biggi, ich …« Wim stockte. »Das mache ich, und nun geh.«

Wim sah Biggi hinterher und zum ersten Mal seit seiner Diagnose spürte er wieder das rasende Stechen im Unterleib. Er ignorierte den Schmerz, und als sein Handy klingelte, war Manfreds Ultimatum auf die Sekunde genau verstrichen.

»Komm in den Garten. Der Tisch ist gedeckt«, sagte Manfred und legte sofort wieder auf.

Wim steckte sein Handy in die Manteltasche und schlug den gleichen Weg ein, den Rosalie wenige Stunden vor ihm gegangen war. Als er sich dem Gartenhaus näherte, erkannte er, dass Manfred Wiegand mit seiner Mutter auf der Terrasse saß. Von Rosalie, Marta und David war nichts zu sehen. Der gedeckte Tisch mit einem Apfelkuchen, einer Schüssel mit Schlagsahne und weißen Teetassen wirkte auf Wim fast surreal.

»Wim, da bist du ja. Es stört dich doch nicht, dass meine Mutter dabei ist?«

Wim schüttelte den Kopf. »Hallo, Frau Stein, hallo, Manfred, ja da bin ich. Soll ich mich setzen?«, fragte Wim und zeigte auf einen freien Stuhl neben Manfred.

»Nicht so eilig, mein Freund. Vorher nimmst du mal deine Dienstwaffe aus dem Holster und schmeißt sie bitte in einem möglichst hohen Bogen in die Oker. Danke dafür im Voraus«, sagte Manfred und richtete seine eigene Waffe auf Wim.

»Möchten Sie Kaffee oder Tee, Herr Schneider?«, fragte Greta Stein und griff zu zwei vor sich stehenden Kannen.

»Danke, aber für mich nichts.«

»Dann aber wenigstens ein Stück Apfelkuchen?«

»Manfred, was wird das hier?«, fragte Wim und näherte sich dem Tisch.

»Die Waffe, Wim. Muss ich das denn noch mal wiederholen?«

Wim zögerte, sah aber schnell ein, dass er keine andere Wahl hatte. Er griff zu seiner Dienstwaffe, löste sie aus dem Holster und ging zum Bootssteg. Eigentlich hätte er sie auch gleich bei Biggi lassen können.

»So, und nun hau ruck!«, rief Greta Stein erfreut und klatschte in die Hände.

Wim schaute sich noch einmal um und warf seine Waffe in den Fluss.

»Geht doch!«, kommentierte Manfred den Wurf. »Und nun setz dich bitte zu uns.«

Wim folgte der Aufforderung und nahm Platz. »Schön haben Sie es hier, Frau Stein.«

»Nicht wahr?«, entgegnete Greta Stein. »Zu schön, um wahr zu sein.«

»Manfred, ich nehme an, du kannst das alles hier erklären?«

»Das kann ich, Wim, und bevor ich das tue, habe ich eine Bitte.«

»Die da wäre?«

»Bitte kümmere dich um Roswitha. Ich weiß, dass es lange her ist, aber sie hat dich immer gemocht und irgendwie fühle ich mich besser, wenn ich weiß, dass du ein Auge auf sie hast.«

Wim schaute Manfred an und nickte stumm. »Danke«, erwiderte Manfred, nahm einen Schluck Tee und stach mit seiner Gabel in den Apfelkuchen. »Herrlich, Mutter, findest du nicht auch? So schön ist es hier!«

»Ja, mein Junge. Zu schön, um wahr zu sein. Hat irgendwer eigentlich den Kater gesehen? Herr Kommissar, könnten Sie sich wohl auch um Thadeus kümmern? Meine Schwiegertochter hat es nicht so mit Tieren.«

»Kann ich gerne tun, Frau Stein. Aber nun zu dir, Manfred. Erzähl doch mal. Am besten von vorne«, sagte Wim ungeduldig.

Manfred stand auf und ging zur Wasserkante. Langsam drehte er den Kopf zuerst zur rechten und dann zur linken Seite.

»Manfred! Was machst du denn? Wir wollten doch nett zusammensitzen!«, kommentierte Greta Stein empört die Szene.

»Ach, weißt du, Wim, da war dieser nervige Journalist. Mit dem hat alles angefangen.«

»Nein, mein Junge. Angefangen hat es mit deinem missratenen Halbbruder in Wolfenbüttel. Und die Hauptschuld trägt dein Erzeuger«, unterbrach Greta Stein. »Jetzt setz dich bitte wieder zu uns!«

»Mutter, nun lass mich das mal Wim alles erklären. Aber zuerst muss ich schauen, ob ich erkennen kann, wo die Kollegen Scharfschützen sich positioniert haben.«

Wim kommentierte Manfreds Aussage nicht. Er wusste genau, dass man alles versuchte, um ihn rund um das Gelände abzusichern, und Manfred wusste das auch. Schweigend schaute Wim dem sich ihm bietenden Schauspiel zu. Als etwas anderes konnte er diese Szenerie hier nicht mehr werten. Mutter und Sohn beim Kaffeeklatsch, offenbar ohne jeden Verstand und auf dem besten Weg zu einem vollumfänglichen Geständnis.

»Dann fange ich halt mit Michael an. Der wollte die alte Villa verkaufen«, entgegnete Manfred und kehrte zu seinem Stuhl zurück.

»Das stimmt!«, bestätigte Greta Stein und schlürfte genüsslich ihren Tee.

»Wieso wollte Michael Gänsicker verkaufen? Wisst ihr etwas darüber?«, erkundigte sich Wim.

»Das kann ich Ihnen verraten«, entgegnete Greta Stein in aller Seelenruhe. »Er wollte Rache und gnädig sein zugleich!«

»Moment. Michael Gänsicker ist der Halbbruder von Manfred? Habe ich das richtig verstanden?«, entgegnete Wim und schaute zu Manfred.

»So ist es. Wir haben den gleichen Vater. Josef Gänsicker.«

»Aber du heißt Wiegand, deine Mutter heißt Stein.«

»Ich wurde adoptiert. Das ist eine lange Geschichte.«

»Die ich Ihrer Kollegin schon erzählt habe!«, unterbrach Greta Stein. »Das müssen wir jetzt ja nicht alles wiederholen. Das kann Frau Helmer Ihnen selbst erzählen.«

»Rosalie ist hier?«, fragte Wim voller Sorge.

Manfred nickte. »Jaja, alles ist gut. Aber jetzt lass uns mal weitererzählen. Du willst doch alles erfahren, oder?«

»Manfred, wo ist Rosalie? Und was ist mit Marta Kohlstedt und David Simonis? Sind die auch hier?«

Manfred nickte.

»Wo sind eure Geiseln?«

»Geiseln, also bitte. Die drei sitzen im Keller. Die kannst du nachher mitnehmen, vor allem die nervige Rosalie. Wenn die nicht so eifrig gewesen wäre, die blöde Kuh.«

»Welcher Keller?«, fragte Wim.

»Mein Vater hat hier nach und nach alles sehr großzügig unterkellern lassen. Luftschutzräume und natürlich geheime Räume für seine Nazi-Versuche.«

»Nazi-Versuche? Also hatte Sebastian Schmidt recht?!«

»Immer schön der Reihe nach, Wim, dazu komme ich gleich.«

»Sie sollten meinen Sohn auch mal ausreden lassen, Herr Kommissar«, unterbrach Greta Stein das Gespräch einmal mehr.

»Schon gut, Mutter«, sagte Manfred. »Also mein Halbbruder hat Mutter aufgefordert auszuziehen, um die Villa mit dem gesamten Grundstück, also auch mit Zugang zur Oker, veräußern zu können.«

»Aber ohne mich!«, sagte Greta Stein.

»Genau. Mutter wollte das partout nicht. So einen alten Baum kann man nicht mehr verpflanzen, Wim. Das kann man doch wirklich nicht.«

»Eine Unverschämtheit ist das!«, sagte Greta Stein.

»Nun beruhige dich mal, Mutter, und lass mich alles erklären«, sagte Manfred und legte seine Hand auf die faltige Hand seiner Mutter.

»Du hast ja recht, mein Junge, entschuldige.«

Wim versuchte, das Gespräch wieder in geordnete Bahnen zu lenken. »Manfred, bitte wirklich der Reihenfolge nach. Warum wollte Michael Gänsicker sich ›rächen und war gnädig zugleich‹? Und was hat es mit dem Hausverkauf auf sich? Frau Stein, möchten Sie das eventuell erklären?«

Greta Stein räusperte sich. »Nun ja, Michael hatte erfahren, dass ich für den Tod seines Vaters verantwortlich war. Und dass er noch so einige Halbgeschwister hat. Sein Vater Josef hat es zeit seines Lebens wild getrieben und vielen jungen Frauen Unglück gebracht. Mich eingeschlossen. Irgendjemand musste ihn doch stoppen!«

»Was um alles in der Welt haben Sie angestellt, Frau Stein?«, fragte Wim entsetzt nach. »Haben Sie Josef Gänsicker ermordet?«

»Mord, Herr Kommissar. Ein großes Wort. Ich habe die Welt von einem riesigen Arschloch befreit. Mit Gift. Zugestellt mit der Deutschen Post. Dann folgte eine kurze schwere Krankheit. Eigentlich alles ganz simpel. Aber bevor sie mich fragen: Mein Betriebsgeheimnis, das nehme ich mit ins Grab.«

Wim konnte kaum glauben, was er da hörte. »Darf ich mal fragen, was du davon wusstest, Manfred?«

»Mutter hat mir die ganze Geschichte vor noch nicht allzu langer Zeit erzählt. Als der Druck für sie immer größer wurde.«

»Du meinst wegen des Hausverkaufs? Wie ist es denn nun dazu gekommen?«

»Michael wusste erst seit Kurzem, dass wir verwandt sind. Meine Mutter hatte über Jahrzehnte geschwiegen, um sich und mich zu schützen. Aber eines Tages tauchte Michael dann hier auf und hat Mutter beiläufig erzählt, dass er noch eine Halbschwester hat und weitere Geschwister suche. Da wurde Mutter hellhörig. Es begann damit, dass eine Halbschwester von uns Michael vor einiger Zeit ausfindig gemacht hatte. Ahnenforschung oder so was. Michael ist wohl aus allen Wolken gefallen. Erst recht, als sie ihm eröffnete, dass es noch mehrere Halbgeschwister zu geben scheint. Da hat der liebe Michael Angst um sein Vermögen bekommen. War ja alles geerbtes Geld. Das Thema hat ihn sehr beschäftigt und so hat er es dann auch Mutter erzählt. Über den Gartenzaun, einfach so, als er in der Villa nach dem Rechten geschaut hat.«

»Und wie haben Sie reagiert, Frau Stein?«, erkundigte sich Wim.

»Ich habe in diesem Augenblick gespürt, dass der richtige Zeitpunkt gekommen ist, mit der Wahrheit herauszurücken, Herr Kommissar, anders kann ich das nicht beschreiben. Also habe ich mir einen Ruck gegeben und mich überwunden. Ich musste doch auch an Manfreds Erbteil denken!«

»Jetzt verstehe ich langsam«, sagte Wim. »Und warum war das Verhalten von Michael dann Rache und Gnade zugleich?«

»Weil ich ihm wirklich die ganze Wahrheit offenbart habe«, sagte Greta Stein. »Wenn schon, denn schon. Keine halben Sachen.«

»Sie haben Michael also auch den Mord an seinem Vater gestanden?«, fragte Wim nach.

»Mord, Herr Kommissar. Schon wieder dieses unschöne Wort.«

»Wim, du kannst dir sicher vorstellen, dass Mutters Geständnis Michael sehr aufgewühlt hat!«, mischte sich Manfred wieder ein. »Von hier auf jetzt ist das fast heldenhafte Bild, das er über Jahrzehnte von seinem berühmten Vater hatte, wie ein Kartenhaus in sich zusammengebrochen. Das hat Michael nicht kaltgelassen. Die Liebe zu seinem Vater ist in Hass umgeschlagen. Auch vor dem Hintergrund, was seiner Mutter Brunhild angetan wurde.«

»Die jahrelang belogen und betrogen wurde«, schlussfolgerte Wim.

»So wie viele Frauen im Leben von Josef Gänsicker«, stellte Greta Stein verbittert fest.

»Und dann?«, erkundigte sich Wim.

»Ja, und dann flatterte eines Tages Post ins Haus. Michael teilte mir mit, dass er verkaufen wolle und ich auszuziehen habe. Natürlich habe ich ihn dann gleich zur Rede gestellt. Und dann hat er gesagt, dass ich froh sein könne, dass er mich nicht angezeigt hat. Dass er mich ja sogar verstehen könne. Aber büßen sollte ich trotzdem. Gänzlich ungeschoren wollte er mich nicht davonkommen lassen. Und da sei das Verlassen seines Grundstücks ja wohl nicht zu viel verlangt.«

»Rache und Gnade zugleich«, stellte Wim fest.

Manfred atmete tief ein und aus. »Also dein Tee und der Kuchen, Mutter. Ein Traum.«

Greta Stein strahlte ihren Sohn an. »Danke, mein Junge. Herr Kommissar, wollen Sie nicht vielleicht doch ein Stückchen Kuchen?«, rief sie Wim zu, der aufgestanden war, nachdenklich auf dem Bootssteg stand und auf die Oker schaute.

»Danke, nein, Frau Stein. Entschuldigen Sie die kurze Pause, die ich gerade brauchte. Lassen Sie uns einfach weitermachen.«

»Gerne, wo war ich doch gleich? Ach so, also der Villenverkauf wurde für Michael zu einer echten Herausforderung, weil ich natürlich nicht ausziehen wollte und die Villa ohne Okerzugang nur halb so viel wert ist. Also hat Michael mir mit Anwälten gedroht, aber tatsächlich nie mit einer Anzeige bei der Polizei. Das muss ich ihm lassen. Ich glaube, er hatte einfach Spaß daran, mich zu terrorisieren, und er wusste, dass er mich in der Hand hat und am längeren Hebel sitzt. Na ja, und dann kam irgendwann auch dieser schmierige Luxusmakler aus Hannover ins Spiel.«

»Und als ob das alles nicht schon genug war, erschien dann auch noch Sebastian Schmidt mit seiner Nazi-Recherche auf der Bildfläche«, ergänzte Manfred.

»Wegen der Versuche deines Vaters?«, fragte Wim und kehrte zu seinem Stuhl zurück.

»Genau!«, bestätigte Manfred. »Und dann hatte Mutter ein weiteres Problem!«

49. KAPITEL

Biggi hielt das Feuerzeug in ihrer Hand krampfhaft fest. Wim war noch gar nicht so lange fort, aber es kam ihr vor wie eine halbe Ewigkeit. Hatte sie mit dem Wangenkuss eine Grenze überschritten? So viele gemeinsame Jahre mit Wim als Kollege an ihrer Seite, wie unterschiedlich die beiden auch waren, so perfekt ergänzten sie sich als Team. Sie hatte Angst um Wim und nicht nur davor, einen Kollegen zu verlieren. Es war der Mensch Wim Schneider, der ihr am Herzen lag.

»Herr Schneider bekommt das hin«, sagte Harald Oppermann und stellte sich neben Biggi an die Absperrung. »Ich habe ja schon viel erlebt, aber einen Kollegen als Täter. Das ist eine harte Nummer.«

»Wie kann man sich so in einem Menschen täuschen?«, entgegnete Biggi und hielt den Blick auf den Gaußberg gerichtet. »Was machen wir nur, wenn Manfred Wiegand durchdreht?«

»Ich bin ja nicht leichtsinnig und lasse Herrn Schneider unbeaufsichtigt.«

Biggi schaute zum Einsatzleiter. »Wie meinen Sie das?«

Harald Oppermann lächelte. »Ich habe einen Scharfschützen in einem Boot an der Wehranlage Richtung Mühlenpfordtstraße in Stellung gebracht und habe nur das SEK-Team vom Fluss abgezogen, das Manfred Wiegand vom Gartenhaus aus noch hätte sehen können. Mit der Wehranlage hinter der Flussbiegung rechnet er hoffentlich nicht, da das wegen der Strömung eigentlich nicht geht und für Boote gesperrt ist. Aber wenn alle Stricke reißen, verlässt das Polizeiboot von dort aus seine Deckung und der Scharfschütze kann eingreifen. Die Jungs sind top ausgebildet und treffen auf eine Distanz von bis zu 500 Metern. Alternativ führt ein Weg über das Nachbargrundstück an Land und es besteht die Möglichkeit, sich von hinten dem Gartenhaus zu nähern. Außerdem befindet sich ein Scharfschütze auf dem Spitzboden eines Wohnhauses in der Wendenmaschstraße, gleich auf der gegenüberliegenden Uferseite. Die Dachluke dort hat für unsere Zwecke eine perfekte Ausrichtung.«

Biggi nickte anerkennend und atmete tief durch. »Sie haben an alles gedacht. Das beruhigt mich jetzt ein wenig.«

»Nur den Personenschutzsender hat er abgelehnt«, erwiderte Harald Oppermann schulterzuckend.

»Personenschutzsender?«

»Ja, damit können wir über Bluetooth beziehungsweise Funk die Situation vor Ort eins zu eins verfolgen und notfalls eingreifen.«

»Und wieso sagt man mir das jetzt erst?«, fragte Biggi empört.

»Herr Schneider hat mich vorhin beiseitegenommen und mir gesagt, dass er es nicht so mit der Technik hat und dass er auch zweifelt, ob der Sender unentdeckt bleibt. Unsicher waren die Techniker dann auch, was die Reichweite betrifft, denn die Distanz zum Gartenhaus ist ja nicht unerheblich. Herr Schneider hat sich dann bewusst dagegen entschieden, verkabelt zu werden, und mich gebeten, Ihnen das nicht gleich zu sagen. Sie würden sich nur unnötig einmischen und aufregen und er hatte Sorge, Sie hätten ihn dann nicht gehen lassen.«

Biggi schaute Harald Oppermann säuerlich an. »Womit er nicht ganz falschliegt!«

»Und du, Manfred? Wann kamst du ins Spiel und bist zum Komplizen deiner Mutter geworden? Oder sollte ich sagen zum Täter?«

»Also nun wirklich, Herr Kommissar, jetzt lassen Sie mal meinen Jungen in Ruhe!«, entgegnete Greta Stein mit aufgeregter Stimme.

»Mutter, misch dich nicht immer ein. Das hier ist meine Sache!«, zischte Manfred und richtete seine Waffe auf Wim. »Ich musste ihr doch helfen!«

Wim spürte sein Herz klopfen. »Okay, Manfred, ganz ruhig. Wenn du jetzt von dieser Waffe Gebrauch machst, dann bringst du nicht nur mich um, dann kann deine Mutter erst recht auch nicht mehr in ihrem Gartenhaus wohnen. Du musst mir die ganze Geschichte erzählen!«

Manfred lächelte müde. »Na, sieht man schon einen roten Laserpunkt auf meiner Stirn? Wo sind denn die Scharfschützen? Doch mindestens gegenüber auf der anderen Seite, oder? Und wer soll hier noch wohnen, Wim? Oder lässt du Mutter und mich am Ende ungeschoren davonkommen?«

»Manfred, es gibt für alles eine Lösung«, erwiderte Wim und hoffte, ihn so zur Fortsetzung des eigentlichen Gespräches bringen zu können.

»Da hat er recht!«, sagte Greta Stein. »Jetzt erzähl doch mal von diesem Journalisten, Manfred. Und nimm die Waffe runter. Herr Schneider muss die ganze Geschichte hören!«

Manfred nickte seiner Mutter müde zu und legte die Waffe auf den Tisch. »Ja, also gut. Der Herr Journalist, Sebastian Schmidt, tauchte bereits vor ein paar Monaten hier auf und stellte meiner Mutter verschiedene Fragen zum Haus und zu Josef Gänsicker. Er hatte ordentlich recherchiert, das muss ich ihm lassen.«

»Was genau hatte er denn herausgefunden?«, fragte Wim und war erleichtert, dass die Situation nicht eskaliert war.

»Dazu musst du zunächst wissen, dass mein Vater seit Jugendtagen einen besten Freund hatte: Hubertus von der Ohe. Der ist erst vor ein paar Jahren sehr betagt verstorben. In seiner Erbmasse sind Tagebuchaufzeichnungen brisanten Inhaltes aufgetaucht, die mit den Machenschaften meines Vaters in Verbindung stehen. Darauf ist Sebastian Schmidt gestoßen.«

»Und wie?«, fragte Wim.

»Ob du es glaubst oder nicht, es war reiner Zufall. Eine Haushaltsauflösung. Sebastian Schmidt hat ein Faible für alte Bücher, das hast du doch in seinem Haus gesehen. Lexikonbände von A bis Z aus den Achtzigerjahren. Wer hat denn so was noch zu Hause?«

»Ich«, sagte Wim. »Aber das ist ein anderes Thema. Erzähl bitte weiter.«

»Sebastian Schmidt hat in einem Stapel antiquierter Bücher aus dem Hausstand von Hubertus von der Ohe also dieses Tagebuch entdeckt und in ihm Aufzeichnungen über meinen Vater. Er berichtete von streng geheimen Versuchsreihen im Auftrag der Nazis, die mein Vater durchgeführt hat.«

»Was denn für Versuchsreihen?«

»Mein Vater war Professor für Biochemie mit einem ausgeprägten Interesse für die Pharmazie. Sein exzellenter Ruf eilte ihm voraus und hatte sich auch bei den Nazis herumgesprochen, die auf der Suche nach effektiven Methoden waren, um unwertes Leben im Keim zu ersticken oder gar nicht erst zustande kommen zu lassen, wenn du verstehst, was ich meine.«

Wim nickte. »Schwangerschaftsabbrüche?«

»Die waren natürlich streng verboten«, entgegnete Manfred. »Aber mit Blick auf die Reinheit und Gesundheit der deutschen Rasse ist ja der Begriff der Euthanasie sicher auch dir geläufig.«

»Rassenhygiene«, sagte Wim. »Und dein Vater hatte den Auftrag, den Hebel bereits davor anzusetzen und unerwünschtes Leben gar nicht erst auf die Welt bringen zu lassen?«

»Richtig«, bestätigte Manfred. »So hat es Sebastian Schmidt recherchiert und Mutter damit konfrontiert.«

»Und was hat es mit dem Krankenkassengebäude auf sich?«

Manfred lachte. »Nichts! Gar nichts! Wenn du mich fragst. Der Schmidt hat sich in seiner Recherche völlig verzettelt. Die Ereignisse in den 1930er-Jahren, die SA-Folterstätte und so, alles unstrittig, aber der Rest? Lächerlich. Der Schmidt hat krampfhaft versucht, eine Verbindung herzustellen, wo keine war. Da bin ich mir sicher.«

»Dieses Wissen hättest du gerne mit uns teilen können«, platzte es aus Wim heraus.

»Och, ich habe mich prächtig amüsiert, als Rosalie Helmer sich mit dem alten Stadtplan fast bis zum Exzess beschäftigt und mit dem Geodreieck Distanzen vermessen und in Maßstäbe umgerechnet hat«, erwiderte Manfred und grinste breit.

Wim musste sich zusammenreißen, Manfred nicht an den Kragen zu gehen oder ihm einfach einen Faustschlag mitten in seine Visage zu verpassen. »Wie dem auch sei. Wie ist denn Sebastian Schmidt dann auf euch gestoßen?«

»Es waren wieder die Tagebücher. Mein Vater und sein bester Freund haben sich ein Hobby geteilt: Affären.«

»Und da tauchte Ihr Name auf, Frau Stein?«, richtete sich Wim nun wieder an Manfreds Mutter.

Greta Stein schaute abwesend auf die Oker. »Jaja, dieses Schwein. Hat wild rumgevögelt und vielen Frauen seine chemische Wunderwaffe einflößen wollen, als sie schwanger waren. Dass er auch Hubertus mit dem Mittel versorgt hat, das habe ich erst durch den Schmidt erfahren. Besonders enge Freunde waren die beiden. Widerlich!«

»Sie haben sich aber geweigert, das Mittel einzunehmen?«

»Säße mein Manfred ansonsten heute hier?«, entgegnete Greta Stein und schaute liebevoll zu ihrem Sohn.

Manfred lächelte. »Mutter war schon immer stark. Na ja, und Sebastian Schmidt ist vielleicht ein bisschen chaotisch, aber er ist nicht auf den Kopf gefallen. Er hat die Lebensgeschichte meines Vaters recherchiert und ist dann darauf gestoßen, dass die Villa am Gaußberg womöglich noch in Familienbesitz ist. Danach war er regelrecht versessen darauf, noch lebende Zeitzeugen zu finden und sich die Räumlichkeiten anzuschauen.«

»Und deine eigene Frau sollte im Grundbuchamt diese Anfrage bearbeiten!«, sagte Wim und fasste sich an die Stirn.

»Roswitha, ja. Aber da kamen ja mehrere Zufälle zusammen, dass sie es erst mal nicht getan hat.«

Wim schüttelte den Kopf. »Das ist wirklich unfassbar, Manfred. Wie ging es dann mit Sebastian Schmidt weiter?«

»Als er ankündigte, seine Geschichte zu veröffentlichen, da ist Mutter endgültig zusammengebrochen. Stell dir doch mal vor, was das für sie, was das für unsere ganze Familie bedeutet hätte!«

»Das verstehe ich sogar«, entgegnete Wim. »Neben die Angst, das eigene Zuhause zu verlieren, gesellte sich die Angst, dass das dunkelste Kapitel der eigenen Lebensgeschichte herauskommt.«

»Sie sagen es, Herr Kommissar. Ich wollte meinen Manfred doch schützen, und stellen Sie sich mal vor, was hier los gewesen wäre. Die Medien und so«, sagte Greta Stein.

»Aber das ist keine Entschuldigung für die schweren Verbrechen, die ihr verübt habt!«, sagte Wim und musste sich erneut beherrschen, nicht laut loszubrüllen. »Menschen mussten sterben, ein Kind wurde entführt. Was ist los mit dir, Manfred?«

»Ja, was ist los mit mir?«, entgegnete Manfred und schloss die Augen. Wim beobachtete seinen Kollegen ganz genau und hoffte inständig, dass er nicht wieder zur Waffe greifen würde.

»Wissen Sie, Herr Kommissar. Ich bin die Schuldige!«, setzte Greta Stein das Gespräch fort. »Ich habe die ersten anonymen Briefe an Sebastian Schmidt geschickt und ihn wissen lassen, dass er seine Nase nicht in Dinge stecken soll, die ihn nichts angehen. Das sind doch private Familienangelegenheiten und nichts für die Zeitung! Aber er hat einfach nicht aufgehört. Dann rief Michael an und schrie mich am Telefon an, was ich einem Journalisten für Auskünfte geben würde, und fragte mich, ob das meine Art wäre, ihm den Verkauf endgültig zu vermasseln. Ein Nazigrundstück ließe sich nicht gerade gut verkaufen. Und er müsse sich ernsthaft überlegen, mich nicht doch bei der Polizei anzuzeigen.«

»Sebastian Schmidt hat Michael interviewt«, erklärte Wim.

»Genau, und er hat damit natürlich in ein Wespennest gestochen«, klinkte Manfred sich wieder in das Gespräch ein und öffnete die Augen.

»Der gute Michael sah seine Felle davonschwimmen, oder sagen wir lieber, seinen guten Ruf und sein Geld«, fuhr Greta Stein fort. »Er hat mir einmal mehr mit einer Räumungsklage und mit der Polizei gedroht, wenn ich den Journalisten nicht aufhalten würde. Ich wusste gar nicht mehr, wem ich was glauben sollte und wo mir der Kopf stand.«

Manfred ballte die Faust. »Dieses Schwein von Halbbruder hat die Ängste meiner Mutter schamlos für seine Zwecke ausgenutzt und er hätte sie trotzdem hier rausgeekelt.«

Greta Stein liefen Tränen über die Wangen. »Wissen Sie, Herr Kommissar, also habe ich einen neuen, einen schärferen Brief verfasst und habe damit gedroht, dass der Familie des Journalisten etwas zustößt. Aber meinen Sie, das hat den interessiert? Stattdessen tauchte er kurze Zeit später hier auf und fragte, ob er sich den alten Luftschutzkeller mal anschauen könne. Da wusste ich, dass er zwar den Zusammenhang der Briefe zu mir nicht hergestellt hatte, aber dass er eben auch nicht aufhört. Immer weiter, immer weiter.«

Wim schüttelte den Kopf. »Und was denken Sie, Frau Stein? Was glaubte Sebastian Schmidt, von wem die Briefe stammen?«

»Was weiß denn ich? Der hat doch sonst wo rumrecherchiert! Rechte Szene oder so was? Ich habe mich ja bemüht, die Briefe entsprechend zu formulieren.«

Wim nickte. Das leuchtete ihm ein. Er wusste aus den sichergestellten Unterlagen, dass Sebastian Schmidt seine Fühler tatsächlich bis in die neue rechte Szene ausgestreckt hatte.

»Wie kam es denn dann zur Eskalation, Frau Stein? Wann kam Ihnen der Gedanke, Marta zu entführen?«

»Ich bin zwar alt, aber bis auf die üblichen Wehwehchen noch sehr rüstig, Herr Kommissar. Ich war mir sicher, dass ich mit so einem kleinen Mädchen umgehen kann. Herr Schmidt hatte mir in einem unserer Gespräche von seiner Tochter erzählt und dass es ihm ja auch darum gehe, die Erinnerungen für nachkommende Generationen festzuhalten und alles vorbehaltlos aufzuklären. Da bin ich hellhörig geworden und schmiedete einen Plan.«

50. KAPITEL

Roswitha Wiegand saß völlig aufgelöst auf einem roten Plastikklappstuhl im Treppenhaus vor ihrer Wohnungstür und schluchzte in ein Taschentuch.

»Mensch, Roswitha, beruhige dich. Vielleicht liegt da auch nur ein Irrtum vor«, sagte Christina Pannier, die Leiterin der Spurensicherung, und schaute aus der Wohnungstür.

»Ach, Christina, was mache ich bloß? Manfred hat mich die ganze Zeit betrogen und belogen. Er hat anscheinend ein Doppelleben geführt. Ich kenne meinen Mann nicht mehr.«

»Hast du jemanden, der sich um dich kümmern kann?«, fragte Christina Pannier, trat aus der Tür, zog einen Gummihandschuh aus und legte der völlig aufgelösten Roswitha eine Hand auf die Schulter.

»Ich habe unseren Sohn angerufen. Aber der lebt in Bayern, Berchtesgadener Land. Bis der hier ist, seid ihr doch dreimal fertig.«

»Und was ist mit anderen Familienmitgliedern? Mit Freunden, Kollegen oder Nachbarn?«

Roswitha Wiegand stand von ihrem Stuhl auf und schnäuzte sich die Nase. »Niemals, Christina! Diese Schmach gebe ich mir nicht. Ich werde den Nachbarn, die das hier mitbekommen, Rede und Antwort stehen, wenn man mich fragt, und das Allernötigste sagen. Aber auch nur dann. Erst mal muss ich das hier mit mir selbst ausmachen.«

»Wie du meinst, Roswitha. Ich kann dir aber auch einen Psychologen kommen lassen oder einen anderen Seelsorger für dich organisieren. Es ist sicher besser, wenn du jetzt nicht allein bist.«

»Das ist lieb, aber wie gesagt, mein Sohn ist ja unterwegs.«

»Okay, dann muss ich dich jetzt um Geduld bitten. Wir brauchen noch etwas aus der Wohnung.«

»Das ist in Ordnung. Habt ihr denn was gefunden?«

»Ich kann dazu aktuell nichts sagen. Aber es gibt ja auch noch den Bootshafen und natürlich das Haus deiner Schwiegermutter. Das müssen wir alles in Augenschein nehmen. Fallen dir sonst noch irgendwelche Orte ein?«

»Nein, Christina, nicht wirklich.«

»Keine Garage, kein Hobbykeller oder Ähnliches?«

»Nein. Wenn überhaupt, dann nur das Grundstück am Gaußberg.«

»Ich bin Herrn Schmidt eines Tages einfach heimlich nach Hause gefolgt und wusste dann, wo er wohnt«, erläuterte Greta Stein ihr Vorgehen und schlug die Beine übereinander. »Schöne Ecke in Lehndorf, so nah am Wald. Fast so schön wie mein Inselwallpark hier vor der Tür. Und ich habe ja Zeit als Rentnerin. Also bin ich öfter mal nach Lehndorf raus, bin im Ölper Holz spazieren gegangen und habe mir nach und nach die Tagesabläufe der Familie angeschaut. Schnell war mir klar, wann das Kind allein unterwegs ist und wohin. Und dann kam mir der Spieletreff in der Kirchengemeinde an jenem Wochenende sehr entgegen.«

»Sie haben die Entführung eiskalt geplant!«, stellte Wim fest.

»Ach, Herr Kommissar, Sie nun wieder. Eiskalt. Ich habe getan, was getan werden musste. Eine andere Sprache hat Herr Schmidt ja nicht verstanden.«

Wim schüttelte den Kopf. »Haben Sie auch nur mal eine Sekunde an das kleine Mädchen gedacht und daran, welche Ängste es hatte?«

»Meine Generation hat Tage und Nächte in Luftschutzkellern verbracht. Das hat uns abgehärtet! Und es sollte ja auch nicht für lange sein. Ich hatte doch keine Ahnung, dass sich das alles so entwickeln würde.«

Wim wandte sich an Manfred. »Und du, Manfred? Ab welchem Zeitpunkt warst du involviert?«

Manfred starrte auf die Oker und antwortete nicht.

»Manfred? Der Kommissar hat dich was gefragt!«, sagte Greta Stein und stupste ihren Sohn von der Seite an die Schulter.

»Ich bin ja nicht taub, Mutter!«, antwortete Manfred Wiegand stumpf. »Ich … Es war alles ein unglücklicher Zufall, Wim. Das musst du mir glauben.«

»Was muss ich dir glauben?«

»Ich wollte sie nicht umbringen. Sie hat gedroht und wollte uns die Polizei auf den Hals hetzen!«

»Steffi Kohlstedt?«, fragte Wim nach.

»Ja, genau. Sie tauchte nur einen Tag nach Martas Verschwinden hier auf. Wie sie auf Mutters Adresse gekommen ist, weiß ich nicht. Sie stand plötzlich mit ihrem Fahrrad vor Mutters Haus und hämmerte wie geisteskrank gegen die Tür. Ich kam dazu, weil ich Mutter wie jedes Wochenende ihre Getränke gebracht habe. Die kaufe ich immer für sie ein.«

»Und du hattest bis dahin keine Ahnung von der Entführung oder den Briefen?«

Manfred schüttelte den Kopf. »Nein, wirklich nicht. Ich wusste vom Hausverkauf und ich wusste von den Recherchen des Journalisten. Mehr nicht.«

»Ich wollte meinen Manfred doch beschützen«, schluchzte Greta Stein und wischte sich mit dem Handrücken den tropfenden Rotz von der Nase.

Wim verlor die Beherrschung und haute mit der Faust auf den Tisch. Das Teegeschirr klirrte und Manfreds Waffe machte einen kleinen Satz in Richtung Apfelkuchen. »Frau Stein, bei allem Verständnis! Wenn ich eines in diesem

Gespräch verstanden habe, dann, dass Sie Ihren Sohn Ihr ganzes Leben über nur beschützen wollten. Und wo hat das bitte geendet? Sie haben Verbrechen begangen. Schwere Verbrechen. Und zwar gemeinsam! Und für diese werden Sie sich verantworten müssen! Also, Manfred, raus mit der Sprache: Wie hast du Steffi Kohlstedt ermordet und warum?«

»Es geschah im Affekt. Ganz einfach im Affekt«, sagte Manfred und erinnerte sich …

51. KAPITEL

Sebastian Schmidts Ritt durch die eigene Traumwelt schien unendlich. Seine Augenlider flatterten, und immer, wenn er auszubrechen versuchte, gelang es ihm einfach nicht. Die Bilder vor seinem inneren Auge kamen und gingen, immer wieder die gleichen. Steffi, Marta, Steffi, Marta und dann dieses alte Haus. Welche Rolle spielte dieses Haus? Ein grüner Berg mit vielen Bäumen, ein umzäuntes Denkmal, dunkle Kellergänge im Schein verstaubter Deckenlampen. Flackerndes Licht.

Sebastians Kopf bewegte sich unruhig hin und her. *»Sebastian, ich verlasse dich. Es reicht!«* Steffi, die mit erhobenem Zeigefinger vor ihm steht, Marta, die weint. *»Ich bin ganz nah dran. Mir fehlt nicht mehr viel zum großen Durchbruch,*

Steffi!« Steffi, die geht, Marta an der Hand, und wieder dieses Haus, dieses alte Haus. Dann eine andere Szene. Sebastian, der am Briefkasten steht. Wieder ein Brief. Der nächste Brief. Sebastians Hände zittern. Die Buchstaben aufgeklebt. Der Duft nach billigem Klebstoff. Erpressung. Ein Foto von Marta, ein Keller. Steffi, die am Telefon schreit und weint, wie nur eine Mutter es kann. Sebastian, der über die Autobahn rast, als ob es kein Morgen gäbe. Schneller, immer schneller. Lkw neben ihm blenden und hupen, als er sie überholt. Einfahrt in die Lebacher Straße. Quietschende Reifen, Sebastian nimmt mehrere Stufen auf einmal. Alles ist dunkel. Draußen ist es dunkel, das Haus ist dunkel. Nur der Mond taucht alles in ein silbrig-weißes Licht. Dann einfach nur Leere. Eine leere Garderobe, ein leeres Wohnzimmer, eine leere Küche, Sebastian, der die Treppen hochstürzt, auf dem Knie aufschlägt, sich fängt und wieder aufsteht. Ein leeres Schlafzimmer, ein leeres Kinderzimmer. Ein leeres Haus. Leere.

Dann Stimmen, die von weit, weit herkommen. Sebastian kann die Worte nicht verstehen. Wie in Watte eingepackt klingt alles stumpf. Sebastian schreit, er schreit Steffis Namen, er schreit, nein, er winselt nach seiner Tochter. Marta! Dann eine kühle Hand auf seiner Stirn. Die Worte dringen zu ihm durch. Erst vereinzelt, dann versteht Sebastian die Zusammenhänge. Die Stimme vertraut und doch verhasst. *»Sebastian, wach auf, hörst du mich? Sebastian, mein Junge!«* Sebastian atmet schwer, eine Maske vor seinem Gesicht. Schweißperlen suchen sich ihren Weg an seinen Schläfen hinab. Das Kopfkissen feucht. Er schlägt die Augen auf. »Steffi, bist du das?«, wispert er so leise, dass er seine eigenen Worte kaum versteht. Ein Kuss auf seine Stirn.

»Sebastian, es war alles nur ein Traum. Hier ist deine Mama.«

Nervös schritt Biggi die Polizeiabsperrung an der Schubertstraße ab wie eine Tigerin ihren Käfig. Die Villa am Gaußberg wenige Hundert Meter entfernt hatte sie fest im Blick, die Gesprächsangebote der beiden Psychologen hatte sie abgelehnt. Sie wollte ihre Ruhe haben und sie wollte Wim unversehrt zurück. »Ich halte das bald nicht mehr aus! Wieso dauert das denn so lange?«, sagte sie nervös zu Harald Oppermann, der hinter ihr stand, und zündete sich die nächste Zigarette an.

»Ihr Kollege wird sich gerade eine längere Geschichte anhören müssen. Machen Sie sich keine Sorgen. Er ist Profi.«

»Er ist ein Vollprofi, Herr Kollege! Trotzdem – hoffentlich ist nichts passiert! Ich habe kein gutes Gefühl«, entgegnete Biggi und blieb abrupt stehen, als sie aus der Ferne zwei Krankenwagen und einen Notarzteinsatzwagen die Bammelsburger Straße in ihre Richtung fahren sah.

»Sehen Sie mal, da vorne, was ist denn jetzt los?«, fragte Biggi den Einsatzleiter überrascht und drehte sich in seine Richtung. Gerade als Harald Oppermann ihr antworten wollte, schaute sie irritiert wieder zurück zum Gaußberg und bemerkte plötzlich eine Person, die sich ihnen auf dem Fußweg näherte.

»Da! Da vorne! Da ist er!« Energisch hob Biggi das Flatterband hoch, um zu Wim zu eilen. Harald Oppermann reagierte schnell und erwischte Biggi am Ärmel ihrer Jacke. »Halt, Stopp! Sie bleiben noch hier.«

»Ich muss zu Wim!«, schrie Biggi und riss sich los. Sie rannte am Gauß-Denkmal vorbei und geriet ins Straucheln, als sie eine Bordsteinkante übersah. »Verfluchte Pumps! Wim, Wim, was ist passiert? Wo sind die anderen?«, rief Biggi und stolperte. Doch Wim fing sie auf und schloss Biggi fest in seine Arme.

»Komm, schau es dir selbst an. Es ist vorbei. Und dann müssen wir ganz schnell in den Keller.«

Mutter und Sohn saßen in sich zusammengesunken auf ihren Gartenstühlen und wirkten verkrampft.

»Ich tippe auf Blausäure«, sagte Wim und legte seinen Arm um Biggis Schulter. Harald Oppermann, der den beiden hinterhergelaufen war, war mit seinem Funkgerät beschäftigt. Der mittlerweile eingetroffene Notarzt legte gerade einen Finger an den Hals von Greta Stein und Manfred Wiegand und schüttelte nur mit dem Kopf. »Hier brauchen wir leider nicht mehr zu reanimieren«, stellte er fest.

»Sind sie wirklich tot?«, fragte Biggi.

»Mausetot«, sagte Harald Oppermann und gab die Nachricht über Funk an sein Team durch.

»Es ging alles sehr schnell. Ich habe sofort die Rettung angefordert«, sagte Wim.

»Was ist denn nur passiert?«, fragte Biggi und streichelte über Wims Rücken.

»Die beiden haben mir alles erzählt, ihre Version der Geschichte, im Grunde ein vollumfängliches Geständnis. Und als dann alles raus war, da habe ich sogar so etwas wie Erleichterung in den Gesichtern der beiden erkennen können.«

»Es muss eine unvorstellbare Last gewesen sein«, erwiderte Biggi.

»Unvorstellbar, unerträglich und wohl auch aussichtslos. Als das letzte Wort gesprochen war, ist Greta Stein ins Haus gegangen und mit einer Flasche Schnaps und Gläsern wieder rausgekommen. Mit zwei Gläsern. Sie wolle nur mit ihrem Sohn anstoßen. Auf das Ende dieser fürchterlichen Geschichte und auf das Leben. Mir sei Alkohol im Dienst ja verboten. Ich habe das zur Kenntnis genommen und zugeschaut, wie die beiden sich zugeprostet haben. Ich wollte Mutter und Sohn diesen letzten Moment vor ihrer Verhaftung nicht nehmen. Aber dann, nach nur wenigen Sekunden, war alles aus und vorbei. Biggi, ich war noch nie so froh, keinen Schnaps getrunken zu haben!«, sagte Wim mit bebender Stimme.

»Lass uns von hier weggehen«, sagte Biggi. »Da vorne fühle ich mich wohler, auch weil ich mir dann die Leichen nicht anschauen muss, und ich glaube, dir tut ein gewisser Abstand jetzt auch ganz gut.«

»So machen wir das«, sagte Wim und nahm Biggi an die Hand, um mit ihr den braunen Schotterweg entlang zum Gartentor von Greta Stein zu gehen. »Jetzt wird Michael Gänsicker verkaufen können«, sagte er und ließ Biggi am Tor den Vortritt.

»Warten wir mal ab, wie die Resonanz bei den potenziellen Interessenten ist, wenn das hier alles morgen in der Zeitung steht. Ich sehe schon die Schlagzeile: ›Die Todesvilla‹! Und dann das Internet! Das Internet vergisst nie.«

Wim lächelte. »Ich weiß schon, warum ich das Internet nicht mag.«

52. KAPITEL

Rosalie saß mit einem Becher Kaffee in der Hand auf ihrem Bürostuhl und hörte Wim konzentriert zu. Ihr Rücken schmerzte noch, aber die Untersuchung im Krankenhaus hatte ergeben, dass sie sich nur ein paar Rippen geprellt und eine leichte Gehirnerschütterung zugezogen hatte, als Manfred sie durch die Luke in das Kellerloch gewuchtet und Rosalie tief gefallen war. Langsam zeigten auch die Schmerzmittel ihre Wirkung.

Biggi lehnte an der Wand gegenüber und rückte die Lesebrille auf ihrer Nase zurecht. Manfreds Stuhl blieb leer. Jemand hatte ein Grablicht auf seinen Platz gestellt, das still und leise vor sich hin flackerte.

»Als Steffi Kohlstedt gemerkt hat, dass ihre Tochter nicht nach Hause kommt, hat sie Panik bekommen und Sebastian Schmidt angerufen. Sie hat ihn aber nicht sofort erreicht, weil er ja auf dem Kongress in Gießen war. Also muss sie angefangen haben, alle Unterlagen von Sebastian zu durchwühlen, und ist dann mit sehr hoher Wahrscheinlichkeit auf die Adresse am Gaußberg gestoßen. Wir können nicht ausschließen, dass Sebastian Schmidt Steffi bereits in seine Rechercheergebnisse eingeweiht und sie einen Verdacht gehabt hatte. Eine andere Erklärung haben wir bisher nicht.«

»Das wird uns vielleicht Sebastian Schmidt irgendwann beantworten können. Ist er inzwischen vernehmungsfähig?«, erkundigte sich Rosalie.

»Nicht wirklich«, sagte Biggi. »Es wird wohl noch ein bisschen dauern.«

Wim spürte den stechenden Schmerz in seinem Unterleib und stand von seinem Besucherstuhl auf.

»Ist alles in Ordnung, Wim?«, fragte Biggi sofort.

»Ja doch! Ich muss nur mal aufstehen. Bedenke mein Alter!«, erwiderte er genervt. »Das war ja auch eines der Manöver von Manfred!«

»Manöver von Manfred?«, fragte Biggi verwundert.

»Er hat mich bei Cassensmeier angeschwärzt und wollte mich als krank und nicht dienstfähig abstempeln lassen. Anscheinend hatte er gehofft, noch umfangreicher in die Ermittlungen eingreifen und diese manipulieren zu können, wenn ich erst mal kaltgestellt bin. Aber nicht mit mir! Und Cassensmeier hat sich darauf auch nicht eingelassen.«

Rosalie und Biggi schauten sich schweigend an.

»Und bist du krank?«, fragte Biggi direkt.

»Ich? Also, ja, um ehrlich zu sein. Ich muss mich einer kleinen Operation unterziehen, aber nichts Wildes! Und ich war zu keiner Zeit dienstunfähig. Oder hattet ihr da Zweifel?«, erwiderte Wim skeptisch.

»Zu keiner Zeit, Wim! Sieht man mal von deinen ständigen Toilettengängen, deinem ungewöhnlichen Teekonsum, deiner Blässe und deinen Schmerzen ab, die dich ab und zu heimsuchen«, entgegnete Biggi ernst.

»Schwatz kein dummes Zeug, Biggi, hör lieber zu, was ich noch zu unserem Fall zu berichten habe. Das Protokoll schreibst du.«

Rosalie schaute Biggi fragend an und musste sich das Lachen verkneifen. »Wie ein altes Ehepaar!«, rutschte es ihr heraus und im selben Moment erntete sie einen ermahnenden Blick von Wim.

»Frau Helmer, wenn ich nun auch wieder um Ihre Aufmerksamkeit bitten dürfte? Wo war ich? Ach ja! Also ich vermute, dass Steffi Kohlstedt ihren Lebensgefährten dann irgendwann in Gießen erreicht und damit konfrontiert hat, dass die Tochter verschwunden ist und dass jetzt endgültig etwas passiert sei. Das würde zumindest erklären, warum Sebastian Schmidt vorzeitig abgereist ist. Wie es wirklich war, werden wir noch herausfinden müssen.«

»Sie hat sich auf die Suche gemacht und irgendwann entschieden, zum Gaußberg zu fahren. Und zwar mit dem Fahrrad. Das passt dann nämlich auch zur Zeugenaussage von Frau Lewandowsky«, schlussfolgerte Rosalie.

»Mich beeindruckt diese Entschlossenheit«, sagte Biggi, »aber vielleicht fehlt mir da auch der mütterliche Instinkt.«

»Uns allen geht es so«, sagte Wim nachdenklich. »Jedenfalls ist Steffi Kohlstedt dann bei der Villa aufgetaucht und hat sicher zuerst festgestellt, dass dort niemand wohnt. Vermutlich deshalb ist sie dann auf das Grundstück gegangen und so auf das Gartenhaus gestoßen. Laut Manfred hat sie ihr Fahrrad nur achtlos auf den Rasen geschmissen und so gegen die Tür des Gartenhauses eingehämmert, dass Greta Stein sich fast zu Tode erschreckt hätte.«

»Mein Mitleid hält sich in Grenzen«, sagte Rosalie und schlürfte an ihrem Kaffee.

»Ja, allerdings!«, stimmte Biggi zu und seufzte.

»Manfred berichtete, dass er mit einer Kiste Mineralwasser im Gepäck in dem Augenblick dazugestoßen sei, als Steffi Kohlstedt Greta Stein bereits an den Schultern gepackt und geschüttelt habe. ›Sagen Sie mir, wo meine Tochter ist! Was ist hier los? Was ist mit diesem Haus?‹, soll sie immer und immer wieder gebrüllt haben. Als hysterisch hat Greta Stein sie bezeichnet.«

»Kann man es ihr verdenken?«, fragte Biggi.

Wim zuckte mit den Schultern. »Eher nicht. Laut Manfred kam es dann zu einem Handgemenge. Steffi Kohlstedt hat wohl mit Fäusten auf Greta eingeschlagen und dabei gebrüllt und geweint.«

»Oh je«, sagte Rosalie. »Ich kann es mir bildhaft vorstellen.«

»In dieser tumultartigen Situation konnte die alte Frau sich natürlich nicht gegen die sportliche und viel jüngere Steffi Kohlstedt behaupten und so kam Manfred seiner Mutter zu Hilfe. Greta Stein lag mittlerweile am Boden, Steffi

Kohlstedt über sich. Manfred hat mit Kräften versucht, Steffi von seiner Mutter runterzuziehen, hat sie von hinten sogar mit einer Wäscheleine aus Jute gewürgt, die zufällig auf dem Küchentisch lag, aber sie war einfach zu kräftig und energiegeladen.«

»Und dann hat er im Affekt zugeschlagen!«, sagte Biggi.

»Mit einem schweren Kerzenständer aus Eisen, der auf Greta Steins Fensterbank stand«, bestätigte Wim.

Alle drei schwiegen für einen Augenblick und ließen Wims Worte sacken. Rosalie stellte ihren Kaffeebecher auf den Schreibtisch und ergriff als Erste wieder das Wort. »Und dann mussten sie die Leiche entsorgen.«

»Genau«, fuhr Wim fort. »Allerdings hat Greta Stein zuerst den Kerzenständer in die Oker geworfen, Manfred dann das Fahrrad hinterher. Vermutlich liegt meine Dienstwaffe ganz in der Nähe am Grund des Flusses. Jedenfalls war Manfreds Auto ja schon da. Sie haben die Dunkelheit abgewartet und dann gemeinsam die Tote mit dem Auto zum Boot gefahren. Manfred hatte in der Not keine andere Idee, als die Leiche irgendwie aus Braunschweig wegzuschaffen und da kamen ihm sein Boot und der Kanal in den Sinn. Beim Transport der Leiche sind wohl auch die Schleifspuren an den Fersen entstanden.«

Biggi und Rosalie nickten. »Das klingt alles plausibel«, sagte Biggi. »Und was ist mit Marta?«

»Die Kleine befindet sich im Moment im Kinderkrankenhaus und wird psychologisch betreut. Wir werden in den nächsten Tagen behutsam mit ihr sprechen. Manfred hat nur gesagt, dass das Mädchen ja, und ich zitiere jetzt: ›warm und trocken im Keller hockte und keine Probleme gemacht hat‹. Mir ist es vor so viel Gleichgültigkeit kalt den Rücken heruntergelaufen«, sagte Wim. »Der hat doch auch einen Sohn.«

»Wirklich unfassbar«, bemerkte Biggi. »Das arme Kind. Erst die traumatischen Tage im Keller und dann der Verlust der Mutter. Wie wird es da wohl weitergehen?«

»Ich nehme mal an, dass sich die Großeltern kümmern werden, bis Sebastian Schmidt wieder fit ist«, sagte Wim.

»Was muss das für ein Gefühl für Manfred gewesen sein, als dann die städteübergreifende Ermittlung eingeleitet wurde und sich die Schlinge um seinen Hals enger zugezogen hat? Ich kann mir das gar nicht vorstellen«, stellte Rosalie fest.

»Ich habe da auch meine Schwierigkeiten«, erwiderte Wim. »Und dann drehte die Spirale sich ja auch immer weiter.«

»Genau, denn dann erschienen David Simonis und seine Freundin auf der Bildfläche«, sagte Biggi.

»Richtig. Die nächsten Personen, die im Weg standen und Greta Steins Auszug hätten forcieren können«, bestätigte Wim. »Greta Stein berichtete, dass David Simonis zuerst mit Michael Gänsicker zusammen und später dann noch mal gemeinsam mit seiner Freundin erschienen ist, um sich ein Bild von der Villa zu machen. Beim ersten Besuch hat Greta Stein mit Äpfeln nach den beiden geworfen, weil sie ihren Garten ungefragt betreten hatten und ihn nicht wieder verlassen wollten.«

»Sehr resolut, die Dame«, stellte Rosalie fest.

»Wenn es dabei mal geblieben wäre«, fuhr Wim fort. »Beim zweiten Mal rief Greta Stein ihren Sohn an und jammerte ihm vor, dass der Rauswurf nun kurz bevorstünde. Der Makler sei schon das zweite Mal da gewesen, dieses Mal mit seiner Freundin. Manfred war zu dieser Zeit noch im Büro und versuchte seine Mutter am Telefon zu beruhigen. Als ihm das nicht gelang, hat er beschlossen, kurzfristig nach Feierabend bei seiner Mutter vorbeizufahren. Von der Münzstraße zum Gaußberg ist es ja nicht weit. Er wollte gerade mit dem Auto in die Schubertstraße abbiegen, da sah er vor sich ein aufgetakeltes Pärchen die Straße überqueren, das perfekt auf die Beschreibung seiner Mutter passte. Instinktiv ist er den beiden hinterhergefahren, hat sein Auto geparkt und die beiden zu Fuß bis zum Hagenmarkt verfolgt. Dort haben sie etwas gegessen und Manfred hat sich eiskalt an den Nachbartisch gesetzt und das Gespräch belauscht. Ihm war dann schnell klar, dass er mit seinem Verdacht richtiggelegen hatte und zufällig auf das Maklerpaar aus Hannover getroffen war.«

Rosalie seufzte. »Das ist wirklich wie im schlechten Film. So viele Zufälle kann es eigentlich gar nicht geben.«

»Richtig! Für mich klingt das auch ein wenig konstruiert, aber andererseits habe ich keine Anhaltspunkte dafür, dass es anders gewesen sein könnte«, erwiderte Wim.

»Und wie ging es nach dem Restaurantbesuch weiter?«, fragte Biggi. »Manfred hat alles gehört, was er hören musste, um zu erkennen, dass David Simonis zumindest bemüht war, eine Lösung für seine Mutter zu finden, wohingegen Irina Gordejeva kompromisslos immer wieder darauf gedrungen hat, Greta Stein rauszuschmeißen. Manfred hat das richtig wütend gemacht und er hat mir gesagt, dass er dieser Frau schon im Restaurant hätte an die Gurgel gehen können.«

»›Der Mörder neben mir‹, so würde ich das Buch nennen, wenn ich das alles hier als Krimi verfassen würde«, sagte Biggi und kippte das Bürofenster, um für ein bisschen frische Luft zu sorgen.

»Im wahrsten Sinne des Wortes«, sagte Wim. »Manfred hatte dann genug gehört und ad hoc einen teuflischen Plan geschmiedet.«

»Ich kann es mir denken«, sagte Rosalie. »Er wollte die nervige Maklerfreundin auf dem gleichen Wege entsorgen wie Steffi Kohlstedt, um es nach einer Mordserie in Hannover aussehen zu lassen und den Fokus der Ermittlungen von Braunschweig wieder wegzulenken.«

»Auf den Punkt gebracht, Frau Kollegin!«, sagte Wim. »Genauso hat Manfred es mir gebeichtet, während er in aller Seelenruhe den Apfelkuchen seiner Mutter gegessen hat. Eine sehr skurrile Situation.«

»Man möchte meinen, er ist wirklich durchgedreht«, sagte Biggi mit einem Bedauern in der Stimme.

»Die Vermutung liegt nahe«, sagte Wim. »Jedenfalls ist er den beiden dann gefolgt und ist Zeuge eines heftigen Streits auf offener Straße geworden. Irina hat David wohl an einer Litfaßsäule stehen lassen und ist zum Auto vorgelaufen. Das hat Manfred ausgenutzt und ist auf der anderen Straßenseite zügig hinterhergegangen. Er hatte nicht viel Zeit, weil er wusste, dass David Simonis mit einem gewissen Abstand folgen würde. Also hat er Irina direkt am parkenden Auto von hinten angefallen, ihr den Mund zugehalten, sie am Botanischen Garten in ein großes Gebüsch gezerrt und dort mit seiner Krawatte erdrosselt.«

»Ich brauche einen Schnaps«, sagte Biggi und ließ sich auf den zweiten Besucherstuhl neben Wim sinken. »Mit seiner Krawatte?«

»Und dann? Wie ging es dann weiter?«, fragte Rosalie gespannt.

»Manfred hat die tote Irina im Gebüsch liegen lassen und in Windeseile mit seinem Taschenmesser einen Autoreifen zerstochen, um David am Wegfahren zu hindern.«

»Wollte er also gleich beide umbringen?«, fragte Biggi.

»Das war auch mein erster Gedanke«, entgegnete Wim. »Aber das hätte nicht in seine Serienkiller-Überlegungen gepasst. Außerdem hätte er dann zwei Leichen entsorgen müssen. Also hat er David Simonis nur mit einem Ast niedergeschlagen, um ihn auszuschalten. Dann hat er ihn zu Irina ins Gebüsch gezogen und seine Mutter angerufen. Die hatte es nicht weit zum Tatort und natürlich wollte sie ihrem Sohn helfen. ›*Ich wollte ihn ja nur beschützen!*‹ Mir klingeln die Ohren, wenn ich diesen Satz noch mal höre!«

»Und dann haben Mutter und Sohn sich wieder gemeinsam gekümmert«, stellte Biggi fest.

»Genau. Zuerst haben sie David in den Keller am Gaußberg gebracht und dann Irina mit dem Boot über den Kanal nach Hannover.«

»Um sicherzugehen, dass Irina nicht gleich gefunden wird, haben sie ihre Leiche mit einem alten Sonnenschirmständer von Greta Stein beschwert?«, hakte Rosalie nach. »Wie passt das denn in die Serienmördertheorie?«

»Gute Frage!«, entgegnete Wim anerkennend. »Das habe ich Manfred auch gefragt. Der hat sich da vielleicht was zurechtgelegt: Es sollte danach aussehen, dass der Täter seinen Modus Operandi leicht verändert hat, um der Polizei die Ermittlungen zu erschweren. Am Ende sollte es aber immer noch auf ein und denselben Täter hinauslaufen.«

»Ohne Worte!« Biggi schüttelte nachdenklich den Kopf. »Was für ein Aufwand!«

»Und Roswitha Wiegand war die ganze Zeit in dem Glauben, dass er Nachtschichten im Büro schob«, sagte Rosalie nachdenklich.

»So wird es gewesen sein«, erwiderte Wim.

»Wie kann man sich nur in so kurzer Zeit so dermaßen in die Scheiße reiten und sein eigenes Leben und das seiner Frau zerstören? Ich fasse es einfach nicht«, sagte Biggi und spielte mit dem Anhänger ihrer Halskette. »Erdrosselt mit der eigenen Krawatte. Es schnürt auch mir echt die Kehle zu, wenn du das alles erzählst, Wim.«

»Das tut mir leid, Biggi. Aber auch Rosalie muss ja vollumfänglich erfahren, was passiert ist. Sie hat mit Manfred in einem Büro gesessen.«

»Das habe ich«, sagte Rosalie und schaute auf den leeren Schreibtischstuhl ihr gegenüber. »Und außerdem habe ich noch etwas zu dieser Geschichte zu ergänzen.«

Überrascht schauten Wim und Biggi Rosalie an. »Ach was?!«, erklang es im Chor.

»Ja, in der Tat! Das, was ich zu berichten habe, rundet das Ganze jetzt irgendwie auch ab. Manfred hat nämlich versucht, auf mich Druck auszuüben und mich einzuschüchtern.«

»Inwiefern?«, erkundigte sich Wim erschrocken.

»Es begann alles mit einem Foto von meinem Besuch in der Grundschule in Lehndorf und endete mit einem nächtlichen Einbruch in meiner Wohnung.«

»Noch jemand etwas Hochprozentiges?«, fragte Biggi und griff sich Wims Handakte.

53. KAPITEL

»Und dann haben die einfach einen Schnaps vor deinen Augen getrunken und sind tot umgefallen?«, fragte Sigrid und stellte Blumen in die Vase auf Wims Nachttisch.

»Wenn ich es dir doch sage.«

Sigrid setzte sich auf den Rand von Wims Krankenhausbett und nahm seine Hand. »Da bin ich aber froh, dass dir nichts passiert ist. Eine unglaubliche Geschichte.«

Wim erwiderte den Händedruck seiner Schwester und schaute aus dem Fenster. »Weißt du, mich beschäftigt das total und ich werde das wahrscheinlich nie herausfinden.«

»Was denn genau, Bruderherz?«

»Ob es ein erweiterter Suizid war, der von Greta Stein ausging, oder ob Manfred wusste, was er da getrunken hat. Dass ich mich um seine Frau kümmern soll, das hätte man ja auch auf die lange Haftstrafe beziehen können, die ihm bevorstand.«

»Zermartere dir nicht den Kopf über etwas, was du nicht herausfinden wirst. Du brauchst deine Kräfte, um gesund zu werden. Hast du denn noch Schmerzen?«

Wim löste sich von der Aussicht auf ein paar dunkelgrüne Baumkronen und wandte sich seiner Schwester zu. »Es ist auszuhalten. Aber ich bin froh, wenn die Operation morgen vorbei ist, und ich danke dir wirklich, dass du gekommen bist und dich kümmerst.«

»Ach, das ist doch das Mindeste. Von Herzen gerne. Ich bleibe so lange, wie es nötig ist, und solange du mich aushältst.«

Wim lächelte und verspürte eine so tiefe Bindung zu seiner Schwester, wie er sie sehr lange nicht empfunden hatte. »Ich war ein Idiot, dass ich dich nicht früher informiert habe. Aber du weißt ja, ich und Krankheiten.«

»Jaja, da seid ihr Männer alle gleich«, entgegnete Sigrid.

»Und Wim ist da ein ganz spezielles Exemplar«, sagte Biggi, die in der Tür stand und mit einem Kreuzworträtselheft winkte.

Rosalie stand zum dritten Mal vor ihrem Badezimmerspiegel und richtete ihre Haare. Es fühlte sich an wie zu Teenagerzeiten. Das erste Date. Ein grünes Thai-Curry köchelte auf dem Herd und verströmte einen exotischen Duft in der Wohnung. Als es an der Tür klingelte, warf Rosalie einen letzten kritischen Blick in den Spiegel und machte die Badezimmertür hinter sich zu. Einmal tief durchatmen und die Wohnungstür öffnen. Und da stand sie dann, strahlend schön, einen Strauß Tulpen in der Hand, und lächelte dieses umwerfende Lächeln.

»Hallo, Rosalie, da bin ich!«

»Dann komm mal rein, Frau Grundschuldirektorin. Das Essen ist fertig.«

ENDE

DANKSAGUNG

Es begann 2013 mit einer Idee und endete nach sehr vielen Unterbrechungen sieben Jahre später mit einem kreativen Endspurt und Kraftakt. Mein Dank gilt daher vor allem den Menschen, die in dieser langen Zeit immer an mich geglaubt und mich angespornt haben, nicht aufzugeben, sondern den »Gaußberg« fertigzustellen und meinen Traum zu leben.

Danke an Johannes B., der mich ermutigt hat, mein kreatives Potenzial wieder zum Leben zu erwecken und zu entfalten.

Danke an meine beiden lieben Hobbylektorinnen Birgit und Claudia für jedes Komma, jedes Wort, jede Anmerkung und für Telefonate und Videokonferenzen. Ohne Euch wäre dieses Buch niemals fertig geworden.

Danke an den Gmeiner-Verlag und allen Mitarbeiterinnen und Mitarbeitern für diese Riesenchance und die Gelegenheit, mein Buch mit anderen Menschen teilen zu können. Ganz besonders danke ich Claudia Senghaas, die von Anfang an und ohne Zögern an den »Gaußberg« geglaubt hat, und meiner Lektorin Teresa Storkenmaier für die hervorragende Betreuung auf dem Weg zur Buchveröffentlichung und die gemeinsame Arbeit am Manuskript.

Danke an Friederike für den perfekten Braunschweiger Blickwinkel beim Fotografieren des Buchcovers und den kreativen Support.

Und zu guter Letzt danke an Patrick, an meine Familie und an meine Freunde für Eure Liebe und dass Ihr es aushaltet, dass ich so viel Freizeit in mein Autorenleben investiere.

Weitere Titel finden Sie auf den folgenden Seiten und im Internet:

WWW.GMEINER-VERLAG.DE

MARIO BEKESCHUS

Gaußberg

MARIO BEKESCHUS

Gaußberg

NIEDERSACHSEN-KRIMI

GMEINER

Personen und Handlung sind frei erfunden.
Ähnlichkeiten mit lebenden oder toten Personen
sind rein zufällig und nicht beabsichtigt.

Immer informiert

Spannung pur – mit unserem Newsletter informieren wir Sie
regelmäßig über Wissenswertes aus unserer Bücherwelt.

Gefällt mir!

Facebook: @Gmeiner.Verlag
Instagram: @gmeinerverlag
Twitter: @GmeinerVerlag

MIX
Papier | Fördert gute Waldnutzung
FSC® C014496
FSC www.fsc.org

Besuchen Sie uns im Internet:
www.gmeiner-verlag.de

Im Ehnried 5, 88605 Meßkirch
Telefon 07575/2095-0
info@gmeiner-verlag.de

3. Auflage 2023

Herstellung: Mirjam Hecht
Umschlaggestaltung: U.O.R.G. Lutz Eberle, Stuttgart
unter Verwendung eines Fotos von: © Friederike Fuchs
Druck: GGP Media GmbH, Pößneck
Printed in Germany
ISBN 978-3-8392-0136-7

Für meine Oma

PROLOG

Schweißperlen hatten sich auf ihrer Stirn gebildet und bahnten sich einen Weg abwärts durch das zerfurchte Gesicht. Die dicken grauen Haare hatte sie zu einem Zopf geflochten, der ihr über die rechte Schulter fiel. Mühsam stützte sie sich auf ihrem Spaten ab, und während sie sich mit Bedacht aufrichtete, blitzten Sterne vor ihren Augen auf. Als ihr Kreislauf sich wieder beruhigt hatte, ließ sie den Blick über den gesamten Garten bis hin zum Fluss schweifen. Die ersten Kanuten fuhren auf der vorbeifließenden Oker und wurden von einer neugierigen Entenfamilie verfolgt. Sie seufzte wehmütig. Doch trotz der Idylle, die sie umgab, kreisten ihre Gedanken, und sosehr sie sich auch bemühte, gelang es ihr einfach nicht, die Erinnerungen auszublenden. Dieser Garten war ihr Leben. Ein geschwungener Weg durchzog den satten Rasen von der Pforte bis zur Terrasse und von dort aus weiter bis zum Bootssteg. Rechts vor der kleinen Sitzecke mit den ergrauten Teakmöbeln thronte ein Drache aus Ytongstein. Das Windspiel im Kirschbaum war in die Jahre gekommen, gab aber immer noch mystische Klänge von sich. An den zahlreichen bunten Blumen machten sich dicke Hummeln und die ersten Bienen zu schaffen und flogen emsig zwischen den Blüten hin und her. Der schwere, süßliche Duft von Hyazinthen lag in der Luft. Nur wenige Meter von ihr entfernt glitzerte die weit aufgerissene, frisch geputzte Terrassentür in der Sonne und gab den Blick auf ihren geliebten Ohrensessel und die Leselampe in ihrer Wohnküche frei.

Langsam drehte sie den Kopf nach links. Dort drüben erhob sich das Haupthaus. Seit geraumer Zeit blätterte der Putz der alten Fassade, und Fenster und Türen waren ver-

schlossen. Die dunkle Jahreszeit hatte rund um die ehemalige Veranda ihre Spuren hinterlassen, die auch jetzt im Frühjahr noch nicht beseitigt worden waren. Laub und kleine Äste vom letzten Wintersturm lagen überall verteilt. Aber das war ihr gerade nur recht. Für einen Moment schloss sie die Augen. Da war er wieder, einer dieser unvergesslichen Sonntage, an denen sie alle gemeinsam an einer gedeckten Kaffeetafel saßen und die Kinder aufgeregt um den Tisch liefen. *»Tante Greta, mach mit! Fang uns doch, fang uns doch!«*

Erst eine warme, flauschige Bewegung an ihrem Bein holte sie in die Gegenwart zurück. Blinzelnd schaute sie an sich herab und erblickte den rotbraunen Kater, der sie mit seinen smaragdgrünen Augen unschuldig anschaute und ihr stolz eine fette Ratte vor die Füße legte. Mit einem Gefühl von Ekel und Abscheu betrachtete sie seine Beute, die irgendwo zwischen Leben und Tod mit letzten Kräften zappelte, und zog die Augenbrauen hoch. Noch bevor der Kater seinem Opfer mit der Tatze einen weiteren Hieb verpassen konnte, schob sie ihn mit dem Fuß beiseite, hob ihren Spaten und schlug der Ratte mit einem gekonnten Hieb den Schädel ein.

Behutsam nahm sie das tote Tier auf die Schippe, trug es in Richtung Uferkante und warf es im hohen Bogen in das bräunliche Flusswasser. Als sie auf dem Rückweg an den Hortensien vorbeikam, hielt sie inne. Von den prächtigen Blüten war noch nichts zu sehen, aber allzu lange würde es nicht mehr dauern. Sie lehnte den Spaten gegen eine Regentonne und ließ sich auf die schmerzenden Knie sinken. Liebevoll, fast zärtlich strich sie mit den Händen über das Erdreich, das zu dieser Zeit noch gut sichtbar zwischen den Pflanzen zum Vorschein kam. Wenn die Hortensien erst einmal blühen würden, dann hätten sie es geschafft. Dann wäre es endlich vorbei. Alles vorbei. Erlösung.

1. KAPITEL

»Prost, Gemeinde, ich trinke für euch alle!« Kriminalhauptkommissar Wim Schneider hob das randvolle Schnapsglas in Richtung seiner kleinen Ahnengalerie, die er im Wohnzimmer seiner Wohnung in Hannovers Südstadt über der Hausbar aufgehängt hatte, zwinkerte Oma Inge zu – Gott hab sie selig – und stürzte den Ouzo in einem Zug herunter. Ein Schnäpschen am Morgen vertreibt Kummer und Sorgen. Und davon hatte er derzeit wirklich mehr als genug. Der Blick auf die Uhr verriet ihm, dass er schon wieder zu spät dran war. Die Nacht war einmal mehr die Hölle auf Erden gewesen. Dieses diffuse Stechen im Unterleib hatte ihm den Schlaf geraubt. Mehrere Male war er auf die Toilette gerannt, aber eine leere Blase konnte man irgendwann nicht mehr entleeren. Auf der verzweifelten Suche nach der richtigen Einschlafposition hatte er sich hin und her gewälzt – mal ein Bein über der Decke ausgestreckt, mal eines daruntergelegt – und im Viertelstundentakt auf seinen Wecker geschaut. Irgendwann, es musste am frühen Morgen gewesen sein, stellte er den Wecker einfach weiter, um wenigstens ein bisschen länger schlafen zu können. Erst gegen 05.30 Uhr war er schließlich eingenickt und wurde wenig später brutal aus dem Land der Träume gerissen, als ein schriller Piepton seinen Kopf zu sprengen drohte.

Wim ging in die Küche, stellte das Schnapsglas zu Kaffeetasse und Frühstücksbrettchen in die Spüle und schnappte sich seinen Mantel von der Garderobe im Flur. Nun trennten ihn nur noch drei Sicherheitsschlösser und seine Wohnungstür von der neuen Nachbarin gegenüber, deren chronisch fröhliche Tochter er jetzt schon wieder

rumkreischen hören konnte. Sollte er vielleicht lieber noch einen Moment warten? Auf *»Guten Morgen, Herr Schneider, bla, bla, blub«* hatte er nun wirklich keine Lust. Andererseits lief die Uhr gegen ihn und er hatte im Grunde keine Wahl. Augen zu und durch. So leise wie möglich entriegelte Wim die Tür, lugte ins Treppenhaus und sah, dass die gegenüberliegende Wohnungstür ebenfalls offen stand. Kein Wunder, dass er das Kind hatte hören können, keine optimalen Bedingungen für eine unbemerkte Flucht. Aber vielleicht hatte er ja Glück, die Nachbarin mit Kind war gerade nicht zu sehen. Schnell schlüpfte er aus seiner Wohnung, zog die Tür behutsam zu und begann alle Schlösser wieder zu verriegeln. Als plötzlich jemand von hinten an seinem Sakko zupfte, ließ er vor lauter Schreck fast das dicke Schlüsselbund fallen.

»Du, Herr Schneider, gehst du jetzt zur Arbeit?«

Wim drehte sich um und schaute auf das kleine Mädchen von gegenüber hinunter. »Ja, Leni, ich muss jetzt ganz schnell ins Büro.«

Die Augen des Mädchens blitzten neugierig und noch immer hielt sie sich an Wims Sakko fest. »Ich gehe gleich in den Kindergarten. Willst du da mal mit hinkommen?«

»Nein, das will ich nicht. Ich muss jetzt auch los. Geh mal zu deiner Mutter.« Er packte das kleine Mädchen an den Schultern und schob es sanft, aber bestimmt in Richtung Türschwelle der Nachbarwohnung.

»Was machen Sie mit meiner Tochter, Herr Schneider?«

Wims Nachbarin war aus der Küche kommend im Flur ihrer Wohnung aufgetaucht und hielt den rosa Rucksack ihrer Tochter in der Hand. Auf der Vorderseite strahlte ein Einhorn mit Regenbogenschweif nicht nur magische Kräfte aus, sondern zauberte Leni direkt ein Lächeln in das kleine runde Gesicht mit Sommersprossen.

»Entschuldigung, Frau Fritsche, die Frage ist doch wohl eher, was Sie mit Ihrer Tochter machen! Die Kleine hat mich unbeaufsichtigt im Hausflur abgepasst! Ich weiß ja nicht, ob das seine Richtigkeit hat. Ist es angebracht, das kleine Mädchen allein im Treppenhaus spielen zu lassen?«

»Das ist ja wohl die Höhe! Was fällt Ihnen ein?« Nina Fritsche schnappte nach Luft und trat einen Schritt auf Wim zu. »Meine Tochter sollte hier kurz warten. Ich habe eben noch ihren Rucksack …«

»Der Rucksack Ihrer Tochter ist mir herzlich egal, Frau Fritsche!«, würgte Wim seiner Nachbarin das Wort ab. »Ihre Tochter hält mich davon ab, zur Arbeit zu gehen, und behindert damit Polizeiarbeit! Ich hoffe, das ist Ihnen klar? Und außerdem sollten Sie lieber nicht Ihre Aufsichtspflicht vernachlässigen!« Wim drängte sich an Mutter und Tochter vorbei, die ihm eindeutig im Weg standen, und nahm treppab gleich zwei Holzstufen auf einmal. Es könnte wieder einer dieser Tage werden, an denen er Menschen hasste.

»Also wirklich! Darüber sprechen wir noch mal!« Empört rief Nina Fritsche ihm hinterher: »Herr Schneider, so geht das nicht! Das ist eine Frechheit, was Sie mir hier unterstellen! Ich bin Ihre Unverschämtheiten allmählich leid.«

Doch Wim hatte bereits auf Durchzug geschaltet. Von dem Redeschwall seiner Nachbarin erreichten nur noch Wortfetzen seine Gehörgänge, um dort rechtzeitig abzuprallen und sich einfach in Luft aufzulösen.

Der Berufsverkehr stadteinwärts war um kurz vor 09.00 Uhr eine mittlere Katastrophe. Mit bleiernen, müden Augen saß Wim am Steuer seines schwarzen Seat Ibiza und hielt den Blick starr auf das zweispurige Rudolf-von-Bennigsen-Ufer gerichtet. Leichte Nebelschwaden lagen über dem Maschsee, es schien ein diesiger Tag zu werden. Während die letz-

ten Frühjogger an der Straße entlangliefen und akribisch auf Tempo und Atemfrequenz achteten, war Wim knapp dran und auf dem besten Weg, sich wieder einmal zu verspäten. Auf Höhe des Sprengelmuseums – Wim fühlte sich beim Anblick des Neubaus jedes Mal an einen Sarkophag erinnert – drehte er das Autoradio aus. So viel Heiterkeit am frühen Morgen konnte und wollte er nicht ertragen, vor allem nervte ihn die ständige Werbung. Er wollte Musik hören und nicht die neuesten Baumarktangebote. Als der Verkehr wegen einer Baustelle an der Kreuzung vor ihm endgültig zum Erliegen kam, griff er nach seinem Handy und rief im Büro an.

»Biggi, äh, ich meine Birgit, hier ist Wim, sag jetzt nichts. Ich weiß, dass ich zu spät bin, und ich weiß auch, dass die Dienstbesprechung in drei Minuten anfängt. Bitte lass dir was einfallen!«

Noch bevor Birgit Höfgens am anderen Ende der Leitung antworten konnte, drückte Wim sie einfach weg und schmiss das Handy in Richtung des Beifahrersitzes. Es war wieder einer dieser Tage, an denen das morgendliche Verkehrschaos seine Nerven über die Maße strapazierte. Er hasste die Rushhour und den zähen Stop-and-go-Verkehr, aber noch mehr hasste er es, in einer überfüllten U-Bahn zu fahren oder sich auf einem Fahrrad abzuquälen. Wim und Sport, lächerlich. Als ihn sein Handyklingelton aus den Gedanken riss, zuckte er zusammen und trat reflexartig auf die Bremse. Was wollte Biggi, die neuerdings unbedingt Birgit genannt werden wollte, denn jetzt noch? Es war doch alles gesagt! Mit der linken Hand am Steuer verrenkte er sich in Richtung Beifahrerfußraum und versuchte das Handy zu erreichen, welches dank seines abrupten Bremsmanövers einen Satz nach vorne gemacht hatte und zwischen Sitz und Fußmatte gerutscht war. Warum sprang die verdammte Mailbox nicht endlich an? Beim dritten und letzten Versuch erreichte

er das Handy mit dem Ringfinger und zog es zu sich rüber. Er drückte die grüne Hörertaste und klemmte sich das Telefon zwischen Ohr und Schulter, um beide Hände am Steuer behalten zu können. Es wurde höchste Zeit für eine Freisprechanlage. Ansonsten würde der Tag kommen, an dem man ihm hinterm Steuer die ausgeprägte Halswirbelsäulenverkrümmung nicht mehr abnehmen und irgendein Kollege ihn wegen einer Ordnungswidrigkeit im Straßenverkehr belangen würde.

»Ja, was ist denn noch?«, grummelte Wim zur Begrüßung.

»Urologische Praxis Dr. Plog hier, mein Name ist Wittig, guten Morgen! Spreche ich mit Herrn Schneider? Hören Sie mich? Sie klingen so weit weg!«

Wim verdrehte die Augen und war sich sicher, dass die Frau am anderen Ende der Leitung gerade erst einen dieser Kundenfreundlichkeitskurse absolviert hatte. Und irgendwas mit Rhetorik. »Ja, ich höre Sie! Der Empfang scheint aber nicht optimal zu sein.«

»In Ordnung. Also, Herr Schneider, Herr Dr. Plog bittet Sie zu einem persönlichen Gespräch in die Sprechstunde. Passt es Ihnen heute Nachmittag?«

Auf Wims Kopfhaut kribbelten plötzlich Tausende Ameisen und sein Magen verkrampfte sich. »Persönliches Gespräch? Heute Nachmittag? Ist irgendetwas nicht in Ordnung, Frau, Fräulein, entschuldigen Sie, wie war doch gleich Ihr Name?«

»Mein Name ist Frau Wittig.«

Wim seufzte und registrierte, wie seine Gesprächspartnerin am anderen Ende der Leitung das »Frau« deutlich betonte. Er ärgerte sich, dass ihm das »Fräulein« überhaupt herausgerutscht war. Mit Sprechstundenhilfen musste man sich gut stellen, denn die hatten viel Macht und Einfluss in so einer Praxis.

»Muss ich mir Sorgen machen? Ist es was Schlimmes?« Wim spürte, wie seine Handinnenflächen zu schwitzen begannen.

»Herr Schneider, ich darf Ihnen leider keine telefonische Auskunft geben, ich kann Ihnen nur sagen, dass Ihre Laborwerte heute Morgen eingetroffen sind und Herr Dr. Plog diese heute Nachmittag gerne mit Ihnen persönlich besprechen möchte.«

Als die Ampel auf Grün umsprang und der einspurige Verkehr auf der Linksabbiegerspur im Schneckentempo ins Rollen kam, setzte Wim den Blinker.

»Hallo, Herr Schneider, sind Sie noch da? Ich höre Sie nicht mehr!«

Mit quietschenden Reifen nahm Wim die Kurve und steuerte dabei fast in die Gegenfahrbahn. »Heute Nachmittag, ja, wann denn?«

»15.00 Uhr? Gleich nach der Mittagspause.«

»Ja, in Gottes Namen. Wenn es denn sein muss. Ich werde da sein.«

»Wunderbar, dann bis später!«

Wim verzichtete auf eine Verabschiedung und schmiss das Handy zum zweiten Mal an diesem Morgen auf den Beifahrersitz. Nun war auch noch sein Nacken verspannt.

Was für ein Start in den Tag! Auf dem Parkplatz der Polizeidirektion angekommen, stieg Wim genervt aus dem Wagen und verriegelte die Türen. Er musste sich demnächst wirklich einen anderen Weg in die Waterloostraße überlegen. Im Stechschritt ging er in das altehrwürdige Gebäude, nickte Kurt, dem Pförtner, flüchtig in seinem Glaskasten am Haupteingang zu und sprintete im Rahmen seiner Möglichkeiten durch das Treppenhaus. Als er außer Atem in der zweiten Etage angekommen war, begegnete ihm Walter Möller.

»Wim, alter Haudegen, wie schaut's aus? Schlecht geschlafen? Du hast ja Ringe unter den Augen, meine Güte!«, begrüßte ihn sein Kollege amüsiert.

Wim ließ die Mundwinkel hängen. »Walter, ich bin spät dran und habe leider keine Zeit, mit dir über meine Augenringe zu sprechen. Bis später!«

Er ließ den verdutzten Walter kopfschüttelnd stehen, aktivierte seine letzten Kraftreserven und joggte den langen Flur entlang. Nach Luft japsend riss er die Bürotür auf und ließ sich erschöpft auf seinen Schreibtischstuhl sinken. Birgit schaute ihn überrascht mit großen, von blauem Kajal umrandeten Augen an. Wim erkannte sofort, dass es in ihrem Kopf ratterte und sie nach der angemessenen Reaktion auf ihr erstes Aufeinandertreffen an diesem chaotischen Morgen suchte. Nach dem Bruchteil einer Sekunde entschied sie sich, Wim energisch den Rücken zuzukehren, um sich wieder der Pflege ihrer Orchideen zu widmen. »Auf Wiederhören, Wim!«

»Wie, was, auf Wiederhören?« Wim war überfordert. Welches Problem hatte diese Frau denn nun schon wieder nicht zu Hause gelassen?

»Weißt du was, Wim? Ich habe in all den Jahren gelernt, dass in deiner guten Kinderstube einiges schiefgelaufen sein muss. Aber die Hoffnung stirbt zuletzt. Also pass jetzt mal gut auf: Wenn man mit jemandem spricht, egal ob persönlich oder am Telefon, dann verabschiedet man sich, capisce?!«, erwiderte Birgit beleidigt und vermied es konsequent, ihren Chef anzuschauen.

Wim verzog den Mund und ging kommentarlos zu den wirklich wichtigen Dingen des Tages über. So kannte er seine Assistentin. Und inzwischen kannte er sie ziemlich gut. Birgit war zwar eine große Stütze, und wenn er ganz ehrlich zu sich war, dann konnte er sich das Arbeiten ohne sie gar nicht mehr vorstellen. Aber sie hatte auch eindeutig ihre

Macken. Eingeschnappt und nachtragend zu sein, gehörte zweifelsohne dazu. Insgeheim wusste er jedoch, dass seine ruppige Art an einigen Differenzen zwischen ihnen schuld war. »Was ist mit der Dienstbesprechung? Hast du meine Verspätung angekündigt?«

Birgit wischte mittlerweile Staub von den Regalböden ihres Aktenbocks und würdigte Wim noch immer keines Blickes. »Du hast wie immer Glück. Die Dienstbesprechung fällt heute aus. Unser aller Häuptling ist kurzfristig von der Staatsanwaltschaft in die Rechtsmedizin einbestellt worden.«

»In die Rechtsmedizin? Wegen der Toten, die heute Morgen die Titelseite der Zeitung ziert?«

»Ja, genau. Cassensmeier ist wegen der toten Frau los, die sie gestern Abend aus dem Mittellandkanal gezogen haben. Er ist schon eine gute Stunde weg. Soweit ich mich erinnere, war die Leiche aber nicht auf der Titelseite abgebildet, sondern lediglich das Polizeiboot auf dem Kanal!«

Wim hob die Augenbrauen. Da hatte man am Wochenende mal zwei Tage frei und dann gab es hier gleich Tote und eine anstrengende Birgit zur Begrüßung. »Eine Stunde, sagst du?«

»Ja, eine Stunde. Es ist jetzt kurz vor halb zehn und es gibt Menschen, die beginnen deutlich früher als du mit der Arbeit!«, ranzte Birgit Wim an.

Spitzen verteilen gehörte auch zu ihren Talenten. Wim merkte, wie sein Puls anstieg und seine Halsschlagader zu puckern begann. Noch ein blöder Spruch und er würde persönlich einen Aushang am Schwarzen Brett machen:

»Mitarbeiterin zu verschenken. Kein Rückgaberecht!«

Um sich ein wenig zu beruhigen, nahm er sich seinen Posteingang vor und las zwei Vernehmungsprotokolle, die Birgit offenbar schon in aller Herrgottsfrühe getippt hatte. Die

Frau hatte anscheinend einen ungesunden Schlaf oder aber kein Zuhause.

Den Blick stur auf die Schriftstücke gerichtet, nahm er widerwillig einen erneuten Anlauf, ein halbwegs normales Gespräch mit ihr zu führen. »Kannst du bitte nachher noch ein paar Dinge für mich erledigen?«, fragte er gequält.

Birgit hatte den Standort gewechselt und kümmerte sich nun mit ihrer pinken Gießkanne um einen niemals sterben wollenden Gummibaum, der bereits von diversen Bambusstäben gestützt werden musste. »Dafür werde ich hier bereits mein halbes Berufsleben bezahlt, oder?«

»Ich brauche bitte bald die Liste der gestohlenen Gegenstände aus der Südstadt. Unglaublich, dass die gleich bei mir um die Ecke diese Einbrüche durchgezogen haben.«

»Die Liste ist längst fertig. Das habe ich gestern Abend schon erledigt und sie dir sofort gemailt.«

»Immer diese Computersachen. Mensch, Birgit, du weißt doch ganz genau, dass ich kein Fan vom papierlosen Büro bin. Kannst du mir die Liste bitte ausdrucken?«

»Mein lieber Wim, falls es bei dir noch nicht angekommen sein sollte: Heutzutage fährt nicht mehr die Postkutsche von A nach B. Wir sind im modernen Zeitalter der E-Mails angekommen. Schnell, unkompliziert und in der Regel auch sicher. Alles, was du tun musst, ist, deinen Computer hochzufahren und dein E-Mail-Programm zu starten, capisce?!«, entgegnete Birgit, die den letzten Sommerurlaub mit einem Freund in Italien verbracht hatte. An Alexander dachte sie nicht mehr, dafür aber täglich an Italien.

Wim schüttelte den Kopf und schlug den Pressespiegel auf. Wenigstens der lag druckfrisch auf seinem Schreibtisch. So musste das sein! Die verschiedenen regionalen Zeitungen waren voll von Artikeln über die Wasserleiche aus dem Mittellandkanal. Auf Seite fünf der gesammelten Werke fand

sich allerdings auch ein Kurzbeitrag über die Einbruchserie in der Südstadt, in der sie gerade ermittelten.

> *Hannover/Südstadt – Am vergangenen Donnerstag mussten gleich mehrere Bewohner der Geibelstraße feststellen, dass ihre Wohnungen am helllichten Tag ausgeraubt worden waren. Wie eine Mitarbeiterin des Polizeikommissariats Südstadt dieser Zeitung bestätigte, handle es sich um eine Einbruchserie, da gleich in mehreren Wohnhäusern und in insgesamt acht Wohnungen eingebrochen worden sei. Auffällig sei, dass alle betroffenen Wohnungen jeweils im Dachgeschoss liegen. Es wird vermutet, dass es sich um mehrere Täter handelt, die es gezielt auf Dachgeschosswohnungen abgesehen haben. Zeugen werden gebeten, sich direkt bei der Südstadtwache oder jeder anderen Polizeidienststelle zu melden. mjb*

Acht auf einen Streich, nicht schlecht. Da hatte jemand einen konkreten Plan verfolgt, denn in den oberen Etagen der Mehrfamilienhäuser war die Wahrscheinlichkeit, erwischt zu werden, am geringsten.

»Sag mal, was ist denn jetzt eigentlich mit der Liste? Bekomme ich die heute noch?«, fragte Wim gereizt.

Kopfschüttelnd riss Birgit einen Aktenordner aus dem Regal, ging zu Wims Arbeitsplatz und knallte ihn auf den Schreibtisch.

»Alleine aufschlagen schaffst du aber noch, oder?«

»Na also, geht doch!«, entgegnete Wim süffisant und schlug den Ordner auf, um sich einen Überblick zu verschaffen. Von Schmuck über Bargeld und iPods hatten die Täter es vor allem auf kleinteilige, aber wertvolle Gegenstände abgesehen. In allen Fällen hatten die Opfer die Einbrüche

erst bemerkt, als sie nach der Arbeit nach Hause gekommen waren. Die Spurensicherung war mittlerweile mit den Arbeiten in der letzten Wohnung fertig geworden und der abschließende Bericht sollte Wim zeitnah vorgelegt werden.

»Kannst du bitte recherchieren, ob es in den vergangenen Wochen, Monaten, meinetwegen auch Jahren, vergleichbare Einbruchserien in Hannover und Umgebung gab?«

»Definiere ›Umgebung‹«, antwortete Birgit trotzig. »Und vor allem definiere ›vergleichbar‹!«

»Bin ich denn hier heute nur von Irren umgeben?« Wim platzte der Kragen. Seine flache Hand knallte auf den Tisch und er sprang von seinem Schreibtischstuhl auf. Bevor er etwas hinzufügen konnte, ließen ihn ein plötzlicher Schmerz im Unterleib und ein schier unerträglicher Harndrang fast in die Knie gehen.

Birgit verzog keine Miene, hielt sich aber so krampfhaft an dem Griff ihrer Gießkanne fest, dass die Knöchel ihrer Mittelhand sich weiß verfärbten. »Wie man in den Wald hineinruft …! Was erwartest du bitte, wenn …«

»Merk dir deine Rede! Ich muss mal eben kurz raus!«, unterbrach Wim sie erneut und verließ fluchtartig das Büro. So unauffällig wie möglich, aber mit zügigem Schritt bemühte er sich, die Herrentoiletten am Ende des Flures zu erreichen. Er musste an die Geher bei den Olympischen Spielen denken, die mit ihren Wackelärschen aussahen, als würden sie auf heißen Kohlen laufen. Jetzt bloß keine weiteren Begegnungen oder blöde Kommentare von Kollegen. Vor der Toilettentür schaute Wim noch einmal schnell nach links und rechts und verschwand. Am Pissoir angekommen spürte er ein Brennen. Als der Urinstrahl endlich einsetzte, hatte Wim das Gefühl, Nägel zu pinkeln. Er ignorierte die hellroten Schlieren, schüttelte die letzten Tropfen mehr schlecht als recht ab und betätigte den Spülknopf. Erleichtert schloss er

die Augen, beugte sich nach vorne und drückte seine Stirn gegen die kalten Fliesen. Das Nachbrennen in der Harnröhre hielt allerdings an und Wim ahnte bereits, dass dies noch eine ganze Weile der Fall sein würde.

»Ist alles in Ordnung?«, hörte Wim jemanden hinter sich fragen. Walter Möller, schon wieder. Wo kam der denn plötzlich her? Ruckartig richtete Wim sich kerzengerade auf und zog seinen Reißverschluss hoch. »Walter, ja, danke, alles in Ordnung! Ich habe heute Augenringe, ich habe jetzt gepinkelt. Kann ich sonst noch irgendwas für dich tun? Sag mal, spionierst du mir eigentlich hinterher?«, fuhr er seinen Kollegen an.

»Ich bitte dich, Wim, das ist jetzt aber wirklich reiner Zufall!«, entgegnete Walter Möller perplex.

»Jaja!«, grummelte Wim, verließ die Herrentoilette, ohne sich die Hände zu waschen, und knallte die Tür extra laut zu. Bloß raus hier.

2. KAPITEL

Birgit war Kummer gewohnt, wenn es um ihren Chef ging. Er war launisch und manchmal fand sie ihn unerträglich, aber sie wusste ihn zu nehmen. Wim brauchte Kontra, und zwar nicht zu knapp, wenn man es mit ihm aushalten wollte.

Irgendwann kriegte er sich wieder ein und dann gab es sogar Momente, wo der weiche Kern des Wim Schneider durchkam und er tatsächlich charmant sein konnte. Im Grunde ihres Herzens mochten sie sich und hatten gemeinsam schon viele knifflige Fälle gelöst. Wim war ein brillanter Ermittler. Umso mehr hatte es ihn getroffen, als man sie beide an das Einbruchsdezernat ausgeliehen hatte. Nur vorübergehend natürlich. Wie lange wohl »vorübergehend« dauern würde?

Bei allem Verständnis für Wims schlechte Laune, aber was er sich heute Morgen geleistet hatte, das gehörte zu den Top Drei seiner Totalausfälle. Birgit beschlich das Gefühl, dass Wim noch etwas ganz anderes bedrückte, sie würde schon dahinterkommen.

Als Wim nach seiner spontanen Flucht zurückkehrte, stand Birgit vor der Wand mit der großen Niedersachsenkarte und steckte gerade einen roten Pin auf die Stadt Hildesheim. »Also vielleicht habe ich etwas herausgefunden. Aber das prüfe ich noch«, sagte sie zur Begrüßung, um die angespannte Stimmung ein wenig aufzulockern.

»Das ist ein guter Plan. Prüfe du mal in Ruhe, dann bist du sinnvoll beschäftigt und kannst dich wenigstens nicht mehr aufregen.« Birgit schüttelte den Kopf und musste einsehen, dass Wims Gemüt sich noch immer nicht ganz beruhigt hatte.

»Dein Handy hat zweimal geklingelt, während du draußen warst. Kannst du nicht mal den Klingelton wechseln? Immer dieses Klassikgedudel. Ach, und noch was: Cassensmeier hat angerufen, aber auf dem Büroapparat. Du sollst bitte mal eben zu ihm hochkommen.«

»Ich denke, der schaut sich die Wasserleiche an?«

»Jetzt wohl nicht mehr«, entgegnete Birgit und rückte ihre Lesebrille zurecht.

Dr. Jörn Cassensmeier war gerade 50 geworden und als Chef der Mordkommission auf dem Höhepunkt seiner Karriere angekommen. Eine ganze Batterie von Glückwunschkarten zierte die lange Fensterbank seines Büros. Er stand mit dem Telefonhörer in der Hand vor seinem Schreibtisch, als Wim kurz gegen den Türrahmen klopfte und den Kopf in die offene Bürotür steckte. Die Hellwig aus dem Vorzimmer war gerade nicht am Platz, und so war er direkt durchmarschiert. Mit einer ausschweifenden Handbewegung bat Cassensmeier Wim, auf einem der Besucherstühle Platz zu nehmen.

»Wim! Schön, dass du so schnell kommen konntest«, begrüßte Cassensmeier ihn mit einem ironischen Unterton. »Wie ist die Lage? Mein verfluchter Rücken zickt heute wieder. Macht es dir was aus, wenn ich einfach stehen bleibe? Wie weit seid ihr mit den Einbrüchen in der Südstadt?«

Vor seinem Chef zu sitzen, während dieser stehen blieb, behagte Wim nicht. »Bleib ruhig stehen, Jörn, kein Problem. Und danke der Nachfrage. Aber du bist doch gar nicht für die Aufklärung der Einbrüche zuständig. Genauso wenig wie ich übrigens.«

Wim hielt dem mahnenden Blick seines Chefs stand. Er kannte die Antwort. »Jetzt bitte nicht wieder die alte Leier. Sollen wir auf Knien vor dir rumrutschen, weil du ausnahmsweise im Einbruchsdezernat aushilfst? Es gibt nun mal im Moment niemand anders, der sich der Einbrüche annehmen könnte. Das geht auch wieder vorbei.«

»Aushilfe?« Wims Augen zogen sich zu schmalen Schlitzen zusammen. »Abstellgleis! Das trifft es wohl eher«, sagte er beleidigt.

»Nun reg dich nicht auf. Du weißt doch, dass der Krankenstand bei den Kolleginnen und Kollegen erschreckend hoch ist und alle Kapazitäten gebunden sind.«

»Und wie lange bleibt das so?«

»Ich habe leider keine Glaskugel auf dem Schreibtisch, die mir hilft, in die Zukunft zu schauen.«

»Nein, sicherlich nicht. Also, dann lass uns mal auf das Wesentliche kommen. Womit kann ich dienen? Warum wolltest du mich sprechen? Soll ich dieses Mal die Nutten im Steintorviertel überprüfen? Ist bei der Sitte auch der Notstand ausgebrochen?« Wims Versuch, sich zusammenzureißen, war zum Scheitern verurteilt.

»Na, na, na, Wim! Nun mal halblang, und ganz im Ernst, ich brauche deinen Rat und deine Unterstützung.«

Wims Gesicht zeigte keine Regung. Wenn der Chef um Rat und Unterstützung bat, war das erst mal kein gutes Zeichen.

»Die Wasserleiche aus dem Mittellandkanal. Ich war heute früh bereits in der Pathologie bei Professor Klein. Es liegt ein Fremdverschulden vor. Die Frau hat schwere Kopfverletzungen, vermutlich Schädelbasisbruch. So viel konnte man auf den ersten Blick erkennen. Sie hatte kein Wasser in der Lunge, war also schon tot, als sie in den Kanal gefallen ist. Und das Interessanteste ist, dass sie dem Urteil von Professor Klein nach noch gar nicht so lange im Wasser lag.«

Wim überlegte kurz. »Das kann ja viele Gründe haben. Wenigstens ist es dann leichter, sie zu identifizieren, wenn sie nicht zu entstellt und aufgeschwemmt ist.«

»Richtig!«

»Kann man denn genauer eingrenzen, wie lange sie ungefähr im Wasser war?«, erkundigte sich Wim interessiert.

»Professor Klein vermutet höchstens zwei Tage.«

»Das ist ein überschaubarer Zeitraum. Wo ist der genaue Fundort?«

»Ein Radfahrer hat den leblosen Körper gestern bei einer Fahrradtour am Kanal auf der Höhe der Hindenburgschleuse

in Anderten entdeckt und sofort die 110 gewählt. Und was mir noch einfällt: Die Leiche weist übrigens keine Spuren von sexueller Gewalt auf.«

Wim nickte. »Das wäre meine nächste Frage gewesen. Und was willst du jetzt von mir?«

Cassensmeier legte eine kurze Redepause ein und schaute aus dem Fenster. »Wenn mich nicht alles täuscht, bist du doch ein waschechter Braunschweiger, oder?«

Wim stutzte. »Ja, das ist wohl so. Und nun wohne ich für meinen Geschmack schon viel zu lange in Hannover.«

»Ach, ich vergaß! Die Braunschweiger und das Beleidigtsein. Welche Stadt war eigentlich zuerst die ›Verbotene Stadt‹?« Cassensmeier zwinkerte Wim zu. »Aber jetzt mal im Ernst: Es gibt da an der Leiche eine markante Auffälligkeit.«

»Und die wäre? Hatte sie Überreste von der berühmten Braunschweiger Mettwurst im Magen?«

»Nein, das nicht«, entgegnete Cassensmeier lachend. »Aber sie hat ein Tattoo am rechten Handgelenk.«

»Ein Tattoo? Den Braunschweiger Löwen, oder was?«

»Gar nicht so schlecht!« Cassensmeier ging zu seinem Schreibtisch und drehte den Monitor seines Computers in Wims Richtung. Das Digitalfoto von der Leichenschau zeigte zweifelsfrei das Vereinswappen der Eintracht Braunschweig als farbige Tätowierung.

»Okay, ich verstehe. Das ist ein Hinweis auf den Braunschweiger Raum, wenn auch nicht zwingend ein todsicheres Indiz«, stellte Wim nüchtern fest. »Aber welcher Hannoveraner ist schon so verrückt und lässt sich dieses Wappen tätowieren?«

»Eben. Das wäre mehr als ungewöhnlich, wenn auch nicht ausgeschlossen. Natürlich könnte es sich auch um jemanden handeln, der irgendwann zugezogen ist, oder um einen Fuß-

ballfan aus einer anderen Stadt. Aber in der Tat sinkt wohl die Wahrscheinlichkeit, dass unsere Wasserleiche aus Hannover kommt.«

»Okay, und darum soll ich mich nun kümmern?« Wims Blick hellte sich auf. »Dann kann ich die Ermittlungen in diesem Fall leiten? Notfalls schafft Birgit das mit den Einbrechern auch ohne mich. Mensch Jörn, so viel Grips hätte ich dir gar nicht zugetraut. Kluger Schachzug, wegen der Verbindung mit Braunschweig auf mich zu setzen!«

»Nein, tut mir leid, so weit ist es noch nicht. Es bleibt zunächst dabei, dass du bitte die Einbrüche in der Südstadt aufklärst«, entgegnete Cassensmeier mit ernster Miene und räusperte sich. »Wir müssen erst mal abwarten.«

»Moment! Du hast mich einbestellt, weil ich aus Braunschweig komme und die Wasserleiche vielleicht auch? Aber mit dem Fall soll ich nichts zu tun haben?«

»Nein, ganz so ist es nicht. Ich dachte nur, dass du mir ein paar Tipps geben kannst. Vielleicht hast du ja zum Beispiel noch Kontakte zu den Braunschweiger Kollegen? Die könnten wir gut gebrauchen …«

»Weißt du was, Jörn: Ich empfehle dir, gockel oder guggel, oder wie das heißt, den Organisationsplan der Braunschweiger Kollegen. Oder wirf einen Blick in das landesweite Polizei-Intranet!«, unterbrach ihn Wim. »Das könnt ihr Computerfreaks doch alle. Ja, da staunst du, das kenne nämlich sogar ich! Da kannst du dir alle Kontakte selbst raussuchen, die du brauchst. Das ist mein Tipp an dich. Ich werde jetzt die Liste der gestohlenen Gegenstände aus der Geibelstraße auswerten. Nicht mehr, aber auch nicht weniger. Das ist nämlich gerade mein Job! Und in der Südstadt kenne ich mich bekanntermaßen bestens aus. Ich wünsche einen schönen Tag. Ach, was sage ich, einen wunderschönen Tag!« Wutentbrannt stand Wim auf, kippte dabei fast den

Besucherstuhl um und drehte seinem Chef den Rücken zu. Nur raus hier. Veräppeln konnte er sich selbst.

»Nun warte doch mal, Wim!« Cassensmeier eilte zur Tür und versperrte ihm den Weg. »Ich verstehe ja deinen Unmut und mit dem Intranet hast du sicher recht. Aber du …«

Wim fiel seinem Chef erneut ins Wort, während er ihm direkt in die Augen schaute. »Ja, ich?«

Cassensmeier hielt Wims wütendem Blick stand. »Alles, was ich möchte, ist, dass du dir mal die Namen der Kollegen in Braunschweig anschaust. Vielleicht gibt es noch jemanden, den du von früher kennst. Alte Kontakte, kurzer Dienstweg, wenn du verstehst, was ich meine. Ich gehe eh fest davon aus, dass es nur eine Frage von Stunden ist, bis ich gezwungen bin, mit Braunschweig Kontakt aufzunehmen. Und du kennst mich ja, ich bin den Geschehnissen immer gerne einen Schritt voraus und greife auf meine Netzwerke zurück.«

Mit einer versöhnlichen Geste legte Cassensmeier Wim eine Hand auf die Schulter.

Wim atmete tief durch. Er musste sich jetzt wieder fangen, denn immerhin hatte er es mit seinem Vorgesetzten zu tun. »Okay, okay! Ich werfe mal einen Blick auf das Braunschweiger Organigramm, aber die Einbrüche haben Priorität!«

»Das ist in Ordnung. Tut mir leid, dass ich gerade noch nicht mehr für dich tun kann. Aber ich wusste, dass auf dich Verlass ist«, entgegnete Cassensmeier erleichtert und machte den Weg für Wim frei.

Die Frage, welche Frau sich das Wappen eines Fußballvereins auf das Handgelenk tätowieren ließ, fing an, in Wims Gedanken Platz zu nehmen.

»Ich mache heute Nachmittag frei und bummele ausnahmsweise mal Überstunden ab«, sagte Wim, als er wieder im Büro eintraf.

Birgit schaute über den Rand ihrer Lesebrille hinweg. Sie hatte verschiedene Modelle zur Auswahl und sich nun für die Farbe Mint entschieden. »Von mir aus. Ich bin ja hier. Wie immer.«

Wim verbiss sich einen schnippischen Kommentar. »Ich habe Handwerker daheim. Hatte ich vergessen zu sagen. Thermenwartung.«

»Ist ja kein Problem. Auf dem Handy bist du sicherlich erreichbar? Und was wollte der Cassensmeier jetzt von dir?«

»Der hat sich danach erkundigt, wie wir mit den Ermittlungen bei den Südstadteinbrüchen vorankommen.«

»Mehr nicht?«

»Nein, mehr nicht«, log Wim.

»Aber das kann ihm als Chef der Mordkommission doch herzlich egal sein!«, stellte Birgit fest.

»Nicht, wenn er sein Personal für ein anderes Dezernat abstellen muss.«

»Heißt das, wir werden vielleicht bald wieder richtige Fälle lösen?«

»Tja, schön wär's. Ich habe das Gefühl, dass das davon abhängt, ob und wie und wann wir diese Einbruchserie aufklären.«

»Das ist echt eine blöde Situation. Sind wir zu schnell, wollen die uns am Ende behalten. Wenn wir zu langsam sind oder uns zu doof anstellen, dann heißt es hinterher, dass wir für die Mordkommission halt nicht mehr zu gebrauchen sind. Dabei bist du doch vom alten Eisen und nicht ich!«, sagte Birgit und zwinkerte Wim verschmitzt zu.

»Das habe ich nicht gehört. Schwerhörigkeit ist nämlich auch ein Symptom des Älterwerdens. Gibt es frischen Kaffee?«, entgegnete Wim und freute sich innerlich, dass sie beide auf dem besten Weg waren, sich wieder zu beruhigen.

3. KAPITEL

David Simonis wartete am Rande des hannoverscher Stadtwalds Eilenriede vor dem Eingang eines Restaurants und hatte dem Döhrener Turm den Rücken zugewandt. Zum wiederholten Mal schaute er auf seine Rolex-Armbanduhr. Seine Kundin war schon 20 Minuten zu spät, an ihr Handy ging sie nicht und wenn sie nicht gleich aufkreuzen würde, müsste er leider den Termin canceln. Andererseits hätte er mit der Provision für eine ganze Weile ausgesorgt. Seine Courtage würde bei einem Kaufpreis von rund 2,4 Millionen Euro seine finanzielle Lage noch einmal deutlich verbessern. David loggte sich bei seinem Facebook-Account ein und öffnete sein Profil. Gestern hatte er ein Bild seines neuen Sportwagens gepostet, und seitdem hagelte es Kommentare. Neid und Glückwünsche wechselten sich ab.

»Herr Simonis?«

Als David seinen Nachnamen hörte, schreckte er auf und blickte zu seiner Überraschung sich selbst in zwei verspiegelten Sonnenbrillengläsern entgegen.

»Entschuldigen Sie bitte die Verspätung. Ich habe einfach keinen Parkplatz gefunden. Das spricht nicht gerade für diesen Stadtteil.« Das beigefarbene Seidentuch hatte Cornelia Rutz um ihren Kopf geschlungen und farblich perfekt mit ihrem Chanelkostüm kombiniert. Sie trug zudem Seidenhandschuhe und Manolo-Blahnik-Pumps, deren hohe Absätze sie auf Augenhöhe mit David brachten. Seit Davids Freundin Irina ihn zwangsverpflichtet hatte, sämtliche Staffeln der Fernsehserie »Sex and the City« mit ihm zu schauen, kannte er sich mit Damenschuhwerk bestens aus.

»Frau Rutz!« David nahm die Hand seiner potenziellen

Kundin und deutete einen Handkuss an. Genau so, wie er es im Fernsehen bei einer der unzähligen Makler-Dokusoaps gesehen hatte.

»Nennen Sie mich einfach Conny«, sagte Cornelia Rutz und gab lächelnd den Blick auf ihre gebleachten Zähne frei.

»Gerne. Ich bin David.«

»Sehr schön. Und wo ist denn nun das Schmuckstück am Waldrand, das ich kaufen könnte? Ja wohl nicht diese Steak-Butze hier?« Cornelia Rutz lachte schrill und David war bemüht, seine Gesichtszüge im Griff zu behalten.

»Ähm, nein. Natürlich nicht. Ich habe das Restaurant nur als Treffpunkt gewählt. Wir gehen jetzt gemeinsam in die Waldhausenstraße, gleich um die Ecke.«

»Na dann mal los, junger Mann. Ich habe wenig Zeit.«

Ich auch, dachte sich David. Ich stehe hier auch schon 20 Minuten.

Die Jugendstilvilla verfügte über neun Zimmer, zwei Bäder, einen wunderschönen verglasten Wintergarten und ein 850 Quadratmeter großes Grundstück mit altem Baumbestand. Vom Balkon im ersten Stock hatte man einen unverbauten Blick in die Eilenriede. Alles frisch renoviert und dank der zentralen Lage genau das, was die Inhaberin einer Beauty-Farm aus Hannovers Umland suchte. Ein citynahes Stadtdomizil, gerne im Grünen und mit allem Drum und Dran. So hatte sie es Davids Assistentin Mathilda am Telefon lang und breit erklärt, bevor sie ausdrücklich »Chefbehandlung« gewünscht hatte. David war sich sicher, mit dieser Immobilie die Vorstellungen der Geschäftsfrau ideal getroffen zu haben, auch wenn der Kaufpreis über dem Budget lag, das Cornelia Rutz im Vorfeld als ihre finanzielle Schmerzgrenze mitgeteilt hatte. Aber Kompromisse mussten Kunden mit exklusiven Wünschen eingehen.

Sie stiegen die fünf Stufen zur schneeweißen Eingangstür hinauf und endlich nahm Conny ihre Sonnenbrille ab. Für einen Moment trafen sich ihre Blicke. Anhand der Fältchen rund um die Augen schätzte David seine Kundin auf Mitte 40, vielleicht sogar 50, und damit gut 15 Jahre älter als ihn.

»Na dann wollen wir mal. Die Außenfassade wirkt ja schon mal äußerst repräsentativ!«, stellte Conny zufrieden fest.

David war erleichtert und ließ seiner Kundin beim Betreten des Hauses gekonnt den Vortritt. Durch einen Windfang gelangten sie zunächst in einen hellen hohen Raum, den man getrost als Eingangshalle bezeichnen konnte. Als Profi wusste David, dass er den Raum zunächst auf die Kundin wirken lassen musste, und so wartete er einige Sekunden, bevor er mit seinem Vortrag begann: »Conny, ich präsentiere Ihnen heute dieses wunderschöne Stadthaus im Jugendstil. Alle Räume sind hochwertig ausgestattet. Ich würde vorschlagen, wir beginnen hier unten rechts mit der Küche.«

»Wie Sie meinen, David. Ich folge Ihnen unauffällig«, scherzte Conny und warf David einen verführerischen Blick zu.

Mit den kleinen Scherzen war es jedoch schlagartig vorbei, als sie die Küche betreten hatten und Conny den Raum argwöhnisch beäugte. »Entschuldigen Sie, aber wo bitte ist der Gasherd? Und warum steht das, was ein Herd sein soll, nicht mitten im Raum?«, fragte sie, wobei ihre Stimme fast beleidigt klang und wieder ins Schrille abzudriften drohte. »Ich hatte ausdrücklich einen Gasherd in der Mitte des Raumes gewünscht. Sie wollen mir doch wohl dieses Vierplattending nicht als hochwertigen Gasherd verkaufen? Hat Ihre Assistentin mir nicht richtig zugehört?«

David runzelte die Stirn. Von einem Gasherd hatte Mathilda ihm nichts gesagt. Auch nichts von einem Kochblock.

Aber er war solche Situationen gewohnt und reagierte schnell. »Liebe Conny, der kann natürlich nachträglich eingebaut werden. Ich gebe zu, das ist ein kleines Manko in dieser ansonsten so hochwertigen Küche im Landhausstil. Aber dennoch wollte ich Ihnen nur deshalb diese Traumimmobilie nicht vorenthalten.«

Conny murmelte etwas von Dilettantismus vor sich hin, schaute sich skeptisch um, konnte sich aber dazu hinreißen lassen, die Besichtigung fortzusetzen. Sie stellte hier und da ein paar gezielte Fragen, ließ sich ansonsten aber nicht in die Karten blicken. David wusste aus Erfahrung, dass Begeisterung anders aussah und dass er es hier mit einer knallharten Geschäftsfrau zu tun hatte.

Nachdem sie auch die oberen beiden Stockwerke in Augenschein genommen hatten, beendete David die Führung auf dem französischen Balkon, der von einem der Schlafzimmer im ersten Stock abging. Er hatte Conny mit seinen Maklerkünsten und all seinem Charme jedes einzelne Zimmer präsentiert, und hätte er das Geld, so würde er sofort selbst in dieses Haus einziehen wollen. Conny schien das jedoch anders zu sehen. Gemeinsam standen sie auf dem Balkon und schauten auf den Stadtwald.

»Die Immobilie ist nicht schlecht. Das muss ich zugeben. Aber nun mal Butter bei die Fische, wie man so schön sagt. Dieses Haus ist auf keinen Fall 2,4 Millionen Euro wert. Die Räume in der obersten Etage sind durch die Baumkrone dieser Riesenkastanie im Garten viel zu dunkel. Kann man die fällen? Und dann dieses Bad! Goldene Wasserhähne! Also wirklich. Ich möchte das nicht alles umrüsten müssen. Und bei dem Thema: Die Küche geht wirklich gar nicht. Ich sage nur Gasherd! Sie sollten über die Qualität Ihres Personals nachdenken.« Conny verschränkte die Arme und schaute David fordernd an. Noch bevor der junge Makler etwas erwi-

dern konnte, drehte sie ihm den Rücken zu und ging in das Haus zurück. Sie würdigte David keines Blickes mehr und beendete den Termin mit einer deutlichen Ansage. »Sorry, David! Bitte suchen Sie für mich weiter und sagen Sie Ihrer kleinen Assistentin, sie soll sich gefälligst genauer notieren, was man ihr sagt. Ach, besser ist es wohl, ich spreche beim nächsten Mal mit Ihnen persönlich.«

David eilte seiner Kundin hinterher und versuchte die Situation zu retten. »Ich kann Ihren Unmut ja verstehen, aber es handelt sich um kleine Umbaumaßnahmen. Alles im Bereich des Machbaren.«

»Ach ja?«, fragte Conny schnippisch. »Und den Baum da draußen? Den fällen Sie selbst? Und die Genehmigung dafür? Die besorgen Sie mir natürlich auch? Und mal ganz davon abgesehen, ich wollte eben keine Umbauarbeiten. Ich wollte das perfekte Haus! Und das hier, junger Mann, ist alles, aber nicht perfekt!«

David ließ die Schultern hängen und seufzte. »Und da kann man nichts machen? Ich suche wirklich gerne für Sie weiter, möchte aber darauf hinweisen, dass es sehr schwierig wird, etwas Vergleichbares derart innenstadtnah zu finden.« David sah seine Felle davonschwimmen.

»Sie können da was machen, David! Wie ich bereits sagte: Suchen Sie für mich weiter. Und jetzt seien Sie mir nicht böse, aber ich muss los. Ich habe noch einen Termin bei meinem Steuerberater in der City.«

David nickte zustimmend und begleitete Conny zu ihrem Auto, das sie zu allem Überdruss auch noch im Halteverbot geparkt hatte. Hinter dem vorderen Scheibenwischer hing bereits ein Strafzettel, den sie mit zwei spitzen Fingern entfernte und David zum Abschied in die Hand drückte. »Verrechnen Sie den mit Ihrer Provision. Wir kommen schon noch ins Geschäft. Eben nur nicht heute«, sagte sie und

kniff David in die Wange, bevor sie einstieg und die Autotür zuknallte.

Zurück in seinem Büro in der Oststadt ging David wenig später die E-Mails des Vormittags durch. Zwei Absagen von Interessenten für eine Immobilie in Vahrenwald und die Bestätigung eines Besichtigungstermins im Zooviertel – immerhin. Der Termin mit Conny Rutz beschäftigte ihn aber nach wie vor, war er sich seiner Sache doch so sicher gewesen.

»Mathilda, wollte die Rutz eigentlich unbedingt einen Gasherd in ihrer zukünftigen Küche? Und hat sie was von einem Kochblock gesagt?«, rief er seiner Assistentin im Nebenzimmer zu.

Mathildas Antwort erreichte ihn prompt. »Ja natürlich, das hatte ich dir auch so in der Terminvorbereitung aufgeschrieben.«

David nahm sich den Vorgang aus seiner Aktentasche, blätterte sich durch das Exposé der Waldhausener Villa und gelangte zum besagten Gesprächsvermerk. »Kundin wünscht ausdrücklich Küche mit Gasherd und Kochblock mittig. Umbauarbeiten unerwünscht.«

David seufzte. Die Damen hatten recht und er hatte sich blamiert. Er wusste, dass einem solche Kleinigkeiten einen erfolgreichen Abschluss vermasseln konnten, und ärgerte sich über sich selbst. »Mathilda, gab es Anrufe in Abwesenheit?«

»Ja, Herr Gänsicker hat wieder angerufen. Wegen der Villa in Braunschweig. Du mögest dich bitte mit seinem Anwalt in Verbindung setzen.«

»Mit seinem Anwalt?«

»Ja, er hat die Angelegenheit jetzt seinem Anwalt übergeben. Mit der Alten könne man nicht reden. Sie hat euch doch beim letzten Besuch mit einer Harke gedroht und aus dem

Garten verjagt. Und dann noch die zwei faulen Äpfel, die sie nach euch geworfen hat. Du sollst dich mit seinem Anwalt beraten, inwiefern du die Veräußerung des Objektes voranbringen kannst, da der Streit mit ihr noch nicht beigelegt ist.«

»Und wo finde ich diesen Anwalt?«

Mathilda kam um die Ecke, in der einen Hand eine Tasse frisch gebrühten Kaffee, in der anderen Hand eine Gesprächsnotiz. Sie drückte ihm den Kaffee in die Hand und begann laut vorzulesen:

»Herr Gänsicker rief am heutigen Montag an und teilte mit, dass er sich wegen der Veräußerung der Immobilie Am Gaußberg 9, 38114 Braunschweig mit seinem Anwalt Dr. Carsten Münte in Verbindung gesetzt habe. Er wolle prüfen lassen, inwiefern man Frau Greta Stein aus dem Gartenhaus Am Gaußberg 9a, 38114 Braunschweig im Rahmen einer Räumungsklage herausschmeißen könne. Er bat darum, dass sich Herr Simonis persönlich wegen der Vermittlung der oben genannten Immobilie an Interessenten mit Herrn Dr. Carsten Münte in Verbindung setzen möge.«

Den Zettel legte sie auf Davids Schreibtischunterlage und bevor sie den Raum wieder verließ, drehte sie sich noch einmal zu ihm um. »Lern das hier am besten auswendig, damit wir keinen zweiten Gasherd-Fauxpas erleben.«

4. KAPITEL

»Herr Schneider, kommen Sie bitte mit in Raum 2.«

Wim folgte der Sprechstundenhilfe widerstandslos. Das konnte nicht die überfreundliche Wittig von heute Morgen sein. Dieses weibliche Wesen hier war eindeutig strenger, mit einem Hang zum Zornigen. Er versuchte einen Blick auf das Namensschild zu erhaschen, welches gut sichtbar am Kittel und genau auf Höhe der großen, wippenden Brüste angebracht war. Conchita Muñoz-Lopez. Komisch, die Frau hatte so gar nichts Spanisches an sich. Und sie sprach akzentfrei.

»Nehmen Sie hier noch einen Augenblick Platz. Der Doktor kommt gleich.«

Ehe Wim sichs versah, war die kleine Spanierin wieder verschwunden und überließ ihn seinem Schicksal. Da saß er nun auf einem sterilen transparenten Plastikstuhl, der wahrscheinlich unglaublich viel Geld gekostet hatte und nach nichts aussah. Der Glasschreibtisch vor ihm wirkte klinisch rein und auf dem Flachbildschirm links lief eine Präsentation zum Thema »Viel trinken ist gesund«. Auf dem weißen Sideboard rechts an der Wand standen zwei riesige Vasen aus Kristallglas, in die jemand trockene Äste gesteckt hatte. Als einzigen nennenswerten Farbtupfer in Raum 2 nahm Wim ein selbst gemaltes Kinderbild wahr, welches mit Tesafilm an eine Tür des Sideboards geklebt worden war. Er ließ seinen Blick weiter schweifen und entdeckte seine Patientenakte, die Frau Muñoz-Lopez für den Arzt lesebereit platziert hatte. Sosehr er sich auch anstrengte, alles, was er erkennen konnte, waren sein Name und sein Geburtstag sowie das große P für »Privatpatient«. Gerade als die Versuchung am

größten war, die Akte dezent zu sich herüberzuziehen, ging die Tür auf und Dr. Plog betrat den Raum.

»Ach, guten Tag, Herr Schneider, schön, dass Sie es so schnell einrichten konnten.«

Wim stand auf und wollte dem Arzt die Hand reichen.

»Dr. Plog, ich grüße Sie.«

»Herr Schneider, nehmen Sie bitte wieder Platz. Sie wissen doch, ich reiche meinen Patienten grundsätzlich nicht die Hand, aber ich schenke ihnen ein Lächeln.«

Wim lächelte müde zurück und sah zu, wie der Arzt ihm gegenüber auf einem weißen Drehstuhl Platz nahm. Die Anspannung in Wim steigerte sich ins Unerträgliche. Obwohl er den ganzen Tag nahezu ohne Getränk ausgekommen war – den Ouzo am Morgen natürlich nicht mitgezählt –, hatte er in der Praxis schon zweimal die Toilette aufsuchen müssen und jedes Mal waren nur Tröpfchen gekommen. Glücklicherweise hatte man es ihm aber heute erspart, wieder in einen Plastikbecher mit Nummer drauf zu pinkeln. Es war eine Zumutung, diesen Becher mit seinem lauwarmen Inhalt neben andere Pinkelbecher in die dafür vorgesehene Durchreiche zu stellen. Wer wusste schon, wie oft die Laborschwestern die Proben hier vertauschten, und überhaupt war Wim schleierhaft, wie man freiwillig sein berufliches Leben damit verbringen konnte, den Urin anderer Menschen zu analysieren.

»Herr Schneider, ich will es gleich ansprechen: Wir haben da etwas bei Ihnen gefunden. Ihre Symptome, vor allem die Beschwerden beim Wasserlassen, das Stechen im Unterleib, all das passt zusammen. Die Laborergebnisse zeigen erhöhte Entzündungswerte. So eine Entzündung kommt bei uns Männern mal vor, auch wenn die Frauen davon eher betroffen sind. Man kann so was in der Regel gut mit einem Antibiotikum behandeln. Wenn sich, wie in Ihrem Fall, aller-

dings auch Blut im Urin nachweisen lässt, dann müssen wir weitere Untersuchungen veranlassen.«

Wim merkte den kalten Schweiß, der sich auf seiner Stirn bildete. »Herr Doktor, sagen Sie es mir ganz ehrlich und direkt. Ist es Krebs? Wie lange habe ich noch?«

Dr. Plog schaute Wim überrascht an. »Herr Schneider, ich bitte Sie. Bleiben Sie ganz ruhig. Natürlich könnten Ihre Beschwerden auch auf ein Blasenkarzinom hinweisen. Es kann aber auch etwas anderes sein. Deswegen müssen wir weitere Untersuchungen vornehmen, um sicherzugehen, dass wir so schnell wie möglich die richtige Diagnose stellen und dann die entsprechende Behandlung einleiten können.«

»Diagnose? Sagten Sie nicht gerade, es sei eine Entzündung?«

»Ich möchte ganz sicher sein, dass nicht mehr dahintersteckt. Deswegen werden wir beide gleich nach nebenan gehen, damit ich Ihre Prostata abtasten und dann eine Ultraschalluntersuchung der Nieren, der Blase und der Prostata vornehmen kann. Außerdem müssen wir gegebenenfalls einen Termin für eine Blasenspiegelung vereinbaren. Sie können sich aussuchen, ob wir das hier in der Praxis erledigen oder ambulant im Krankenhaus. Dann sehen wir weiter. Ach so, und natürlich benötige ich noch eine Blutprobe.«

»Sie wollen bitte was? Meine Prostata abtasten? Hier und jetzt?« Wenn er das vorher gewusst hätte! Ein Profi sollte sich mal Ihre Harnwerte anschauen, das hatte sein Hausarzt zu ihm gesagt und ihn zum Urologen überwiesen. Aber von einer derartigen Tortur war nie die Rede gewesen!

Die Stimme des Arztes riss Wim aus seinen Gedanken.

»Herr Schneider, kommen Sie bitte mit.«

Weniger als 20 Minuten später war Wim um eine, aus seiner Sicht verzichtbare, Erfahrung reicher. Zumindest hatte

er aber nun die Gewissheit, dass seine Prostata seinem Alter entsprechend nur unauffällig vergrößert war. Auch die Nieren sahen gut aus, aber an der Blase hatte der Arzt sich sehr lange aufgehalten, Ultraschallaufnahmen aus verschiedensten Perspektiven gemacht und ständig mit seiner sonnengebräunten Stirn gerunzelt. Auf seine Nachfrage, ob er denn etwas Auffälliges erkennen könne, hatte Dr. Plog nur rumgedruckst, es könne was sein, müsse aber nicht, und dass die Spiegelung dringend erforderlich sei. Am Empfangstresen vereinbarte Wim mit der charmanten Frau Wittig, die im Gegensatz zu der strengen Spanierin wirklich die Freundlichkeit in Person war, aber leider einen viel zu kleinen Busen hatte, einen Termin und entschied sich für das Krankenhaus.

Den Rest des Nachmittags nahm Wim sich wie angekündigt frei. Ihm stand der Sinn nach Trost und Abwechslung, und so stellte er sein ungeliebtes Handy aus, erledigte ein paar Einkäufe bei Giovanni, dem italienischen Feinkosthändler seines Vertrauens, und setzte sich mit dem Organisationsplan der Braunschweiger Kriminalpolizei auf eine Bank am Stephansplatz. Ein gewisser Widerwille beschlich ihn nach wie vor, aber er wollte Cassensmeier gegenüber Wort halten. Die Betreiber eines neumodischen Streetfood-Festivals bauten gerade noch ihre Stände vom Wochenende ab, und zu Wims Leidwesen eroberten schreiende Kinder Stück für Stück die Rasenfläche auf der Mitte des Platzes wieder zurück. Vertreiben konnte er die Blagen schlecht, also bemühte er sich, den Geräuschpegel zu ignorieren.

Erstaunlich: Der Wiegand arbeitete also immer noch bei der Kripo in Braunschweig, dabei wollte der doch damals unbedingt mal zum LKA. Aber vermutlich stand ihm nicht der Sinn danach, nach Hannover zu ziehen, oder er war einfach nicht gut genug. Wim studierte die Namen und schnell

wurde ihm bewusst, dass Manfred Wiegand tatsächlich der einzige alte Kollege war, der für eine Kontaktaufnahme in Frage kam. Ausgerechnet der. Schon deshalb war für Wim hier eine Grenze erreicht, was das Entgegenkommen gegenüber seinem Chef betraf. Es war in der Tat nur eine Frage der Zeit, bis man sowieso auf die Braunschweiger Kollegen zugehen musste, da war Wim sich sicher. Vorausgesetzt natürlich, dass sich der Verdacht einer Verbindung der Wasserleiche nach Braunschweig bestätigen würde.

Als eine Gruppe Jugendlicher in Fußballtrikots den Bolzplatz betrat, entschied Wim sich, den restlichen Nachmittag auf seinem Balkon zu verbringen. Diesen Lärm von Bällen, die an einem Metallzaun abprallten, konnte er jetzt nicht ertragen. Von dem Gegröle halbstarker, hormongeladener Teenager mal ganz abgesehen.

In seiner Wohnung blinkte der Anrufbeantworter auf dem kleinen Sekretär im Flur. Wim entschied sich, diesen erst später abzuhören. Zunächst stellte er seine Einkäufe in der Küche ab und setzte sich einen Kaffee auf. Auf dem Esstisch lag sein neuester Island-Krimi. Er hatte große Lust, endlich mit diesem Buch anzufangen, denn seit Wim vor ein paar Jahren auf der Insel am Polarkreis gewesen war, hatten es ihm Land und Leute angetan. Immer wenn es ihm möglich war, ging er zu Diavorträgen, und er hatte sich aus der Bücherei diverse Fotobände ausgeliehen. Auf dem Flohmarkt hatte er sogar ein isländisches Kochbuch erstanden. Man musste ja nicht immer alles im Internet bestellen. Nur mit dem Nachkochen der isländischen Speisen klappte es nicht wirklich. Vielleicht sollte er seine Schwester Sigrid mal wieder anrufen und sie um Kochtipps bitten. Sigrid hatte er mittlerweile auch mit seiner Krimivorliebe angesteckt, und wann immer sie ihn in Hannover besuchte oder er bei ihr in Helmstedt vorbeischaute, tauschten die beiden

Bücher aus. Für das nächste Jahr hatten sie eine gemeinsame Reise nach Island geplant. Als Auftakt wollten sie ein paar Tage in Reykjavík verbringen, um dann mit dem Mietwagen auf der Ringstraße die Insel zu umrunden. Wim freute sich jetzt schon auf den Brennivín, seinen geliebten isländischen Schnaps. Den würde bestimmt auch Sigrid mögen. Sie hatte seit dem Tod ihres Mannes vor fünf Jahren keinen neuen Partner, ihre Ehe war kinderlos geblieben, und so freute sie sich schon sehr auf die Reise mit ihrem Bruder. Wim hatte über viele Jahre ein kompliziertes Verhältnis zu Sigrid gehabt. Sie war mit fast neun Jahren Altersunterschied die Ältere von beiden und maßgeblich an seiner Erziehung beteiligt gewesen. Wenn sie für Wim die Babysitterin hatte spielen müssen, hatte sie dies oft für ihre eigenen Zwecke genutzt. So spannte sie ihn gerne zum Aufpassen ein, damit sie sich heimlich mit Helmut, ihrem späteren Ehemann, in ihr Zimmer zurückziehen konnte. Während die Beatles vom Plattenspieler dudelten und Sigrid in ihrem Zimmer komische Geräusche von sich gab, hockte Wim vor Sigrids Zimmer und hielt Wache, falls die Eltern wider Erwarten eher nach Hause kommen würden. Bis zu drei Stunden am Stück verbrachte er so und traute sich nicht vom Fleck. Sigrid entlohnte ihn mit ein paar Groschen stets großzügig, aber natürlich erst, wenn Helmut durch ihr Fenster und den Garten wieder verschwunden war und es keine Zwischenfälle gegeben hatte. Kaum war Sigrid volljährig, heiratete sie Helmut und zog mit ihm gemeinsam von Braunschweig nach Helmstedt. Helmut bekam dort eine Anstellung in der Drogerie seines Onkels und sollte das Geschäft eines Tages übernehmen. Wim und seine Eltern sahen Sigrid und ihren Mann nur noch am Wochenende, und nachdem Sigrid ihren Bürojob gekündigt hatte, um in Vollzeit in der Drogerie mitzuarbeiten, wurden auch die Treffen immer seltener.

Als Sigrid eines Tages Wims Geburtstag vergaß, war er tief getroffen und erklärte seinen Eltern, dass sie fortan allein nach Helmstedt fahren könnten.

Nach seiner mittleren Reife ging Wim zur Polizei und zog nach seiner Ausbildung bald in seine erste eigene Einzimmerwohnung, nur einen Steinwurf vom Kommissariat in der Braunschweiger Münzstraße entfernt. Wim genoss die gewonnene Freiheit in vollen Zügen. Seine Mutter ermahnte ihn regelmäßig, doch mal eine feste Freundin mit nach Hause zu bringen, aber daran hatte er kein wirkliches Interesse. Warum sich verbindlich festlegen?

Erst als die Mutter mit gerade mal 49 Jahren einen Schlaganfall erlitt und von heute auf morgen zum Pflegefall wurde, hoffte Wim, mit seiner Schwester wieder enger zusammenrücken zu können, denn sein Vater war mit der neuen Situation heillos überfordert. Sowohl mit der Pflege der Mutter als auch mit der Führung eines Haushaltes. Kochen, Wäschewaschen, Geld von der Bank holen. Mit all den Tücken des Alltags war sein Vater zum ersten Mal in seinem Leben konfrontiert und Wim, der im Schichtdienst arbeitete, konnte sich nur bedingt um seine Eltern kümmern. Nach langem Hadern rief er Sigrid schließlich eines Abends an und bat sie, sich ein bisschen mehr um die Eltern zu kümmern, es sei doch ihre verdammte Pflicht und er brauche ihre Unterstützung. Sigrid hörte ihm seelenruhig zu und sagte, dass sie mit Helmut schon gesprochen habe. Die Geschäfte liefen gut und man wolle die Eltern monatlich unterstützen. Er, Wim, solle aber verstehen, dass wegen der Drogerie zu wenig Zeit bleibe, um immer nach Braunschweig zu kommen. Eine Haushaltshilfe könne sicher Abhilfe schaffen. Dies war der Punkt, an dem Wim mit Sigrid endgültig brach. Sie sahen sich nur zweimal wieder: auf der Beerdigung der Mutter und auf der Beerdigung des Vaters. Erst Jahre spä-

ter, als er in der Braunschweiger Zeitung die Todesanzeige von Helmut las, überkam ihn eine ungeahnte Sehnsucht nach seiner letzten lebenden Verwandten. Schließlich hatte er sich einen Ruck gegeben und seiner Schwester einen langen Brief geschrieben.

Als das Telefon klingelte, legte Wim das Buch auf den Tisch zurück. Er ging in den Flur, schnappte sich das schnurlose Gerät von der Station und nahm den Anruf entgegen.

»Schneider!«

»Hallo, Wim, hier ist Jörn, bitte komm noch mal ins Büro, es ist dringend.«

Wim verdrehte die Augen und antwortete: »Gibt es einen neuen Einbruch in der Südstadt? Mensch Jörn, ich habe heute einen freien Nachmittag!«

»Wenn es nicht so wichtig wäre, würde ich dich nicht anrufen oder auf deinen Anrufbeantworter sprechen! Dein Handy ist ja ausgestellt!«

Wim löschte nebenbei die neue Nachricht, denn nun war ja klar, wer vorhin angerufen hatte.

»Wir haben einen Namen zu unserer Leiche und ich brauche dich hier!«

In Wim grummelte es und eigentlich war er fest entschlossen, seinem Chef eine Absage zu erteilen. Die Neugier und ein gewisser Gehorsam waren aber stärker, und so gab er schließlich nach. »Na, wenn's denn sein muss. Ich bin auf dem Weg!«

Cassensmeier hielt den Blick auf seinen Monitor gerichtet, als Wim in seinem Büro eintraf. »Schön, dass du noch gekommen bist! Kaffee oder Tee?«

»Nichts dergleichen, danke. Schieß los, damit ich möglichst schnell wieder nach Hause kann.«

»Ich befürchte, daraus wird erst mal nichts. Ich brauche schon mehr als einen kurzen Augenblick deine ungeteilte Aufmerksamkeit. Wir haben die Identität der Toten!«, sagte Cassensmeier ernst.

»Ach was?! Das sagtest du bereits am Telefon. Ging dann jetzt aber doch schnell, oder?«

»Ja, alles richtig so weit, aber wie es manchmal so ist im Leben. Der Zufall hat uns in die Karten gespielt.«

»Na, da bin ich ja mal gespannt«, entgegnete Wim.

»Die Zeitungen haben heute Morgen schon über die Wasserleiche aus dem Kanal berichtet. Auch alle norddeutschen Rundfunksender sind an der Story dran. Irgendwer aus der Rechtsmedizin konnte aber seine Klappe nicht halten und hat so einem rasenden Reporter von Hit-Radio 2.0 das mit dem auffälligen Eintracht-Braunschweig-Tattoo gesteckt.«

Wim schüttelte den Kopf. »Ganz toll! Da wird sich die Frau Polizeipräsidentin ja bedanken.«

»In diesem Fall schon«, fuhr Cassensmeier fort. »Wegen der Berichterstattung im Radio hat sich ein Hörer aus Braunschweig bei den Kollegen vor Ort gemeldet und mitgeteilt, dass es sich bei der Toten um seine verschwundene Lebensgefährtin handeln könnte.«

»Ach was?! Jetzt wird's interessant!«

»So ist es! Ich habe mittlerweile mit dem Anrufer gesprochen. Ein gewisser Sebastian Schmidt. Er war sehr aufgebracht und sagte, dass er seine Freundin seit zwei Tagen vermissen würde.«

»Und dann hast du zügig die Braunschweiger Kollegen kontaktiert?«, fragte Wim.

»Genau das. Ich hatte übrigens mit einer Kriminalkommissarin Rosalie Helmer das Vergnügen, kennst du die? Sehr sympathische Stimme!«

Wim überlegte kurz. »Nie gehört. Der Einzige aus der

alten Mannschaft, den ich auf dem Organisationsplan wiedergefunden habe, ist Manfred Wiegand.«

»Ach, du hast schon mal einen Blick riskiert?« Cassensmeier grinste Wim an. »Ich wusste doch, auf dich ist Verlass, aber von einem Manfred Wiegand habe ich nun wiederum noch nichts gehört.«

Wim hob die Schultern. »Da kann ich ja nun auch nichts dafür!«

»Wie dem auch sei, Wim. Frau Helmer haben die typischen Personenmerkmale der Wasserleiche wie Haarfarbe, Augenfarbe, Größe und eben vor allem das Tattoo sofort etwas gesagt. Sie hat die Vermutung von Sebastian Schmidt bestätigt. Die Vermisstenanzeige ist noch ganz frisch. Es müsste eine gewisse Steffi Kohlstedt sein!«

»Steffi Kohlstedt«, wiederholte Wim.

Cassensmeier nickte zufrieden. »Jawohl, so heißt sie. 34 Jahre, wohnhaft in Braunschweig, Ortsteil Lehndorf und vermisst seit vorgestern. Zuletzt wurde sie auf dem Fahrrad auf Löbbeckes Insel, oder so ähnlich, gesehen«, las Cassensmeier von seinem Zettel ab.

Löbbeckes Insel. Wim musste schmunzeln.

»Was freust du dich denn da so?«, fragte Cassensmeier.

»Och nix, die Ecke kenne ich sehr gut. Eine Parkanlage in Braunschweig heißt tatsächlich Löbbeckes Insel. Aber wir sagen alle nur Inselwall. Alte Heimat, du verstehst?« Wim wurde ganz warm ums Herz.

»Ja, ich verstehe das.« Cassensmeier rang um Worte und seine Stimme wurde etwas leiser. Wim kannte diesen Zug an seinem Chef. Er kam immer dann zum Vorschein, wenn ihm etwas unangenehm war. Genauso wie die roten Stressflecken, die sich gerade an seinem Hals ausbildeten.

»Daher revidiere ich, was ich heute Morgen gesagt habe, und deshalb habe ich dich auch persönlich hergebeten.«

Wim schaute seinen Chef verdutzt an. Bahnte sich da etwa eine Entschuldigung an? War sein Chef am Ende tatsächlich zu so etwas wie Selbstkritik fähig?

»Mit einer nun bestätigten Toten aus Braunschweig hier in Hannover ist eine Zusammenarbeit der beiden Polizeidirektionen unumgänglich. Das wird nicht nur wegen der Distanz eine Herausforderung.«

Wim hob die Augenbrauen. »Wie meinst du das genau?«

»Na ja, Hannover und Peine-Ost. Sympathie sieht anders aus.«

»Moment mal! Nicht schon wieder einer deiner Sprüche«, protestierte Wim. »Also wir Braunschweiger …«

»Du brauchst nicht rumzuzetern«, unterbrach ihn Cassensmeier. »Ich weiß, dass unter diesen Voraussetzungen niemand für eine enge Zusammenarbeit mit den Kolleginnen und Kollegen unserer geliebten Nachbarstadt besser geeignet ist als du. Deshalb möchte ich dir die Leitung der Soko Tattoo übertragen.«

»Soko Tattoo? Ihr habt schon eine Sonderkommission gegründet?«

»Nein, noch nicht. Aber wir werden das tun, sobald das rechtsmedizinische Gutachten bestätigt, was die erste Leichenschau vermuten lässt: Tod durch Fremdeinwirkung.«

»Soko Tattoo? Kann ich die noch umbenennen?«, fragte Wim und konnte sich ein breites Grinsen nicht verkneifen. Mal schauen, wie weit er bei seinem Chef gehen konnte.

Cassensmeier lächelte Wim versöhnlich an. »Alles, was du willst!«

Wim nickte zufrieden. Die Fahrt ins Büro hatte sich trotz des freien Nachmittags gelohnt. Schnell hatte er Dr. Plogs Finger in seinem Po vergessen. Endlich keine Einbrüche mehr, endlich wieder eine Mordermittlung! »Das mit den Einbrüchen in der Südstadt ist damit vom Tisch?«, fragte er seinen Chef.

»Ja, das ist erst mal vom Tisch«, antwortete Jörn Cassensmeier und seufzte. »Ich gehe davon aus, dass den Kollegen aus dem Einbruchsdezernat nichts anderes übrig bleibt, als auf dich zu verzichten.«

»Und Birgit?«

»Da müssen wir mal schauen. Ich weiß, dass du sie brauchst, oder besser gesagt, dass ihr euch gegenseitig braucht wie die Luft zum Atmen«, erwiderte Cassensmeier.

»Also ganz so würde ich das jetzt nicht umschreiben, aber wir sind eben ein eingespieltes Team.«

»Ja, das weiß ich. Und never change a winning team.«

»So sehe ich das auch und daher bin ich mir sicher, dass du das entsprechend regelst.«

Wim hielt auf dem Heimweg kurz in der Nähe des Rathauses an und parkte den Seat an der Willy-Brandt-Allee. Ihm stand der Sinn nach einem kleinen Abendspaziergang durch den Maschpark. Was war das für ein Tag gewesen! Heute Morgen war er frustriert zur Arbeit gefahren, in dem Glauben, sich weiterhin mit Einbrüchen beschäftigen zu müssen. Dann die Hiobsbotschaft vom Arzt am Nachmittag inklusive einer Untersuchung, die er seinem ärgsten Erzfeind nicht wünschen würde, und abends war er plötzlich der Leiter einer Sonderkommission. Und dann Braunschweig. Sein altes Revier, seine Heimatstadt. Er war Cassensmeier tatsächlich ein wenig dankbar.

5. KAPITEL

Der Boden war feucht und kalt. Das Grundwasser drückte nach oben, sodass sich kleine Pfützen in dem dunklen Raum gebildet hatten. Marta wachte auf, als das Scharnier der Klappe über ihr quietschte und eine kleine Schale zu ihr hinabgelassen wurde. Sie erkannte den Geruch: Reis und Bohnen. Schon wieder. Sie mochte das Zeug nicht mehr essen. Sie kämpfte gegen die Müdigkeit an, schaffte es aber kaum, sich wach zu halten. In den wachen Momenten versuchte sie, trotz der Dunkelheit an irgendetwas Schönes zu denken. An Ausflüge in den Zoo mit Oma und Opa oder an den letzten Besuch im Naturhistorischen Museum. Marta liebte Tiere über alles. Sie hatte sich daher auch nicht geekelt, als sie neben der alten Matratze, auf der sie die meiste Zeit lag, ein paar Kellerasseln entdeckt hatte, sondern war eher dankbar für die Gesellschaft. Sie hatte allen Namen gegeben, aber wenn sie mit ihnen sprach, antworteten sie ihr nicht. Doch sie hörten ihr zu und waren da und das beruhigte sie.

Sie nahm die Schale entgegen und wusste, dass es sich nicht lohnte, etwas zu fragen, man würde ihr nicht antworten. In der völligen Stille konnte sie ihren eigenen Atem hören. Am Anfang hatte sie noch geschrien, geweint und gefleht, mittlerweile wusste sie sich ihre Kräfte besser einzuteilen.

Sosehr Marta grübelte, sie hatte keine Ahnung, warum und wie lange sie hier war. Sie konnte sich nur daran erinnern, dass man ihr auf dem Weg nach Hause ein übel riechendes Stück Stoff vor das Gesicht gedrückt hatte und ihr sofort schwarz vor Augen geworden war.

6. KAPITEL

Seit gestern versuchte David Simonis regelmäßig, jemanden in der Kanzlei Dr. Münte & Kollegen in Braunschweig zu erreichen. Entweder war ständig besetzt, oder er befand sich in einer Dauerwarteschleife. Es war zum Verzweifeln. Um die Zeit sinnvoll zu nutzen, hatte er sich noch einmal intensiv mit der Geschichte der Villa am Gaußberg befasst. Der Eigentümer, Michael Gänsicker, hatte eigens für potenzielle Immobilienmakler alle wichtigen Informationen in einer Art Exposé zusammengefasst. Der alte Herr vertrat die Auffassung, dass man die Geschichte eines Hauses kennen, am besten sogar fühlen müsse, um dieses dann besser veräußern zu können. David sah das nicht so emotional, war aber in der Tat für jede Information dankbar. Herr Gänsicker war ein betagter älterer Herr und wahrlich kein einfacher Kunde. Drei Makler in Braunschweig hatten es ihm nicht recht machen können. Alle seien unprofessionell gewesen und außerdem seien Interessenten angeblich immer wieder abgesprungen, als sie mitbekamen, dass sie trotz der Lage am Fluss keinen direkten Zugang zur Oker hatten. Daher hatte Gänsicker beschlossen, es mit einem hannoverschen Maklerbüro zu versuchen. Er erhoffte sich mehr Professionalität der Branche in der Landeshauptstadt. Das war Davids Stunde, auch weil er sich vor Kurzem auf Luxusimmobilien spezialisiert hatte. Dass Gänsickers Auftrag sich als eine große Herausforderung entpuppen würde, konnte er anfangs nicht ahnen. Nachdem David sich die Immobilie in Braunschweig angeschaut hatte, war er gleich Feuer und Flamme für das Objekt gewesen. Er war davon überzeugt, dass trotz der erforderlichen Sanierung mindestens ein Kaufpreis von einer Million

Euro erzielt werden könnte, wäre da nicht die Sache mit dem Gartenhaus. David nahm die auf Schreibmaschine getippten Seiten aus dem braunen Umschlag und begann zu lesen.

Die Villa in Braunschweig war 1897 von dem wohlhabenden jüdischen Kaufmann Salomon Rosenbaum gebaut und ausschließlich zu privaten Zwecken genutzt worden. Sie stand auf einem prachtvollen Grundstück direkt am Umflutgraben der Oker, der die Braunschweiger Innenstadt komplett umschloss. Gegenüber der Villa erhob sich der sogenannte Gaußberg, eine etwas mehr als einen Hektar große Grünanlage. Vor dem Gaußberg stand ein Denkmal, das an den berühmten Wissenschaftler Carl Friedrich Gauß erinnerte. Die Universität war nicht weit entfernt, und so zählte der Gaußberg noch zum Univiertel der Stadt.

Auf dem Grundstück gab es einen Bootssteg, daher hatte man 1913 zunächst ein kleines Bootshaus im Garten gebaut. Ein simples Holzgebäude, außen weiß getüncht, mit einem braunen Spitzdach und grünen Fensterläden. Weil das Bootshaus aber eher für Gartenpartys als für die Unterbringung eines Bootes genutzt wurde, entschied man sich, das Gebäude auszubauen und zu einem richtigen Gartenhaus umzufunktionieren. Als die Rosenbaums 1932 beschlossen, in die USA auszuwandern, verkauften sie Haus und Grundstück an Professor Josef Gänsicker. Dieser zog im selben Jahr mit seiner Frau Brunhild und dem erstgeborenen Sohn Werner in die Villa ein. Der zweite Sohn und heutige Eigentümer Michael wurde 1935 geboren. Wie durch ein Wunder wurde die Villa in der großen Bombennacht im Oktober 1944 von den Bomben der Engländer verschont und konnte uneingeschränkt weiter bewohnt werden. 1956 starb Professor Gänsicker nach kurzer schwerer Krankheit.

David legte den Text beiseite und ließ die gelesenen Zeilen sacken. Da ging sein Auftraggeber aber wirklich sehr

ins Detail. Auf der anderen Seite musste er zugeben, dass der Text anschaulich verfasst war. Er konnte den Geist des Hauses, eigentlich des ganzen Anwesens, förmlich spüren. Bevor er weiterlas, öffnete er auf seinem Notebook die Digitalfotos, die er bei seinem bisher einzigen Besuch am Gaußberg gemacht hatte. Er bildete sich ein, sich Michael Gänsickers Ausführungen so noch besser vorstellen zu können.

Nach dem Tod des Familienoberhauptes unterstützten die Söhne ihre Mutter nach Kräften, um das große Grundstück in Schuss zu halten. Aber nach dem Auszug der beiden Jungen wurde Brunhild Gänsicker alles zu viel. Sie entschied sich schweren Herzens, das Gartenhaus zu vermieten und den dazugehörigen hinteren Teil des Gartens mit Okerzugang abzugeben. Mit dem Mietzins war sie großzügig und vereinbarte günstige Konditionen, um sich als Gegenleistung auf dem gesamten Grundstück und im Haus helfen zu lassen. Der erste Mieter, ein junger sympathischer Student, half zunächst, einen Zaun als Grenze quer über die hintere Rasenfläche zu bauen. Jede Partei sollte ihren eigenen Gartenanteil haben, so die Idee von Brunhild Gänsicker. Der Zugang zur Oker war ihr dabei nicht so wichtig. Kurz nach der Fertigstellung kündigte der Student sein Mietverhältnis aber schon wieder. Er hatte sich Hals über Kopf verliebt und wollte die Stadt verlassen. Erneut überlegte Brunhild Gänsicker intensiv, ob sie das Gartenhaus wirklich vermieten sollte. Und mit dem Zaun haderte sie plötzlich auch, weil er ihr optisch überhaupt nicht gefiel. Michael und Werner redeten der Mutter aber gut zu, weil sie sich beide wegen ihres Studiums in Göttingen nicht um das Anwesen kümmern konnten und der festen Überzeugung waren, dass ihre Mutter Unterstützung benötigte. Also inserierte Brunhild Gänsicker das Gartenhaus erneut in der Braunschweiger Zeitung. Ein junges Paar erhielt den Zuschlag. Es folgten harmo-

nische Monate, in denen Brunhild dank der Gesellschaft der beiden jungen Leute förmlich aufblühte. Die Grenze im Garten wurde kaum noch beachtet, auf beiden Seiten des Zauns herrschte ein reges Kommen und Gehen. Zu dritt bauten sie das Gartenhaus noch weiter aus, legten eine Terrasse und zwei Gemüsebeete an, kauften sich ein kleines Ruderboot, und ab und zu schipperten sie über den Fluss und tranken selbst gemachte Holunderblütenlimonade.

Erneut legte David den Text beiseite, um sich noch einen Kaffee zu holen. Immer wieder das Gartenhaus und die Oker. Er hatte es bei dem Ortstermin mit Herrn Gänsicker nur einmal kurz gesehen, genauso wie den Zaun, der einen instabilen Eindruck auf David gemacht hatte. Das Gartenhaus lag idyllisch und wirkte eher wie ein kleines Wohnhaus. Es war in die Jahre gekommen und schien weder isoliert zu sein noch sonst irgendwelchen Standards des modernen Wohnens zu entsprechen. Dennoch lebte diese Greta Stein wohl schon ewig in dem Gartenhaus, das David für sich selbst zum dauerhaften Wohnen als viel zu klein empfunden hätte. Aber Geschmäcker waren ja bekanntlich verschieden. Von dem Phänomen, dass ältere Menschen aus Bestandsschutz Ausnahmegenehmigungen besaßen, um zum Beispiel in einer Kleingartenkolonie zu wohnen, hatte er schon gehört.

David setzte sich wieder an seinen Schreibtisch und las weiter. Sehr viel Text war es nun nicht mehr. 1959 entschied sich das junge Paar auszuziehen. Die beiden erwarteten Nachwuchs und mit einem Kind war das Gartenhaus einfach zu klein.

Sosehr Brunhild sich mit den beiden freute, am Ende blieb sie traurig und allein zurück. Michael und Werner sorgten sich um ihre Mutter, und so wurde schnell ein neues Mietinserat aufgegeben, um wieder Leben auf das Grundstück zurückzuholen. Die Wahl fiel auf eine junge, alleinstehende

Frau: Greta Stein. Diese erwies sich dann wahrhaft als Engel in der Not. Sie half Brunhild fortan im Garten, machte Besorgungen und unterstützte im Haushalt. An dieser Stelle endete das Exposé von Michael Gänsicker. David staunte nicht schlecht. So war also das Mietverhältnis mit Greta Stein damals zustande gekommen. Nachdenklich schaute er aus dem Fenster seines Büros. Dieser Auftrag war einfach ungewöhnlich und er konnte sich nicht dagegen verwehren, dass die Immobilie dank des lebendigen Exposés zunehmend eine gewisse Faszination auf ihn ausübte. Mit den Zetteln in der Hand ging er in Mathildas Büro. Sie saß konzentriert vor einem Grundriss und blickte auf, als sie ihn bemerkte. »Na, Chef, wollen wir unser Glück bei Dr. Münte noch mal versuchen?«

»Ja, Mathilda, das ist eine ganz hervorragende Idee, aber erst mal lade ich dich zum Mittagessen ein und erzähle dir eine spannende Geschichte zu dieser Villa in Braunschweig!«

7. KAPITEL

»Frau Helmer, bitte! Ja, ich warte.«

Wim saß an seinem Schreibtisch und hatte Unterleibsschmerzen. Er ärgerte sich, nicht noch einmal auf die Toilette gegangen zu sein. Der Harndrang war unerträglich. Er

wollte aber auch nicht ständig nachgeben, sondern durchhalten. Und er war nun mal zu einer festen Uhrzeit mit der Kollegin aus Braunschweig zum Telefonieren verabredet. In dem Moment, als er zu Rosalie Helmer durchgestellt wurde, war es für Wim jedoch zu spät. Er merkte, wie er die Kontrolle über seine Blasenmuskulatur verlor und sich am Reißverschluss seiner Hose ein feuchter Fleck bildete. Vor Schreck wäre ihm fast der Hörer aus der Hand gefallen. Hatte er sich tatsächlich in die Hose gemacht? Wie durch eine dichte Nebelwand hörte er Rosalie Helmers freundliche Stimme, bekam vor Entsetzen aber zunächst kein Wort zustande.

»Herr Schneider, hallo? Sind Sie noch da?«

»Ja, ähm, Entschuldigung, Frau Helmer, ich habe gerade aus Versehen Tee auf meine Hose verschüttet, so was Blödes!«, begann Wim das Gespräch.

»Möchten Sie nachher noch einmal anrufen, wenn Sie sich trockengelegt haben?«, fragte Rosalie Helmer lachend.

»Nein, nicht nötig. Da nimmt man ›Zewa Wisch und Weg‹. Na, Sie wissen schon.« Wim versank im Erdboden und kramte nebenbei in seiner Schreibtischschublade. »Frau Helmer, wir beide werden in den nächsten Tagen, hoffentlich nicht Wochen, wohl eng zusammenarbeiten müssen.«

»Das haben Sie aber schön gesagt!«

»Nehmen Sie es bitte nicht persönlich. Ich meinte das eher so, dass der Fall natürlich schnellstmöglich aufgeklärt werden muss.«

»Ich habe das schon verstanden, Herr Kollege, keine Sorge«, entgegnete Rosalie bestimmt.

Wim streckte sich bis zur körperlichen Schmerzgrenze vornüber, um auch den letzten Winkel seiner Schreibtischschublade zu erreichen. Wo war das verfluchte Kölnisch Wasser?

»Also ich habe seit gut einer halben Stunde den Bericht der Rechtsmedizin. Es bestehen keine Zweifel mehr. Steffi Kohlstedt wurde ermordet.«

»Und anschließend im Mittellandkanal entsorgt.«

»Davon ist auszugehen, ja.«

»Ich habe bereits mit Ihrem ehemaligen Kollegen, Herrn Wiegand, darüber gesprochen, dass wir ein Zuständigkeitsgerangel vermeiden sollten.«

»Da gebe ich Ihnen Recht, Frau Helmer. Und ich habe bereits mit meinem Vorgesetzten besprochen, dass wir gemeinsam an dem Fall arbeiten sollten. Unsere Behördenleitungen sind ebenfalls informiert.«

Wim legte den Hörer kurz beiseite und stellte das Telefon auf laut. Gerade als er aufgestanden war, um das Fläschchen Kölnisch Wasser aus der hintersten Ecke seiner Schreibtischschublade zu nehmen, betrat Birgit das Büro. Entsetzt schaute er sie an und hielt sich die Hände vor den Schoß.

»Wim, du alter Schwerenöter, erregt dich meine Anwesenheit so sehr? Du musst doch nix vor mir verstecken!« Birgit zwinkerte ihm zu, nahm einen Stapel Akten vom Besprechungstisch und verließ das Büro wieder.

»Herr Schneider?«, hörte Wim Rosalie Helmers Stimme am anderen Ende der Leitung.

Wim schreckte auf, nahm den Hörer wieder in die Hand und öffnete nebenbei das Parfumfläschchen. »Entschuldigen Sie bitte, könnten Sie noch mal wiederholen, was Sie gerade gesagt haben?«

»Bevor Ihre Kollegin im Hintergrund, der Sie offenbar schöne Augen machen, Sie abgelenkt hat, habe ich vorgeschlagen, sich in Hannover oder Braunschweig zu treffen«, antwortete Rosalie kurz angebunden.

»Ja, das ist eine wunderbare Idee. Bei Ihnen oder bei mir, ganz egal«, säuselte Wim in den Hörer, während er seine

DIE NEUEN Lieblings-plätze

ISBN 978-3-8392-0154-1

ISBN 978-3-8392-2730-5

ISBN 978-3-8392-0155-8

ISBN 978-3-8392-0158-9

ISBN 978-3-8392-0160-2

ISBN 978-3-8392-0159-6

ISBN 978-3-8392-0161-9

ISBN 978-3-8392-0163-3

ISBN 978-3-8392-0164-0

ISBN 978-3-8392-2626-1

ISBN 978-3-8392-0156-5

ISBN 978-3-8392-0157-2

ISBN 978-3-8392-0166-4

ISBN 978-3-8392-0166-4

ISBN 978-3-8392-2838-8

ISBN 978-3-8392-0168-8

GMEINER KULTUR

WWW.GMEINER-VERLAG.DE
Mensch, Kultur, Region